MADELINE HUNTER

Das Geheimnis der Mademoiselle Lyon

Über dieses Buch:
Marielle Lyon kennt die Gerüchte um ihre Person nur allzu gut. Seit sie vor Jahren in Folge der Französischen Revolution nach London floh, hält man sie für eine Hochstaplerin oder noch schlimmer: eine Spionin im Dienste Frankreichs. Doch das Gerede ist ihr gerade recht, denn solange die Londoner Gesellschaft diesen Gerüchten glaubt, bleibt ihr eigentliches Geheimnis gewahrt. So reagiert sie zunächst auch gelassen, nachdem sie bemerkt, dass sie seit Monaten beschattet wird. Sie sieht keine Gefahr in dem schönen Fremden, der ihr auf Schritt und Tritt folgt und seine Sache so auffällig unauffällig macht, dass es sie regelrecht amüsiert. Doch als sie eines Tages von zwielichtigen Gaunern angegriffen wird und ihr ausgerechnet ihr Verfolger zu Hilfe kommt, erkennt sie, dass sie ihn möglicherweise unterschätzt hat. Gavin Norwood, der Viscount Kendale, nimmt sie mit zu sich nach Hause und konfrontiert sie mit seinen Vermutungen. Dabei muss sie feststellen, dass er mehr weiß, als sie ihm zugetraut hatte, auch wenn er noch nicht hinter ihre wahren Absichten gekommen ist. Damit das auch so bleibt, lässt sie sich auf ein verführerisches Spiel mit dem attraktiven Viscount ein. Denn eines ist klar: Gavin Norwood begehrt sie. Doch sie hat nicht damit gerechnet, in ihm einen ebenbürtigen Gegenspieler zu finden, der in der Kunst der Verführung nicht weniger erfahren ist als sie selbst. Und noch weniger rechnet sie damit, dass sie ihr Herz an ihn verlieren könnte …

Über die Autorin:
Madeline Hunter hat Kunstgeschichte studiert und arbeitet als Lehrerin an einem College. Seit dem Jahr 2000 schreibt sie außerdem mit großem Erfolg historische Liebesromane. Ihre Bücher wurden in zwölf Sprachen übersetzt und gelangen regelmäßig auf die Bestsellerlisten. Hunter lebt mit ihrem Mann und zwei Söhnen in Pennsylvania.

Die Romane von Madeline Hunter bei LYX:

Fairbourne-Serie:
1. Die unerschrockene Miss Fairbourne
2. Die Eroberung der Lady Cassandra
3. Das Geheimnis der Mademoiselle Lyon

Rarest-Blooms-Serie:
1. Ein skandalöses Rendezvous
2. Die widerspenstige Braut
3. Eine Lady von zweifelhaftem Ruf
4. Lady Daphnes Verehrer

Weitere Romane von Madeline Hunter sind bei LYX in Vorbereitung.

MADELINE HUNTER

Das Geheimnis der Mademoiselle Lyon

Roman

Ins Deutsche übertragen von
Anja Mehrmann

LYX
EGMONT

Die Originalausgabe erschien 2013 unter dem Titel
The Counterfeit Mistress bei Jove Books, The Berkley Publishing Group,
published by the Penguin Group (USA) LLC, New York.

Deutschsprachige Erstausgabe Juli 2015 bei LYX
verlegt durch EGMONT Verlagsgesellschaften mbH,
Gertrudenstraße 30–36, 50667 Köln

1. Auflage
Redaktion: Susanne Kregeloh
Umschlaggestaltung: Guter Punkt, München | www.guter-punkt.de
Umschlagmotiv: © Guter Punkt unter Verwendung
von Motiven von thinkstock
Satz: Greiner & Reichel, Köln
Printed in Germany (670421)
ISBN 978-3-8025-9757-2

www.egmont-lyx.de

MIX
Papier
FSC FSC® C083411

In Erinnerung an meine Tanten
Rose und Madeline

1

Der Schöne Esel folgte ihr erneut.

Marielle bemerkte den Mann sofort, als sie in der Nähe ihres Hauses in eine Gasse abbog. Sie drückte die Papierrolle noch fester an sich und schlängelte sich eilig zwischen den Menschen hindurch, die sich in der engen Straße drängten.

Monate waren vergangen, seit sie ihn im Frühjahr das letzte Mal gesehen hatte. Sie hatte geglaubt, er habe aufgegeben, nachdem sie ihn hatte wissen lassen, dass sie sich der Tatsache bewusst war, von ihm beobachtet zu werden.

Solange es gedauert hatte, war es ein Spiel für sie gewesen. Sie hatte es genossen, ihn durch ganz London zu locken, während sie mit den alltäglichen Angelegenheiten ihres Lebens beschäftigt war. Hatte sie hingegen Wichtiges zu tun gehabt, war es ihr stets gelungen, ihn abzuschütteln.

Verstohlen warf sie einen Blick über die Schulter, um zu sehen, ob auch er abgebogen war, und sie musste lächeln angesichts seiner absurden Überzeugung, dass sie ihn nicht bemerkte. Ein Mann, der aussah wie er, wurde immer und überall bemerkt.

Ein Agent, der Spione verfolgte, musste über ein unauffälliges Äußeres verfügen, seine Anwesenheit durfte keinerlei Aufmerksamkeit erregen. Heikle Aufgaben erforderten ein Allerweltsgesicht und keines, bei dessen Anblick Frauen zu seufzen begannen. Mit scharfen, wie gemeißelten Zügen von männlicher Schönheit zog sein Gesicht trotz seiner Strenge alle Blicke auf sich – oder vielleicht gerade deshalb. Weil sofort offenkundig wurde, was er tat, und er offenbar nicht begriff, dass er für die Aufgabe des Ausspähens ungeeignet war, hatte sie ihm den Namen Schöner Esel gegeben. Wie unerquicklich für sie, dass er ihr ausgerechnet heute wieder folgte. Die Leute, mit denen sie sich treffen wollte, würden von seiner Anwesenheit nicht begeistert sein, so viel war sicher. Sie musste ihn loswerden, bevor sie ihr Ziel erreichte.

Marielle bog in die nächste Straße ein, um sich an der folgenden Biegung wieder rechts zu halten. Sie lief vor einem Fuhrwerk her, das von einem stämmigen Pferd gezogen wurde, um in der Menschenmenge zu verschwinden. Ein Stück vor sich entdeckte sie den Laden einer Hutmacherin und huschte hinein, als das Fuhrwerk daran vorbeirollte. Drinnen bezog sie neben dem Schaufenster Stellung und beobachtete die Straße.

Endlich kam Schöner Esel in Sicht. Er ließ sein Pferd Schritt gehen. Mitten auf der Kreuzung blieb das Ross stehen. Marielle spähte hinter einer Haube hervor, die im Schaufenster ausgestellt war, und betrachtete den Mann im Sattel.

Stirnrunzelnd ließ er den Blick über die Gasse schweifen. Verdutzt fuhr er sich mit den Fingern durch das dunkle, kurz geschnittene Haar und drehte sich im Sattel, um die Straße hinter sich zu überprüfen. Der Blick seiner smaragdgrünen Augen schoss nach links und nach rechts, er schaute wieder nach vorn, dann noch einmal zurück. Er sah sogar direkt in ihr Fenster, aber die Haube und die kleinen, welligen Fensterscheiben behinderten seine Sicht. Endlich wendete er das Pferd. Mit der Haltung eines Feldmarschalls ritt er den Weg, den er gekommen war, noch einmal ab.

Sie unterdrückte ein Kichern. Was für ein dummer Esel!

Sie wartete, bis der Schweif des Pferdes außer Sichtweite war, und begann dann die Sekunden zu zählen, bis es Zeit war, den Laden zu verlassen.

Das Gefühl, dass jemand hinter ihr stand, ließ Marielle herumfahren. Die Inhaberin des Ladens war ihr bedrohlich nahe gerückt, und das mit einem Stirnrunzeln, das fast so streng war wie das von Schöner Esel.

»Möchten Sie diese Haube vielleicht anprobieren? Sie bewundern sie jetzt schon *sehr* lange«, sagte sie. Aus blassblauen Augen betrachtete sie argwöhnisch Marielles breiten, üppigen Schal, der zugegebenermaßen hin und wieder mehr als nur einer Haube als Versteck gedient hatte.

Marielle blickte an sich hinab und bemerkte, dass der obere Rand der Dokumentenrolle, die sie an die Brust gedrückt hielt, über die gemusterte Seide des Schals lugte. Es sah in der Tat so aus, als verbärge sie einen gestohlenen Gegenstand.

Sie zupfte an einem Band der Haube, hinter der sie sich versteckt hatte. Solcher Luxus war nicht für sie bestimmt, obwohl sie genug Geld dafür gehortet hatte. Sie sparte auf etwas sehr viel Bedeutenderes als eine Haube.

»Ich dachte, ich würde sie vielleicht kaufen wollen, aber bei näherem Hinsehen hat sie einige Details, die mir nicht zusagen.«

Beim Klang von Marielles Stimme senkte die Frau die Lider. »Oh, Sie sind Französin. Einer unserer *Gäste.* Das erklärt natürlich …« Sie ließ den Blick über Marielles Kleider wandern und auf der zerrissenen Spitze am Kragen verweilen, dann auf der verblassten Pracht des hellen, gemusterten venezianischen Schals und auf dem Tellerrock, der verriet, wie altmodisch das Kleid war. Und schließlich musterte sie eindringlich die Farbflecken, die Marielles nackte Hände verunzierten.

Marielle zwang die Ladenbesitzerin zum Wegsehen. »*Oui*, ein Gast Ihres Landes. Meine Kleider mögen alt sein, Madame, aber mein Geblüt ist es auch, und darauf kommt es schließlich an, nicht wahr? Zufällig bin ich gerade dabei, mir eine neue

Garderobe mit Mitteln zusammenzustellen, die soeben aus meiner Heimat hergebracht wurden. Ich dachte, meine Freundin, die Viscountess Ambury, hätte mir Ihr Geschäft empfohlen, aber offenbar war das ein Missverständnis. Ich fürchte, Ihre Ware verfügt nicht über die notwendige Qualität, um ihre Gunst zu gewinnen.«

In kerzengerader Haltung verließ sie den Laden und begab sich zu der Kreuzung zurück. Dort spähte sie um die Ecke, um sich zu vergewissern, dass ihr Verfolger verschwunden war.

Er war nirgendwo zu sehen. Rasch lief sie in der entgegengesetzten Richtung die Gasse entlang und bis zur nächsten Straße. Auf Umwegen begab sie sich zu ihrem Stelldichein.

Als sie aus einer kleinen Gasse auf die belebte Straße huschte, erblickte sie eine Droschke, der soeben ein Fahrgast entstieg. Sie wusste immer genau, wie viele Münzen sie in ihrem Geldbeutel mit sich führte, und heute waren es genug. Sie verfluchte die Zeit und das Geld, das Schöner Esel sie kostete, und sprang in die Kutsche.

Wo zum Teufel war diese französische Hexe abgeblieben?

Gavin Norwood, Viscount Kendale, ließ den Blick über die Menschen gleiten, die die Gasse bevölkerten, und suchte nach der Frau mit den langen braunen Locken, die ihr bis über die schmalen Schultern fielen.

Er wusste, dass er Marielle Lyon auch aus großer Entfernung problemlos erkennen würde. Doch es waren nicht ihr Haar oder ihre schlanke Gestalt, die sie aus der Menge hervorstechen ließen. Es lag auch nicht an ihren altmodischen Kleidern und dem langen Schal, in den sie sich meist hüllte.

Es war ihr Gang, der sie von der Masse abhob. Irgendetwas stellte er mit ihrem Körper an. Er ließ ihn sich leicht wiegen und vermittelte den Eindruck, dass sie nur kleine Schritte zu machen wagte. Infolgedessen bewegte sie sich mit einer Eleganz, die im unübersehbaren Gegensatz zu den großen, zielstrebigen Schritten der Menschen stand, von denen es in den Gassen wimmelte. Sie ging wie eine Königin, und das strafte all ihre Versuche, arm zu wirken, Lügen.

Als er sie im vergangenen Frühjahr regelmäßig verfolgt hatte, hatte sie oft geglaubt, ihn überlistet und abgeschüttelt zu haben. Er hatte sie in diesem Glauben gelassen, doch tatsächlich hatte er sie kaum je aus den Augen verloren. Heute jedoch war genau das womöglich geschehen. Diese Oase der Eleganz, die sie inmitten des geschäftigen Treibens gebildet hatte, war verschwunden. Wenn das stimmte, würde er seine Pläne für den heutigen Tag aufschieben müssen. Diese Aussicht verbesserte seine Laune keineswegs. Ihm blieb höchstens noch ein Monat Zeit, um diese lästige Angelegenheit zu Ende zu bringen, bevor er sich seinem nächsten Auftrag zuwenden würde.

Er zügelte sein Pferd und schätzte die Entfernung bis zur nächsten Kreuzung ab. Bevor er die Suche endgültig aufgab, würde er noch die Gässchen zwischen den Gebäuden zu seiner Rechten überprüfen. Wenn Marielle Lyon vor ihm davonlief, hielt sie sich immer nach rechts.

Kendale hatte sein Pferd langsam wieder in Bewegung gesetzt, als etwas seine Aufmerksamkeit erregte. Der Fahrer einer Droschke hatte sich umgewandt und sprach mit seinem Fahrgast. Ein schlanker Arm erschien in der Fensteröffnung, als der Kutscher sich herunterbeugte, um das Entgelt entgegenzunehmen. Nachdem eine Münze den Besitzer gewechselt hatte, hob er die Zügel.

Offenbar hatte Marielle es eilig, denn sie hatte noch nie zuvor eine Kutsche benutzt. Kendale zweifelte nicht daran, dass sie es war, deren Arm er gesehen hatte. Der blaue Farbfleck auf der schneeweißen Haut und die schmalen, schlanken Finger verrieten es.

Er folgte der Kutsche in weitem Abstand. Der Vorteil, hoch zu Pferde zu sitzen, bestand darin, dass er fast den ganzen Straßenzug überblicken konnte. Er hatte schon des Öfteren Leute beschattet, die zu Fuß in dichterem Gedränge als diesem unterwegs gewesen waren, und hatte dabei eine Entfernung von gut dreihundert Metern einhalten können.

Die Kutsche bog mehrmals ab, doch Kendale fand sie stets wieder. Als er um eine weitere Ecke bog, sah er, dass die Kutsche mitten auf der Straße angehalten hatte. Der Fahrer steckte die Peitsche in die Halterung, zog einen Apfel unter dem Rock hervor und biss hinein.

Der Viscount gab seinem Pferd die Sporen. Als er an der Kutsche vorbeiritt, konnte er einen Blick hineinwerfen. Leer. Er hielt an und spähte die Straße hinunter.

»Die Frau, die Sie hergebracht haben – wohin ist sie gegangen?«, fragte er den Kutscher.

Der Gefragte musterte Kendale und sein Pferd lange und gründlich. Mit vollem Mund und mahlenden Kiefern wies er mit dem Daumen auf eine dunkle Gasse auf der anderen Seite der Straße, die zwischen zwei Häusern hindurchführte.

Kendale stieg ab und band sein Pferd an einen Pfosten. Dann ging er zu dem Krämerladen, der sich in einem der Häuser befand. Von dort aus konnte er den engen Durchgang in voller Länge überblicken.

Drei Gestalten bewegten sich im Schatten, auf halbem Weg zur nächsten Straße. Zwei Männer blickten in seine Richtung, doch die Schatten erwiesen sich als zu dunkel, um sie genau zu erkennen. Marielle Lyon ging auf sie zu, ihr schlanker Körper wiegte sich im Kokon ihres langen Schals.

Kendale wartete. Es war nicht das erste Mal, dass sie sich in einer dunklen Gasse mit Männern traf, das wusste er mit Sicherheit. Er dachte darüber nach, wie er das Rendezvous unterbrechen konnte. Sie hatte eine Rolle Dokumente bei sich. Als sie aus dem Haus geeilt war, hatte er diese unter ihrem Schal gesehen. Und er konnte nicht zulassen, dass sie die Papiere auf die geplante Weise übergab.

Am Ende der engen Passage, die zwischen zwei Häusern hindurchführte und wie ein Tunnel wirkte, war Licht zu sehen. Kendale bezweifelte, dass er die Flucht der beiden Männer vereiteln konnte, doch er wollte verdammt sein, wenn sie ihm entkam. Wenn es nach ihm ging, würde das Geheimnis um Marielle Lyon gelüftet sein, bevor die nächste Stunde schlug.

Marielle spähte in die Dunkelheit. Zuerst schien niemand sich in dem schmalen Durchgang zu befinden, was ihr sehr missfallen hätte. Das wäre ja noch schöner gewesen, wenn sie für diese Droschke bezahlt hätte, nur um festzustellen, dass Luc und Éduard zu spät kamen. Oder gar nicht.

Sie hätte die beiden schon vor Monaten ersetzen sollen. Es war niemals klug, sich zu lange derselben Personen zu bedienen. Am Ende wurden die Muster erkannt. Fragen wurden gestellt. Schlimmer noch, mit der Zeit schlichen sich Bequemlichkeit und Sorglosigkeit ein.

Letzteres konnten weder sie noch die anderen sich leisten. Luc und Éduard gingen bei dieser Sache keinerlei Risiko ein. Für die beiden war es nur eine Routinearbeit, für die sie bezahlt wurden. Sie war diejenige, die am Ende womöglich Rechenschaft ablegen musste, und dabei ging es um mehr als nur um Geld. Wenn die Engländer zu dem Schluss kamen, dass sie eine Spionin war, erwartete sie ein unerfreuliches Schicksal.

Wenn ihre Feinde ihren Namen mit diesen Papieren in Verbindung brachten, würde sie letzten Endes vielleicht mit ihrem Leben dafür bezahlen.

Eine Bewegung am anderen Ende der Passage veranlasste die Schatten, sich zurückzuziehen. Ein Mann hob die Hand und winkte. Erleichtert ging Marielle auf ihn zu.

»Warum versteckst du dich?«, fragte sie beim Näherkommen. »Ist euch jemand gefolgt?« Sie traute weder Luc noch Éduard zu, dass sie wussten, was sie in diesem Fall zu tun hatten. Sie waren nur Boten.

Der Mann antwortete nicht. Das war merkwürdig. In rascher Folge nahm Marielle weitere Seltsamkeiten wahr. Der Mann trug einen Dreispitz. Luc und Éduard hielten diese Hüte für altmodisch. Als ihre Augen sich an die Dunkelheit gewöhnt hatten, wurde die Gestalt des Mannes breiter. Er war zu dick. Zu kurz. Ein anderer Mann gesellte sich zu ihm, und plötzlich schnürte es ihr vor Misstrauen die Kehle zu. Auch dieser Mann sah nicht aus, wie er sollte.

Alles in ihr schlug Alarm. Wie angewurzelt blieb sie stehen. Die Männer mussten ihre Angst gerochen haben, denn nun kamen sie mit großen Schritten näher.

»*Attendez-vous*«, flüsterte der Dicke mit heiserer Stimme.

Sie drehte sich auf dem Absatz um und rannte zurück zu der Straße, von der sie gekommen war.

Schwere Schritte stampften hinter ihr her. Entsetzen durchfuhr Marielle wie ein Blitz. Sie schleuderte die Schuhe von den Füßen, damit sie schneller laufen konnte, doch es war bereits zu spät. Wie ein Schraubstock umklammerte eine Hand ihre Schulter. Sie wirbelte herum, wollte sich losreißen, doch sie prallte mit dem Rücken gegen die Mauer eines der Häuser. Der Schmerz raubte ihr den Atem, und ihr wurde schwarz vor Augen.

Verzweifelt tastete sie nach ihrem Geldbeutel, während sie sich aufrecht zu halten versuchte. Sie biss die Zähne zusammen und kämpfte den Drang nieder, zu Boden zu sinken und sich zu ergeben. Ihre Angreifer bedrängten sie so sehr, dass sie das Bier riechen konnte, das der Dicke zu seiner letzten Mahlzeit getrunken hatte.

»Hier. Mehr habe ich nicht.« Sie warf den Geldbeutel auf den Boden.

Der dicke Mann blickte erst die Börse, dann Marielle an. »Darum sind wir nicht hier.« Er sprach Französisch. Und zwar wie ein Franzose. Damit bestätigte er ihre schlimmsten Befürchtungen. Diese Männer waren nicht einfach nur Diebe.

Wenn sie es nicht auf ihr Geld abgesehen hatten, dann auf sie selbst. Die Wahrheit ließ Marielle frösteln. Sie würde heute in dieser engen Gasse sterben.

Die beiden Männer starrten Marielle an, und eine entsetzliche Drohung ging von ihnen aus. Ihr wurde übel. Sie wusste, warum sie zögerten. Es war nicht einfach zu töten. Auch der kaltblütigste Mensch musste sich überwinden, um so etwas zu tun.

Sie spürte die wachsende Entschlossenheit der beiden. Erst passierte es bei dem anderen, nicht bei dem Dicken. Ein animalisches Leuchten trat in seine Augen.

Sobald er sich bewegte, reagierte Marielle. Mit aller Kraft stieß sie sich von der Wand ab, stürzte sich auf ihn und achtete nicht auf den Schmerz, der in ihrem zerschrammten Rücken brannte. Sie drehte und wand sich, um Verwirrung zu stiften und dem Griff des Mannes auszuweichen. Wenn sie es an ihnen vorbeischaffte, konnte sie vielleicht wegrennen und …

Sein Arm schnellte vor und nach oben, Metall blitzte auf. Erneut wand sie sich, und die Klinge verfing sich in ihrem Schal. Doch Seide ist ein schwaches Schild. Der Stoff fing den Messerstich zwar ab, aber dennoch spürte sie ihn. Roher Schmerz fuhr ihr in die Hüfte.

Sie wagte nicht, innezuhalten. Sie schlug um sich, wand sich und weigerte sich, ihr Schicksal hinzunehmen. Sie ließ die Papiere fallen und zerkratzte ihm das Gesicht. Zur Strafe bekam sie einen Schlag auf den Kopf. Und noch einen, diesmal auf die Schulter.

Noch mehr Schatten, sie sammelten sich vor ihren Augen und in ihrem Kopf. Schwarze Schatten, die näher rückten. Den nächsten Schlag, der sie erneut an die Wand prallen ließ, spürte sie kaum.

Unfähig zu kämpfen, gab sie auf, stand auf schwankenden Beinen da, von Chaos umgeben. Dann sah und hörte sie nichts mehr und trieb auf die Dunkelheit zu.

Sie fügte sich in das Unvermeidliche. Es war aus. Vorbei. Sie hatte verloren. Vielleicht war es dumm von ihr gewesen, jemals zu glauben, dass es anders hätte ausgehen können. *Je suis désolée. Es tut mir leid, dass ich dich enttäuscht habe.*

Kendale benutzte seine Fäuste und versuchte, dem Dolch auszuweichen, der gegen ihn geschwungen wurde. Als er vom Pferd gestiegen war, hätte er seine Pistole mitnehmen sollen.

Die beiden Männer schienen überzeugt zu sein, dass sie den Kampf gewinnen würden. Als Kendale die Klinge durch den Gehrock ins Fleisch drang, fragte er sich, ob sie vielleicht recht behalten würden.

Diese Attacke weckte den Kämpfer in ihm, der sich einst ganz allein gegen fünf ausgebildete Soldaten durchgesetzt hatte.

Er wartete, bis der Dolch noch einmal auf ihn niedersauste, doch diesmal hielt er den Arm fest, der die Waffe führte. Hart packte er zu und schleuderte den Angreifer mit einem Ruck herum. Er hörte das Knacken eines brechenden Knochens.

Sein Opfer schrie auf und sank in sich zusammen. Kendale stieß ihn in Richtung des zweiten Mannes. Dieser, es war der dicke Kerl, hatte endlich sein Messer aus der Scheide befreit, doch der Schrei ließ ihn mitten in der Bewegung erstarren.

Kendale starrte ihm ins Gesicht. »Verlierst du jetzt etwa die Nerven? Hast du etwa Angst vor dem Kampf Mann gegen Mann? Nur ein Feigling greift eine Frau an und braucht dazu noch einen Komplizen.« Er war empört, und er hoffte, dass der Dummkopf versuchen würde, das Messer zu benutzen.

Der Dicke wich rückwärtsgehend zurück und hielt die Waffe zu seinem Schutz vor sich. Sein Kumpan folgte ihm taumelnd. Als sie die Gasse zur Hälfte erreicht hatten, drehte der Dicke sich um und gab Forsengeld.

Kendale versuchte, Atem zu schöpfen, während er zu Marielle Lyon ging. Sie kauerte am Boden, genau an der Stelle, an der sie unter den Schlägen der Männer niedergesunken war. Ihre nackten Füße guckten unter dem zerknitterten Rock hervor, und der Kopf war ihr auf die Brust gesunken.

Als sie zu Boden gegangen war, hatte sie etwas gesagt. Kendale fragte sich, ob er ihre Worte richtig verstanden hatte.

Sie gab keinen Laut von sich, bewegte sich auch nicht. Womöglich war sie tot.

Er ging in die Hocke, schob den Schal beiseite und legte ihr eine Hand auf den Brustkorb, unterhalb der linken Brust. Er spürte erst nur ihren Herzschlag, doch dann fühlte seine Hand sich auf einmal feucht an. Blut. Sie lebte, doch wenn sie ernsthaft verletzt war, würde sie vielleicht nicht mehr lange leben.

Seine eigene Schnittwunde brannte heftig. Jetzt, da die Aufregung des Kampfes abgeklungen war, hatte er Schmerzen und fühlte sich erschöpft. Er entdeckte ihre Schuhe und holte sie, dann ging er zu ihr zurück und beugte sich zu ihr. Froh, dass sie den Schmerz nicht spüren würde, hob er sie hoch und lehnte sie an die Wand. Etwas kullerte ihm vor die Füße. Die Dokumentenrolle.

Er bückte sich danach und hob sie auf, während er mit der anderen Hand die Frau festhielt. Dann legte er sich ihren erschlafften Körper über die Schulter und trug sie zu der Kutsche, die sie hergebracht hatte.

Als Kendale die Tür der Droschke öffnete, drehte der Kutscher sich überrascht um.

»Sie ist doch wohl nicht krank. Nicht, dass sie mir noch alles mit ihrem Erbrochenen verdreckt.«

»Sie fahren uns, wohin ich will, und Sie werden sich meinen Befehlen nicht widersetzen.«

»Befehle! Ich will verdammt sein, wenn ich … Verflucht, Mann, Sie bluten! Es ist überall auf Ihrer Weste. Verdammt, und die Frau auch! Ich werde Sie nirgendwohin …«

»Ich bin Viscount Kendale. Wenn Ihre elende Kutsche dreckig wird, werde ich Ihnen verdammt noch mal eine neue kaufen.« Er öffnete die Tür und verfrachtete Marielle auf die Bank, die Dokumente und ihre Schuhe warf er hinterher. Er holte sein Pferd und machte es hinten an der Droschke fest. »Und jetzt lassen Sie die Zügel schnalzen und bringen uns zur Hertford Street, so schnell Sie können«, sagte er, als er in die Kutsche kletterte. »Es lohnt sich für Sie, mir gute Dienste zu leisten. Denn wenn Sie es nicht tun, werden Sie einen verdammt hohen Preis dafür zahlen.«

2

»Um Himmels willen, wie sehen Sie denn aus?«, fragte Anderson, als er die Bibliothek von Kendales Junggesellenwohnung in der Stadt betrat. »Wie ich sehe, waren Sie in einen Kampf verwickelt und haben offensichtlich ziemlich viel abgekriegt.«

»Ich habe ihm den Arm gebrochen. Dabei konnte ich bestenfalls nur daran ziehen, weil er zuvor auf mich eingestochen hat.«

»Eingestochen, so, so! Ziehen Sie das Hemd aus, ich will sehen, was sich unter all dem Blut verbirgt. Es ist ein Wunder, dass Sie sich noch auf den Beinen halten können.«

»Das ist nicht nur mein Blut. Ein Gutteil davon ist ihres.« Kendale zog sich das Hemd aus, als bereitete ihm die Bewegung keine Mühe, doch das Drehen und Strecken seines Oberkörpers rief einen tiefen, scharfen Schmerz in seiner Seite hervor. Er wusste bereits, wie schlimm es war … schlimm genug, um höllisch wehzutun, aber nicht schlimm genug, um ihn umzubringen. Mit einem Messer zu töten war nicht leicht. Sogar mit einem Bajonett oder einem Degen war es selten mit einem einzigen Stich getan.

Anderson, ein Wundarzt, der den Militärdienst quittiert hatte und zu dessen Patienten jetzt die Mitglieder der feinen Gesellschaft Londons gehörten, untersuchte die Wunde im Licht der Nachmittagssonne, das schräg durch das Fenster hereinfiel. Edinburgh war eine gute Schule gewesen, er verstand sich auf sein Geschäft wie nur wenige andere. Die Schotten waren die besten Ärzte, hatte Anderson erklärt. Sie studierten Medizin an der Universität und machten keinen Unterschied zwischen Wundarzt und Physikus, wie die Engländer es taten. Schottische Wundärzte waren keine herausgeputzten Barbiere, und die Armee konnte sich verdammt glücklich schätzen, dass Anderson in ihren Diensten gestanden hatte.

»Tief, und es ist ein Stich, kein Schnitt«, sagte er, betrachtete die Wunde und betastete sie. »Legen Sie sich am besten auf den Diwan dort, während ich sie säubere. Ist Ihr Diener hier? Wir sollten uns Handtücher bringen lassen.«

»Diesmal habe ich ihn nicht von meinem Landsitz mitgebracht. Irgendwo im Ankleidezimmer müssen Handtücher sein.« Er ließ sich auf dem Diwan nieder, und es fühlte sich an, als steckte das Messer noch in der Wunde. »Verflucht!«

»Fluchen Sie, weil ich angeordnet habe, dass Sie sich hinlegen sollen, oder weil ich die Wunde reinigen will?«, rief Anderson aus dem Ankleidezimmer zu Kendale hinüber. »Wenn Letzteres der Grund ist … was macht ein bisschen mehr Schmerz jetzt noch aus? Es bekommt dem menschlichen Körper schlecht, so aufgespießt zu werden. Was gleich folgt, ist eine Kleinigkeit dagegen.«

»Ich fluche, weil der Narr es fertiggebracht hat, mir einen Stich zuzufügen.«

»Sie meinen wohl *Narren*, stimmt's? Sie haben angedeutet, dass es mehr als einer war. Und Sie sind schließlich nicht Herkules, mein Freund.« Mit einem großen, gefalteten Bettlaken und zwei Handtüchern kam Anderson zurück. Er deckte den Diwan mit dem Laken ab und legte ein Handtuch darauf. »Und jetzt legen Sie sich auf die unverletzte Seite, dann bin ich ganz schnell mit Ihnen fertig.«

Kendale gehorchte. Er biss die Zähne zusammen, als Anderson sich, eine Arzneiflasche in der Hand, über ihn beugte. Was auch immer sie enthielt, die Tinktur schmerzte höllisch, als sie in seine Wunde tropfte. Stoisch ertrug er das heftige Brennen.

»Welch glückliche Fügung, dass Sie das nicht ihr antun müssen.« Er hätte Marielle schreien gehört, wenn Anderson dieses Feuerwasser auch bei ihr verwendet hätte.

»Oh, das habe ich bereits, obwohl ihre Wunde anders ist als Ihre. Eher eine üble Schürfwunde. Die Klinge hat sie schräg getroffen und ihr einen langen, flachen Schnitt zugefügt, oberhalb der Hüfte. Es hat stark geblutet, aber sie musste nicht genäht werden.« Anderson stellte die Flasche beiseite und faltete das andere Handtuch zu einem Wundverband.

»Wie gut, dass sie noch ohnmächtig war, als Sie sich um sie gekümmert haben.«

»Sie war nicht ohnmächtig. Sie war bei vollem Bewusstsein. Ich wage zu behaupten, dass sie jedes Wort hört, das wir hier drin sagen.«

Also hatte sie sich der Reinigung der Wunde unterzogen und nicht geschrien. Das sprach für sie. Natürlich erwartete man von einer Spionin, tapfer zu sein, denn andernfalls wäre sie zu nichts zu gebrauchen gewesen.

»Und jetzt stehen Sie auf«, befahl Anderson. Als Kendale sich erhob, wickelte der Arzt ihm einen langen Streifen Stoff um den Oberkörper, um den Wundverband zu befestigen. »Ich werde Ihnen etwas von der Reinigungstinktur dalassen. Ein Fläschchen für Sie und eines für die Frau. Verwenden Sie es drei Tage lang, jeden Tag. Sollte die Wunde nach Fäulnis aussehen oder riechen, lassen Sie mich holen.«

»Ich werde ihr das Fläschchen und Ihre Anweisungen mitgeben.«

»Bleibt sie denn nicht hier?«

»Ohne den Angriff wäre sie überhaupt nicht hergekommen.«

»Ah. Dann ist sie also nicht Ihre …« Fragend hob Anderson die Augenbrauen.

Kendales Antwort war ein wütender Blick.

»Schade«, murmelte Anderson, als er die beiden Flaschen auf den Tisch stellte. »Sie ist ein hübsches kleines Ding.«

»Zu hübsch und zu sehr Französin, als dass man ihr trauen könnte.«

»Immerhin haben Sie sich die Mühe gemacht, ihr das Leben zu retten. Und jetzt wollen Sie sie hinauswerfen, kaum dass ich weg bin? Mindestens eine Woche lang sollte sie nicht in der Stadt herumlaufen und ein paar Tage lang im Bett bleiben, bis feststeht, dass der Schlag, den sie einstecken musste, ihr nicht mehr Schaden zugefügt hat, als auf den ersten Blick zu sehen ist. Und dasselbe sollten auch Sie tun. Im Bett bleiben, meine ich. In getrennten Betten, so wie es aussieht.«

Anderson half Kendale, die Arme in einen langen Morgenrock zu schieben, und streifte dann seinen eigenen Gehrock über. »Ich muss mich nur noch selten um Messerstiche kümmern. Dieser Nachmittag hat mich wehmütig gestimmt. Bitte lassen Sie mich rufen, wenn Sie noch einmal aufgespießt oder aufgeschlitzt werden. Es waren erquickliche zwei Stunden.«

Nachdem Anderson sich verabschiedet hatte, lauschte Kendale auf Geräusche aus dem Schlafgemach. Stille. Nach dieser Tortur war Marielle wahrscheinlich eingeschlafen.

Er beschloss, sie eine Weile ruhen zu lassen, und nahm die Papierrolle von dem Stuhl, auf den er sie geworfen hatte. Er legte die Rolle auf den Tisch in der Bibliothek, löste das Band, von dem sie zusammengehalten wurde, und breitete die Papiere vor sich aus.

Die Stimmen waren verstummt. Marielle wartete. Sicher würde gleich jemand kommen und sie von hier wegschicken. Leute, die in einem Haus wie diesem wohnten, mochten zu guten Taten bereit sein, aber sie würden nicht wollen, dass das Objekt ihrer Barmherzigkeit allzu lange bei ihnen blieb.

Prüfend blickte sie sich in der Kammer um. Ein Mann schlief normalerweise in diesem Bett. Die Gardinen und das Mobiliar verrieten, dass er Geld, aber wenig Stil hatte. Farben und Zierrat dieser Art waren in Frankreich vor mehr als dreißig Jahren einmal sehr beliebt gewesen, und auch in England fand jetzt niemand mehr Gefallen daran. Zu viel Goldfarbe. Zu aristokratisch und zu blass. Klassisch wäre passender gewesen, vor allem für einen Mann. Und da die Welt inzwischen so viel Wert auf *égalité* legte, wäre es vielleicht auch sicherer gewesen.

Das Laken fühlte sich kalt an auf ihrer Haut. Dieser Aderlasser hatte sie entkleidet, um ihre Wunden zu untersuchen. An seinem Benehmen war nichts Ungehöriges gewesen, obwohl er noch nicht sehr alt war. Vielleicht hatte er sich wegen ihrer Blutergüsse zurückgehalten. Sie fand seine ausdrucklose Miene und seine Zurückhaltung beruhigend, und während er getupft und gestochert hatte, hatte sie überlegt, wie er wohl aussehen würde, wenn sein schütteres Haar schließlich ganz verschwunden sein würde. Für ihn war sie ein Objekt, das er reparieren musste, mehr nicht, obwohl er versuchte, ihr nicht wehzutun. Was ihm allerdings nicht gelungen war, vor allem, als er diese scheußliche Arznei in die Stichwunde geträufelt hatte.

Dieses Brennen war es gewesen, was sie aufgeweckt hatte. Nie zuvor hatte sie es begrüßt, Schmerzen zu haben, aber heute schon. Noch bevor sie die Augen öffnete, wusste sie, was der Schmerz bedeutete: Sie war noch nicht tot. Welche Erleichterung, diesen Blutsauger zu sehen und zu entdecken, dass der Schmerz nicht von Folter herrührte, sondern von dem Versuch, ihr zu helfen.

Noch mehr Schmerzen. An der Schulter, am Rücken und im Gesicht. In ihrer rechten Wange pochte es. Aus dem Augenwinkel sah sie, dass sie geschwollen war. Nun, egal, wie schlimm die Schmerzen auch waren und wie merkwürdig sie aussah, egal, wie angenehm sie dieses Bett fand und wie sehr sie sich danach sehnte, eine ganze Woche lang zu schlafen, sie musste sich bei ihren Wohltätern bedanken und dann fortgehen. Vieles musste getan, Entscheidungen mussten getroffen werden. Der heutige Tag hatte vieles verändert.

Obwohl sie wusste, dass es unangenehm werden würde, setzte sie sich mühsam auf. Ihr Rücken rebellierte so heftig, dass es ihr den Atem verschlug. Sie bewegte sich langsamer, drehte sich und setzte sich auf die Bettkante. Ihr Unterkleid und ihr Kleid waren blutverschmiert und lagen auf einem Stuhl neben der Tür.

Sie stand auf und näherte sich vorsichtig. Mit dem Ohr an der Tür lauschte sie. Ein Fluchen schien durch das Holz zu dringen.

Lautlos öffnete sie die Tür und spähte hinaus.

Sie konnte den Quacksalber nicht sehen, doch sie sah einen Mann auf der anderen Seite des Zimmers. Es schien sich um eine Bibliothek zu handeln. Er stand mit dem Rücken zu ihr, dann drehte er sich zur Seite und beugte sich über einen Tisch, auf dem Bücher gestapelt waren. Er trug einen teuren Morgenrock, die Sorte, die aussah wie ein Wintermantel, aber aus grünem Seidenbrokat und nicht aus Wolle gefertigt war.

Er richtete sich auf, und sie erkannte ihn. Schöner Esel.

Vorsichtig schloss sie die Tür und lehnte sich mit der unverletzten Schulter daran, während sich in ihrem Kopf die Gedanken überschlugen.

Hatte sie den heutigen Tag völlig falsch verstanden? War es möglich, dass die Männer von diesem Mann geschickt worden waren, um ihr aufzulauern und sie herzubringen? Aber zu welchem Zweck? Sie blickte an ihrem nackten Körper hinunter und stellte sich dann seinen Morgenrock vor. Lady Cassandra hatte ihr erzählt, dass er ein Lord war und dass sein Name Viscount Kendale lautete. Es gab diese Männer, die glaubten, alles haben zu können, was sie begehrten, sogar Frauen. Vor allem Frauen.

Gehörte er zu dieser Sorte von Männern? Wenn es so war, hatte sie mit dem Feuer gespielt, als sie ihr Spielchen mit ihm getrieben hatte.

Sie berührte ihr verschmutztes Kleid und kämpfte die Panik nieder, die sie zu überwältigen drohte. Wenn er diese Männer geschickt hatte, um sie zu entführen, dann hatte er ihnen gewiss nicht aufgetragen, ihm eine geprügelte, verwundete Frau zu bringen, die nicht einmal bei Bewusstsein war. Nein, ihre anfängliche Vermutung stimmte. Er hatte sich eingemischt und sie gerettet. Was auch immer seine Absicht gewesen war, nun war sie in Sicherheit. Es sei denn, er war ein Ungeheuer. Dass er mit den Ehemännern von Cassandra und Emma befreundet war, deutete darauf hin, dass er keines war, aber genau konnte man das nie wissen.

Sie brachte ihr Kleid und die Chemise zum Waschtisch. In der Kanne war noch ein wenig Wasser. Sie goss es in die Waschschale, weichte die Kleidung ein und rieb das Blut heraus, so gut es ging. Dann breitete sie das Kleid zum Trocken auf einem Stuhl aus.

Marielle ging wieder zum Bett und zog die weiche blaue Decke zurück. Sie würde sie besser bedecken als ihre zerrissene Kleidung, doch zugleich würde sie ihn daran erinnern, dass sie schwer verletzt war. Ihre Verletzlichkeit würde ihn zugleich reizen und abschrecken. Das konnte von Vorteil für sie sein, wenn sie sich gegenüberstanden. Das und die Tatsache, dass Schöner Esel sie begehrte.

Oh ja, er wollte sie. Das wusste sie schon seit Monaten.

Beim Blick in die Papiere verwandelte Kendales Triumph sich zunächst in Verwirrung, dann in Verdruss. Es handelte sich nicht um Briefe oder Dokumente, wie er angenommen hatte. Er blätterte sie flüchtig durch. Nichts davon enthielt die Geheimnisse einer Spionin. Stattdessen wies jedes Blatt von dem Stapel dicken Papiers dasselbe Motiv auf. Es war ein Spottbild von der Art, wie Buchläden und Druckereien sie in ihren Fenstern zur Schau stellten. Auf einer vulgären Zeichnung voll übertriebener Gesichter und Posen, die von Sprechblasen aus verschiedenen Mündern begleitet wurden, entfaltete sich eine possenhafte kleine Szene.

Die Worte jedoch waren auf Französisch. Er beugte sich darüber und betrachtete die Karikaturen genau. Figuren, die britische Politiker darstellten oder Mitglieder des Hochadels und der feinen Gesellschaft, erkannte er stets genau. Von diesen Männern dagegen kannte er keinen einzigen.

Es schien kein Bild zu sein, das britische Politik zu Propagandazwecken lächerlich machte. Eher sah es aus wie die satirische Darstellung eines französischen Staatsdieners. Mit seinem Französisch war es nicht zum Besten bestellt, doch der Stich beschuldigte den abgebildeten Amtsträger, der Regierung Gelder entwendet zu haben. Er saß auf einem Thron, der aus Bauern und Arbeitern bestand, während er einen Teil der Steuern an sie verteilte, die die Untertanen zuvor gezahlt hatten.

Warum sollte Marielle Lyon sich in einer Gasse mit irgendwelchen Männern treffen und ihnen diese Bilder aushändigen? Vielleicht hatte sie herausgefunden, von wem die Stiche stammten, und sie hatte diese hier als Proben erhalten und sollte sie als Beweisstücke nach Frankreich schicken. Wenn es so war, schwebte der Künstler womöglich in Gefahr, sobald den Franzosen sein Name bekannt wurde.

»Ah, *Sie* sind es. Ich wollte mich bei der guten Seele bedanken, die mich gefunden hat. Aber wenn das hier Ihr Haus ist, ist es vielleicht komplizierter, als ich dachte.«

Die klangvolle Stimme ließ Kendale hochfahren. Er widerstand dem Impuls, sich zu ihr umzudrehen. Stattdessen verschob er mehrere Folianten so, dass sie die Papiere bedeckten, die über den Tisch verteilt lagen. Die Stiche waren noch das Geringste. Es wäre unerhört gewesen, eine französische Spionin diese Gemächer betreten und Karten von Frankreichs Küste sichtbar herumliegen zu lassen.

Endlich wandte er sich zu ihr um. Marielle Lyon stand in der Tür zum Schlafgemach. Das offene goldbraune Haar fiel ihr zerzaust über die Schultern, ihre Füße waren nackt und schmutzig. Sie hatte sich in eine Decke gehüllt, so, wie sie sich sonst in ihren großen Schal hüllte.

Unter dieser Decke aus weicher Wolle schien sie nackt zu sein. Sie presste sie fest an ihre Brust, aber dennoch sah er an ihrem Nacken und dem Dekolleté viel von ihrer nackten Haut. Eine Wunde besudelte ihre schneeweiße Schulter, und eine weitere befleckte ihr ansonsten makelloses Gesicht. Allein die Schläge mussten sie schmerzen, und dazu noch die Stichwunde. Doch sie ließ nichts dergleichen erkennen.

Kühl ließ sie den Blick an seinem Körper hinabgleiten und erinnerte ihn daran, dass er kaum besser gekleidet war als sie. Er widerstand dem Impuls, seinen Morgenrock zuzuknöpfen, um seine nackte Brust zu bedecken. Er würde mit Marielle Lyon niemals fertig werden, wenn sie sich für kühner und weltgewandter hielt als ihn.

»Es ist nicht kompliziert«, sagte er, »es ist sehr einfach. Ich habe die Burschen weggejagt und Sie hergebracht, damit Sie versorgt werden.«

»Sie sind wohl kaum zufällig auf mich gestoßen.«

»Wie auch immer, jedenfalls ist dies der Grund, dass Sie noch am Leben sind. Ihre Verbündeten schienen fest entschlossen, Sie zu töten. Sie können sich also bei mir bedanken.«

»Sie waren nicht meine Verbündeten. Das waren gemeine Diebe, die auf eine Frau losgegangen sind.«

»Diebe stehlen Geldbörsen und Schuhe und sogar Kleidung, und dann verschwinden sie. Sie nehmen sich nicht die Zeit, zuzuschlagen und auf ihr Opfer einzustechen.«

Sie zuckte mit den Schultern und zeigte so ihre Gleichgültigkeit. *Wenn Sie das glauben wollen, mir ist es gleich.* Vermutlich bedeutete es auch, dass sie sich nicht erkenntlich zeigen würde. Undankbares Weib.

Sie wandte ihre Aufmerksamkeit der Bibliothek zu, den Regalen voller Bücher und den Gardinen vor den Fenstern. Ihr Blick verweilte auf dem Kamin, auf der Muskete und dem Säbel, die auf Eisenträgern an der Wand hingen. Sie tat einige Schritte und betastete aufmerksam das Holz eines Stuhls.

»Sie sind reich«, sagte sie. »Ich habe gehört, dass Sie ein Viscount sind, aber nicht jeder Viscount ist auch reich.«

»Bessere als ich sind mir vorausgegangen und haben das Vermögen vergrößert.«

»Wie bescheiden Sie sind. Oder vielleicht war das eher die Feststellung, dass Ihre Interessen anders gelagert sind.« Nun kreuzten ihre Blicke sich. Sie ging auf ihn zu, bis sie sehr nahe voreinanderstanden. Feuer und eine Herausforderung lagen in ihrem Blick. »Sie haben sich entkleidet. Selbst wenn Sie sich Genüsse erhofft haben, die auf meiner Dankbarkeit beruhen, war das sehr gewagt.«

Genuss war das Letzte, was er im Sinn hatte. Bis jetzt. Ihre offensichtliche Tändelei und ihre provozierenden Worte ließen seine Muskeln sich anspannen, und ihm wurde heiß. Sie sah es ihm an. Süß lächelnd, triumphierend, kam sie noch näher. Ihre Augen funkelten vor Temperament und Vergnügen.

Schon einmal hatte sie ihn so angesehen, von weit weg. Er war unerwartet auf sie gestoßen, als sie mit Emma Fairbourne und Lady Cassandra in einem Garten gesessen hatte. Der Anblick seiner Spionin, die mit den Ladys plauderte, hatte ihn verblüfft. Während er noch überlegte, was er tun sollte, hatte Miss Lyon ihn bereits bemerkt. Keck und selbstgefällig hatte sie ihn angesehen.

Dann hatte sie gelächelt. Einfach so. Das Lächeln verwandelte sie in ein Mädchen. Eine Unschuld. Es war, als hätte die Zeit sich umgekehrt, und er sah Marielle Lyon, wie sie gewesen war, Jahre bevor sie nach England kam.

Verlangen und Verwirrung hatten ihn damals überfallen. Genau wie jetzt. Was ihn zutiefst irritierte. Auch das Wissen, dass Französinnen die Meisterinnen koketten Charmes waren, half da nichts. Und auch nicht das Wissen, dass sie verwundet war, schwerer noch, als es auf den ersten Blick den Anschein hatte. Im Geiste begann er sie zu verführen, unerbittlich und quälend langsam.

Sie legte eine Hand auf die Stelle, an der sein Morgenrock sich teilte, und wagte sich unter die Seide vor. Die Wärme ihrer Hand drang ihm unter die Haut und in die Brust. Wie ein gefährliches Tier brüllte das Verlangen in ihm. Zur Hölle mit dem Verführungsteil. Er schaffte es nur mit Mühe, nicht nach der Decke zu greifen und sie ihr vom Leib zu reißen. Er biss die Zähne zusammen, und schließlich gelang es ihm, kühlen Kopf zu bewahren.

Eine Liebkosung, so leicht wie die aufreizende Berührung von Samt, zaghaft, vorsichtig. Er musste deutlicher darauf reagiert haben, als er glaubte, denn wieder lächelte sie. Dann berührten ihre Finger den Verband. Ganz leicht betasteten sie den Stoff, um seine Größe und Lage zu ermessen. Die Berührung war nicht mehr kokett, aber noch immer zwang sie ihn, die Zähne zusammenzubeißen.

»Sie haben das Messer auch zu spüren gekriegt«, sagte sie. »Sie haben sie nicht weggejagt, sondern gegen sie gekämpft.«

»Es ist nicht so schlimm. Nicht schlimmer als bei Ihnen.«

Sie wandte sich von ihm ab und schlenderte durch das Zimmer. »Das macht den heutigen Tag allerdings noch komplizierter.«

»Wenn Sie damit andeuten wollen, dass niemand von uns in der Lage ist, das Spiel zu beenden, das Sie soeben begonnen haben, dann unterschätzen Sie mich.«

Mit ihrem Blick gestand sie ein, dass sie gespielt und sich verrechnet hatte. »Ich dachte, dass vielleicht Sie diese Männer geschickt haben, um mich zu überfallen. Aber wenn Sie selbst verwundet sind …«

»Warum hätte ich sie beauftragen sollen?«

»Vielleicht, damit sie mich entführen.«

»Ich habe es nicht nötig, Sie verschleppen zu lassen, um herauszufinden, was Sie tun. Da wäre es doch viel einfacher, Sie weitermachen zu lassen wie bisher. Und sollte ich jemals Männer auf eine Frau ansetzen, dann würden sie sie niemals schlagen.«

Sie legte den Kopf in den Nacken und betrachtete eingehend die Folianten auf einem der oberen Regal. »Sie verfolgen mich nicht nur, um zu überprüfen, ob die Gerüchte über mich stimmen.«

Die Decke rutschte ihr über die Schulter hinab, entblößte mehr Haut und ließ sie unter dem Stoff so nackt wirken, wie sie war. Sie war mager. Zu mager, aber dennoch weich. Ihr Körper würde zu ihrem Gesicht passen und zu ihrem Gang – fein und geschmeidig. Wahrscheinlich nutzte sie ihre Weiblichkeit auf dieselbe Weise, wie sie auch ihren Verstand nutzte, mit gefährlicher und weltgewandter Raffinesse.

Doch sie irrte sich. Er verfolgte sie nicht wegen der Aussicht auf Lust oder Verführung. Auch wenn sie tatsächlich die war, die zu sein sie vorgab, und nicht die Betrügerin, für die er sie hielt – niemals hätte er eine Französin um ihrer Gunst willen verfolgt. Nicht einmal den Besten unter ihnen durfte man vertrauen.

Suchend blickte sie sich in der Bibliothek um. »Ich hatte einige Papiere bei mir. Haben Sie sie gefunden?«

»Nein. Waren sie wichtig?«

»Nicht besonders.« Sie zog sich die Decke wieder über die Schulter hoch. »Ich muss jetzt nach Hause.«

Noch nicht. »Zuerst werde ich Kleidung für Sie holen lassen. So können Sie nicht gehen.«

»Ich trage das, was ich besitze. Ich kann nicht länger warten.«

»Ihr Kleid ist voller Blut.«

»Das meiste habe ich ausgewaschen. Mein Schal wird den Rest verdecken.« Mit großen Schritten näherte sie sich dem Schlafgemach.

»Ihr Schal ist völlig zerfetzt.«

»Dann sehe ich eben so arm aus, wie ich bin. Niemanden wird das kümmern.«

Die Bewegung schmerzte mehr, als ihm lieb war, doch Kendale war bei Marielle, bevor sie die Tür öffnen konnte. Er stützte die Hand auf die Tür und versperrte ihr so den Fluchtweg. »Sie werden hierbleiben, bis wir das Gespräch geführt haben, das ich heute mit Ihnen führen wollte.«

Sie drehte sich um und lehnte sich mit dem Rücken an die Tür. »Was könnten wir einander zu sagen haben?«

»Ich weiß, warum Sie in dieser Gasse waren. Ich weiß über die Papiere Bescheid, die an die Küste gebracht werden.«

»Sie wissen gar nichts. Die besten Köpfe Ihrer Regierung haben diese Unterhaltung schon mit mir geführt, und am Ende mussten auch sie zugeben, dass sie nichts wussten.«

Sie wussten nichts Genaues, aber der Verdacht gegen Marielle nahm zu. In der Regierung und sogar bei den französischen Emigranten selbst. Das musste sie doch wissen. Gewiss waren ihre Gleichgültigkeit und Ungeduld nur ein Täuschungsmanöver.

»Aber ich weiß etwas, denn man hat den Weg dieser Papiere bereits zweimal verfolgt, und zwar von dem Moment an, in dem Sie sie aus dem Haus getragen haben, bis zum dem Augenblick, in dem sie Schmugglern an der Küste übergeben wurden.«

»Sie lügen. Wenn Sie mir in den letzten Monaten gefolgt wären, hätte ich das gemerkt.«

»Nicht, wenn ich nicht wollte, dass Sie es erfahren.«

Sie reckte sich ihm entgegen, näherte ihr Gesicht dem seinem, streitlustig. »Eine wehende Flagge wäre weniger auffällig, als Sie es sind. Ich weiß immer, wann Sie da sind. Ich lasse zu, dass Sie mir folgen, solange es mich amüsiert, und wenn es langweilig wird, beende ich es.«

»So wie heute?«

»Ja.«

»Und doch hat es Sie überrascht zu erfahren, dass ich es war, der in der Gasse eingegriffen hat. Wenn Sie immer wissen, wann ich Ihnen folge, dann hätten Sie zumindest damit rechnen müssen, dass ich Zeuge des Angriffs werde.«

Sie dachte über die Logik seiner Worte nach. Dann blickte sie an sich selbst hinunter. »Darf ich mich vor dieser Unterhaltung ankleiden? Oder ziehen Sie es vor, dass ich nackt bleibe, weil ich dann verletzlicher bin?«

»Nackt und verletzlich ziehe ich Sie bei Weitem vor. Allerdings …« Er löste seine Hand vom Türblatt.

Sie stieß die Tür auf und betrat das Schlafgemach. »Ich werde mich beeilen, damit Sie mir sagen können, was Sie sagen müssen. Aber ich muss wirklich bald nach Hause, also bete ich, dass es schnell geht.«

Es würde ziemlich schnell gehen. Vielleicht würde sie danach sogar heimgehen können. Bald allerdings würde diese außergewöhnlich gescheite und hübsche Französin ins Gefängnis wandern, und das war noch der glücklichste Ausgang, den sie erwarten konnte.

3

Eilig zog sie sich an. Sie achtete nicht darauf, dass die feuchte Kleidung hart wie Eisen auf ihre Wunde drückte. Ihr Schal wies zwei lange Risse auf, war ansonsten aber glimpflich davongekommen. Wenigstens war er nicht blutverschmiert. Sie hüllte sich so geschickt darin ein, dass niemand den Schaden bemerken würde.

Dieser Viscount allerdings würde alles sehen. Das Blut und die Risse. Er würde wissen, dass beides da war. Vielleicht tat sie ihm leid. Hilfreich wäre es.

Sie kehrte in die Bibliothek zurück und setzte sich auf den Diwan. Neben ihr lag ein feuchtes Handtuch, das nach der Arznei roch, mit der ihre Wunde gereinigt worden war und die wie Feuer gebrannt hatte. Der Viscount hatte die Behandlung ertragen, ohne einen Ton von sich zu geben. Dabei war er, wie sein großer Verband vermuten ließ, schwerer verletzt worden als sie.

Er setzte sich nicht. Vielleicht machte die Verletzung ihm zu schaffen. Der seidene Morgenrock hing an ihm herunter, als wage er es nicht, Falten zu schlagen. Trotz seiner Schmerzen und seiner unzureichenden Kleidung hielt der Viscount sich so aufrecht, als ritte er bei einer Parade auf einem Pferd. Niemand konnte einen solchen Mann umstimmen, wenn er einen Entschluss gefasst hatte.

Und jetzt hatte er offenbar vor, sie zu verhören. Sie musste ihn davon überzeugen, dass er nichts mit Gewissheit wusste, mochte er auch vieles vermuten. Ein Zweifel, ein einziger Zweifel, würde ihr etwas Zeit verschaffen. Und die brauchte sie. Sein Verdacht gegen sie war die kleinere Sorge im Vergleich zu den vielen großen, die sich jetzt anbahnten.

Er stellte sich vor sie hin, und sie fühlte sich klein und hilflos. Und nackt. Oh ja, sie sah ihm an, dass ihre Einschätzung richtig gewesen war: dass ihr noch feuchtes Kleid sie kaum verhüllte. Das Messer hatte dem Kleid großen Schaden zugefügt, und der Arzt hatte ein Übriges getan. Ohne ihr großes Tuch wäre viel von ihrer Haut zu sehen gewesen. Das interessierte ihn. *Sie* interessierte ihn. So etwas weiß eine Frau einfach.

Mit Sicherheit wusste sie es seit dem letzten Frühling, seit dem Tag, an dem sie ihn hatte wissen lassen, dass ihr bewusst war, unter seiner Beobachtung zu stehen. Beides war danach zu Ende gewesen, sowohl die Verfolgung als auch sein Interesse. Oder zumindest hatte sie das geglaubt. Doch er hatte angedeutet, dass er sie weiterhin beobachtet hatte – auf so geschickte Weise, dass es ihr entgangen war. Das war keine gute Nachricht. Schwierigkeiten aus zwei Richtungen konnte sie nicht gebrauchen.

»Was sind das für Papiere, die Sie den Kurieren übergeben?«, fragte er.

»Briefe. Einige an den Anwalt meiner Familie, der versucht, Geld aus unserem Besitz für mich zu bekommen. Andere sind Versuche, Kontakt zu Familienmitgliedern aufzunehmen, die vielleicht noch am Leben sind. Immer wieder schreibe ich Briefe, und dann warte und hoffe ich.«

»Sie nehmen große Mühen auf sich, um Briefe außer Landes zu bringen.«

»Die Familie ist jede Mühe wert, finden Sie nicht?«

Offenbar nicht. Er nickte nicht einmal bestätigend.

»Sie haben nicht nur Briefe versendet. Manchmal haben Sie unversiegelte Papiere verschickt. Dokumente. Massen davon, in Rollen, wie Sie heute eine bei sich trugen.«

»Heute habe ich nur ein paar Bilder aus meinem Geschäft bei mir getragen, um sie zu einem Drucker zu bringen, der sie einfärben wollte. Das ist es, was wir bei mir zu Hause tun. Bilder einfärben. Fragen Sie Lady Cassandra oder Emma. Fragen Sie diesen anderen Viscount, den Cassandra geheiratet hat. Alle waren schon dort und haben die Frauen bei der Arbeit gesehen.« Hoffentlich würde ihn das ablenken, falls er diese Rolle am Ende doch genauer betrachtet hatte.

Seine Augen blitzten, und sein Gesicht nahm einen äußerst strengen Ausdruck an. »Es geht schneller, wenn Sie mich nicht wie einen Narren behandeln. Ich habe Ihnen gesagt, dass die Männer, mit denen Sie sich treffen, bis zur Küste verfolgt worden sind. Man hat gesehen, dass diese Rollen England auf Schmugglerbooten verlassen haben. Und die Drucker, die Sie beauftragen, werden sich wohl kaum in Frankreich befinden.«

Bedauerlicherweise war Schöner Esel nicht dumm genug, um sich so einfach hereinlegen zu lassen. Dennoch versuchte sie es. »Haben Sie das mit eigenen Augen gesehen?«

»Leute, denen ich vertraue, haben es gesehen.«

So hatte er sie also ohne ihr Wissen überwacht. Er hatte andere mit der Aufgabe betraut. Wie unfair! »Sie täuschen sich. Oder die Männer, die die Drucker zu mir geschickt haben, haben meine Arbeiten gestohlen und sie an diese Schmuggler verkauft. Oder Ihre Vertrauensmänner haben London nie verlassen, sondern Ihr Geld für Ale ausgegeben und Ihnen hinterher erzählt, was Sie hören wollten. Sie wissen überhaupt nichts, und Sie können auch nichts beweisen.«

Er verschränkte die Arme und starrte wütend auf sie hinab. Die Bewegung wurde begleitet von einem kaum wahrnehmbaren Zusammenzucken. Seine Haltung sorgte dafür, dass der Morgenrock sich gerade so weit öffnete, dass sie seine Brust sehen konnte, aber er schien sich dessen nicht bewusst zu sein.

Eine ansehnliche Brust. Breit und mit kräftigen Muskeln als Beweis eines aktiven Lebens. Ein Mann des Militärs, vermutete Marielle. Alles an ihm deutete darauf hin. Kein Soldat allerdings. Ein Viscount würde sich nicht als gemeiner Soldat verdingen.

»Ihr Englisch ist sehr gut«, sagte er.

Sie versuchte, geschmeichelt zu wirken, aber in ihrem Kopf läuteten die Alarmglocken. »Seitdem ich hier bin, habe ich häufig Gelegenheit zu üben. Ich verbringe meine Zeit nicht nur mit meinen eigenen Landsleuten.«

»Haben Sie Englisch in Frankreich gelernt?«

»So viel ich konnte. Es hat mir Spaß gemacht, die Sprache zu lernen.«

Sein Blick ruhte auf ihr. »Sogar Ihr Akzent …«

»Ich imitiere die Sprache derjenigen, die der besseren Gesellschaft angehören.« Er schien nur neugierig zu sein, dennoch gefiel es ihr nicht, dass er sie so bedrängte. In ihren Schläfen begann es zu pochen. »Wer eine Fremdsprache mit starkem Akzent spricht, ist faul. Es reicht, wenn man sich ein wenig anstrengt und das nachahmt, was man hört.«

Nachdenklich ging er auf und ab und warf ihr gelegentlich einen Blick zu. »Denken Sie auf Englisch? Beherrschen Sie die Sprache so gut?«

Ein Schauer überlief sie. »Selten.« Mit einer Hand berührte sie ihren Kopf. »*Pardon, m'sieur,* aber …« Sie schloss die Augen und kämpfte gegen die Panik an, die sie erzittern ließ.

»Sind Sie krank?«

Seine Stimme erschreckte sie, denn sie klang aufrichtig besorgt. Als sie die Augen öffnete, sah sie ihn direkt vor sich. Er kniete und blickte ihr prüfend ins Gesicht.

»Nur ein kleiner Schwächeanfall. Es ist gleich vorbei.«

»Sie haben Blut verloren. Ich schätze, es war genug, um Sie

ohnmächtig werden zu lassen. Und dann die Schläge.« Er ließ die Fingerspitzen über der Wunde in ihrem Gesicht schweben und betrachtete es eingehend.

»Wenn ich nach Hause gehen und mich ausruhen kann, wird es gleich besser.«

»Das kommt überhaupt nicht infrage.«

Ihr sank der Mut. »Weil Ihnen meine Hälfte dieser Unterhaltung nicht gefällt?«

»Weil Sie zu schwach sind.« Er stand auf und half ihr, auf die Füße zu kommen. »Es war schändlich von mir, Ihnen jetzt dieses Gespräch aufzuzwingen. Gehen Sie und ruhen Sie sich aus. Wir werden ein anderes Mal Zeit finden.«

Sanft manövrierte er sie zu der Tür, die in das Schlafgemach führte.

»In meinem eigenen Bett würde ich mich sehr viel wohler fühlen. Ich wäre Ihnen sehr verbunden, wenn Sie eine Droschke für mich rufen würden. Zu Hause habe ich genug Geld, um dafür zu bezahlen.«

»Ich will nichts mehr davon hören. Der Arzt hat gesagt, dass Sie sich mehrere Tage lang nicht von hier fortbewegen sollen. Ich hätte darauf bestehen müssen, dass Sie wieder ins Bett gehen, anstatt Sie um diese Zeit mit meinen Fragen zu belästigen.«

Er würde nicht aufgeben. Wie lästig er sein konnte! Also würde sie sich später hinausschleichen müssen.

»Werden die Bediensteten nicht …?«

»Im Augenblick bin ich ganz allein hier. Niemand wird es erfahren. In einigen Stunden werde ich uns etwas zu essen bringen lassen. Ich werde Ihnen Bescheid geben. Dann können Sie sich stärken.«

Die Wohnung war klein, und es gab kein weiteres Schlafgemach. Wenn er in dieser Bibliothek blieb, würde die Schlafkammer ihr Gefängnis werden.

Sie legte sich vollständig angekleidet auf das Bett, das wunderbar bequem war. Marielle fühlte sich wirklich ein bisschen benommen, und der Gedanke, sich auszuruhen, war verlockend. Bis das Essen kam, würde sie es sich gut gehen lassen und dann verschwinden, bevor er das Verhör fortsetzen konnte.

Kendale machte sich daran, eine Mahlzeit für seinen kranken Gast zu beschaffen. Er lehnte sich aus dem Fenster und rief einen Jungen von der Straße heran. Der junge Harry lungerte stets dort herum und hoffte auf Botengänge und ein paar Pence als Bezahlung.

»Was kann ich für Sie tun, M'lord?«, rief er, als er seinen Namen hörte. »Brauchen Sie den Aderlasser noch mal?«

»Geh zum *White Knight* und sag dem alten Percy, er soll mir etwas von dem schicken, was er heute gekocht hat. Genug für zwei.«

»Zwei, ja? Is' sie wieder zu sich gekommen, ja? Sie sah wie tot aus, als Sie sie reingebracht haben.«

Kendale schnickte einen der Pennys, die er in der Hand hatte. Die kleine Münze flog durch die Luft und landete mit leisem Geklingel auf dem Straßenpflaster. »Dafür vergisst du, dass ich jemanden hereingetragen habe, Junge. Und das hier kriegst du, weil du im Wirtshaus Bescheid sagst.« Er warf ihm weitere drei Pence zu.

Harry sammelte das Geld auf. »Wollen Sie Bier zu dem Essen?«

»Wein.« Er redete sich ein, dass er sich nicht deshalb für den Wein entschieden hatte, weil eine Französin mit ihm geflirtet hatte. Vielmehr kam er sich rüpelhaft vor, weil er sie mit Fragen drangsaliert hatte, obwohl sie verletzt und krank war. Er wollte lediglich etwas wiedergutmachen.

Kendale öffnete mehrere Vitrinen, um herauszufinden, wo

sein Diener Porzellan und Kristallgläser aufbewahrte. Er hätte Mr Pottsward mitnehmen sollen zu diesem Besuch in der Stadt, aber bei kurzen Reisen tat er das fast nie. Wenn er nicht mehr in der Lage war, sich eine Woche lang selbst zu waschen, anzukleiden und zu verpflegen, dann würde er wissen, dass er den Kampf verloren hatte. Den Kampf, der Mann zu bleiben, der er war, anstatt der zu werden, der er seinem verdammten Titel zufolge sein sollte.

Er fand die Teller und Gläser, dazu ein Tischtuch und Tafelsilber. Wie gut, dass Pottsward alles zusammen aufbewahrte. Andernfalls hätte er das Tischtuch vergessen. Unsicher, ob er es richtig machte, versuchte er sich zu erinnern, wo die Gabeln zu liegen hatten, als er den Tisch in der Bibliothek deckte. Dazu hatte er die riesigen Folianten forträumen müssen und die Kupferstiche und Landkarten, die darunterlagen. Nachdem er die Karten aufgerollt und die Stiche zusammengebunden hatte, versteckte er sie auf den oberen Regalen des verglasten Bücherschranks.

Dann wartete er, dass Marielle Lyon aufwachen würde, und wieder fragte er sich, was es mit den Bildern auf sich hatte, die sie bei sich gehabt hatte, und mit den Männern, die sie angegriffen hatten. Was hatte es zu bedeuten, dass Marielle Lyon für ein paar Bilder beinahe gestorben wäre? Sie behauptete, damit zu einem Drucker und Verleger unterwegs gewesen zu sein, der Frauen angeheuert hatte, um sie einzufärben. Aber diese hier waren nicht farbig.

Sie sagte, der Angriff sei ein typischer Fall von versuchtem Straßenraub gewesen. Das hielt er für unwahrscheinlich, doch ganz konnte er es in Anbetracht des enttäuschenden Inhalts jener Dokumentrolle nicht ausschließen.

Seine Gedanken wanderten zu den letzten Worten, die sie gesagt hatte, bevor sie in der Gasse zu Boden gesunken war. *Je suis désolée. Es tut mir leid, dass ich dich enttäuscht habe.*

Sie hatte es auf Französisch gesagt, dann auf Englisch. In gutem Englisch. Zu gut, dachte er jetzt, nachdem er länger mit ihr gesprochen hatte. Auf die Rolle, die sie spielte, war sie gründlich vorbereitet worden. Ohne Zweifel verstand sie Englisch sogar noch besser, als sie es sprach.

Er hatte noch nie Spione ausgebildet, doch wenn es jemals dazu kommen sollte, würde er verlangen, dass sie die Sprache gut zu sprechen und noch besser zu verstehen lernten. Es war sinnlos, das Ohr am Feind zu haben, wenn dieses Ohr nicht alles verstand, was es belauschte, egal, ob die Worte von einem Schulmeister kamen oder von einem Ungebildeten, der sich einfachster Umgangssprache bediente.

Sie hatte auf alles eine Antwort gewusst und sich von seinen Fragen und Anschuldigungen nicht im Geringsten einschüchtern lassen. Und auch, als er ihr gesagt hatte, dass der Weg ihrer Dokumente bis zur Küste und in die Hände von Schmugglern verfolgt worden war, die bekannt dafür waren, dass sie über den Kanal ruderten, hatte sie nicht einmal mit der Wimper gezuckt. Was hatte sie gesagt? Ach ja. Dass klügere Köpfe als er diese Unterhaltung bereits mit ihr geführt hatten und am Ende zugeben mussten, dass auch sie nichts wussten.

Unbehaglich verlagerte er das Gewicht auf dem Diwan. Die Schmerzen in seiner Hüfte waren stärker geworden, seitdem Anderson fort war. Er war schon zuvor verwundet worden und wusste, dass das normal war. Morgen würde es sogar noch schlimmer sein. Und dann würde es vorbeigehen, langsam, Tag für Tag, bis der Morgen kam, an dem er vergessen würde, dass es jemals eine Wunde gegeben hatte. Er betrachtete den Diwan, auf dem er heute Nacht schlafen würde.

An der Tür war ein Klopfen zu vernehmen. Er stand auf und

ließ den Bediensteten des Wirtshauses herein. Der Mann trug ein Tablett, auf dem etliche Speisen standen, jede davon mit einer umgedrehten Schüssel aus Zinn bedeckt. Zwei Flaschen Wein lugten aus einem Sack, den der Diener sich um den Leib gebunden hatte.

»Hier. Behalten Sie den Rest.« Kendale reichte ihm ein paar Münzen, mehr als genug, um für das Essen zu bezahlen. Bevor er die Wohnung verließ, steckte der Diener schon einige davon ein.

Da er ohnehin auf den Beinen war, begab er sich zur Tür der Schlafkammer. Von dort waren Geräusche zu hören. »Kommen Sie, essen Sie etwas.« Er sprach so leise, dass sie ihn nicht hören würde, falls er sich irrte und sie noch schlief.

Die Tür öffnete sich, und Marielle tauchte auf, den Schal in der Hand. Ohne das verhüllende Tuch war der Schaden an ihrem Kleid deutlich zu sehen. Offenbar hatte sie das Waschwasser des Morgens benutzt, um den größten Teil des Blutes auszuwaschen. Die feuchte Seite ihres Kleides klebte ihr am Körper. Es war eines dieser altmodischen Kleider mit tief sitzender Taille und Schnürung auf der Vorderseite. Vermutlich war es neu sehr hübsch gewesen, aber jetzt hatte das Hellbraun des Stoffes sich in etwas verwandelt, das der Farbe angetrockneten Schlamms auf einer Landstraße ähnelte, und die welken weißen Spitzenbesätze waren graustichig geworden.

»Ich habe keine Zeit zum Essen.« Trotzdem ging sie zu dem Tablett, nahm die Zinnschüsseln ab und schnupperte.

»Ich bestehe darauf. Sie waren ohnmächtig. Wenn Sie eine anständige Mahlzeit zu sich nehmen, werden Sie schneller wieder gesund.«

»Es ist falsch von Ihnen, mich wie eine Gefangene zu halten.«

»Keine Gefangene. Ein Gast. Als ich Ihnen das Leben gerettet habe, bin ich beinahe aufgespießt worden, und ich werde nicht riskieren, dass alles umsonst war, nur weil Sie nicht vernünftig sind und sich ein paar Tage ausruhen.«

»Sie wollen mir nur noch mehr lästige Fragen stellen.«

»Gentlemen belästigen kranke oder verletzte Frauen nicht mit Fragen. Ich müsste Sie eine ganze Woche hierbehalten, bis Sie gesund genug sind, damit ich Sie weiter befragen kann. Einsperren würde ich das nicht nennen, aber wenn Sie unbedingt darauf bestehen ...«

»Eine Woche wäre höchst unangemessen. Unmöglich. Das würde ich nicht zulassen.«

»Die Sache ist die: Als Gefangene haben Sie überhaupt keine Wahl. Aber wie ich schon sagte, Sie werden nur so lange hierbleiben und sich ausruhen, wie der Arzt es verordnet hat. Danach sind Sie frei zu gehen.«

Sie lächelte in sich hinein, als hätte sie eine glatte Lüge durchschaut. Dann zuckte sie wieder einmal mit den Schultern. »Setzen Sie sich. Sie haben keine Hilfe, also werde ich das Essen servieren.«

Kendale setzte sich und machte sich daran, eine Weinflasche zu öffnen. Marielle schöpfte Hühnereintopf und Kartoffeln in die Schüsseln, brach säuberlich das Brot und legte etwas davon vor Kendale hin.

Sie ließ sich auf dem Stuhl an der schmalen Seite des Tisches nieder. Er saß neben ihr, so nahe, dass sie ihn hätte berühren können. Es wäre besser gewesen, er hätte zwei sich gegenüberliegende Plätze gedeckt, aber darüber hatte er gar nicht nachgedacht. Es schien sie nicht zu stören, ja sie bemerkte nicht einmal, wie nahe sie beieinandersaßen.

»Bitte tun Sie so, als röche ich nicht nach einer schmutzigen Gasse und nach Blut und als wäre mein Haar kein Rattennest, das dringend durchgekämmt werden muss. Es ist mir peinlich, mich beim Dinner mit einem Gentleman in einem solchen Zustand zu befinden.«

»Wir sind heute beide nicht in bestem Zustand. Aber Ihr Haar ist kein Rattennest, sondern man sieht ihm den Schlaf noch an, und das Einzige, was ich rieche, ist dieser Eintopf.« Um sie zu beruhigen, aß er ein wenig davon.

»Wie höflich von Ihnen, so etwas zu sagen. Ich glaube, meine Freundin Lady Cassandra hat sich doch in Ihnen getäuscht.«

»Wie das?«

»Sie behauptet, dass Sie niemals jemandem schmeicheln, sogar, wenn es klug wäre, das zu tun. Dass Sie keine …«, sie suchte nach dem richtigen Wort, »… Sympathie für die feine Gesellschaft hegen.«

Vermutlich wollte sie damit sagen, dass er nicht in die feine Gesellschaft *passte.* »Ihre Freundin hat bemerkt, dass ich das Geplapper über unwichtige Dinge nicht ertrage. Die Skandale. Die wechselnden Moden. Warum das überhaupt jemanden interessiert, geht über meinen Verstand. Schon immer.«

Er fragte sich, ob Lady Cassandra – inzwischen Lady Ambury – bei solch unwichtigem Geplapper eine Bemerkung über seinen Mangel an gesellschaftlichem Schliff hatte fallen lassen. Vielleicht hatte Marielle sie aber auch danach gefragt.

Die Vorstellung gefiel ihm. Und deshalb fluchte er innerlich. Verdammt, manchmal war er wirklich ein Esel.

Sie aß etwas von der Suppe, bevor sie ihre Aufmerksamkeit wieder dem Viscount zuwandte. Die Wunde in ihrem Gesicht verfärbte sich allmählich hässlich, aber sie konnte ihn nicht so sehr von der erlesenen Schönheit ihres Gesichts ablenken, wie es gut für ihn gewesen wäre. Ihre Augen wirkten jetzt heller als zuvor. »Sie sind Soldat, stimmt's? Offizier.«

»Hat Cassandra Ihnen auch das erzählt?«

»Nein. Ich sehe es Ihnen an. Die Art, wie Sie stehen, die Art, wie Sie reiten. Ich kann es in Ihrem Gesicht und in Ihren Augen lesen. In meinem Leben habe ich schon viele Soldaten gesehen.«

»Wenn Sie damit das Gelichter meinen, aus dem die französische Armee inzwischen besteht, dann muss ich Sie bitten, mich nicht zu beleidigen.«

»Nicht alle derzeitigen Offiziere sind Gesindel. Aber ich spreche von der Vergangenheit, als ich noch ein Mädchen war.«

Wenn sie Frankreich als junges Mädchen verlassen hatte, wie konnte sie dann wissen, welche Angehörigen der Armee Gesindel waren und welche nicht? »Ich war Offizier. Als der Titel auf mich überging, habe ich mein Patent verkauft. Es gibt ein paar Angehörige des Hochadels, die Armeeoffiziere sind, aber nur sehr wenige.«

»Das ist überall dasselbe. Die Pflichten eines Adligen erlauben diese Art zu leben vermutlich nicht.«

»Nein.«

Sie legte den Kopf schief und blickte ihm unverwandt in die Augen. »Sie vermissen es.«

Tat er das? Ihm fehlte das höhere Ziel, so viel war sicher. Für den Schutz einer Nation zu kämpfen, war von einer Reinheit, die das Grübeln über den Geschäftsbüchern eines Vermögens niemals besitzen würde. Und auch die unendlichen Streitereien zwischen engstirnigen Männern im Parlament, die betrogen, um ihre eigenen Interessen durchzusetzen, kamen dem nicht gleich.

Es gab noch mehr Dinge, die ihm fehlten. Die selbstverständliche Kameradschaft unter Männern. Das einfache Leben im Feld. Das Schwarz und Weiß von Ehrlosigkeit und Ehre. Er vermisste die Körperlichkeit dieses Lebens und das Erwachen im Morgengrauen.

Und vor allem fehlte ihm das sichere Wissen, das zu tun, wozu er geboren war.

»Manches vermisse ich, manches nicht.« Das Sterben nicht und nicht den Verrat.

Es wäre weise, wenn er sich Letzteren wieder ins Gedächtnis rufen würde, vor allem den schlimmsten Verrat und das, was er daraus gelernt hatte. An erster Stelle stand, dass hübschen Französinnen nicht zu trauen war, die mit einem Lächeln aus einem Mann einen Narren machen konnten.

Er konzentrierte sich auf die Mahlzeit und versuchte, die reizende Französin nicht zu beachten, die so nahe neben ihm saß, dass er ihren Duft wahrnehmen konnte. Es war nicht nur der Geruch jener kleinen Gasse und der von Blut, der an ihr haftete. Er roch auch Moschus und Blumen. Sie trug Kleider, die jahrzehntealt waren, aber sie trug auch Parfum. Französisches Parfum wahrscheinlich. Eingeschmuggelt vermutlich. Möglicherweise war es Teil des Lohns, den sie von demjenigen erhielt, der ihr Aufträge erteilte und dem sie die Dokumentrollen schickte.

Er musste nicht einmal von seinem Teller aufblicken, um sie zu sehen, so nahe saßen sie nebeneinander. Darum spürte er, wie sie die Gabel niederlegte. Ihre blasse kleine Hand ruhte auf dem Tisch neben der Schüssel. Eine weiche Hand, wie er festgestellt hatte, als sie ihn berührt hatte. Wahrscheinlich pflegte sie sie des Abends mit einer Creme. Französischer Creme.

In Gedanken begann er die Indizien aufzuzählen, die gegen sie sprachen, legte ein Detail auf das andere wie Steine auf eine Mauer. Das stärkte seine Entschlossenheit ihr gegenüber nicht in dem Maße, wie er gehofft hatte. Ihre Wunden und Prellungen und die Rolle, die er heute gespielt hatte, verstärkten seine Neigung, sie zu beschützen und mit ihr zu fühlen. Ihre hellen

Augen und das kokette Lächeln, ihr Duft führten ihn in Versuchung, noch andere Gefühle für sie zu empfinden.

Endlich war das Essen beendet. Kendale trank etwas Wein und wartete, dass sie sich entschuldigen und zurückziehen würde. Stattdessen machte sie es sich auf ihrem Stuhl bequem und sprach ebenfalls dem Wein zu. Als sie trank, sah sie Kendale über den Rand des Glases an.

»Also, *m'sieur le vicomte*, ich bin satt«, sagte sie schließlich. »Der Abend bricht herein, und ich bin noch hier, wie Sie es verlangt haben. Darf ich Sie nun fragen … was Ihre Absichten sind?«

Ein paar schändliche fielen ihm ein. »Das habe ich Ihnen schon gesagt. Ich habe vor, dafür zu sorgen, dass Sie den Anweisungen des Arztes gehorchen und sich einige Tage ausruhen. Womöglich haben die Schläge zu inneren Verletzungen geführt.«

»Ist das alles, was Sie wollen?« Sie bedachte ihn mit ihrem wissenden, koketten Lächeln.

Augenblicklich fiel die Mauer um sein Inneres in sich zusammen. *Zum Teufel, nein! Ich will dich nehmen, auf diesem Tisch, auf dem Fußboden, an die Wand gedrückt, auf dem Diwan … egal wo.* »Sie sind zu schlau für mich. Dann also die Wahrheit. Ich will, dass Sie die Anweisungen des Arztes befolgen, und sobald sichergestellt ist, dass Sie keine weiteren Verletzungen erlitten haben, werde ich das Verhör fortsetzen.«

»Beabsichtigen Sie, mich bei diesem Verhör zu foltern?«

»Natürlich nicht.« Welche Frau stellte eine solche Frage oder rechnete sogar damit, gefoltert zu werden? Keine gewöhnliche, sondern eine Spionin, die man gewarnt hatte, dass es dazu kommen konnte.

»Ich habe Sie gekränkt. Das tut mir leid. Aber es wäre nicht das erste Mal, dass das passiert«, sagte sie.

»Das wissen Sie genau, stimmt's? Ist das eine weitere Erinnerung an die Vergangenheit, als Sie noch ein junges Mädchen waren, oder eine aus jüngerer Zeit, aus Ihrer Verbindung mit diesem Gesindel?«

Sie erstarrte, und ihre hellen Augen wirkten plötzlich eisig. »Es gibt keine solche Verbindung.«

Er schüttete den Rest des Weines hinunter. *Von wegen, es gibt keine.*

Es war Zeit, diesen Ort und diesen Mann zu verlassen.

Oh, er würde sie nicht foltern. Jedenfalls nicht auf die Art, die sie kannte. Aber er würde zudringlich und unerbittlich sein und in allem herumstochern, was sie sagte. Es würde ihr nicht viel nützen, auf jedes Wort und jede Kleinigkeit zu achten.

Schlimmer noch, er würde sie auch daran hindern, herauszufinden, was der heutige Tag für ihr Leben und ihre Sicherheit bedeutete. Und er würde es ihr unmöglich machen zu handeln, während es vielleicht auf jede Stunde ankam. In diesem Augenblick gab es andere Dinge, um die sie sich kümmern musste. Unter anderem musste sie sich entscheiden, ob sie aus London fliehen sollte, und falls sie das tat, musste sie sich darüber klar werden, wo und wie sie sich verstecken konnte.

Seine Fragen mussten warten. Mit etwas Glück würde sie sie niemals beantworten.

Außerdem würde der Aufenthalt in dieser Wohnung alles andere als angenehm sein. Wenn sie blieb – auch wenn sie sich in der Kammer einschloss –, würde sie sich vor ihm fürchten. Dass kein Diener zugegen war, machte die Situation zu vertraut. Zu intim. Das hatte das gemeinsame Essen bereits deutlich gezeigt.

Sie bezweifelte, dass er sie einfach zur Tür hinausgehen lassen würde. Er hatte sie eingesperrt, egal, wie er es zu nennen beliebte. Sie überlegte, wie sie entkommen konnte. Trotz ihrer Entschlossenheit sah das Federbett sehr verlockend aus. Ihr Kopf schmerzte, der Rücken war steif, und dieses Bett verfügte über große Anziehungskraft. Vermutlich würde ihr morgen jede Bewegung wehtun, und dann wäre es eine Zeit lang unmöglich zu fliehen. Sie musste es jetzt tun.

»Ich ziehe mich jetzt in die Kammer zurück und sehe Sie dann morgen früh«, sagte sie. »Es ist noch sauberes Wasser von heute Morgen da. Aber wer wird für Sie sorgen, wenn kein Diener hier ist?«

»Ich werde einen der Jungen von der Straße rufen. Für eine Münze holen sie mir alles, was ich brauche.« Er deutete auf das Tablett und die Teller.

»Wer kümmert sich um Sie, wenn keine Bediensteten Sie begleiten?«

»Ich tue es selbst, wie die meisten anderen Menschen auch.«

Sie drehte sich etwas und musterte ihn von der Seite. »Aber heute haben Sie eine schlimme Stichwunde an der Hüfte. Ich kann mir nicht vorstellen, dass es Ihnen gefällt, sich diese hohen Stiefel selbst auszuziehen. Ist das in Ihrem Zustand überhaupt möglich?«

Er dachte nach, dann zuckte er die Achseln. »Allem Anschein nach werde ich in Stiefeln schlafen müssen.«

»Sie hätten sich von dem Arzt helfen lassen sollen, als er noch hier war. So wie mit Ihren Röcken und dem Hemd.« Sie stand auf. »Ich werde Ihnen helfen. Ein kleiner Preis für mein Leben. Setzen Sie sich da drüben auf den Diwan, ich ziehe sie Ihnen aus.«

Er wollte widersprechen. Bevor er dazu kam, war sie bereits auf der anderen Seite des Zimmers. »Streiten Sie sich nicht mit mir, *m'sieur*. Ich habe das früher schon gemacht, für meinen Vater. Es ist eine Kleinigkeit.«

Sie hörte, wie er sich erhob, dann schwieg er. Vermutlich quälte die Wunde ihn immer schlimmer mit jeder Stunde, die verging. Jede Bewegung seines Oberkörpers zerrte daran. Marielle hatte ihm den Rücken zugekehrt, damit er seine Fassung wiedererlangen konnte, ohne dass sie seinen Schmerz sah.

Er ging auf den Diwan zu, ließ sich langsam darauf nieder und schob ihren Schal beiseite. Mit stoischer Miene lehnte er sich vorsichtig an die Kissen.

»Ich hätte gedacht, dass Ihr Vater einen Stiefelknecht hatte«, sagte er. »Er war der Bruder eines Grafen, stimmt's?«

Sie schaffte es, gleichmütig zu wirken, aber innerlich verfluchte sie sich selbst. »Und Sie sind zwar ein Viscount, aber Ihr Knecht ist jetzt nicht hier. In dieser unangenehmen Lage hat sich auch mein Vater gelegentlich befunden.«

Amüsiert musterte er sie von unten herauf und hob das linke Bein an. Sie beugte sich darüber, umfasste den Stiefel an Ferse und Kappe und zog ihn ihm mit einem Ruck aus.

Beeindruckt von ihrer Geschicklichkeit und Kraft, machte er Anstalten, das andere Bein auszustrecken. Doch sogleich verkrampfte er sich, hielt inne, verzog das Gesicht und setzte den Fuß wieder ab. Für kurze Zeit saß er regungslos und mit geschlossenen Augen da. Als er sie wieder aufschlug, war der Schmerz verflogen. »Offenbar werde ich beim Schlafen einen Stiefel anbehalten müssen.«

»Unsinn.« Sie kniete vor ihm nieder. »Das kriege ich schon hin.«

In seinem Blick war es deutlich zu sehen … die Wirkung ihrer Nähe und der Zweideutigkeit ihrer Körperhaltung. Er biss die Zähne zusammen, zeigte aber weiter keine Reaktion.

Sie betastete den Stiefel, um zu ermessen, wie eng er saß. Kendale sah ihr dabei zu, ohne zu bemerken, dass sie mit einem

Finger wie mit einem Haken unter das Tuch griff. Es fiel vom Diwan und blieb auf dem Boden neben seinem Fuß liegen.

Es war nicht leicht, ihm den Stiefel auszuziehen, weil er das Bein nicht ganz ausstrecken konnte. Sie arbeitete sich langsam vor, und endlich fühlte sie, dass sein Fuß aus dem Stiefel glitt. Sie zog ihm den Stiefel ganz aus und hielt ihn triumphierend in die Höhe. Er nahm ihn ihr aus der Hand und stellte ihn neben sich auf den Boden.

Marielle setzte sich auf die Fersen, und ihr Blick wanderte bewundernd über seine leicht bekleidete Gestalt. Kendale trug den Morgenmantel zwar fast ganz zugeknöpft, doch ohne Hemd darunter waren sein Hals und der obere Teil seiner Brust gut sichtbar.

»Ich kann ebenso gut das auch noch tun.« Sie strich mit den Händen an seinem Bein hinauf, um seine Strümpfe zu lösen.

Er hielt sie nicht auf. Er protestierte nicht. Er sah ihr nur zu.

In der Luft zwischen ihnen schwangen jene Saiten, die stets in Schwingung kommen, wenn ein Mann eine Frau begehrt. Es hätte gefährlich für sie sein können, wäre da nicht seine Wunde gewesen. Schon früher an diesem Tag, bevor sein Körper gegen die Verletzung rebellierte, hätte er sie in Schwierigkeiten bringen können.

Nun war er wirklich nur noch leicht bekleidet, seine Beine von den Knien abwärts nackt. Ansehnliche Beine, dachte sie. Geformt durch körperliche Ertüchtigung und Bewegung, genau wie der Rest seines Körpers. In der Hoffnung, sein Interesse nicht falsch gedeutet zu haben, ließ sie die Hände noch einmal an seinem Bein hinaufgleiten, berührte diesmal seine nackte Haut. Sie spürte das leichte Spiel seiner Muskeln. Als sie ihm ins Gesicht blickte, wirkten seine Augen wie Kohle, die in der Dunkelheit glüht.

»Sie sollten besser aufhören«, sagte er.

Marielle fuhr damit fort, seine Beine bis zu den Knien hinauf mit federleichten Bewegungen zu liebkosen. »Machen die Prellungen mich so hässlich, dass Sie mich nicht mehr begehren? Aber vielleicht habe ich das auch missverstanden.«

»Du hast nichts missverstanden, und du kannst überhaupt nicht hässlich sein. Und wie alle schönen Frauen weißt du das auch genau.«

»Warum soll ich dann aufhören? Schließlich ist es keine lästige Pflicht, die Sie mir auferlegt haben.« Sanft strich sie höher, über seine Knie und bis zum Saum der Pantalons, die mit Knöpfen geschlossen waren. Ohne den Blick von seinem Gesicht zu lösen, öffnete sie die Knöpfe.

Einen Moment lang schloss er die Augen. Sie konnte sehen, wie er versuchte, seine Selbstbeherrschung wiederzuerlangen.

»Das ändert auch nichts«, sagte er schließlich. »Du kannst auf diese Weise nichts gewinnen.«

Sie erhob sich auf die Knie und lehnte sich an ihn, sodass ihr Körper gegen seine Schienbeine drückte und ihre Brüste auf seinen Knien ruhten. »Lust kann ich gewinnen. Und mehr erwarte ich nicht.«

Außerhalb seines Blickfeldes hob sie ihr Tuch vom Boden auf und zog es zwischen seinen Beinen und ihrem Oberkörper hindurch. Mit der rechten Hand liebkoste sie seinen Oberschenkel, während sie mit der linken den weichen Seidenstoff über seine Unterschenkel gleiten ließ, immer wieder.

Sein Blick war so glühend, dass er bereit schien, sie zu packen. »Du vergisst, dass wir beide verletzt sind und in zu schlechter Verfassung, um Lust zu empfinden.«

»Sie sind so charmant. Und sehr britisch.«

Ihre Hand glitt an der Innenseite seines Schenkels höher. Sie streichelte ihn dort, wo sich der Beweis seiner Erregung unter dem Stoff der Hose wölbte. Marielle glaubte nicht, dass er ihr jetzt noch Einhalt gebieten würde. Sie glaubte nicht, dass er es noch konnte, selbst wenn er wollte. »Ich hingegen bin Französin. Sie verstehen, was das heißt? Wir kennen Wege zur Lust, bei denen unsere Wunden nicht stören.«

Er verstand. Schon die Andeutung bewirkte, dass seine Lippen sich öffneten und er die Zähne zusammenbiss. Er sah sie an, und vermutlich nahm er nur ihre rechte Hand auf seinem Schenkel wahr, nicht aber die andere, mit der sie sich an dem Tuch zu schaffen machte.

»Schließen Sie die Augen«, sagte sie leise. »In mancher Hinsicht bin ich Ihnen gegenüber noch schüchtern.«

Er schloss sie nicht sofort. Nicht, bevor ihre Hand sich nicht bis zu den Knöpfen über besagter Wölbung vorgewagt hatte. Dann senkte er die Lider, und er biss die Zähne so heftig zusammen, dass sein Kiefer aussah wie aus Stein gemeißelt.

Sie öffnete die Knöpfe und versuchte, nicht weiter darauf zu achten, als ihre Finger flüchtig die Härte seiner Erregung streiften. Sie zwang sich, die Gefühle zu unterdrücken, die dieses Spiel auch in ihr wachgerufen hatte. Sie hätte nichts dagegen gehabt, sich mit diesem Mann dem Genuss hinzugeben, auch wenn das alles war, was jemals zwischen ihnen sein konnte. Sie könnten beide einfach die Augen schließen und sich eine Weile alles vorgaukeln, wonach ihnen der Sinn stand.

Nun, da seine Pantalons geöffnet waren, musste sie schnell handeln. Sie gestattete es sich, seine nackte Brust zu streicheln, weil sie wissen wollte, ob sie sich anfühlte wie erwartet, hart und warm und verlockend männlich. Dann blickte sie hinab auf seine Beine und auf den Schal.

Zufrieden stand sie auf und ging eilig davon, bevor ihr schmerzender Rücken und ihre unbeweglichen Glieder oder das Pochen in ihrem Kopf sie aufhalten konnten.

»Was zum Teufel …?«

Sie war zehn Schritte gelaufen, mehr nicht, als er wütend die Stimme erhob. Über die Schulter blickte sie zurück und fing an zu rennen.

»Verdammt! *Du Miststück!*« Wütend starrte der Viscount sie an, während er sich vorbeugte und das Tuch zu lösen versuchte, das Marielle wie seidene Ketten um seine Beine geschlungen hatte. Seine Miene war so zornig, dass sich die feinen Härchen in ihrem Nacken aufstellten.

Sie entriegelte die Tür, stieß sie auf und floh. Kendales Flüche folgten ihr auf dem Weg hinunter zur Straße.

4

»Es ist ein Wunder, dass du noch am Leben bist«, sagte Dominique, als sie einen Streifen Stoff in warmes Wasser tauchte und ihn sanft über Marielles Schulter auswrang. Sie schnalzte mit der Zunge angesichts der Prellungen, die trotz der Dunkelheit deutlich zu erkennen waren, als Marielle in der Küche des Hauses ein Bad nahm. Marielle und Dominique waren zusammen, seit sie Frankreich sechs Jahre zuvor verlassen hatten. Niemand, nicht einmal die anderen Frauen, die manchmal in diesem Haus Zuflucht suchten, wusste, wie nahe sie sich standen und wie sehr Marielle auf Dominiques Rat und gelegentlich auch ihr Mitgefühl angewiesen war.

»Wird er dich jetzt suchen, dieser feine Herr, dem du entwischt bist, nachdem er dich gerettet hatte? Du hast gesagt, er war wütend, dass du ihm entwischt bist. Zweifellos hat er erwartet, dass du dich zuvor erkenntlich zeigst.«

Sie hatte Dominique nicht *alles* erzählt. Sie hatte nicht gesagt, dass Kendale nur das erwartet hatte, was sie ihm scheinbar angeboten hatte. Und was seine Wut betraf: Ein Mann, dessen Erwartungen enttäuscht werden und der gleichzeitig von einem Widersacher hinters Licht geführt wird, ist nun einmal nicht glücklich. Wie sollte er auch?

»Hoffentlich lässt er mich jetzt eine Zeit lang in Ruhe. Wir müssen das erst einmal vergessen und über alles andere nachdenken. Zum Beispiel darüber, dass heute diese beiden Männer anstelle von Luc und Éduard aufgetaucht sind, und woher sie wussten, dass ich kommen würde.«

Dominique goss Marielle Wasser über das Haar, nahm dann etwas Schmierseife und begann es zu waschen. »Wahrscheinlich stecken Luc und Éduard das Geld eines anderen genauso leichten Herzens ein wie deines, und sie haben dich verraten.«

»Aber wie konnte überhaupt jemand auf die Idee kommen, ihnen Geld anzubieten?«

»Der Weg der Bilder ist zurückverfolgt worden, scheint mir. Du weißt, dass die Gefahr bestand – dass Lamberte nach demjenigen suchen würde, der diese Drucke hergestellt hat, und dass er vielleicht herausfinden würde, dass sie aus England stammen.«

Ja, das hatte Marielle gewusst. Doch sie hatte gehofft, Antoine Lamberte würde die englische Regierung dahinter vermuten, die ihn zu schwächen versuchte. Lamberte war eitel genug, um zu glauben, dass er solch große Aufmerksamkeit verdiente.

Wie gut hatten die Männer sie in dieser dunklen Gasse sehen können? Alles war sehr schnell vor sich gegangen, und nachdem Kendale mit ihnen fertig gewesen war, konnten sie sich vielleicht ohnehin nicht mehr an das meiste erinnern. »Ich glaube nicht, dass sie wussten, wem sie da begegnen. Auch Éduard und Luc wussten nicht, wer ich bin, für sie war ich nur eine Frau, die ihnen Dinge übergab, die sie zur Küste bringen sollten.«

»Sie können Lamberte eine Beschreibung von dir geben, falls er sie geschickt hat.«

»Ich sehe nicht mehr aus wie jemand, den er mal gekannt hat. Ich bin kein junges Mädchen mehr. Eine Beschreibung wird ihm nichts nützen.«

»Es ist niemals klug, den Feind zu unterschätzen oder ihn für weniger gewieft zu halten, als dir lieb ist.«

Diese Lektion hatte sie heute gelernt und würde sie nie wieder vergessen. Sie bezweifelte, dass sie in Kendale jemals wieder einen Esel sehen würde.

»Lamberte hat überlebt, wo die meisten anderen längst untergegangen wären. Er ist kühner als die anderen, gerissener, und er wird sich schließlich fragen, ob es eine Verbindung gibt. Du musst aufpassen. Noch mehr als bisher«, ermahnte Dominique sie.

Marielle widersprach nicht. Die ältere Frau besaß die Weisheit, die sich nur einstellte, wenn man die schönsten und die hässlichsten Seiten des Lebens gesehen und verstanden hatte, dass die Grenze zwischen beiden haarfein war. Als Abkömmling einer adligen Familie hatte Dominique die Guillotine gedroht, der sie nur entgangen war, indem sie Männern ihren Körper angeboten hatte. Es war Marielles großes Glück gewesen, Dominique begegnet zu sein. Sie hatten bei ihrer Flucht nach England beide in demselben Boot gesessen. Seitdem kümmerte Dominique sich um sie mit mütterlicher Zuneigung und Fürsorge.

Sie blickte zu Dominique auf, deren rundes Gesicht nicht geschminkt war und ein wenig zerknittert unter dem Rand ihrer weißen Haube hervorlugte. Dominique kleidete sich stets wie eine Dienstbotin. Die meisten Leute hielten sie auch dafür, weil immer sie es war, die dem Besuch die Tür öffnete. Die Besucher wussten nicht, dass diese Frau in reiferem Alter sich nie wieder sicher fühlen würde und darum ein Messer in einer Tasche bei sich trug, die sie zwischen die bauschigen Falten ihres Rocks genäht hatte. Sie öffnete die Tür, damit sie stets wusste, wer das Haus betrat. Und sie war bereit, den falschen Mann zu töten, sollte dieser jemals auftauchen.

»Ich frage mich, ob ich in eine andere Stadt ziehen sollte. Nicht weit weg. Nur nicht hier in London bleiben.«

»Wenn du das tust, werde ich besser schlafen.«

»Und die anderen Frauen? Sie sind auf die Arbeit hier angewiesen, und auch die meisten Drucker leben hier.«

»Wir werden einen Weg finden, Arbeit von den Druckern zu bekommen. Und was die Frauen angeht, kann Madame LaTour die Gruppe weiterhin führen. Das macht sie jetzt seit drei Jahren, und sie hat ein gutes Händchen dafür.«

Marielle dachte gründlich darüber nach, während Wasser über ihre Haut strömte und ihr die Seife aus dem Haar spülte. Der Überfall an diesem Tag hatte ebenso ihr Selbstvertrauen wie auch ihr Gefühl erschüttert, in Sicherheit zu sein. Letzteres war vielleicht schon immer eine Illusion gewesen. Nun zweifelte sie daran, dass sie dieses Haus jemals wieder verlassen würde, ohne jedem Menschen in die Augen zu sehen, der vorbeiging, und nach solchen Ausschau zu halten, die allzu großes Interesse an ihr zeigten.

Wenn sie von hier fortging, musste sie einen Ort wählen, der nicht zu weit entfernt von London und in der Nähe der Küste lag. Außerdem musste sie sich weiterhin unter Emigranten aufhalten, um zu erfahren, was in Frankreich vor sich ging, ob Antoine Lamberte noch immer erfolgreich war und wie viele Hinrichtungen – wenn überhaupt – in seinem Einflussbereich stattfanden. Diese Bedingungen hatten ihren Entscheidungen stets Grenzen gesetzt. Nun zeigten sie ihr, was die einzig richtige Wahl war.

»Brighton«, sagte sie. »Ich ziehe nach Brighton.«

Zu behaupten, dass Marielle Lyon Kendale die Laune verdorben hatte, war eine Untertreibung. Da er so gut wie keine gesellschaftlichen Kontakte zu Frauen pflegte, war er es nicht gewohnt, auf diese Weise umgarnt zu werden und am Ende doch keine Befriedigung zu finden. In den Bordellen, die er besuchte, geschah so etwas nie.

Die nächsten zwei Tage verbrachte er in mürrischer Stimmung und mit dem Gedanken, dass er ein solches Etablissement aufsuchen und für das bezahlen sollte, was Miss Lyon ihm versprochen hatte. Das Problem war nur, dass er nicht irgendeine namenlose Hure wollte. Nein, er wollte Marielle. Auf den Knien, auf dem Rücken, es war ihm gleich, wie. Nur das würde die offene Rechnung zwischen ihnen begleichen und wieder faire Bedingungen für beide schaffen.

Erst dann würde er aufhören, sich vorzustellen, dass sie ihn streichelte und dabei mit Augen anblickte, die vor Leidenschaft leuchteten. Er hatte diesen Teil nicht missverstanden, sagte er sich. Seine Wahrnehmung war durch das Verlangen nach ihr nicht vollständig getrübt gewesen.

Zwei Abende nach diesem Vorfall bereitete er sich darauf vor, an einem Dinner im Haus seines Freundes Viscount Ambury teilzunehmen. Er hatte seinen Kammerdiener, Mr Pottsward, in die Stadt kommen lassen, denn die Wunde an seiner Hüfte machte ihm zu schaffen, und es stand zu erwarten, dass er länger als beabsichtigt hierbleiben würde. Daher war er auf die Hilfe seines ehemaligen Offiziersburschen angewiesen. Abgesehen davon musste er auch deshalb in London bleiben, weil er eine Frau, die hier lebte, nicht zur Rede stellen konnte, wenn er auf seinem Landsitz in Buckinghamshire weilte.

Wenn Kendale bei Ambury dinierte, versuchte er stets, bestes Benehmen an den Tag zu legen. Nicht, dass Ambury das verlangt hätte. Sondern weil der Viscount Lady Cassandra Vernham geheiratet hatte und die frischgebackene Lady Ambury den besten Freund ihres Ehemannes nicht besonders mochte. Umgekehrt verhielt es sich allerdings ebenso, obwohl Amburys offensichtliches Glück Kendales Urteil über die Viscountess beträchtlich gemildert hatte. Weil er seinem Freund keine Schwierigkeiten machen wollte, bemühte er sich stets, nichts zu tun, was Lady Ambury dazu veranlassen könnte, sich nach der Dinnerparty bis spät in die Nacht bei ihrem Mann zu beklagen.

Die gute Nachricht an diesem Abend war, dass auch Southwaite und seine Frau Emma kommen würden. Was die sechste Person für dieses Dinner im trauten Kreis betraf, so hoffte Kendale, dass die Damen nicht irgendeine Cousine aufgeboten hatten. Eine, die einen Ehemann brauchte und sich sogar mit ihm abfinden würde, wenn das bedeutete, sich Viscountess nennen zu dürfen. Denn dann würde aus ein paar vergnügten Stunden unter Freunden ein höllischer Abend werden.

Als Kendale ankam, stellte er erleichtert fest, dass die dritte Frau Cassandras alte Tante Sophie war. Die schillernde, originelle und ein wenig schrullige Lady Sophie Vernham war mit ihren mehr als sechzig Jahren gewiss nicht auf der Suche nach einem Ehemann. Außerdem war es unwahrscheinlich, dass sein möglicherweise schlechtes Benehmen auf Kritik stoßen würde, denn Lady Sophie eilte der Ruf voraus, ihn auf diesem Gebiet noch zu übertreffen.

Kaum hatten sie sich begrüßt, da manövrierten Ambury und Southwaite ihn bereits an das andere Ende des Salons. Auf Amburys Gesicht lag das Lächeln, das verriet, dass er nichts Gutes im Schilde führte, und das kam oft vor. Southwaite dagegen wirkte etwas verlegen, aber durchaus entschlossen.

»Wir müssen dich vor etwas warnen«, sagte Southwaite im Ton eines Mannes, der seine Pläne in Gefahr sieht.

»Nicht *warnen.* Wie dramatisch das klingt. *Informieren«*, wiegelte Ambury ab.

Kendale wartete, den Blick auf Southwaite gerichtet, denn dieser ahnte vermutlich bereits, wie seine Reaktion auf dieses *Etwas* aussehen würde.

»An unserer Dinnerparty heute Abend wird noch jemand

teilnehmen«, sagte Ambury. »Die Einladung wurde erst spät ausgesprochen, und du hattest bereits zugesagt. Ich habe keinen Grund gesehen, das zu erwähnen.«

»Wer ist sie?«

»Die *Sie*, die sich zu uns gesellen wird, um bei Tisch für Ausgewogenheit zu sorgen, ist Southwaites Schwester Lydia. Ihre Anwesenheit wurde nötig, weil ich mich gestern im Club zufällig mit Penthurst unterhalten und beschlossen habe, auch ihn einzuladen.«

»Penthurst?«

»Hör mal, Kendale …«

»Du hast es nicht erwähnt, weil du wusstest, dass ich dann nicht kommen würde. Ich kann einfach nicht glauben, dass du so etwas ausgeheckt hast und mich mit ihm an einen Tisch setzen willst. Und ich kann nicht glauben, dass du ihn hier in deinem Haus empfangen willst.«

Ambury verdrehte die Augen, und Kendale verspürte Lust, ihm einen Faustschlag zu versetzen. Southwaite sprach leise und verständnisvoll. »Er hätte es erwähnen sollen. Habe ich es dir nicht gesagt, Ambury? Aber seit seiner Hochzeit ist sein Geisteszustand so sonnig, dass er keine Wolken mehr sieht, selbst wenn sie auf ihn niederzuregnen drohen. Und lasst uns ehrlich sein, der Bruch zwischen uns und Penthurst … die Beweise häufen sich, dass es nicht so war, wie wir dachten. Ambury und ich haben beide unsere Meinung dazu dargelegt. Du hingegen …«

Du hingegen hast kein Einsehen. Du bist der Einzige, der sich verweigert, und wir haben beschlossen, uns zu versöhnen, ob du einverstanden bist oder nicht. Du bist unbeugsam, also werden wir dich zum Nachgeben zwingen.

Er hätte die Sache am liebsten in diesem Augenblick mit den beiden ausgefochten, doch das würde nicht funktionieren. Sogar Kendale wusste, dass er keine solche Szene in einem Salon heraufbeschwören durfte, in dem drei Frauen auf sie warteten. Und, gestand er sich ein, obwohl er es dem Duke of Penthurst übel nahm, dass er einen ihrer Freunde in einem Duell getötet hatte, war es tatsächlich anders abgelaufen, als sie geglaubt hatten … zumindest der Grund war ein anderer gewesen. Allerdings entband die neuerliche Unklarheit den Mann nicht von seiner Schuld. Dennoch verlor Kendale weder die Beherrschung, noch nahm er Reißaus, denn die Vorstellung, mit Penthurst zu reden, erschien ihm durchaus auch verlockend. Mit seinen guten Beziehungen zu den Mitgliedern der Regierung kannte Penthurst womöglich Antworten auf Fragen, die weder Ambury noch Southwaite beantworten konnten. Fragen zu Marielle Lyon zum Beispiel. Kendale hätte Penthurst niemals aufgesucht, um ihm diese Fragen zu stellen, doch wenn der Duke ihm auf diese Weise aufgedrängt wurde …

»Schön.«

Southwaite blinzelte erstaunt. Argwöhnisch musterte er Ambury, der weiterhin lächelte, dessen Blick aber wachsam wirkte. »Schön? Du hast nichts dagegen?«

»Es ist dein Haus und dein Dinner. Ich hoffe, du hältst mich nicht für so unhöflich, Einwände gegen die Gäste zu erheben, die du einlädst. Oder sie wegen ihrer Sünden zu verfluchen, während ich mit ihnen an deinem Tisch sitze.«

»Nein. Natürlich nicht. Das versteht sich von selbst«, murmelte Southwaite. »Ich versichere dir, niemand hat geglaubt, dass du …«

»Ich habe unserem Freund Southwaite hier gesagt, dass es unnötig ist, dich zu *warnen*.« Ambury sah durch den Raum, sein Blick kreuzte den seiner Ehefrau. Dabei passierte etwas zwischen den beiden, was Lady Ambury sichtlich erleichtert aufatmen ließ.

Die Gastgeberin hatte sich um den falschen Gast Sorgen gemacht, stellte Kendale am Ende des Dinners mit Genugtuung fest. Sie war so sehr damit beschäftigt, die Mitglieder ihrer eigenen Familie davon abzuhalten, sie in Verlegenheit zu bringen, dass sie Kendales Anwesenheit kaum bemerkte.

Lady Sophie kam sehr schnell zu dem Schluss, dass Lydia wegen des Viscounts eingeladen worden war. Er war ein begehrter Junggeselle, was bedeutete, dass von ihr, Sophie, erwartet wurde, an diesem Abend die Tischgenossin des unverheirateten Penthurst zu sein. Ihr ergrauendes Haar, das sie wie in ihrer Jugendzeit zu Locken frisiert trug, wippte Penthurst entgegen, als sie ihn mit Wein und anspielungsreichem, leicht anzüglichem Geplauder versorgte.

Da sie in Kendales Nähe saßen, konnte er den Großteil des Gesprächs hören. Die Behauptung war nicht übertrieben, dass Lady Sophie mit einem Duke flirtete, der halb so alt war wie sie. Penthurst nahm es gelassen, und nach dem dritten Glas Wein begann er ihre Schmeicheleien zu erwidern.

»Ich habe keine Ahnung, warum ich hier bin und warum man mich so kurzfristig eingeladen hat. Und Sie?«, fragte Lady Lydia leise. Sie saß an Kendales linker Seite und sah so aus wie immer – blass, abwesend und seelenvoll. Dunkles Haar und dunkle Augen zogen die Aufmerksamkeit auf ihr Gesicht, doch ihre undurchdringliche Miene entmutigte jeden Versuch, sich ihr zu nähern. Tatsächlich war es in den letzten Jahren immer mehr zu einer lästigen Pflicht geworden, mit Lady Lydia zu sprechen, ungefähr so, als müsste man einen Karren einen schlammigen Hügel hinaufziehen.

Darum hatte Kendale sie nicht mehr beachtet, zumal die Gespräche gegenüber und zwei Plätze weiter sehr unterhaltsam waren.

Nun jedoch schenkte er Lady Lydia seine Aufmerksamkeit,

damit ihr Urteil nicht zu den Gerüchten beitragen würde, ihm fehle der gesellschaftliche Schliff. »Sie sind hier, um an dieser Tafel für die gewünschte Ausgewogenheit zu sorgen. Bei diesem Essen geht es nicht um Sie oder mich, sondern um ihn.« Er deutete auf Penthurst.

»Das beruhigt mich. Ich dachte, mein Bruder hätte Cassandra womöglich überredet, die Kupplerin zu spielen.«

»Wenn es so ist, bin ich jedenfalls nicht davon unterrichtet worden. Ich bezweifle, dass sie jemals versuchen würden, uns zu verkuppeln. Ich kannte Sie schon, als Sie noch ein Kind waren, und ich könnte niemals auf diese Weise von Ihnen denken.«

»Nicht mit *Ihnen* verkuppeln, Kendale. Was für ein Gedanke! Das wäre eine Ehe, die in der Hölle geschlossen würde.«

Das wäre es tatsächlich, doch sogar er fand es grob von ihr, das so unverblümt zu sagen. Als Schulmädchen war Lydia ein lebhaftes, ausgelassenes Kind gewesen, dessen Augen immer gestrahlt hatten. Jetzt, in ihren Zwanzigern, hatte sie sich auf diese seltsame Weise in sich zurückgezogen und wirkte eigentümlich gesetzt und starr. Wie eine Sphinx beobachtete sie, was auf der Welt vor sich ging, und stellte das Lächeln einer Statue zur Schau, wenn sie überhaupt reagierte.

Southwaite bekümmerte ihr Verhalten sehr, obwohl Kendale sich manchmal fragte, ob sie sich einfach nur verstellte. Im vergangenen Jahr hatte es weiteren Kummer mit ihr gegeben, der mit Glücksspiel und Verhaltensweisen zu tun gehabt hatte, die vermuten ließen, dass Lady Lydia noch immer sehr ausgelassen sein konnte. Kendale hatte Grund zu der Annahme, dass Lydia leicht zu veranlassen war, sich sehr unschicklich zu benehmen, wenn sie eine Mittäterin hatte, die das Schlechteste in ihr zum Vorschein brachte – eine wie Cassandra zum Beispiel, die jetzige Lady Ambury.

»Sie meinen also Penthurst«, sagte er. »Es würde mich überraschen, wenn Ihr Bruder solche Pläne hätte. Vielleicht haben sie sich wieder halbwegs angefreundet, aber zwischen ihnen gibt es immer noch böses Blut.« Das sollte es zumindest.

»Ich hoffe, es ist böse genug, um meinen Bruder nicht auf dumme Gedanken zu bringen. Ich mag Penthurst nicht. Ich mag überhaupt keine Dukes, wenn ich es mir recht überlege, und ich habe Grund zu glauben, dass dieser hier mit all seiner Würde und Herablassung sehr grausam ist. Wenigstens hat er sich endlich das Haar stutzen lassen. Er muss der letzte Mann unter vierzig sein, der das getan hat. Auch scheint er sich Röcke nach der aktuellen Mode bestellt zu haben. Das wurde auch Zeit. Er ist zu jung, um wie eine Antiquität auszusehen.«

»Er hat sich absichtlich Zeit gelassen, um den neuen Stil zu übernehmen, und nicht aus Mangel an modischem Gespür oder weil ihn die Veränderungen nicht interessieren.«

Tatsächlich passte Penthurst zu dem neuen Stil und umgekehrt, und sein dunkles, geschorenes Haar, um das er nicht allzu viel Aufhebens machte, wie Kendale erleichtert feststellte, schmeichelte seinem Gesicht.

»Es lag an moralisch verderbtem Dünkel, wollten Sie wohl sagen«, sagte Lydia. »Er wollte damit zum Ausdruck bringen, dass er über den Dingen steht und auf niemandes Billigung angewiesen ist.«

Ganz plötzlich war Lady Sophie wieder eingefallen, wie alt sie war. »Ich kenne Ihre Mutter«, sagte sie zu dem Duke mit einer Stimme, der der Wein neue Kraft verliehen hatte. »Wenn ich mich recht erinnere, besaß sie hinreißend schönen Schmuck.«

»Mein Vater liebte es, ihr Geschenke zu machen.«

»Ich erinnere mich besonders an eine Brosche. Die hat sie

oft zu einem Mantel in dunklem Scharlachrot getragen. Sie war mit Perlen besetzt. Viele kleine um eine sehr große herum … nun, so etwas habe ich nie wieder gesehen. Ich nehme an, Sie haben sie noch.«

»Gewiss. Obwohl ich mir den Familienschmuck schon seit Jahren nicht mehr angesehen habe.«

»Die Brosche war wundervoll. Einzigartig. Ich erinnere mich, dass Ihre Mutter die Stadt bevorzugte. Vermutlich liegt die Brosche noch in dem Schmuckkästchen, das sie benutzt hat, wenn sie hier war.«

»Höchstwahrscheinlich.«

»Sie hat auch einen Smaragd getragen, eingefasst in einen Goldring und umgeben von winzigen Brillanten. Wunderschön.«

»Sie erinnern sich besser an den Schmuck meiner Mutter als ich, muss ich gestehen.«

»Ich beschäftige mich viel mit Juwelen. Ich finde sie faszinierend. Schon immer. Zu schade, dass Ihre in einer Schatulle verwahrt liegen und niemals ans Tageslicht kommen oder an das des Abends.« Sie richtete ihre Aufmerksamkeit auf eine Person am anderen Ende des Tisches. »Cassandra, wenn wir das nächste Mal ausgehen, müssen wir dem Duke unbedingt einen Besuch abstatten.«

Penthurst nickte freundlich. Cassandra blickte ihre Tante aus schmalen Augen neugierig und – aus unerfindlichen Gründen – argwöhnisch an. »Gewiss, wenn er es wünscht.«

»Es wäre mir eine Ehre«, sagte der Duke höflich.

»Wenn wir Sie besuchen, können Sie mir die Juwelen zeigen, Durchlaucht.«

Cassandra errötete. »Juwelen?«

»Die seiner Mutter«, sagte Sophie. »Sie verschmachten ungesehen und ungeliebt. Ich glaube, sie sind einsam.«

»Durchlaucht wird gewiss nicht wollen, dass wir im Schmuckkästchen seiner Mutter herumstöbern.«

»Lady Sophie, Sie sind herzlich willkommen, sich den Schmuck anzusehen, wann immer Sie wollen. Ich werde den Butler anweisen, sie Ihnen zu bringen, sollte ich nicht zu Hause sein, wenn Sie mich besuchen«, sagte Penthurst.

Lady Ambury suchte den Blick ihres Mannes. Erneut geschah etwas zwischen ihnen. Unvermittelt erhob sie sich und bedeutete den Damen, dass es Zeit war, die Gentlemen allein zu lassen.

Die Zigarren waren bereits zur Hälfte geraucht, als Kendale bewusst wurde, dass er mit Penthurst allein war und sich mit ihm unterhielt. Southwaite und Ambury hatten dafür gesorgt, dass es so kam. Fünf Minuten nachdem sie ihn in eine Diskussion über den Krieg gelockt hatten, zogen sie sich unauffällig zurück. Ihm wurde bewusst, dass die einzige Kuppelei, die bei diesem Dinner beabsichtigt war, die zwischen ihm und Penthurst war. Und nun gaben sie vor, es sei noch immer ganz normal für sie, zwanglos miteinander zu plaudern.

Wenn sie den Grund nicht erwähnten, warum das nicht mehr so war, würden die nächsten zehn Minuten vielleicht ohne Zwischenfall verlaufen. Wenn Penthurst genug Gespür hatte, keine Anspielungen zu machen, würde es zu keinem Streit kommen.

»Deine Ansichten den Krieg betreffend zeugen von großer Kenntnis«, sagte Penthurst. »Zweifellos ermöglicht dir die Zeit, in der du Uniform getragen hast, einen besonderen Blickwinkel.«

»Das Kriegsministerium verfügt über Männer in Uniform oder solche, die Uniform getragen haben. Generäle. Ich bezweifle, dass meine Sicht der Dinge der ihren überlegen ist.«

»Ihre Sichtweise wird von Ehrgeiz bestimmt. Das mindert den Wert dieser Dinge immer. Es kann die Betrachtungsweise sehr vernebeln.«

Vermutlich sollte Kendale sich geschmeichelt fühlen. Und das tat er auch, doch gleichzeitig ärgerte es ihn sehr, dass sein Stolz ihn so leicht verführen konnte.

»Und natürlich hast du etliche Gefechte dieses Krieges miterlebt, was man von vielen Armeeangehörigen nicht behaupten kann«, fügte Penthurst hinzu. »Keiner der Generäle hat daran teilgenommen, so viel ist sicher, und am allerwenigsten auf französischem Boden.«

Penthurst spielte nicht auf das Ereignis an, das zum Streit hätte führen können, doch er berührte ein Thema, über das Kendale mit niemandem sprach. »Das war ein Fehler. Bestenfalls ein kostspieliges Unglück.«

Penthurst bestätigte mit einem Nicken, dass Kendales Worte der Wahrheit entsprachen. »Solche Erfahrungen können in einem Menschen tiefe Wunden schlagen.«

»Nicht bei mir.« Und doch drehten seine Gedanken sich bereits wieder um die Bilder jenes entsetzlichen Tages, lebhafte Bilder, die durch weniger unmittelbare Äußerungen als diese hervorgerufen werden konnten. Die fröhliche Zuversicht der Kameraden bei dem Einsatz … der Schock, als ihm klar wurde, dass Fevershams Mätresse ihn verraten hatte … das Gemetzel, das darauf folgte, und die Verzweiflung, mit der sie um ihr Leben gekämpft hatten. Und dann überall Blut und Schmerzen und ein Freund, den er hielt, während er seine letzten Worte flüsterte. *Räche mich! Versprich es mir!*

Er hatte es versprochen. Der Mann lag im Sterben. Er sagte ihm nicht, dass Rache unmöglich sein würde. Das dämonische Weib, das Feversham verführt hatte, würde sich bald nicht einmal mehr auf demselben Kontinent befinden.

Auf seine eigene Weise löste Kendale sein Versprechen dennoch ein. Vielleicht würde er niemals all die Menschen töten können, die sie verraten hatten, aber er tat, was er vermochte, um dafür zu sorgen, dass es in Zukunft weniger Verrat geben würde.

Er hätte schon damals sein Offizierspatent verkaufen können, doch in jener Zeit musste jeder Bürger des Königreichs ein Soldat sein.

»Sie wissen, dass du in gewisser Weise noch immer Uniform trägst«, sagte Penthurst, als hätte er seine Gedanken gelesen. Natürlich, der Duke war nicht dumm und, wie er jetzt bewies, außerdem sehr gut informiert. In Kendales Augen war das das Einzige, was ihm im Augenblick Wert verlieh. »Sie wissen, dass du noch an Einsätzen beteiligt bist und dich nicht wirklich vom Schlachtfeld zurückgezogen hast.«

»Wer sind *sie?*«

»Die Generäle. Minister. Gelegentlich sind sie besorgt deswegen. Die Küstenwache, die du zusammen mit Southwaite und Ambury aufgebaut hast, das hat sie weniger beunruhigt. Aber dass du dich selbst zum Agenten ernannt hast, wird weniger wohlwollend zur Kenntnis genommen.«

»Was für ein Jammer!« Er hatte große Lust, Penthurst zu fragen, wie sie es erfahren hatten und wie viel sie wussten, aber diese Genugtuung gönnte er dem Duke nicht. Und ebenso spielte es keine Rolle, was den Ministern und Generälen gefiel und was nicht.

Penthurst lachte in sich hinein. »Ich habe einem von ihnen gesagt, dass du genau das antworten würdest, als er mich bat, dich zur Vernunft zu bringen und Zurückhaltung von dir zu verlangen.«

»Ich dachte, sie wären froh, dass jemand genau aufpasst.«

»Nicht, wenn sie diesen Jemand nicht unter Kontrolle haben. Nicht, wenn dieser Jemand eine kleine Armee von Helfern hat, die ihn unterstützen und die sie ebenso wenig unter Kontrolle haben. Nicht, wenn dieser Jemand hin und wieder seine Aufmerksamkeit auf Bürger Englands richtet.«

Anscheinend wussten diese Generäle ziemlich viel. Vielleicht beobachteten sie ihn so, wie er andere beobachtete.

»Ich nehme an, für sie riecht das nach Selbstjustiz«, sagte Penthurst gedehnt. »Ich habe ihnen gesagt, dass du dir niemals herausnehmen würdest, dich zum Richter und Geschworenen und schon gar nicht zum Scharfrichter aufzuschwingen, wenn du irgendwelchen Machenschaften auf die Schliche kommst.« Er blickte Kendale an, und ein schwaches Lächeln erschien auf seinem Gesicht. »Ich hatte doch recht, nicht wahr?«

»Nett von dir, dass du ein Wort für mich eingelegt hast. Wäre es nicht sinnvoller, wenn sie ihre Bedenken mir selbst gegenüber darlegen würden? Ich könnte sie beruhigen. Vielleicht könnten sie mich sogar dazu bringen aufzuhören.«

»Dieselbe Frage habe ich mir auch gestellt. Ich bin zu dem Schluss gekommen, dass sie offenbar gar nicht wollen, dass du aufhörst, obwohl du sie beunruhigst.«

»Du könntest ihnen sagen, dass ich derzeit an Bürgern Englands keinerlei Interesse habe.«

»Zumindest Premierminister Pitt wird sich freuen, das zu hören. Was die anderen betrifft … die werden wahrscheinlich neugierig sein zu erfahren, wem dein Interesse zurzeit gilt.«

Da war sie also. Die Eröffnung, die er brauchte und die wie ein roter Teppich vor ihm ausgerollt wurde. Er hatte diese Unterhaltung über sich ergehen lassen, um Fragen stellen zu können. Offenbar galt für Penthurst dasselbe.

»Es ist meine Absicht, Marielle Lyon zu entlarven«, sagte Kendale. »Hast du von ihr gehört?« Er hatte weit Größeres vor, als diese Frau zu überführen, und er war froh, dass er Miss

Lyon ins Spiel bringen und die Dinge so noch komplizierter machen konnte.

»Ja. Ich habe gehört, dass sie sehr schön ist. Stimmt das?«

Kendale würdigte diese belanglose Frage keiner Antwort. »Hast du die Gerüchte über sie gehört?«

»Inzwischen hat das fast jeder. Mir fallen mehrere Mitglieder des Innenministeriums ein, die es interessieren würde, dass du sie überwachst. Nach zwei Jahren haben sie den Versuch aufgegeben, sie zu entlarven, aber sie sind nicht glücklich damit. Hast du mehr Glück gehabt?«

Ich kann beweisen, dass sie in dunklen Gassen Papiere an Männer übergibt, die sie dann zur Küste bringen, wo sie in Boote verladen werden und das Königreich verlassen. Wenn er das erwähnte, würde Marielle verhaftet werden. Weitere Männer, die für diese Aufgabe bezahlt wurden, würden den Rest erledigen. »Nicht genug, um sie auszuliefern. Hat die Regierung je zu beweisen versucht, dass sie nicht die Nichte des Grafen von Vence ist, wie sie behauptet?«

»Das haben schon einige ihrer eigenen Leute versucht. Solche, die wussten, dass der Graf und seine Familie sie einer gründlichen Befragung unterziehen würden, um zu zeigen, dass sie eine Hochstaplerin ist. Nach ihrer Ankunft in England ging das mehrere Jahre lang so. Niemand konnte sie zu Fall bringen. Sie beschwor genaueste Erinnerungen an eine Kindheit in der Provence herauf und daran, wie sie den Landsitz des Grafen besucht hat. Ein paar ältere Emigrantinnen haben versucht, sie ins Kreuzverhör zu nehmen, um ihr auf die Schliche zu kommen. Aber letztlich konnte sie alle davon überzeugen, dass sie die Wahrheit sagt.«

Natürlich wusste Marielle Lyon alles über den Grafen. Sonst hätte man sie kaum die Identität seiner Nichte annehmen lassen und sie darin unterwiesen, wie sie diesen alten Frauen zu antworten hatte. »Du scheinst eine Menge darüber zu wissen.«

»Wie ich bereits sagte, ist Miss Lyon sehr hübsch. Diejenigen, die das finden, neigen dazu, mehr über sie zu reden, als sie es bei einer hässlichen Spionin tun würden.«

Kein Wunder, dass sie unter aller Augen in London gelebt hatte und doch ungestraft davongekommen war. Die Mittelsmänner des Innenministeriums wurden von ihrem Anblick offenbar so geblendet, dass sie nicht mehr klar denken konnten. Und daraus folgte natürlich, dass sie ihre Arbeit nicht gut gemacht hatten. Darum war es absolut richtig, dass er sich der Sache angenommen hatte.

»Hast du je von einem Mann namens Lamberte gehört? Ich glaube, er gehört drüben zur Regierung.«

Penthurst schüttelte den Kopf. »Wenn es so ist, ist er nicht bedeutend genug, als dass über ihn geredet würde.«

»Wenigstens nicht unter Ministern und Generälen, willst du damit wohl sagen. Vielleicht muss ich Männer fragen, die weniger erhabene Gespräche führen.«

»Ist er in Paris?«

»Ich weiß es nicht. Im Augenblick kenne ich nur seinen Namen.«

Penthurst dachte nach. »Dann sollten wir am besten unsere französischen Gäste fragen. Es gibt einen Schriftsteller, der vor einem Jahr eingereist ist, weil er wegen seiner Flugblätter denunziert wurde. Er kennt die meisten Politiker, die das Schlimmste überlebt haben. Ich werde sehen, ob er bereit ist, mit dir zu sprechen.«

»Das wäre hilfreich.« Er bedankte sich nicht. Penthurst würde das für England tun, nicht für Kendale.

Ambury und Southwaite schlenderten auf sie zu wie nachsichtige Eltern, die froh sind zu sehen, dass zwei streitlustige

Jungen wieder nett miteinander spielen. Alle zusammen gingen sie in den Salon zu den Damen.

»Das war doch gar nicht so schlimm, stimmt's?«, fragte Ambury, der plötzlich neben Kendale aufgetaucht war. »Es sah aus, als hättet ihr beiden euch freundlich und kultiviert unterhalten.«

»Er wollte etwas von mir und ich etwas von ihm. Aber glaub nicht, dass wir einander in Zukunft Höflichkeitsbesuche abstatten werden.«

»An dem Tag, an dem du *überhaupt* jemandem einen Höflichkeitsbesuch abstattest, Kendale, brauche ich wahrscheinlich Riechsalz.«

5

Am nächsten Morgen erwachte Kendale mit juckender Wunde und deutete das als Zeichen, dass sie zu heilen begann. Er ließ sich von seinem Kammerdiener etwas von der brennenden Tinktur auftragen und einen neuen Verband anlegen. Seine Vermutung stimmte: Die Wunde schloss sich allmählich.

Nachdem Mr Pottsward ihm beim Ankleiden geholfen hatte, nahm Kendale das andere Medizinfläschchen an sich. In der Eile ihrer Flucht hatte Miss Lyon es natürlich nicht mitgenommen. Sie hatte auch ihr Tuch zurückgelassen. Er hob es hoch, sodass er die beiden Risse sehen konnte. Vielleicht hatte sie jetzt, da es zu Schaden gekommen war, keine Verwendung mehr dafür. Nichtsdestotrotz würde er es ihr zurückgeben.

Er mochte keine Kutschen. Dennoch rief er nach der seinen, damit ihn Anderson nicht ausschimpfte, weil er so bald wieder ritt. Mit Marielle Lyons Eigentum in der Tasche fuhr er wie ein Gentleman in seiner Staatskarosse zu dem Haus, in dem sie wohnte, in der Nähe eines Abschnitts der alten nördlichen Stadtmauer.

Auf sein Klopfen hin blieb die blaue Tür fest verschlossen. Hinter einem der hohen Fenster daneben regte sich etwas. Eine weiße Haube bewegte sich hinter dem Glas. Er beugte sich zur Seite, sodass er hineinblicken konnte, und hielt den Schal hoch. Jeder, der Miss Lyon kannte, würde es erkennen.

Wenige Augenblicke später öffnete sich die Tür, und eine Respekt einflößende Frau von majestätischem Gebaren stand vor ihm. Sie trug ein prächtiges Gewand aus der Zeit des *An-*

cien Régime, das schon bessere Zeiten gesehen hatte, und dazu eine hohe Perücke mit einer Lockengirlande an einer Seite. Sie war eine Lady, das verkündete ihre Kleidung unmissverständlich. Eine standesbewusste Frau, die Haltung bewahrte, wo immer es möglich war.

Kendale überreichte ihr seine Karte. »Ich würde gern Miss Lyon sprechen.«

Sie hob ein Monokel, das an einem seidenen Band hing, und spähte auf die Karte. Verblüfft blickte sie auf. Dann neigte sie sich zur Seite, sodass sie seine Kutsche sehen konnte. *»Un vicomte? Mon Dieu!«* Damit machte sie einen Schritt zur Seite und ließ ihn eintreten. *»Bienvenue.«* Sie knickste.

Sie bemerkte den seidenen Schal in seiner Hand. Und hob eine Braue. *»Venez avec moi, s'il vous plaît.«*

Sie führte ihn durch einen Korridor in ein großes Zimmer. Hätte jemand anders hier gelebt, wäre es das Speisezimmer gewesen. In Marielle Lyons Haus jedoch diente es als Arbeitszimmer. Tische standen aufgereiht darin, und an den Tischen saßen Frauen, die Papier mit Stofffetzen betupften.

Als Marielle behauptet hatte, dass die Frauen in ihrem Haus Stiche für Drucker einfärbten, hatte sie nicht gelogen.

»Germaine! Antoinette! *Ici, ici!«* Sie winkte den Frauen zu und wandte sich wieder an Kendale. »Die Lage erlaubt es nicht, der Form angemessen Genüge zu tun, *m'sieur le vicomte.* Ich muss mich Ihnen selbst vorstellen und Sie um Vergebung bitten. Ich bin Jeanne LaTour, zuletzt wohnhaft in Rouen, bevor die Schande über mein Land kam. Ich bin bekümmert, weil Marielle uns Ihren Besuch nicht angekündigt hat, um uns darauf vorzubereiten. Dann hätten wir Sie angemessen gekleidet empfangen.« Mit schicksalsergebener Miene und einer entschuldigenden Geste deutete sie auf ihre Kleider.

»Ich habe nicht geschrieben, um meinen Besuch anzukündigen«, erklärte er. »Allerdings würde ich sehr gern mit Miss Lyon sprechen, wenn sie dennoch bereit ist, mich zu empfangen.

»*Certainement*«, murmelte sie und tippte sich mit einer Fingerspitze auf den Mund.

Die anderen beiden Frauen schlossen sich ihr an. Dicht gedrängt standen sie mit Madame LaTour zusammen, die leise mit ihnen sprach. Sie wollten nicht, dass er sie hörte, und so schnappte er nur wenig von dem in eiligem Französisch geführten Gespräch auf. Er hörte, dass Madame LaTour mehrmals Marielles Namen erwähnte, und sie klang dabei nicht glücklich. Offensichtlich beriet sie sich mit den anderen Frauen, was sie mit ihm anfangen sollten.

Schließlich erhob Madame LaTour erneut die Stimme. »Ich bedaure, dass *mam'selle* Lyon nicht zu Hause ist. Ich bin sicher, sie wird sehr enttäuscht sein zu erfahren, dass sie nicht hier war, als Sie sie aufsuchen wollten.«

Ob sie log? Er konnte es nicht wissen, denn seit dem Tag, als er Marielle bis zu jener Gasse gefolgt war, hatte er dieses Haus nicht mehr überwachen lassen. »Besteht die Möglichkeit, dass sie bald nach Hause kommt? Dann komme ich heute Nachmittag wieder.«

»Bedauerlicherweise bin ich ganz sicher, dass sie heute Nachmittag wiederkommen wird. Sie hat die Stadt für mehrere Tage verlassen.« Mit einer Geste hilflosen Bedauerns hob Madame die Hände.

Verdammt. Marielle Lyon hatte sich aus dem Staub gemacht. Er hätte sofort herkommen sollen oder zumindest am folgenden Tag, um sicherzugehen, dass er die Angelegenheit mit ihr zu Ende bringen konnte. *Alle* Angelegenheiten.

Wohin war sie gefahren? Zur Küste? Zurück nach Frankreich? Er verfluchte sich selbst, weil er auf ihre List hereingefallen und sie ihm entkommen war.

»Oh, Sie sind nicht erfreut.« Madame LaTour schnalzte mit der Zunge. »Sie wussten es nicht. Sie hat es Ihnen nicht gesagt. Ich versichere Ihnen, sie hat sich ganz plötzlich dazu entschlossen, Mylord Kendale. Trotzdem, wenn sie Ihren Besuch vorhergesehen hat, hätte sie Ihnen schreiben sollen. Marielle hat ein gutes Herz und will niemandem etwas Böses, und sie ist viel zu großzügig, aber manchmal sind ihre Handlungen … *pas normales.* Ihre *expérience amoureuse* mit Gentlemen ist nicht sehr …« Angestrengt suchte sie nach dem richtigen Wort, gab es jedoch auf und verfiel wieder ins Französische. »*Ample.*«

Eine der anderen Frauen berührte Madame LaTour am Ärmel. Madame neigte ihr lockiges Haupt, um der vertraulichen Mitteilung zu lauschen, die die Frau ihr machen wollte. Als sie sich wieder aufrichtete, wirkte sie etwas weniger bekümmert. »Madame sagt, dass sie ihr Gespräch zufällig mitgehört hat und weiß, wohin sie gefahren sind.«

»Sie?«

»Sie ist mit Dominique gefahren … Madame Bertrand. Sie ist Marielles Dienerin. Normalerweise geht natürlich sie zur Tür, nicht ich.«

»Natürlich. Es war freundlich von Ihnen, dass Sie mir überhaupt Einlass gewährt haben.«

»Ich habe nur ein wenig gezögert, weil mich die Überraschung über die Ehre Ihres unerwarteten Besuchs überwältigt hatte. Ich hätte nicht erwartet, dass ein Mann wie Sie uns besucht. Ihre Karte hat mir nur bestätigt, was ich bereits geahnt hatte. Eine Person von hohem Stand erkenne ich sofort, Mylord.«

»Genauso geht es mir, Madame LaTour.« Er verneigte sich leicht zum Zeichen, dass auch er es nun erkannt hatte. »Da wir das gemeinsam haben, würden Sie in Erwägung ziehen, mir anzuvertrauen, was diese Frau dort zufällig mitangehört hat? Miss Lyon und ich haben einige gemeinsame Freunde. Vielleicht ist sie unterwegs zu ihnen.«

Brighton konnte im Sommer entzückend sein, wenn die feine Gesellschaft dort die Sonne und die glitzernde Meeresküste genoss und wenn ein herrliches leichtes Lüftchen zu den Fenstern hereinwehte. Im Juli und August genoss Marielle ihre Besuche in der Stadt immer sehr.

Der März zeigte ihr ein gänzlich anderes Gesicht. Der Wind, der vom Wasser her wehte, war von beißender Kälte. Dunkle Wolken hingen tief am Himmel. Die See wirkte stahlgrau. Es nieselte.

Marielle lief die von Häusern gesäumte Gasse hinunter und wünschte, sie hätte einen wollenen Schal mitgenommen anstelle des dunklen aus Seide, den sie nun eng um sich zog. Sie musterte die Gebäude, die offenbar erst kürzlich errichtet worden waren, und warf einen Blick auf die Liste, die sie mit sich führte. Sie notierte die dritte Adresse und kämpfte sich weiter voran. Sie entdeckte das kleine Schild mit der Aufschrift »Zu vermieten« in einem der Fenster eines Hauses, das nahe einer Straßenkreuzung stand.

Sie klopfte. Mr Tilbury, der Grundstücksmakler, öffnete die Tür.

Er begrüßte sie mit einem strahlenden Lächeln. Seine dicke Brille ließ die Augen in seinem sehr blassen Gesicht wie winzige schwarze Punkte erscheinen. Sein blondes Haar war so hell, dass es aussah wie das weiße Haar eines alten Mannes. »Sie haben sich ein wenig verspätet, Miss Lyon.«

»Ich musste mir mehrere andere Häuser ansehen.«

»Und leider sind Sie allein hergekommen. Wie ich sehe, hat Ihr Cousin es nicht aus der Stadt hierher geschafft.«

Den Cousin, von dem er sprach, hatte Marielle erfunden, damit Mr Tilbury bereit war, ihr eine Bleibe zu vermieten. Immobilienmakler hielten nicht viel von alleinstehenden Frauen, vor allem, wenn es sich um Französinnen mit zweifelhaftem Vermögen handelte. »Er muss aufgehalten worden sein. Ich würde ja auf ihn warten, aber Männer wissen sowieso nicht, worauf es ankommt, wenn man ein Haus anmietet.«

»Sicherlich wird er kommen, um die Papiere zu unterzeichnen.« Sein Tonfall ließ den Satz wie eine Frage klingen.

»Selbstverständlich.« Wenn ein Mann den Mietvertrag unterzeichnen musste, dann würde sie einen mitbringen, der das tat.

Mr Tilbury führte sie ins Esszimmer. Während er den Ausblick und den Zuschnitt des Zimmers lobte, versuchte Marielle einzuschätzen, wie viele Tische für Druckerarbeiten hineinpassen würden. Sie schritt den Raum ab und vermaß ihn grob. Sie sah aus den Fenstern, um sicher zu sein, dass ihnen im Sommer nicht das Blattwerk von Bäumen das natürliche Licht nehmen würde. Sie spähte in den Garten vor den Fenstern, um zu sehen, ob die Pflanzen für die notwendige Privatsphäre sorgen würden, ohne einem Eindringling allzu viel Schutz zu bieten.

Als eine Viertelstunde vergangen war, wurde Mr Tilbury unruhig. Er zückte seine Taschenuhr und verzog das Gesicht. »Miss Lyon, könnten wir die restlichen Räume ein wenig schneller besichtigen? Ich habe noch eine Besprechung ein paar Häuserblocks weiter, und ich muss bald aufbrechen. Der Butler eines höchst durchlauchten Mannes verlangt, mehrere für seinen Herrn passende Domizile zu besichtigen.«

»Mein Cousin wäre inzwischen auch ungeduldig geworden. Also ist es nur gut, dass er aufgehalten wurde. Was Ihre Unterredung betrifft – gehen Sie nur hin, *m'sieur*. Ihre Tüchtigkeit lässt vermuten, dass Sie die anderen beiden Häuser vermietet haben werden, bevor ich mit diesem hier fertig bin.«

Die schwarzen Punkte in seinem Gesicht wurden noch kleiner, als er angesichts dieses Vorschlags die Stirn runzelte.

»*M'sieur*, ich werde wohl kaum etwas stehlen. Das Haus ist leer. Es gibt nicht einmal ein Kissen, das ich mitnehmen könnte.«

»Oh, ich habe nicht gedacht … äh … das heißt, ich bin dafür verantwortlich …« Er errötete. »Zweifellos werden Sie sich korrekt verhalten, und da Sie sich Zeit lassen, werde ich zurück sein, bevor Sie fertig sind. Aber sind Sie sicher, dass Sie sich hier allein wohlfühlen?«

»Das bezweifle ich, denn es gibt nicht einmal einen Schemel, auf den ich mich setzen könnte. Aber ich bin hier in Sicherheit. Inzwischen weiß jeder Dieb, dass in diesem Haus nichts zu holen ist.«

Dennoch blieb Mr Tilbury noch eine Weile, ärgerte sich und blickte immer wieder auf die Uhr. Schließlich konnte er nicht länger warten. »Ich bin bald wieder da. Wenn Sie vorher fertig sind und schon gehen wollen, schreiben Sie mir, und lassen Sie mich wissen, wie Sie sich entschieden haben.«

Erleichtert verabschiedete Marielle sich von ihm. Es gab nichts Schlimmeres als einen Mann, der mit der Uhr in der Hand lauerte, während sie sich Zeit ließ, um etwas gut und richtig zu erledigen. Dieses Haus bot Möglichkeiten, aber wie sollte sie wissen, ob es infrage kam, ohne es vom Dachboden bis zum Keller zu besichtigen? Sie musste sich ausmalen, wie es aussah, wenn Dominique, sie selbst und die anderen Frauen es in Gebrauch genommen hatten, die herkommen würden, um ganz unbemerkt ein paar Shillings hinzuzuverdienen und so Leib und Seele zusammenzuhalten.

Es stellte sich heraus, dass der Keller sehr hoch lag, vielleicht wegen der nahen See. Die Küche befand sich darum nicht im Erdgeschoss, sondern in einem kleinen Nebengebäude, das sich an den Garteneingang des Hauses schmiegte. Dieser unbequeme Umstand entmutigte Marielle jedoch nicht. Wahrscheinlich bedeutete das sogar, dass sie das Haus zu einem geringeren Preis mieten konnte, denn kein Mitglied der guten Gesellschaft wollte eine Küche, die direkt neben der Veranda lag, auf der sich seine Gäste aufhielten.

Bei dieser Überlegung verbesserte sich Marielles Stimmung. Doch andererseits – wenn sie hier ein Haus anmietete, war sie immer noch für das in London verantwortlich. Wenn etwas schiefging und ihre Einkünfte nicht für beides ausreichte, wären ihre Ersparnisse sehr bald aufgebraucht. Das konnte sie sich kaum leisten. Sie sparte aus gutem Grund. Seit Jahren schon, und sie wollte ihr großes Ziel jetzt nicht hintanstellen.

Sie machte sich auf den Weg ins Dachgeschoss, zur Speisekammer und zu den Räumen für die Bediensteten. Es würde noch lange dauern, bis sie wieder viele davon hätte, aber es war gut zu wissen, dass Platz war, sollte dieser Tag jemals kommen. Sie ging in das Stockwerk darunter und besichtigte die Schlafgemächer.

Es war ein gutes Haus, befand sie, und viel hübscher als das in London. Das hatte sie genommen, bevor sie irgendein Einkommen hatte, und die Gegend, in der es lag, verlangte ständige Wachsamkeit. Als sie endlich genug verdiente, um dieses Haus zu verlassen und eines zu suchen, das passender für die Nichte eines Grafen war, war es ihr bereits zu einem Zuhause geworden.

Zuhause. Die Gefühle, die dieses Wort heraufbeschwor, Gefühle von Ruhe, Sicherheit und Behaglichkeit, waren nun zunichtegemacht worden. Sie hasste es, wie verletzbar sie sich in ihrem Haus fühlte. Sie war zornig, weil die Vergangenheit womöglich *sie* gefunden hatte, nachdem sie jahrelang Pläne geschmiedet hatte, damit es nicht so kam.

Ein kalter Schauer überlief sie, als sie darüber nachdachte, wie der Überfall ihre Welt verändert hatte. In ihrem Nacken prickelte es genauso wie in der Gasse, als sie merkte, dass die Männer, die sie erwarteten, nicht Luc und Éduard waren. Tief in ihrem Innern wusste sie, dass ihr nicht mehr viel Zeit blieb, um sich auf ihre Aufgabe vorzubereiten.

Wie lange würde es noch dauern, bis auch andere Männer nach ihr suchten? Wie lange noch würden sie ihr in einer dunklen Gasse auflauern müssen, bis sie ihren Namen erfahren und an ihrer Tür auftauchen würden? Nicht mehr lange, wenn sie in den Besitz der Stiche kamen. Selbst wenn die Männer sich mit leeren Händen aus dem Staub machen mussten, wäre es ein Leichtes für sie, herauszufinden, wer sie war.

Vielleicht würde es nicht auf diese Weise passieren. Vielleicht würden sie nicht herkommen, sondern sie nach Frankreich zurücklocken. Schließlich besaßen sie den besten Köder der Welt.

Sie sah sich in dem Schlafgemach um, in dem sie stand, und sah es mit neuen Augen, mit denen eines Ritters, der eine Festung beurteilt. Wenn sie hier Zuflucht suchen musste, würden Schloss und Riegel an der Tür halten? Wenn sie …

Erneut überlief sie ein kalter Schauer. Große Furcht erfüllte sie. Regungslos stand sie da und lauschte.

Im Erdgeschoss hatte sie Schritte gehört, ganz sicher. Nein, nicht sicher, aber … vielleicht hatten ihre furchtsamen Gedanken dazu geführt, dass sie Dinge hörte, die es nicht gab. Vielleicht …

Schon wieder. Deutlicher diesmal. War Mr Tilbury schon wieder da? Es klang, als habe der Mann Stiefel an, und Mr Tilbury trug keine Stiefel. Auch war sein Gang nicht so sicher und entschlossen wie die Schritte, die jetzt dort unten auf und ab gingen.

Verzweifelt blickte sie sich um, aber tatsächlich … es gab in diesem Haus nichts, was sie hätte stehlen oder als Waffe benutzen können.

Sie benahm sich wie eine dumme Gans. Niemand war ihr hierher gefolgt, um ihr etwas zuleide zu tun. Dennoch hielt sie den Atem an, als die Schritte jetzt langsam die Stufen erklommen. Sie schlüpfte hinter die offen stehende Tür und drückte sich an die Wand. Mit etwas Glück würde derjenige, dessen Neugier ihn hierhergetrieben hatte, nur einen Blick in das Zimmer werfen und dann weitergehen.

Genau vor der Tür brachen die Schritte ab. Die Logik sagte ihr, dass es keine Rolle spielte, ob er hereinkam oder nicht, doch das Blut pochte heftig in ihren Schläfen, und sie betete inbrünstig, dass er draußen bleiben würde. Es war Jahre her, dass sie zuletzt von solch ohnmächtigem Entsetzen gepackt worden war, und sie hasste es noch immer, sie, eine erwachsene Frau, die vielem getrotzt hatte, aber diese Furcht nicht besiegen konnte.

Ein Schritt. Noch einer. Schließlich stand er im Zimmer. Sie betrachtete den schlanken, breitschultrigen Mann von hinten, der einen edlen dunkelblauen Gehrock, hellbraune Reithosen und hohe Stiefel trug. Überrascht hielt sie die Luft an, einen Augenblick später atmete sie verdrossen aus. Was machte *er* denn hier?

Marielle rührte sich nicht. Hoffentlich würde er sich umdrehen und auf demselben Weg wieder hinausgehen, auf dem er hereingekommen war. Vielleicht würde er sie nicht sehen. Wenn sie Glück hatte, würde sie diesen Mann nicht einmal grüßen müssen.

Zu ihrem Entsetzen verschwand er jedoch nicht. Er spazierte weiter in das Zimmer herein. Dann drehte er sich um, und ihre Blicke trafen sich.

»Verstecken Sie sich, Miss Lyon? Ich hoffe doch, nicht vor mir.«

»Nein, nicht vor Ihnen. Sondern vor einem Eindringling, der nicht hier sein sollte.« Sie stieß sich von der Wand ab und schlenderte betont gleichmütig durch das Zimmer, wobei sie sich so weit wie möglich von ihm entfernte. Sie gab vor, gelangweilt zu sein, hielt aber aus dem Augenwinkel Ausschau nach Zeichen von Ärger oder sogar möglicher Gewalt. Sie glaubte nicht, dass er ihr verziehen hatte, was sie ihm bei ihrer letzten Begegnung angetan hatte.

Nun stand er dort, groß, attraktiv und Respekt einflößend, und er blickte sie an, als überlege er, was er mit ihr anstellen sollte. Ein Schauer ganz anderer Natur überlief sie, und eine merkwürdig verlockende Art von Angst. Sie versuchte, den Schönen Esel in ihm zu sehen, aber dieser Trick, um ihm die gefährliche Anziehungskraft zu nehmen, funktionierte nicht mehr. Inzwischen kannte sie ihn zu gut, um so zu tun, als sei er dumm.

»Woher wissen Sie, dass ich hier bin?«, fragte sie.

»Ich bin Ihrem Duft gefolgt.« Er griff in seinen Gehrock und zog ein säuberlich gefaltetes Tuch aus gemusterter Seide heraus. Mit einer flinken Bewegung aus dem Handgelenk entfaltete er das Tuch, das einen Moment lang in der Luft zu schweben schien. Er hielt sich den Schal vor die Nase. »Lavendel. In der Nähe der Treppe habe ich einen Hauch davon wahrgenommen.«

Sie griff nach dem Schal. »Er riecht nicht nur nach Lavendel.« Sie nahm einen ursprünglicheren Duft wahr, moschusartig lag er unter dem blumigen Aroma. Der Schweiß, die Angst und … ja, sogar ein Anflug der Erregung jenes Tages durchdrang die Seide.

»Stimmt. Nicht nur Lavendel.«

Sie faltete den Schal wieder zusammen. »Ich meine nicht, wie Sie in dieses Zimmer gekommen sind. Ich frage mich, wie Sie mich in dieser Stadt und in diesem Haus gefunden haben.«

»Die Damen in Ihrem Haus haben mir die Stadt genannt, Madame Bertrand den Namen des Maklers. Der Sekretär des Maklers hat mir die Adresse verraten. Und da bin ich nun.«

Madame Bertrand? Dominique hatte sie verraten? Sie würde passende Worte für ihre alte Freundin finden, wenn sie in das Gasthaus zurückkehrte. »Sagt man Ihnen immer alles, was Sie wissen wollen?«

»Nein. Sie tun das nicht.«

Marielle antwortete nicht. Die Tür zu diesem Thema würde sie jetzt lieber geschlossen halten.

Er ging in dem Zimmer auf und ab, als wollte er es ausmessen. »Manchmal wissen die Leute gar nicht, dass sie mir gesagt haben, was ich wissen wollte. Der Sekretär des Maklers zum Beispiel. Er hat geglaubt – keine Ahnung, warum –, dass ich Ihr Cousin bin, als ich nach Ihnen und danach gefragt habe, und ob Sie die Dienste seiner Firma in Anspruch nehmen. Ich wusste gar nicht, dass Sie einen Cousin in England haben.«

»Und ich weiß nicht, warum Sie mir überhaupt nachlaufen und solche Mühen auf sich nehmen. Sicherlich weiß ein Viscount seine Zeit auf angenehmere Weise zu verbringen.«

Er blieb stehen. »Sie wissen, warum. Es gibt unerledigte Dinge zwischen uns.«

Sie hoffte, dass er damit die Fragen meinte, die er ihr stellen wollte. Doch in seinem Blick las sie etwas anderes – den Ärger darüber, wie sie ihn erst mit dem Versprechen auf einen lustvollen Beischlaf schwach gemacht hatte und dann weggelaufen war. Wahrscheinlich glaubte er, dass sie ihm mehr schuldig war als nur Worte.

»Warum mieten Sie ein Haus hier in Brighton an? Haben Sie vor, hier zu leben?«

»Oh ja, vielleicht. Ich liebe die Seeluft.«

»Diese Veränderung werden Sie aufschieben müssen. Später vielleicht. Aber nicht jetzt … das kann ich nicht zulassen.«

Er hatte wirklich das Talent, sie zu verärgern. Wenn er glaubte, dass sein Auftreten und seine Herkunft sie beeindruckten oder gar ängstigten, wie es bei Dominique und diesem Sekretär der Fall gewesen war, dann wusste er nicht, aus welchem Holz sie geschnitzt war. »Vielleicht haben Sie vergessen, dass Sie nicht mein Cousin sind, auch wenn Sie heute mit ihm verwechselt worden sind. Auch sind Sie kein Regierungsbeamter.«

»Ich gehöre dem Hochadel an. Viel amtlicher geht es nicht.«

»Sie können mir nicht vorschreiben, wo ich zu wohnen habe.«

»Und doch habe ich es gerade getan. Sie werden vorerst in London bleiben. Brighton ist ungünstig für mich.«

»Ungünstig für das unerledigte Geschäft, das es zwischen uns angeblich gibt, wollten Sie wohl sagen.«

»Ich bin mit der Kutsche hier. Kommen Sie, ich lasse Sie zum Gasthaus zurückfahren. Morgen früh bringe ich Sie und Ihre Magd nach London.« Er ging auf die Tür zu und bedeutete ihr, ihm voran die Treppe hinunter und aus dem Haus zu gehen.

»Ich ziehe es vor, selbst den Weg zum Gasthaus zu finden und auch nach London, aber trotzdem vielen Dank.«

»Es gibt keinen Grund, sich zu fürchten. Ich werde mich Ihnen nicht aufdrängen.«

Was für eine eigenartige Bemerkung. Sie hatte nicht angedeutet, dass sie sich vor ihm oder vor Belästigung fürchtete. Allerdings sagte ihr der Instinkt, dass es nicht klug war, diesen Mann nahe an sich heranzulassen, schon gar nicht in diesem unbewohnten Haus. Und sie musste zugeben, dass er ihr ein wenig Angst machte, zum Teil wegen der Rechnung, die er womöglich glaubte, begleichen zu müssen, und zum Teil, weil seine Anwesenheit diesen großen Raum erfüllte, ohne dass er auch nur versuchte, Macht über sie auszuüben. Es war durchaus verzeihlich, dass seine Männlichkeit sie erregte. An dem Tag des Überfalls waren sie einander sehr nahe gekommen. Sie war eine ganz normale Frau und er ein Mann, in dem es dicht unter der Oberfläche brodelte.

»Ich habe keine Angst vor Ihnen«, log sie. »Ich weigere mich nur, mich von Ihnen begleiten zu lassen. Ich bin es gewöhnt, nach eigenem Gutdünken zu handeln. Außerdem bin ich noch nicht fertig mit dem Vorhaben, das mich in diese Stadt geführt hat, und ich beabsichtige, mein Anliegen zu Ende zu bringen.«

Er trat auf sie zu. Nicht drohend. Nicht einmal unfreundlich. Dennoch wich sie zurück, denn seine Nähe schüchterte sie ein.

»Ich glaube, Sie haben mich nicht verstanden«, sagte er und machte den letzten Schritt, mit dem er ihr endgültig zu nahe kam. »Sie sind fertig damit. Vollständig. Dieser Makler wird Ihnen keine weiteren Häuser zeigen. Und auch kein anderer Makler in Brighton. Niemand wird Ihnen hier etwas vermieten, nicht einmal, wenn Sie anbieten, die doppelte Miete im Voraus zu zahlen.«

Sie hob den Kopf und sah die Selbstsicherheit in seinem Blick. Natürlich wusste sie, dass solche Männer andere Menschen gefügig machen konnten, indem sie einfach ihren adligen Namen nannten. Das hatte sie schon allzu oft erlebt. Oft genug, um sie mit den Revolutionären in Frankreich sympathisieren zu lassen, die an mehr Gleichheit geglaubt hatten.

Nur ... wenn sie ihn ansah und die Macht spürte, die sein Körper und sein Geist ausstrahlten, dann bezweifelte sie, dass es nur sein Titel war, der ihn so sicher sein ließ, dass sie sich letzten Endes seinem Willen beugen würde. Er gehörte zu der Sorte Männer, denen die Menschen zu folgen geneigt waren, ohne auch nur ihren Namen zu kennen. Im Krieg war das ebenso nützlich wie in jedem anderen Kampf. Die Armee hatte einen Anführer verloren, als Kendale sie verlassen hatte.

Sie sollte sich wieder von ihm entfernen, damit seine Aura sie nicht so vollständig umfing. Sie sollte aus dem Fenster sehen, auf ihren Schal, irgendwohin, nur nicht in seine Augen. Wenigstens musste sie sich gegen seine selbstherrliche Behauptung wehren, er habe ihr die Macht über ihre Entscheidungen genommen. Dieser Annahme musste sie unbedingt widersprechen.

Stattdessen verharrte sie an Ort und Stelle, fühlte sich klein und zerbrechlich und überraschenderweise zugleich in Sicherheit. Seine Macht hat auch etwas Tröstliches, flüsterte ihre Seele ihr zu. Er hatte sie einmal gerettet und würde es vielleicht wieder tun. Sie musste nur um seinen Schutz bitten oder ihn einladen, ihn ihr zu gewähren.

Es kostete sie Mühe, sich wieder an die Wahrheit heranzutasten. Lord Kendale wollte sie nicht beschützen, er wollte sie entlarven.

Sie musste seinen Argwohn beschwichtigen, ihn auf irgendeine Art beeinflussen und ihn sich zum Freund machen. Sie bezweifelte, dass Ersteres ihr gelingen würde, ohne dass sie ihm jede Einzelheit aus ihrem Leben von Kindesbeinen an erzählte. Wenn es dagegen um ein Bündnis ging …

Ein lautloses Summen voller Möglichkeiten erfüllte die Luft zwischen ihnen. Es war, als trüge er wieder jenen Morgenmantel und sie nicht mehr als eine Decke, so absolut waren sie sich ihrer Gegenwart bewusst. Ihr Atem schien in dem Raum widerzuhallen. Ein instinktiver Schauer ließ sie unter ursprünglichen weiblichen Empfindungen von Angst, Verlangen und brennender Sehnsucht erzittern. Sie gestattete sich, zu fühlen, was mit ihr geschah, sodass sie den Mut aufbringen würde, noch einmal verwegen zu sein.

»Sie brauchen sich nicht in meine Pläne einzumischen«, sagte sie und lächelte ihn an. »Wenn ich hierher gezogen bin, werde ich oft nach London zurückkehren. Ich werde Objekte zu Emmas Auktionshaus bringen. Ich diene als Vermittlerin zu den frisch aus meinem Heimatland emigrierten Personen. Wenn Sie sie fragen, wird Emma Ihnen bestätigen, dass es so ist.« Sie hob die Hand, um sein Gesicht zu berühren. Zitternd schwebten ihre Fingerspitzen nahe über seiner Haut. »Wir werden genug Gelegenheit haben, um jenes Geschäft zu Ende zu bringen, von dem Sie sprachen.«

Sie musste sich nicht zwingen, sein Kinn zu streicheln. Sie wollte ihn fühlen und den geringen Abstand überbrücken, der noch zwischen ihnen bestand.

Ein verschwommener Fleck. Eine Bewegung, die sie erschütterte und ihr den Atem nahm. Plötzlich stand sie mit dem Rücken zur Wand. Eine Kraft von männlicher Intensität schwebte über ihr, begierig, sich von ihren Zügeln zu befreien.

Mit einer Hand hob er energisch ihr Kinn an. »Ich werde mich Ihnen nicht aufdrängen, aber ich will verdammt sein, wenn ich mich noch einmal zum Narren machen lasse«, stieß er zwischen zusammengebissenen Zähnen hervor.

»Zum Freund, nicht zum Narren …«, sagte sie.

Doch schon küsste er sie heftig und brachte sie zum Schweigen, bevor sie die Worte ganz ausgesprochen hatte.

Wehrte sie sich überhaupt, und sei es auch nur instinktiv? Sie bezweifelte es. Sie ergab sich der Macht seines Kusses. Und hoffte, keine Kräfte zu entfesseln, die größer waren, als sie für möglich gehalten hätte.

Er küsste sie noch heftiger, als wollte er sie für ihr Flirten und die Neckereien bestrafen. Besitzergreifend erhob er Anspruch auf ihre Lippen. Sie schnappte nach Luft, sobald sie konnte, und ein Sturm von Gefühlen raste durch ihren Körper.

Endlich hörte er auf. Noch immer hielt er ihr Gesicht und sah sie mit glühendem Blick an. Sie konnte vieles darin erkennen, ganz verschiedene Dinge. Eindeutig Verlangen. Auch Neugier und Wut. Und, nur einen Augenblick lang, Zögern.

»Zum Teufel«, murmelte er. Er zog sie in seine Arme und küsste sie noch einmal.

Er war kein behutsamer oder kunstfertiger Liebhaber. Zu ihrer Überraschung ließ die Art, wie er sie festhielt, sie unter Kontrolle brachte, ihre Erregung heftig ansteigen. Als er mit den Lippen zu ihrem Nacken und ihrer Brust wanderte, krallte sie sich mit den Fingern in seinem Haar fest und achtete ihrerseits nicht mehr darauf, ob sie sanft war.

Er hob sie hoch, sodass ihre Füße kaum noch den Boden berührten, als seine Küsse tiefer wanderten, bis zu ihrem Brustansatz. Mit dem linken Arm hielt er sie, während er sie fest streichelte, sich durch die Kleider an ihren Körper drückte und endlich eine Hand auf ihre Brust gleiten ließ.

Wieder an die Wand gepresst. Das Knie zwischen ihre Schenkel geschoben, hoch und fest an die Stelle, an der sie pulsierte. Ihre Füße schwebten in der Luft, und sie drückte sich nach unten, köstlich. Es fühlte sich unerträglich gut an, gleichzeitig erleichternd und das rasende Verlangen steigernd, das in ihr zu explodieren drohte. Wohl überlegt, fast grausam, liebkoste er ihre Brüste mit beiden Händen, nicht, um sie zu bewundern, sondern um sie zielstrebig zu reizen.

Allmählich nahm sie nichts anderes mehr wahr. Verrückt, hilflos der Lust ausgeliefert hoffte sie, dass er sie ausziehen würde. Sie konnte kaum noch atmen, geschweige denn sprechen, aber in Gedanken bettelte sie ihn schamlos an, es zu

Ende zu bringen. Es war ihr egal, wenn es auf dem nackten Fußboden geschehen würde.

Er kam noch näher. Sie spürte es. Sie sah es unter ihren gesenkten Lidern. Sie wartete darauf, dass er sie umdrehen und ihren Rock anheben würde. Stattdessen hob er sie in einer erneuten Umarmung hoch. Vor sich hielt er sie in der Luft, sodass er den Mund auf ihre Brust senken konnte. Sie drückte seinen Kopf fester an sich und verlor sich in der köstlichen Wonne, die seine heißen, fordernden Lippen ihr bereiteten.

Dann, ganz plötzlich, spürte sie den Boden unter ihren Füßen wieder und die Wolle seines Gehrocks an ihrer Wange. Seine Arme umfingen ihre Schultern. Keine Küsse mehr. Kein Laut. Er hielt sie, und ihr Körper zitterte und bestrafte sie dafür, dass sie diese unvollendete Leidenschaft zugelassen hatte.

Er ließ sie los und trat zurück. Verstohlen blickte sie ihm ins Gesicht, fragte sich, was sie dort sehen würde. Selbstgefällige Zufriedenheit, weil er ihr nun dasselbe zugefügt hatte wie sie ihm? Entrüstung, weil sie ihm ein solches Benehmen widerstandslos erlaubt hatte? Berechnung, weil er überlegte, wie er dies an einem Ort fortsetzen konnte, der seinen Absichten dienlicher war? Er wirkte ernst. Gedankenvoll. Auch streng, aber dieser Zug an ihm war ihr nicht neu.

Ohne ein Wort nahm er sie beim Arm und führte sie zur Tür. Sie stiegen die Treppe hinab. Erneut ergriff er ihren Arm und ließ sie nicht los, bis er sie in seine Kutsche draußen auf der Straße geschoben hatte.

Er schloss die Tür und blickte sie durch das Fenster an. »Der Kutscher wird dich zu deinem Gasthof fahren. Morgen früh wirst du mit mir nach London zurückkehren. Und du wirst nicht nach Brighton ziehen.«

Er ging in eine Richtung davon, während die Kutsche in die andere rollte.

6

Zwei Tage später war Kendale sich immer noch nicht im Klaren, ob er aus dem Zusammentreffen mit Marielle als Sieger oder Verlierer hervorgegangen war. Immerhin war sie mit ihm nach London zurückgekehrt. Es war eine lange, schweigsame und unbehagliche Fahrt gewesen. Wäre seine Verletzung nicht gewesen, hätte er sich zu Pferde auf den Weg nach Brighton gemacht, doch er hatte nicht riskieren wollen, die allmählich beginnende Heilung durch einen stundenlangen Ritt zu gefährden.

Und was den Rest betraf … er wusste verdammt noch mal nicht, ob er sich erneut von ihr zum Narren hatte machen lassen oder nicht. Vielleicht hatte er genau so reagiert, wie sie es beabsichtigt hatte. Ihr mangelnder Widerstand deutete darauf hin. Er wusste, dass Französinnen im Umgang mit Männern sehr gerissen waren. Ein kluger Mann ließ sich deshalb gar nicht erst mit ihnen ein.

Doch für diese Möglichkeit war das Ganze inzwischen viel zu schwierig geworden.

Er begehrte sie. Und verdammt, sie wusste es! Wahrscheinlich stand sie aufseiten des Feindes, und zweifellos würde sie es immer wieder gegen ihn verwenden, dass er sie wollte. Sie hatte das bereits getan. Sich in jenem Zimmer in Brighton Einhalt zu gebieten hatte ihn mehr Willenskraft gekostet, als er normalerweise aufbrachte. Auf keinen Fall, wenn es um Frauen ging, so viel war sicher. Huren versprachen zweckmäßige Unkompliziertheit. Bei ihnen musste er sich nicht tagelang Gedanken über Beweggründe und Kompromisse machen, wie er es jetzt tat.

Kendale grübelte über seine Situation nach, während er zu Brooks's Gentlemen's Club ritt. Er widerstand der Versuchung, stattdessen bis zu dem Haus mit der blauen Tür in der Nähe der alten Stadtmauer weiterzureiten. In Gedanken war er viele Male dort gewesen, seitdem Marielle und Dominique dort aus seiner Kutsche gestiegen waren. Er hatte erneut einen Mann beauftragt, sie zu beobachten, sodass er keine Entschuldigung mehr hatte, selbst jedem ihrer Schritte zu folgen und ihr wie ein lüsterner Jüngling nachzustellen.

Im Club saßen Southwaite und Ambury genau dort, wo Kendale sie vermutet hatte. Southwaite hielt einen Brief in der Hand und las. Als er Kendale näher kommen sah, winkte er ihm damit zu. »Neuigkeiten von der Küste.«

Kendale zog einen Stuhl heran und ließ sich darauffallen. »Diesmal gehe ich nicht.«

»Wie misstrauisch du bist.«

»Mein Misstrauen ist wohlbegründet. Du hast nach mir geschickt und wolltest dich hier mit mir treffen, und jetzt erfahre ich, dass du eine Nachricht von unseren Freunden an der Küste erhalten hast. Jedes Mal, wenn das nach deiner Hochzeit der Fall war, habe ich mir anschließend tagelang den Hintern platt geritten. Diesmal kannst du das übernehmen oder Ambury.«

Ambury traute sich, eine gekränkte Miene aufzusetzen. »Wir dachten, du weißt ein wenig Aktivität zu schätzen und kommst gern einmal aus der Stadt heraus. Es bestürzt mich, dass du glaubst, wir wollten dich ausnutzen.«

»Ihr wisst ganz genau, dass ihr mich ausgenutzt habt. Spar dir deinen Atem und erklär mir jetzt nicht, dass ich viel besser mit unseren Wachposten umzugehen verstehe als ihr und so weiter und so fort. Ich bleibe hier.«

Ambury warf Southwaite einen verstohlenen Blick zu, der seinerseits über den Rand des Briefes spähte. »Diesmal könnte es sich aber lohnen. In Dover sind zwei Männer tot aufgefunden worden. Franzosen. Sie sind erstochen worden.«

Kendale kämpfte die Neugier nieder, die angesichts dieses Informationshappens schlagartig in ihm erwachte. »Damit soll sich der Friedensrichter vor Ort befassen.«

»Aber du willst doch sicher ...«

»Tatsache ist, dass ich nicht dorthin kann, ohne tagelang in einer Kutsche zu sitzen. Ich habe eine Wunde, die gerade verheilt, und kann deshalb keine weiten Ritte unternehmen.« Er gab einem der Bediensteten des Clubs ein Zeichen und bestellte sich ein Bier.

Dann wandte er seine Aufmerksamkeit wieder dem Tisch zu und sah, dass seine beiden Freunde ihn stirnrunzelnd anblickten.

»Eine Wunde? Wo? Wie? Wann?«, fragte Ambury.

»Vor ein paar Tagen. Zwei Tage vor Southwaites Dinnerparty.«

»Bei dem Dinner sahst du nicht aus, als bereite dir eine Wunde Schmerzen«, sagte Southwaite.

»Es wäre unhöflich gewesen, Unbehagen zu zeigen. Es war nur ein Messerstich in die Hüfte. Außerdem beeinträchtigt mich die Wunde nicht so sehr, dass ich nicht gehen oder sitzen könnte, ohne den Eindruck zu erwecken, Beschwerden zu haben. Allerdings bedeutet es, dass ich zurzeit nicht euer Lakai sein und die ganze Arbeit an der Küste erledigen kann.«

»Gerade jetzt sitzt er ziemlich steif da«, sagte Ambury zu Southwaite. »Und bei der Dinnerparty hat er sich sehr vorsichtig bewegt, wenn ich es mir recht überlege.«

»Eine Stichwunde ist nichts, was man erleidet und sich wenige Tage später nicht mehr anmerken lässt«, sagte Southwaite.

»Wenn irgendjemand das schafft, dann er.«

»Vielleicht war es kein sehr tiefer Stich.«

»Ich würde es begrüßen, wenn ihr nicht über mich sprächet, als wäre ich nicht anwesend. Es war ein ziemlich tiefer Stich, vielen Dank. Und was ein Mann danach vermag oder nicht – wer von euch beiden kann das wissen? Auf keinen von euch ist jemals eingestochen worden.«

Southwaite bestätigte das mit einem verärgerten Nicken. »Wie ist das passiert? Es kränkt mich, dass du es mir nicht sofort erzählt hast.«

Kendale schüttete sein Bier hinunter. »Es war nur ein kleines Gerangel mit ein paar Dieben in einer dunklen Gasse. Einer hatte ein Messer dabei.«

»Hoffentlich hast du Anzeige erstattet.«

»Ich weiß nicht, wer die Diebe waren oder wohin sie geflohen sind. Auch pflege ich es nicht offiziell zu verkünden, wenn ich verwundet werde.«

»Ich bin schockiert darüber, dass in Londons Gassen Adlige von Räubern niedergestochen werden«, sagte Ambury. »Und überhaupt: Was wolltest du eigentlich dort?«

Genau darum hatte er ihnen bisher nichts davon erzählt. »Ich habe einer Frau geholfen, die überfallen wurde.«

Die Aufmerksamkeit seiner Freunde wuchs. Beide wirkten jetzt ebenso beeindruckt wie schockiert. »Beim Zeus, was für ein Irrsinn! Wie typisch für dich, dich einzumischen, und wie ungerecht, dass du zum Lohn für deine Tapferkeit niedergestochen wirst. Ich hoffe, dass wenigstens diese Frau Anzeige erstattet hat, wenn du es schon nicht getan hast. Diese Schurken müssen gefasst werden, und man muss ihnen das Handwerk legen«, erklärte Southwaite.

»Ich weiß nicht, ob sie es getan hat. Vielleicht.« Eher wohl verdammt unwahrscheinlich.

»Natürlich kannst du nicht zur Küste reiten. Glücklicherweise ist das in diesem Fall auch nicht nötig. Jemand wird für uns den Friedensrichter im Auge behalten, falls er irgendetwas erfährt, was auch wir wissen müssen.« Mit einer gewissen Entschlossenheit legte Southwaite den Brief beiseite.

Kendale blickte sich in dem Raum um, um zu sehen, wer sonst noch bei Brooks's Zuflucht genommen hatte. An einer Wand sah er Penthurst sitzen. Er las. Wenn Penthurst herkam, erfreute er sich im Allgemeinen der Gesellschaft einiger Minister. Darum war er stets so gut informiert. Heute jedoch zierte keine solche Berühmtheit den Club.

Er wies in Penthursts Richtung. »Habt ihr ihm gesagt, dass ich komme und er sich deshalb nicht zu euch gesellen könnte?«

Southwaite errötete. »Eigentlich nicht. Also …«

»Wir wollten nichts überstürzen«, beschwichtigte Ambury.

Wenn es um Penthurst ging, behandelten die beiden ihn wie ein schwaches Weib – was Kendale ganz und gar nicht gefiel.

»Um meinetwillen müsst ihr ihn nicht meiden. Wenn ich seine Gesellschaft nicht wünsche, werde ich die eure zu anderer Zeit suchen.«

Sie nickten und blickten hierhin und dorthin, nur nicht zu ihm. Er hätte ebenso gut ein Mädchen sein können, das von Seiner Gnaden verstoßen worden war und mit dem sie deshalb sehr behutsam umgehen mussten.

Kendale beschloss, das Gespräch auf ein ergiebigeres Thema zu lenken, bevor er den Wunsch verspüren würde, ihre Köpfe gegeneinanderzuschlagen. »Kennt einer von euch irgendwelche französischen Flüchtlinge hier in London?«

Southwaite fand die Frage sonderbar. Ambury jedoch schätzte sie als eine willkommene Ablenkung von dem zunehmenden Unbehagen, das sie allesamt zu empfinden schienen. »Ich kenne einige von den Damen.«

»Kann ich mir vorstellen«, murmelte Southwaite.

»Ich habe schon länger mit keiner von ihnen mehr gesprochen«, fügte Ambury in schroffem Ton hinzu.

»Das möchte ich hoffen, denn sonst schneidet deine junge Ehefrau dir den Kopf ab … oder etwas anderes«, erwiderte Southwaite ebenso barsch.

»Würden sie mich empfangen, wenn ich eine Empfehlung von euch mitbringe?«, fragte Kendale.

»Du willst französische Damen besuchen, obwohl du dir sonst nicht einmal bei englischen die Mühe machst?«, fragte Ambury.

»Es gibt da etwas, was mich neugierig macht, und vielleicht können sie mich darüber aufklären.«

Erneut tauschten die beiden Freunde vielsagende Blicke. Das taten sie oft. Glaubten sie, dass er das nicht merkte?

»Hinter wem bist du her?«, fragte Southwaite. »Leugne nicht, dass es so ist. Dafür kennen wir dich zu gut.

»Das möchte ich zu diesem Zeitpunkt lieber nicht sagen. Ich könnte mich täuschen, und dann wäre es ehrenrührig, einen Verdacht zu äußern.«

Southwaite hob eine Braue. Seine Miene wurde ernst. »Kein Bürger Englands hoffentlich. Ich erinnere mich, wie du Emma ins Visier genommen hast. Das lasse ich nicht noch einmal zu, Kendale. Wenn du jemals einen unserer Landsmänner observieren lässt, werde ich selbst zu Pitt gehen, damit er dir Einhalt gebietet.«

Southwaite würde vielleicht niemals vergessen, was mit Emma geschehen war, aber offenbar hatte er bereits vergessen, dass der Verdacht gegen sie mehr als angebracht gewesen war. Wie auch immer, das war nichts, woran man einen Freund erinnerte, wenn man ein Duell vermeiden wollte.

»Kein Engländer«, sagte Kendale beschwichtigend.

Ambury ließ sich Papier, Tinte und eine Feder bringen. »Dann werde ich dir ihre Namen nennen. Und ein Schreiben aufsetzen, das dich einführt und dein Anliegen erklärt.«

»Zum Teufel, nein, bloß keine Erklärungen. Wenn du eine deiner Ermittlungen aufnimmst, sagst du dann etwa gleich am Anfang: ›Ich bin Ambury, und trotz meines Titels ist es mir ein Vergnügen, meine Nase in die Angelegenheiten fremder Menschen zu stecken, und jetzt will ich Sie dazu bringen, mein derzeitiges Opfer zu kompromittieren?‹«

»Ohne eine Erklärung kann ich dich nicht dorthin schicken. Vielleicht glauben sie, dass du … also, zumindest könnten sie glauben, dass ich dich aus ganz anderen Gründen zu ihnen schicke, als es deine Absicht ist.« Er hörte auf zu schreiben und blickte auf. »Es sei denn, du möchtest, dass ich diese Annahme bestehen lasse …?«

»Nein.«

Erneut tauschten Southwaite und Ambury Blicke. Und lächelten wissend.

»Verzeih«, sagte Ambury. »Aber die Hoffnung stirbt zuletzt. Du weißt, ich bin der Ansicht, dass du eine Frau brauchst.«

»Ich habe Frauen, wann immer ich will.«

»Du weißt, dass ich von mehr spreche als von zehn Minuten einmal alle vierzehn Tage.«

»Zehn Minuten? Länger soll es nicht dauern? Wenn das so ist, frage ich mich, warum die Huren immer wimmern: ›Mehr, mehr, Mylord‹, anstatt zu sagen: ›Deine Zeit ist um, du Flegel.‹« Er neigte den Kopf zur Seite, als dächte er ernsthaft darüber nach. »Aber vielleicht dauert es bei *euch* ja nicht länger. Ich sage schon seit Jahren, dass du mehr Übung brauchst, Ambury.«

Southwaite ächzte. Ambury starrte blicklos vor sich hin. »Hast du gerade einen Witz gemacht, Kendale? Fühlst du dich nicht wohl? Zu viel getrunken? Ich möchte schwören, er hat gerade gescherzt, Southwaite. Mein Weltbild wandelt sich plötzlich auf ganz unerwartete Weise.«

Southwaite hielt den Atem an. »War das ein Witz? Ich dachte, er meint es ernst. Aber, Kendale, wenn es darum geht, ein paar Französinnen kennenzulernen: Emma hat noch immer mit dieser Frau zu tun, die Kupferstiche färbt, Marielle Lyon. Ich bin sicher, sie könnte ein Treffen arrangieren, damit du deine Fragen loswerden kannst.«

»Cassandra könnte das auch. Ich weiß gar nicht, warum ich nicht gleich an sie gedacht habe. Es ist noch nicht lange her, dass sie uns sehr geholfen hat, also glaube ich, dass wir ihren Informationen trauen können.«

»Tatsächlich? Das ist ja praktisch. Ich wäre froh, wenn eine eurer Ehefrauen ein Treffen zwischen Miss Lyon und mir arrangieren könnte.«

Das Gespräch wandte sich nun irgendeiner langweiligen Gesetzesvorlage zu, die im Parlament erörtert werden sollte. Kendale hörte nur mit halbem Ohr zu. Die Art, wie Marielle sich in das Leben zweier Ladys geschlichen hatte, die mit Angehörigen des britischen Hochadels verheiratet waren, war einer der Gründe, warum er sie aufhalten musste.

Bald darauf verabschiedete Kendale sich, damit sein Verstand sich unter dem Ansturm von Klatsch und Spekulationen aus der Politik nicht in Brei verwandelte. Beim Hinausgehen rief ihm jemand etwas zu. Er drehte sich um und sah, dass Penthurst ihn zu sich winkte.

Ihre Entfremdung war allgemein bekannt, und zahlreiche Köpfe drehten sich nach ihnen um. Verärgert über diese öffentliche Zurschaustellung einer herzoglichen Laune, ging Kendale zu ihm.

Penthurst blickte nur kurz von seinem Buch auf. Er griff in die Tasche, zog ein gefaltetes Blatt Papier heraus und hielt es

Kendale hin. »Der Mann, den ich erwähnt habe. Hier ist sein Name. Er wird noch eine weitere Woche nicht in der Stadt sein, empfängt dich aber gleich nach seiner Rückkehr.«

Kendale nahm den Zettel. Es gab Männer, die ihm diese Information nicht gegeben hätten, bevor er nicht entweder darum gebettelt oder ihnen ihre Schulden erlassen oder sie um Verzeihung gebeten hätte, und England sollte verdammt sein, wenn es von deren Stolz abhing, einen Spion dingfest zu machen. Sosehr es Kendale auch widerstrebte, Gutes von Penthurst zu denken, musste er ihm eines doch zugestehen: dass er das Wohl seines Landes an die erste Stelle setzte.

Er steckte das Papier in seinen Gehrock und verließ den Club.

Umständlich machte Dominique sich an ihrer Haube zu schaffen, zupfte den Spitzenbesatz in diese Richtung und in jene, während sie sich im Spiegel betrachtete. »Ich sehe nicht ein, warum ich mitkommen soll.«

»Weil ich nicht allein gehen soll. Das hat Madame LaTour klar und deutlich gesagt. Sie sind von altem Adel. Sie erwarten von mir, dass ich mich von einer Zofe begleiten lasse, wenn schon nicht von einem männlichen Verwandten«, sagte Marielle.

Sie durchsuchte ihren dürftig bestückten Kleiderschrank. Normalerweise störte es sie nicht, ihre alten Kleider zu tragen. Sie sparte ihr Geld für etwas Wichtigeres als modischen Schnickschnack. Einige ihrer derzeitigen Kleider hatte Jahre zuvor Dominique getragen, andere hatte sie gebraucht von neu angekommenen Adligen erstanden. Allerdings verkauften die Frauen niemals die Sachen, die noch *à la mode* waren, sondern trennten sich nur von ausgedienten Kleidern wie jenen mit tiefsitzender Taille.

Marielle bezweifelte, dass heute außer Madame LaTour noch jemand so schlecht gekleidet sein würde wie sie. Viele der Frauen hatten sich vor ihrer Überfahrt nach England noch Kleider nähen und liefern lassen, auch wenn sie sie nicht mehr bezahlt hatten.

Sie entschied sich für ein Kleid mit lavendelblauen Blumen auf cremefarbenem Grund. Die Spitze war kaum geflickt und wirkte noch frisch und neu. Vermutlich ist das mein bestes Kleid, dachte Marielle, als sie hineinschlüpfte. Es war für eine kleinere Frau gemacht und eigentlich zu kurz für sie, doch sie besaß ohnehin keine Reifröcke, mit denen sie es hätte aufbauschen können. Mit einer Bürste fuhr sie sich durch das widerspenstige Haar.

»Ich verstehe nicht, warum sie nicht herkommen können wie alle anderen auch«, sagte Dominique. Sie wollte diesen Salon nicht besuchen. Es gefiel ihr nicht, dass sie das Haus verlassen sollte.

»Ein Boot ist angekommen. Etliche neue Gesichter und die Chance, Emma viele gute Objekte zum Versteigern zu bringen. Ich kann diese Leute wohl kaum bitten, hier auf der Straße Schlange zu stehen.« Seit einem Jahr war Marielle nun schon als Vermittlerin für das Auktionshaus Fairbourne tätig. Sie überzeugte die Emigranten davon, ihre Schätze dort anzubieten, wenn sie Bücher, Schmuck und Kunstwerke, die sie aus Frankreich hinausgeschmuggelt hatten, in bare Münze verwandeln wollten. Im Gegenzug gab Emma ihr einen Teil von Fairbournes Verkaufserlös. Was mehr oder weniger zufällig begonnen hatte, war zu einer Einnahmequelle geworden, die ihr half, für ihr großes Ziel zu sparen. Auch aus anderen Gründen hatte es sich als nützlich erwiesen.

Wenn sie die Neuankömmlinge nach Besitztümern fragte, die sie zu verkaufen hatten, redete sie auch über andere Dinge mit ihnen. Heute würde sie möglicherweise Nachrichten aus ganz Frankreich erhalten.

Wenn jemand in dieser neuen Gruppe aus der Vendée oder einer nahe gelegenen Region kam, würde sie vielleicht sogar erfahren, wie die Dinge dort standen und ob Antoine Lamberte immer noch alle herumkommandierte. Sie hoffte auf Informationen, die ihr einen Hinweis darauf geben würden, ob sie auf Lambertes Geheiß hin überfallen worden war und wie viel er wusste, falls das der Fall war. Auch könnte sie in Erfahrung bringen, ob er Hinrichtungen angeordnet hatte.

Marielle hielt beim Bürsten ihres Haars inne. Das war etwas, was sie hoffentlich nicht erfahren würde. Dennoch würde sie danach fragen, egal, wie sehr ihr vor der Antwort graute.

»Sei bloß vorsichtig«, warnte Dominique. »Vergewissere dich, dass du den Leuten trauen kannst, bevor du nach Lamberte fragst. Durchaus möglich, dass er jemanden mit dem Boot hergeschickt hat, um dich zu finden, und dein Interesse würde seine Neugier wecken. Überlass das Fragen lieber mir.«

»Du kannst nicht die Zofe spielen und gleichzeitig hochwohlgeborene Frauen nach Neuigkeiten aus ihrer Heimat fragen. Willst du dich ihnen als ihresgleichen vorstellen, damit sie dir vertrauen?«

Dominique schüttelte den Kopf. »Sei nur vorsichtig.«

Zwei Stunden später betraten Marielle und ihre Zofe ein schönes Stadthaus in einer Straße hinter dem Bedford Square. Sie fragte sich, ob es der Familie gehörte, die dort wohnte, oder ob sie es nur gemietet hatte. Wenn Letzteres zutraf, stellte sich die Frage, ob die Miete bezahlt worden war.

Die meisten Emigranten führten ein unsicheres Leben. Kaum einer arbeitete – die Adligen unter ihnen besaßen ohnehin keine Fertigkeiten, die ihnen Geld eingebracht hätten. Schließlich waren sie Herren und Damen von Stand. Dass Marielle Drucke herstellte, wurde toleriert – schließlich war das besser als Hurerei –, aber dennoch bedachte man sie häufig mit unfreundlichen Kommentaren. Das galt sogar für jene Familien, aus denen die eine oder andere Frau damit beschäftigt war, für Marielle Druckvorlagen einzufärben. Viele Familien überlebten nur, indem sie Schulden anhäuften oder Kredite bei Geschäftsleuten aufnahmen, die darauf vertrauten, dass die alten Sitten und die alten Besitzverhältnisse wieder Einzug in Frankreich halten würden.

Als sie die Stufen zum Salon erklomm, betrachtete Marielle kritisch die Einrichtungsgegenstände. Entweder hatte Monsieur Perdot von jeher Besitz in England oder er hatte das Porzellan und die Wandbehänge aufgrund seiner vielversprechenden Aussichten erworben. Es war mehr, als er bei seiner Flucht aus Frankreich hätte mitnehmen können.

Der Salon war nicht so übertrieben geschmückt, wie es in Frankreichs besten Häusern üblich war, sondern war geschmackvoll eingerichtet. Und die sieben Männer und neun Frauen, die auf den Stühlen und Diwanen Platz genommen hatten, strahlten Freude aus. Sie tranken Champagner und feierten ihr glückliches Entkommen.

Madame LaTour saß mitten unter ihnen. Sie bemerkte Marielle, winkte sie zu sich und stellte sie vor. Einer der Neuankömmlinge, Madame Toupin, eine Frau in fortgeschrittenem Alter mit weißem Haar und sehr dunklen Augen, musterte sie besonders aufmerksam. Sie spähte durch ein Lorgnon mit langem Griff und beäugte jeden Zentimeter von Marielles Gesicht und Gestalt.

Marielle starrte sie mit demselben Hochmut nieder, der ihr entgegenschlug. Mit geschürzten Lippen und gehobenen Brauen verbarg die Frau ihre Skepsis angesichts dessen, was sie sah, nicht.

»Sie sind also die Nichte des Grafen von Vence. Ich kannte ihn gut, und ich bin entzückt, Ihre Bekanntschaft zu machen.« Sie klopfte leicht auf die Bank neben ihrem Stuhl. »Kommen Sie, setzen Sie sich zu mir, damit wir in Erinnerungen an den guten Mann schwelgen können.«

Sabine Peltier lebte in einer kleinen Wohnung am Rande von Mayfair. Kendale wartete darauf, empfangen zu werden, nachdem er dem Dienstmädchen, das ihm die Tür geöffnet hatte, seine Karte und Amburys Brief übergeben hatte.

Während er in einem kleinen Salon wartete – recht lange, wie ihm schien –, vertrieb er sich die Zeit damit, die Bücher in der Vitrine zu betrachten, die unauffällig in einer Ecke stand. Nicht nur französische Bücher befanden sich darin, sondern auch neuere Titel auf Englisch. Das passte zu dem wenigen, was er über die Frau wusste. Ambury hatte ihm erzählt, dass die Peltiers sich in den höchsten Kreisen von Paris bewegt hatten, bevor Monsieur Peltier, ein der Wissenschaft zugeneigter jüngster Sohn eines Barons, für seine konservative Weltanschauung mit dem Leben bezahlt hatte.

Der Raum selbst wirkte durch seine feminine Eleganz, die vermutlich recht kostspielig gewesen war. Madame Peltier kaufte sparsam, aber gut ein. Die wenigen Stühle schienen solide gearbeitet zu sein, und der gepolsterte Diwan hätte in den elegantesten aller Salons gepasst.

Ebenso wie Madame Peltier, stellte Kendale fest, als sie endlich eintrat und ihn begrüßte. Dunkelhaarig, schlank und hochgewachsen war sie eine schöne Frau mittleren Alters. Er schätzte sie auf etwa vierzig, doch genau war das kaum zu sagen. Ihre Garderobe entsprach ganz dem exotischen Stil, wie er bei einigen Damen in Mode war. Das hochtaillierte Kleid schien aus mehreren Lagen dünnen Stoffs zu bestehen, die sie umwehten, als schwebte sie knapp über dem Boden, wenn sie sich bewegte.

Sie hielt immer noch den Brief in der Hand, und als sie sich gesetzt hatten, überflog sie ihn noch einmal. »Ambury ist sehr charmant. Er schreibt, Sie wollen mich um einen Gefallen bitten, es handle sich jedoch nicht um Gefälligkeiten der gewissen Art.«

»Andere Männer mögen grob genug sein, um eine fremde Dame in der Hoffnung auf Letzteres zu besuchen, aber ich bin es nicht.« Es war eine Beleidigung, Kendale so etwas zu unterstellen. Aber vielleicht gab es einen guten Grund dafür, dass *sie* sich davon nicht beleidigt fühlte.

Aufmerksam musterte sie ihn von Kopf bis Fuß. »Ich gehe davon aus, dass Sie so grob nicht sind.«

»Was schreibt er sonst noch?« Es schien kein kurzer Brief zu sein.

»Er bedankt sich für meine schriftlichen Glückwünsche zu seiner Hochzeit, aber er versucht mich sehr freundlich und subtil davon abzuhalten, in Zukunft noch einmal zu schreiben.« Ein trauriges Lächeln erschien auf ihrem Gesicht, dann lachte sie. »Natürlich musste er die Tochter eines Mannes von Stand heiraten. Und natürlich muss sie Engländerin sein. Das ist normal.«

Es stand ihm nicht zu, ihr zu erklären, dass an der Wahl von Amburys Gattin kaum etwas normal gewesen war. Ebenso wenig konnte er ihr sagen, dass Ambury zu der Sorte Männer gehörte, die auch eine Französin geheiratet hätten, die von fremden Männern für Gefälligkeiten der gewissen Art aufgesucht wurde. Wenn er es denn gewollt hätte. »Völlig normal.«

»Und Sie, Mylord. Führen Sie auch eine solch normale Ehe?«

Mit beängstigender Geschwindigkeit hatte Madame Peltier eine vertrauliche Tonart angeschlagen. Er beschloss, sie davon abzubringen, ihre Netze noch weiter auszuwerfen. »Ich beabsichtige, das eines Tages zu tun. Sehr bald.« Die letzten Worte fügte er als Reaktion auf das gierige Glitzern hinzu, das in Madame Peltiers allzu neugierige dunkle Augen getreten war. Es erinnerte ihn an das Leuchten in den Augen von Männern, die bei Tattersalls ein Pferd sehen, das sie gern ihr Eigen nennen würden.

»Bien.« Wie ein Seufzer kam das Wort über ihre Lippen. Der Klang ihrer Stimme und die etwas weniger kokette Art, wie sie ihn nun ansah, verrieten, dass sie aufgegeben hatte. »Sagen Sie mir, was Sie wollen. Ich werde versuchen, Ihnen zu helfen, und vielleicht helfen Sie eines Tages mir.«

Zwar hatte er nicht erwartet, dass ihre Hilfe kostenlos sein würde, aber ihre Unverblümtheit überraschte ihn dennoch. Als sie die Abmachung klar und deutlich in Worte fasste, merkte er, dass sie hervorragend Englisch sprach. Fast so gut wie Marielle. Im Gegensatz zu ihr hatte Madame Peltier allerdings ihren Akzent beibehalten. Das verlieh ihren Sätzen eine eigenartig abfallende Betonung, die jedoch dort anstieg, wo ein gebürtiger Engländer die Stimme gesenkt hätte. Sie gehörte zu denen, die Marielle für faul hielt, weil sie nicht genau zuhörten und das Gehörte nachzuahmen versuchten. Vermutlich war Madame Peltier nicht sehr geübt darin, zuzuhören und nachzuahmen. Entweder das oder ihr Akzent verlieh ihr in London einen besonderen Charme, sodass sie keinen Grund hatte, ihn abzulegen.

»Ich bin hier, weil ich Sie bitten wollte, mir zu sagen, was Sie über Marielle Lyon wissen.«

»Ah.« Nachdenklich blickte sie zum Fenster hinaus. »Die kleine Marielle.« Sie schnalzte leise mit der Zunge. Dann wandte sie ihre Aufmerksamkeit wieder Kendale zu. »Natürlich kenne ich sie. Wir alle kennen uns.«

»Glauben Sie an ihre Geschichte?«

»Ich habe keinen Grund, das nicht zu tun. Aber trotzdem … meiner Meinung nach stimmt da irgendetwas nicht.«

Er hoffte, dass sein Schweigen sie zum Weiterreden ermutigen würde. Und so war es auch.

»Es ist alles zu viel«, sagte sie. »Die alten Kleider, in denen sie sowohl hübsch als auch hilflos wirkt. Ich sehe vor meinem inneren Auge, wie sie die Spitze selbst zerreißt, um der Wirkung willen. Die langen Schals … sie stehen ihr einfach zu gut. Wie praktisch, dass sie sie schon besaß und aus Frankreich mitnehmen konnte. Die Art, wie sie sich in diesem merkwürdigen Atelier die Hände schmutzig macht. Man kann doch auch zurechtkommen, ohne dass man eine kleine Fabrik aufmacht, nicht wahr?«

»Ich nehme es an.«

»Ich weiß, dass sie im Verdacht steht, eine Hochstaplerin zu sein. Ich war dabei, als man sie der Prüfung unterzogen hat. Sie macht keine Fehler.«

Verschwörerisch beugte sie sich zu ihm vor. »Überhaupt keine. Das ist nicht normal. Wir alle vergessen Dinge aus unserer Jugend. Aber die arme Marielle kann sich an alles erinnern. Wie das Pferd des Grafen hieß. Dass er Johannisbeeren in seinem Haferbrei mochte. Kleinigkeiten, an die sich nicht einmal seine eigene Tochter erinnern würde – Marielle betet sie herunter wie auswendig gelernt.«

»Ich bewundere Ihre feine Wahrnehmung.«

»Und dann die Art, wie sie redet«, fügte Sabine Peltier hinzu, ohne seine Schmeichelei zu beachten.

»Ihr Englisch?«

»Ihr Französisch. Im Allgemeinen ist es äußerst korrekt. Wie man es in Paris spricht, wie es ihr in einer guten Familie als Nichte eines Grafen gelehrt wurde. Aber eines Tages, kurz nachdem sie auf dem Landsitz des Grafen angekommen war, hielt ich mich im Haus einer Familie mit drei Kindern auf, und sie war dort zu Besuch. Sie war selbst fast noch ein Kind damals, also spielte sie mit den Kindern. Als ich in den Garten ging, hörte ich sie. Sie sprach nicht mehr wie eine Pariserin, sondern befleißigte sich eines äußerst provinziellen Dialekts. Ich habe ihn erkannt, so spricht man im Westen Frankreichs. Ich hatte Familie in Nantes, und sie haben genau wie sie geredet.«

Madame Peltier heftete ihren vielsagenden Blick auf Kendale. Er verstand nicht, welche Bedeutung sie dieser Entdeckung beimaß. Er hatte nie geglaubt, dass Marielle aus Paris nach London gekommen war.

Angesichts seiner Begriffsstutzigkeit verdrehte Madame die Augen. »Mylord, sie behauptet nicht, aus dem *Westen* zu kommen, sondern aus dem *Süden.* Der Graf lebte in der Provence, und Marielle behauptet, sie habe in der Nähe gelebt. Zumindest das ist nicht wahr, glaube ich.«

Und wenn ein Detail nicht stimmte, für wie viele mochte das noch gelten?

»Kennen Sie sie gut? Haben Sie sie unter uns Emigranten gesehen?«, fragte Madame Peltier.

»Ich habe sie nur unter Engländern gesehen.« Meistens hatte er sie nur als einsame Gestalt aus der Ferne erblickt. Kürzlich allerdings hatte er ihr von Angesicht zu Angesicht gegenübergestanden, und zwar sehr nah. Verdammt, viel zu nah.

Madame Peltier senkte die Lider und starrte nachdenklich vor sich hin. »Sie sind nicht der Erste, der sich über sie wundert. Nicht einmal der Erste, der mich nach ihr fragt. Ihre Regierung hat bereits Interesse bekundet. Doch sind Sie der Erste, der mir nicht gedroht hat, bevor er seine Fragen stellt. Und der Erste, der zum Zeichen des Respekts mit einem Empfehlungsschreiben kommt.«

»Haben Sie den anderen das gesagt, was Sie mir gesagt haben?«

»Ich habe nur ihre Fragen beantwortet. Sie haben nicht nach Marielles Sprache gefragt und auch nicht nach meiner Meinung.«

»Ich bin froh, dass Sie mich empfangen haben. Mir scheint, ich habe viel Neues von Ihnen erfahren.« Nur hatte er keine Ahnung, was er damit anfangen sollte.

Kendale stand auf und machte Anstalten, sich zu verabschieden. Auch Madame Peltier erhob sich, trat jedoch ans Fenster und blickte hinaus auf die Straße. Unvermittelt drehte sie sich um.

»Würden Sie sie gern unter ihresgleichen sehen? Im Augenblick findet eine Zusammenkunft statt, bei der die Neuankömmlinge begrüßt werden. Vielleicht ist sie dort. Sie erkundigt sich gern, ob sie Dinge zum Verkauf mitgebracht haben. Die gibt sie an dieses Auktionshaus weiter und bekommt ein paar Münzen für ihre Mühe. Unsere kleine Marielle ist sehr raffiniert, wenn es darum geht, zwischen den Engländern und uns zu vermitteln.«

»Es wäre nützlich zu sehen, wie raffiniert sie ist, aber ich möchte nicht stören.«

»Bei solchen Versammlungen sind häufig englische Freunde anwesend, sodass erste Kontakte geknüpft werden können, die sich später vielleicht als hilfreich erweisen. Sie können mich begleiten.«

»Gibt es kein Gerede, wenn ich Sie begleite?«

Sie ließ ein wohlklingendes Lachen hören. »Wie ritterlich von Ihnen, sich Sorgen um mich zu machen. Gerede gibt es immer. Was haben wir auch zu tun, außer zu reden, zu warten und zu beten und dann wieder ein bisschen zu reden?«

7

Marielle wich den neugierigen Fragen von Madame Toupin so lange wie möglich aus, und verwickelte die anderen, die in ihrer Nähe saßen, in ein Gespräch. Bevor eine Stunde vergangen war, kannte sie die Namen aller Neuankömmlinge und wusste, aus welchen Städten sie stammten.

Ein Mann interessierte sie ganz besonders. Gebürtig kam er aus La Rochelle, und bevor er geflohen war, hatte er seine Heimatstadt noch einmal besucht. La Rochelle war nicht Savenay, wo Lamberte seine Macht ausübte, aber beide Städte lagen im Westen.

Sie überlegte, wie sie Madame Toupin entkommen und diesen Mann zur Seite nehmen konnte. Sie beschloss, direkt auf ihn zuzugehen, entschuldigte sich und erhob sich von der Sitzbank. Unglücklicherweise zog sie damit Madames Aufmerksamkeit auf sich.

»Liebes, so schnell dürfen Sie nicht gehen. Wir hatten noch gar keine Zeit, uns zu unterhalten.«

»Natürlich, Madame.« Sie setzte sich wieder, drehte den Kopf jedoch von ihr weg. Dominique stand gleich hinter Marielle und kam näher, als sie ihr ein Zeichen gab. Dominique beugte sich hinab, um ihr Flüstern zu verstehen. »Monsieur Marion, der da drüben mit der grünen Weste. Bitte ihn, sich in einer halben Stunde im Garten mit mir zu treffen.«

Dominique nickte und entfernte sich unauffällig. Marielle sammelte sich. Dann drehte sie sich um und blickte Madame Toupin an.

»Ich war so traurig, als ich die Sache mit Ihrem Onkel gehört habe. Sogar jetzt noch betrübt es mich, nach so vielen Jahren«, sagte Madame und tätschelte Marielle die Hand.

»Wir haben alle so viel Kummer, Madame. Haben Sie vielen Dank, dass Sie ihn in Ihre Gebete aufgenommen haben.«

»Ich nehme an, das Haus ist beschlagnahmt worden und auch die Ländereien.«

»Natürlich.«

»Wie traurig und wie ungerecht. Zweifellos hat man auch den Grundbesitz Ihrer Familie gestohlen. Ist nach seinem Bruder auch Ihr Vater hingerichtet worden?«

Solch sachliche Gespräche über den Tod waren unter den Emigranten normal, aber Marielle fand sie dennoch befremdlich. Während der Revolution war der Tod zu etwas so Alltäglichem geworden, dass niemand den Verlusten noch mit der angemessenen Ehrfurcht begegnete.

»Unser Vermögen wurde uns ebenfalls genommen, und mein Vater ist tatsächlich bald nach meinem Onkel gestorben, aber der Grund war eine lange Krankheit. Ich glaube, Sie haben auch mein Verwandtschaftsverhältnis missverstanden. Mein Vater war nicht der Bruder des Grafen, sondern meine Mutter war seine Schwester. Der einzige Bruder des Grafen ist schon Jahre vor Beginn der Widerwärtigkeiten verstorben.« *Da müssen Sie schon ein bisschen früher aufstehen, Madame.*

»Ich glaube, Ihrer Mutter bin ich nie begegnet.«

»Höchstwahrscheinlich nicht. Ihre Ehe war nicht standesgemäß, und so wurde sie nie zu den Bällen und Hausfesten meines Onkels eingeladen. Allerdings hat er sie nicht verleugnet. Mein Onkel erlaubte uns, ihn vertraulich zu besuchen, und er hat das Haus für sie gekauft, in dem wir wohnten.«

»Welch glücklicher Umstand, dass Sie den Vorteil genossen, dieses prachtvolle Haus besuchen zu können. Ich erinnere mich an hellen Sonnenschein und an schöne Gärten. In einem davon gab es einen Irrgarten. Ich habe über eine Stunde gebraucht, um in die Mitte vorzudringen und zu der Statue des Apoll darin.«

Marielle wollte gerade antworten, doch plötzlich überlief sie ein Schauer der Erregung. Köpfe flogen herum, und geflüsterte Worte summten in der Luft. Sie blickte zum Eingang des Salons und entdeckte den Grund. Madame Peltier war eingetroffen. Zu spät natürlich – wegen des großen Auftritts.

Der Auftritt heute schien größer zu sein als üblich. Zwar besaß Madame Peltier ein hübsches Gesicht und eine ansehnliche Figur, und sie war dank zweifelhafter Quellen modischer gekleidet als die meisten anderen Damen in diesem Salon. Dennoch schien die Aufmerksamkeit, die sie erlangte, außergewöhnlich groß.

Die Menschenmenge teilte sich, und Marielle sah den Grund. Diese Hure hing am Arm von Viscount Kendale!

Madame Peltier sorgte dafür, dass sie und ihr Begleiter je ein Glas von dem Champagner bekamen, den die Emigranten aus Frankreich herausgeschmuggelt hatten. Dann ließ sie den Blick durch den Salon schweifen, bis er schließlich auf Madame Toupin verweilte, die sie zweifellos als die eindrucksvollste Frau unter den frisch Angekommenen betrachtete.

Mit Kendale im Schlepptau bewegte Madame Peltier sich in ihre Richtung und stellte ihn dabei jedem vor, an dem sie vorbeigingen. Für einen Mann, der in dem Ruf stand, kein Interesse an gesellschaftlichen Beziehungen zu haben, schien Kendale die kriecherische Aufmerksamkeit, die ihm entgegenschlug, recht gnädig aufzunehmen.

Marielle weigerte sich, diesem Schauspiel zuzusehen. Die Darstellung war tölpelhaft. Wenn Sabine die Kurtisane für Englands Adel spielen wollte, war das ihre Sache. Allerdings wäre es wünschenswert gewesen, wenn sie dabei mehr Taktgefühl bewiesen und ihren Liebhaber nicht auf diese Weise vorgeführt hätte. Denn damit behinderte sie wichtige Aufgaben, die Marielle zu erledigen hatte.

Madame beugte sich zur Seite, um an Marielle vorbeisehen zu können. Dabei neigte sie den Kopf, damit das Flüstern in ihr Ohr dringen konnte. »Ein Viscount? Wundervoll! Ich muss ihn unbedingt kennenlernen«, sagte sie. »Angeblich ist es unmöglich, jemanden von der Regierung dazu zu bringen, einem Gesuch Gehör zu schenken. Er ist sehr gut aussehend, nicht wahr? Aber vielleicht ist er nicht besonders liebenswürdig. Natürlich wusste ich, dass er blaublütig ist, sobald ich ihn gesehen habe.«

Da Madame Toupin das Interesse an ihr verloren hatte, beschloss Marielle, zu verschwinden und im Garten auf den Mann in der grünen Weste zu warten. Sie erhob sich und wollte sich verabschieden, aber niemand schenkte den Worten Beachtung, mit denen sie sich entschuldigte. Die gesamte Aufmerksamkeit der Anwesenden ruhte auf dem Bereich vor ihrer Sitzbank. Sie blickte sich um und sah, dass Viscount Kendale direkt vor ihr stand.

Wenn sie ihn nicht gerade zur Seite schob, konnte sie nun nicht mehr fortgehen. Sie setzte sich wieder auf die Bank.

»Ich hoffe, wir unterbrechen Sie nicht«, sagte Sabine. »Lord Kendale hat sich freundlicherweise bereit erklärt, unsere neuen Freunde zu begrüßen, und diese Bekanntschaft kann ich Ihnen nicht vorenthalten. Marielle, bitte seien Sie so gütig und machen Sie die Honneurs.«

Sie stellte Madame Toupin und die anderen vor, die in der Nähe saßen. Nettigkeiten und Schmeicheleien flogen durch die Luft. Kendale hätte der Prinz von England sein können, so eifrig versuchte jeder, seine Aufmerksamkeit auf sich zu ziehen. Dann verebbten die Plaudereien.

»Ich fürchte, wir stören doch«, sagte Kendale auf Englisch zu Sabine.

»Nein, keinesfalls«, sagte Madame Toupin und bediente sich ebenfalls des Englischen. »Ich habe gerade mit Mademoiselle Lyon in Erinnerungen an ihre Familie geschwelgt.«

»Dann freue ich mich, dass wir gerade jetzt gekommen sind. Ich würde zu gern mehr über Mademoiselles Kindheit erfahren.«

»Wie bitte? Sie kennen sich?«, fragte Madame Toupin.

»Wir haben uns nur zweimal unterhalten, und das nur sehr kurz«, sagte Marielle.

»Zu kurz«, sagte Kendale. »Obwohl Mademoiselle Lyon mir einiges beigebracht hat, was die Unterschiede zwischen den Sitten in Frankreich und den unsrigen betrifft.«

Marielle hoffte, dass sie nicht errötete angesichts dieser verdeckten Anspielung auf jenen Nachmittag in seinen Gemächern.

»Wie wehmütig muss es Sie stimmen, Marielle, jemandem zu begegnen, der Ihre Familie gut kannte. Verbindet Sie eine lange Geschichte mit dem Grafen, Madame Toupin?«, fragte Sabine.

Madame stürzte sich in Erklärungen darüber, wie die beiden Familien sich kennengelernt hatten. Mit jedem Satz gewann ihre eigene Familie an Format. Marielle ließ sie schwatzen. Sie richtete ihre Aufmerksamkeit auf die anderen Gäste und versuchte zu erkunden, ob der Mann in der grünen Weste sich noch im Salon aufhielt. In einer Ecke erblickte sie Dominique, die auf das Fenster und das deutete, was dahinterlag.

»Als Sie eintrafen, war ich gerade dabei, mein Entzücken über den Irrgarten des Grafen zu beschreiben«, sagte Madame. Sie spießte Marielle mit einem argwöhnischen Seitenblick auf. »In der Mitte stand eine Statue.«

»Das ist richtig«, sagte Marielle, die Madames Spiel mit wachsender Ungeduld mitspielte. Sollte die Frau sie bei anderer Gelegenheit ruhig stundenlang ausfragen. »Aber ich fürchte, Ihre Erinnerungen sind ein wenig fehlerhaft. Die Statue stellte Neptun dar, nicht Apoll. Er erhob sich aus einem Springbrunnen wie aus dem Meer. Erinnern Sie sich?«

»Jetzt entsinne ich mich wieder. Danke.« Madame schien enttäuscht, dass auch Marielle sich daran erinnerte.

»Ich fand den kleinen See immer lustiger als den Irrgarten. Der hat mir Angst gemacht, aber auf dem See konnte ich ein kleines Boot treiben lassen. Maman saß unter dem großen Baum am Ufer und sah mir zu. Es war ein sehr alter Baum mit einem Stamm so dick, dass ein Mann ihn mit beiden Armen nicht ganz umfassen konnte.« Sie suchte in ihrem Gedächtnis nach einer letzten Einzelheit, um diese Vernehmung zu beenden. »Ich war so traurig, als eines Sommers der Blitz ihn traf und die Äste abbrach, die über dem Wasser hingen.«

Madame verfiel in Schweigen. Sabine nicht. »Ihre Erinnerungen sind so deutlich. Es erstaunt mich sehr, dass jemand so viele Einzelheiten im Gedächtnis behalten kann.«

»Erinnerungen sind das Einzige, was mir aus dieser glücklichen Zeit geblieben ist. Darum behandle ich sie wie die Schätze, die sie sind. Und jetzt entschuldigen Sie mich bitte. Ich brauche ein wenig frische Luft.«

Sie tat, als sei ihr schwindelig, und erhob sich, bereit, Kendale aus dem Weg zu schieben, sollte das nötig sein. Mit einer Verbeugung trat er zur Seite.

Marielle eilte zu Dominique. »Du musst mitkommen. Aller Augen beobachten mich, und ich habe behauptet, frische Luft zu brauchen. Wenn ich allein hinausgehe, sieht das seltsam aus.«

Dominique ging im Gleichschritt neben ihr, setzte eine besorgte Miene auf und fächelte Marielle mit einer Hand Luft zu. »Was macht der Viscount denn hier?«

»Vielleicht sucht er einen Grund, um Madame Peltier einen Pelzmantel gegen die Kälte im nächsten Winter zu kaufen.«

»Glaubst du wirklich? Zu schade.«

Sobald sie dem Salon entkommen waren, eilte Marielle die Stufen hinab. »Warum schade? Das ist eine gute Nachricht. Sie wird ihn ablenken, sodass er mir nicht mehr folgt. Und sie führt ihn mit anderen von uns zusammen, die Hilfe brauchen. Du weißt doch noch, wie nützlich es war, als Viscount Ambury einige Monate lang ihr lieber Freund war, stimmt's? Beten wir, dass Madame Peltier niemals ihre Anziehungskraft auf die adeligen Herren Englands verliert.«

Schnaufend folgte Dominique ihr die Treppe hinunter. »Richtig, richtig. Ich dachte nur …«

Unten auf der Treppe blieb Marielle abrupt stehen, drehte sich um und fragte ärgerlich: »Du dachtest nur *was*?«

Dominique zuckte mit den Schultern. »Viscount Kendale schien von dir angetan zu sein, so sehr, dass der Pelzmantel auch dir gehören könnte, wenn du die wenigen Schwächen übersiehst, die der Mann hat.«

»Was für eine törichte Idee! Erstens bin ich keine Hure«, flüsterte sie verärgert. »Zweitens, und ich hoffe doch, dass das deinen Verdacht sofort entkräftet, hat er beschlossen, dass ich der Feind bin. Er will mich nicht als Geliebte. Er will mich am Galgen sehen.«

Mit großen Schritten durchmaß sie das Erdgeschoss des Hauses und warf im Vorübergehen einen Blick in jedes Zimmer, auf der Suche nach einer Tür zum Garten.

Dominique huschte neben ihr her. »Nimm mir nicht übel, dass ich diese Möglichkeit in Betracht gezogen habe, und sei nicht so starrsinnig, sie nicht zu beachten. Wenn eine Liaison mit ihm dir hilft, den großen Preis zu gewinnen, was kümmert es dich dann, dass er dir nicht traut? Sicher ist, dass du jeden Schutz brauchst, den du bekommen kannst. Dafür gibt es nichts Besseres als einen englischen Adeligen, der dem Ansehen und dem Vernehmen nach noch genauso kampfbereit ist wie zu seinen Zeiten als Offizier.«

Durch ein Fenster der Bibliothek spähte Marielle in den Garten. Als sie sich in dem Raum umblickte, fand sie auch eine Tür. Sie drückte auf die Klinke und zog Dominique in das Gemach dahinter. »Rede nie wieder solchen Unsinn.«

»Wenn du darauf bestehst. Schade, dass diese Peltier ihn kriegt. Aber wie du schon sagtest, vielleicht lenkt ihn das von der Jagd auf dich ab.«

Marielle malte sich aus, auf welche Weise er abgelenkt werden würde. Das verbesserte ihre Laune keineswegs. Sabine ließ es sich gut gehen, hieß es. Weder trug sie altmodische Kleider mit niedriger Taille oder geschnürter Brust, noch wiesen ihre Möbel verschlissene Bezüge auf. Sie war eine Göttin, der Inbegriff von Mode und Eleganz und erfüllt von jener weltgewandten Raffinesse, die gebildete Französinnen so verführerisch machte. Im Vergleich zu ihr musste sie, Marielle, auf Kendale wie eine Schäferin wirken.

Nun, wenn Sabine Peltier Lord Kendale verführen wollte, konnte sie nur hoffen, dass sie es gründlich tat. Wahrscheinlich würde ihm das etwas von seiner Härte nehmen. Wenn sie mit ihm fertig war, würden seine Ecken und Kanten abgeschliffen sein.

Sabine würde ihn darin unterrichten, zu schmeicheln, zu bezaubern und die feine Gesellschaft mit Haltung zu ertragen. Nach einer Affäre mit Sabine würde er sehr wahrscheinlich genauso sein wie alle anderen Gentlemen in den Salons von Mayfair.

Wie traurig!

Marielle stand am Rand der Terrasse und hielt nach einer grünen Weste inmitten der Gartenpflanzen Ausschau. Als sie keine entdeckte, fluchte sie. »Er ist weg. Jetzt muss ich ihm schreiben und ihn bitten, mich zu besuchen, und wer weiß, ob er er sich die Mühe macht.«

Dominique legte ihr eine Hand auf die Schulter und zeigte mit der anderen auf etwas. »Da. Er sitzt vor dem Gebüsch dort.«

Und so war es. Monsieur Marion schien sich einem Tagtraum hinzugeben, während er die Tulpen bewunderte, die ganz in der Nähe wuchsen. Marielle stieg die steinernen Stufen in den Garten hinab und steuerte auf ihn zu.

»Ich muss gehen. Die Kutsche lasse ich hier, sie wird Sie nach Hause bringen«, sagte Kendale.

Madame Peltier blickte lächelnd zu ihm auf. Sie stand ein klein wenig zu nahe neben ihm. Und sie hatte ziemlich viel Champagner getrunken. »Gehen Sie nicht.« Ihr Blick versprach ihm viel, sollte er ihrer Aufforderung folgen. Da andere sehen konnten, wie sie ihn anblickte, würde es mit Sicherheit Gerede geben.

»Ich muss.« Wenn er jetzt nicht fortging, würde er verrückt werden. Es war schlimm genug, auf Zusammenkünften wie dieser ohne seine eigenen Landsleute ausharren zu müssen. Aber mit vierzig Franzosen war es unerträglich. Er verstand zur Genüge, was sie sagten, aber er war nicht in der Lage, auf Französisch mehr als ein paar verstümmelte Sätze zu sprechen. Nicht, dass er in irgendeiner anderen Sprache etwas zu diesen Angelegenheiten zu sagen gehabt hätte.

Den Reiz dieser Versammlungen hatte er nie verstanden. So viel Gerede, und am Ende war doch so wenig gesagt. So viel Falschheit und Schmeichelei und so viel Lieblosigkeit. Marielle hatte den Salon kaum verlassen, da fiel die Gruppe, bei der sie gesessen hatte, auch schon rücksichtslos über sie her. Nicht, weil sie womöglich eine Spionin war. Soweit er wusste, gab es niemanden hier, der diesen Verdacht gegen sie hegte. Auch nicht, weil ihr nachgesagt wurde, eine Hochstaplerin zu sein. Die Art, wie sie mit Madame Toupin umgegangen war, ließ diese Frage zumindest offen. Nein, die Damen zogen sie wegen ihres Kleides und ihrer Haartracht, wegen ihrer Geschäfte und ihrer Unabhängigkeit in den Schmutz. Und während sie das taten, kamen sie sich auch noch sehr geistreich vor.

Nun drängte ihn eine der Damen, noch zu bleiben. Nichts, was sie zu bieten hatte, würde ihn auch nur fünf Minuten länger an diesem Ort halten.

Sie zog einen Schmollmund. »Dann nehmen Sie eben Ihre Kutsche. Ich werde eine mieten oder einen anderen Gast finden, der mehr Mitgefühl hat.«

»Wie es Ihnen beliebt. Nochmals vielen Dank, dass Sie mich heute empfangen haben.« Er verbeugte sich und machte sich auf die Suche nach der Gastgeberin.

Es dauerte weitere zehn Minuten, bis er der Gesellschaft endlich entkam. Niemand wollte den englischen Adeligen mit den hochkarätigen Verbindungen gehen lassen. Er ließ alle im Unklaren, ob er zu helfen bereit war, stöhnte innerlich aber auf, wenn er an die Besucherschlange dachte, die er in den kommenden Wochen zu erwarten hatte. Wie ein Soldat, der sich vor übermächtigen Truppen zurückzieht, kämpfte er sich zum Ausgang durch. Er war erst frei, als er die Treppe hinunterlief. Dann aber ließ er sich Zeit und versuchte, die Lage des Hauses und die Anordnung der Zimmer im Ober- und Untergeschoss abzuschätzen. Er hatte gesehen, dass der Salon auf den Garten zeigte. Vielleicht galt das auch für die Bibliothek hier unten. Er drehte um und steuerte auf die Rückseite des

Hauses zu. Die wenigen Bediensteten, die ihn bemerkten, wunderte seine Anwesenheit nicht.

Draußen auf der Veranda erfrischte ihn die kühle Brise des späten Nachmittags. Kleine Wiesen mit Frühlingsblumen verliehen der Landschaft, die noch kahle Bäume aufwies, ein wenig Farbe. Der Duft des erwachenden Frühlings war allerdings unverkennbar. Er erinnerte ihn an seine Jugend in Buckinghamshire, wo um diese Jahreszeit stets das Versprechen auf Erneuerung in der Luft lag.

Ein weißer Fleck zog seinen Blick an. Eine Haube. Marielles Zofe stand neben einem Gebüsch im hinteren Teil des Gartens, halb von den Ästen eines Baumes verdeckt, der seine Sicht behinderte. Er trat einen Schritt nach links und erblickte Marielle. Neben einem Mann, der auch oben im Salon gewesen war, saß sie auf einer Bank. Ein Buchsbaum verdeckte auch ihn zur Hälfte, aber Kendale sah, dass sie sich angeregt miteinander unterhielten. Sie hatten die Köpfe zusammengesteckt und gestikulierten mit den Händen. Die beiden wirkten wie enge Freunde, die etwas sehr Wichtiges zu besprechen hatten.

Oder wie ein Liebespaar, das sich stritt.

Der Mann öffnete die Hände zu einer resignierten Geste der Entschuldigung und hielt sie vor sich in die Luft. Dann stand er auf, verbeugte sich und ging in Richtung Terrasse. Kendale sah sein Gesicht, als er an ihm vorbei wieder ins Haus ging.

Unten im Garten verharrte Marielle regungslos auf der Bank. Ihre Zofe trat zu ihr und legte ihr eine Hand auf die Schulter. Die Berührung schien Marielle von dem Ort zurückzuholen, an den ihre Gedanken sie geführt hatten. Sie drehte sich zu der älteren Frau um, umarmte sie und vergrub das Gesicht in ihrem Schoß. So blieb sie eine Weile sitzen. Dann erhob sie sich, strich ihren Rock glatt und schlenderte lässig und teilnahmslos zurück zum Haus.

Auf halbem Weg durch den Garten bemerkte sie ihn. Sofort straffte sie den Rücken und beschleunigte ihre Schritte. Erhobenen Hauptes und mit spöttisch funkelnden Augen betrat sie die Terrasse.

»Hat Madame Peltier Ihnen erlaubt, von ihrer Seite zu weichen? Das überrascht mich. Sie ist auf Freunde wie Sie angewiesen, um sich vor unseren Landsleuten aufzuspielen.«

»Bedauerlicherweise mache ich mir in keiner Sprache etwas aus Small Talk, und um nicht verrückt zu werden, musste ich Abschied nehmen.«

»Wenn Sie dabei Champagner trinken können, was interessiert es Sie dann, wie hohl das Geplauder ist?«

»Auch aus Champagner mache ich mir nichts.«

»Bevorzugen Sie Bier, Ale, Gin und Tee, wie die meisten in Ihrem Land?«

»Ich mag auch Wein. Nur keinen Champagner.«

»Madame Peltier wird Sie schon eines Besseren belehren.«

»Das glaube ich kaum. Von Frauen lasse ich mich nicht beeinflussen.«

Sie wedelte ihm mit dem Finger vor der Nase herum. »Vorsicht, Lord Kendale. Eine Frau, die weiß, was sie will, kann einen Mann beeinflussen, ohne dass er es überhaupt merkt.«

Warnte sie ihn vor Madame Peltier oder vor sich selbst? »Wer war der Mann, mit dem Sie dort auf der Bank gesessen haben?«

»Einer der Neuankömmlinge. Ich bin hinausgegangen, um Luft zu schnappen, genau wie er.«

»Er ist mir nicht wie die anderen vorgestellt worden.«

»Vielleicht war er schon gegangen, bevor Sie bei ihm angekommen sind.«

Vielleicht. Aber ebenso gut konnte es sein, dass Marielle log. Das tat sie manchmal. »Was er sagte, schien Sie zu bekümmern.«

»Haben Sie mir etwa nachspioniert? Das werde ich nicht zulassen.«

»Ich habe Ihnen über ein Jahr lang nachspioniert. Tun Sie nicht so schockiert, vor allem, nachdem …« *Nachdem ich dich um Haaresbreite genommen hätte, verdammt!* »Sie haben einige Mühe auf sich genommen, um mit diesem Mann zu sprechen. Es war kein Zufall, sondern ein Stelldichein. Wer ist er? Womit hat er Sie so verstört?«

Ist er dein Liebhaber? Dein Komplize? Er musste es wissen. Unbedingt. Es hasste es, zugeben zu müssen, dass ihm die zweite Erklärung lieber wäre als die erste, sogar, wenn sich damit sein schlimmster Verdacht bestätigen würde.

Ihr Gesicht wirkte wie versteinert. »Er hat mir erzählt, was er in den vergangenen Jahren erlitten hat, nachdem das Vermögen seines Vaters beschlagnahmt worden war. Hunger, Demütigung und Angst. Ja, es hat mich erschüttert, und so würde es jedem gehen, der so etwas hört. Da oben trinken sie Champagner, um ihre Rettung zu feiern, aber alle wissen, dass das Leben von früher verloren ist, vielleicht für immer. Und sie wissen, dass sie nun arme Leute sind, die an Englands Tür betteln.«

Was er gesehen hatte, war kein Mitleid, sondern echte Besorgnis, und starke Gefühle, die nur die Umarmung einer Freundin beruhigen konnte. Aber er würde sich jetzt nicht mit ihr streiten. Damit würde er sich noch dümmer benehmen, als er es bereits getan hatte. Eine Frau ein paarmal zu küssen gab einem Mann nicht das Recht, Erklärungen von ihr zu verlangen, auch wenn er einen urwüchsigen Zorn in sich niederkämpfen musste, wenn er diese Frau im vertraulichen Gespräch mit einem anderen Mann sah.

»Meine Kutsche ist da. Ich werde Sie nach Hause bringen.«

»Nein, danke. Ich bin nicht gewillt, mich heute nochmals befragen und auf die Probe stellen zu lassen. Und ich werde nicht riskieren, dass Sie einen Versuch dazu unternehmen.«

»Allein sind Sie nicht sicher. Sie müssen besser auf sich aufpassen. Nehmen Sie die Kutsche, ich gehe zu Fuß.«

»Nein, Mylord. Dominique und ich werden zu Fuß gehen und das schöne Wetter genießen. Und dann werden wir bis spät in die Nacht hinein arbeiten, um diesen Nachmittag wieder aufzuholen, an dem wir uns nur amüsiert haben. Gehen Sie wieder zu Madame Peltier. Sie hat alle Zeit der Welt und vergeudet sie gern mit Männern wie Ihnen.«

Marielles Gedanken rasten, als Dominique neben ihr ging.

»Meinetwegen hättest du das Angebot mit der Kutsche ruhig annehmen können«, murmelte Dominique, nachdem sie eine halbe Stunde lang marschiert waren.

»Wenn du in einer Kutsche fahren willst, werden wir eine mieten. Aber von ihm nehmen wir keine Geschenke an, egal welcher Art. Sonst glaubt er nur, er könnte sich einmischen, wo und wann immer es ihm gefällt, so, wie er es heute getan hat.« Sie machte ein verkniffenes Gesicht, um Kendales Stirnrunzeln nachzuahmen, als er auf der Terrasse mit ihr geredet hatte. *Wer ist er? Was hat er gesagt?* Sie verdrehte die Augen. »Es war ganz richtig, wie ich ihn anfangs genannt habe. Was für ein dummer Mensch!«

Dominique stapfte weiter und sah nicht glücklich aus. »Wir sollten ihn lieber nicht vergraulen, so viel ist sicher.« Sie blickte über die Schulter zurück. »Er verfolgt uns schon die ganze Zeit.«

Marielle weigerte sich hinzusehen. Typisch Kendale, ihr seinen Willen aufzuzwingen. Ihre Erbitterung konnte die Erleichterung darüber, dass sie zumindest heute tatsächlich in Sicherheit waren, nicht ganz besiegen.

»Und so dumm ist er auch wieder nicht«, sagte Dominique, blieb stehen und lehnte sich an einen Eisenzaun, um wieder zu Atem zu kommen. Sie war weder jung noch schlank, und sie ging nur selten so lange Wege zu Fuß. Marielle überlegte ernsthaft, ob sie die Kutsche anhalten sollte, die ihnen folgte.

Dominique stieß sich von dem Zaun ab und ging weiter. »Er weiß genau, was er heute gesehen hat. Du bist wütend, weil er nicht dumm genug war, dir zu glauben, dass du einen Fremden nach seiner Geschichte gefragt hast und sonst nichts. Vielleicht hat er die Gründe missverstanden, aber er hat deine Trauer und Besorgnis gesehen.«

Diese Worte wurden ihrer Reaktion auf jener Bank nicht gerecht, als Monsieur Marion ihr das Neueste aus der Gegend um Savenay berichtet hatte.

»Was soll ich tun? Was? Soviel ich weiß, ist Lamberte hier in England, wenn er in Savenay schon zwei Wochen nicht mehr gesehen wurde, und wenn bekannt ist, dass er nicht im Château weilt.«

»Monsieur Marion sagte, es gebe Gerüchte, dass er nach Paris gefahren sei. Dass er dort auf einen Posten hofft und hingefahren ist, um sich für seine Interessen einzusetzen.«

War es so weit gekommen? War Lamberte so weit aufgestiegen, dass er sich im inneren Kreis der Regierung befand? Sie glaubte nicht, dass es so einfach war. Monsieur Marion hatte ihr schließlich noch mehr enthüllt.

»Die Bilder haben ihn beschäftigt, sagt er. Es hat Fragen gegeben. Verdächtigungen.«

»Wie von dir beabsichtigt. Du solltest erleichtert sein.«

»Wenn er glaubt, dass er weiter aufsteigen kann, wird er sicherstellen wollen, dass es keine Anschuldigungen dieser Art mehr gibt. Er kann es sich nicht leisten, dass die Minister in Paris Nachforschungen wegen möglicher finanzieller Unregelmäßigkeiten anstellen. Wenn ich er wäre, würde ich dafür sorgen, dass meine Weste blütenweiß ist, bevor ich so viel Aufmerksamkeit auf mich ziehe. Ich würde alles Notwendige tun, damit nur das Beste über mich in den Akten steht.«

»Nach allem, was er getan hat, kann er sich dessen niemals sicher sein.«

»Doch, wenn er die schlimmen Berichte aus den Akten entfernt und sie verbrennt.«

Schweigend gingen sie weiter. Marielle vermutete, dass Dominique sich in Gedanken an denselben Ort begeben hatte wie sie. Lamberte hatte Männer geschickt, die die Drucke bis zu ihrem Ursprung zurückverfolgen und das Problem beseitigen sollten. Hoffentlich wusste er nicht, dass Marielle Lyon die Quelle dieses gefährlichen Ärgernisses war.

»Er hat gesagt, dass es nichts Neues von deinem Vater gibt.« Dominique drückte Marielles Hand.

»Es ist schwieriger geworden, jemanden ohne guten Grund hinzurichten. Schwieriger, Macht auszuüben, ohne sich rechtfertigen zu müssen, wie er es in dem Chaos vor sechs Jahren getan hat. Wenn er das jetzt wieder tut, lenkt er die falsche Art von Aufmerksamkeit auf sich.« Sie hoffte das. Sie betete darum.

»Und er weiß, dass ich noch am Leben sein könnte. Vielleicht hat er sich eingebildet, allein die Tatsache, dass er Papa in der Hand hat, hielte mich davon ab, ihn sofort anzuzeigen, und zwar nicht nur mit satirischen Bildern.« In Gedanken befand sie sich wieder in jener engen, dunklen Gasse, und sie dachte daran, dass ihre lang gehegten Pläne um Haaresbreite zunichtegemacht worden wären. Es wäre auf traurige Weise paradox, wenn Lamberte sie getötet hätte, ohne überhaupt zu wissen, wer sie war. »Vielleicht sollte ich genau das jetzt tun.«

»Überlegst du, ob du zurückgehen sollst?« Dominique schüttelte den Kopf. »Nein, nein, nein. Wem willst du noch trauen? Wem würdest du deine Beweise vorlegen? Die Regierung ist damit beschäftigt, Krieg zu führen. Niemand wird sich für ein Verbrechen interessieren, das vor langer Zeit begangen wurde. Keiner wird dir zuhören. Und wenn doch, dann werden sie dir nicht glauben.«

Marielle wusste das. In ihren Kupferstichen hatte sie auf die schlimmsten Verbrechen nicht einmal angespielt. Bei so vielen Toten kam es auf ein paar mehr oder weniger nicht an.

Stattdessen war auf den Drucken zu sehen, wie Lamberte die Regierung bestahl. Das würde sie vielleicht interessieren, wenn es genug von diesen Drucken nach Paris schafften.

Als sie in die Straße zu ihrem Haus einbogen, dämmerte es bereits. Wund gelaufen und müde humpelten sie die Stufen hinauf.

Die Tür flog auf, bevor Marielle sie öffnen konnte. Nicole, die Köchin, stand vor ihnen, die Augen geweitet vor Furcht und Erleichterung. Sie fing an zu weinen.

»Was ist los?«, fragte Dominique. Als Nicole nicht antwortete, schüttelte sie sie.

»Diebe!«, rief Nicole aus, als sie endlich wieder zu Atem gekommen war. »Es waren Einbrecher hier, als Sie weg waren. Gott sei Dank war ich unten und habe nichts gehört. Wenn ich hinaufgegangen wäre, hätten sie mich wahrscheinlich umgebracht.«

»Wenn du nichts gehört hast, woher weißt du dann, dass jemand eingebrochen ist?«, fragte Marielle.

»Das werden Sie gleich sehen, *mam'selle*. So eine Schande … ich glaube, ich werde nie wieder ruhig schlafen können.« Nicole trat zur Seite, damit Dominique und Marielle eintreten konnten.

Geräusche von der Straße erregten Marielles Aufmerksamkeit. Pferdehufe klapperten langsam über die Steine, und Räder knirschten, als sie zum Stehen kamen. Als sie sich umsah, erblickte sie Kendales Kutsche in der Gasse. Er saß am Fenster und beobachtete sie.

Schnell drehte sie sich wieder um. Verschwinde, verschwinde, du starrköpfiger, aufdringlicher Mann, verlangte sie in Gedanken von ihm. Doch als sie hörte, wie sich die Tür der Kutsche öffnete, schlug ihr Herz vor Erleichterung schneller.

»Was ist passiert?«, fragte Kendale und nahm rasch die Stufen zu der blauen Tür.

»Die Köchin sagt, jemand ist bei uns eingebrochen. Diebe.« Marielle stellte sich ihm nicht in den Weg, und er folgte ihr über die Türschwelle.

Die Beweise für das Eindringen waren überall in dem Atelier verteilt. Willkürlich waren Papiere auf Tische und Fußboden geschleudert worden. Röte stieg in Marielles Wangen, und sie legte sich eine Hand vor die Augen. Dann fing sie an, die Drucke zu einem Stapel zusammenzutragen. »Wir müssen jedes einzelne Bild genau überprüfen, ob es beschädigt ist.«

»Und wenn sie zerstört sind?«

»Dann muss ich sie natürlich bezahlen.« Mit feingliedrigen Fingern hob sie noch immer Drucke vom Boden auf.

Er bückte sich und half ihr und versuchte zu vermeiden, ihr mehr zu schaden als zu nutzen. Es dauerte eine halbe Stunde, bis alles aufgesammelt war.

»Warum waren die Frauen nicht bei der Arbeit?«, fragte er.

»Ich hatte beschlossen, zu der Versammlung zu gehen. Madame LaTour passt oft für mich auf, wenn ich weg bin, aber sie hat ebenfalls daran teilgenommen. Also haben wir alle ein bisschen Urlaub gemacht.« Mit einem bitteren Lächeln betrachtete sie das Atelier. »So viel Mühe für so wenig Lohn.«

»Marielle«, ließ die alte Frau sich vernehmen, die im Türrahmen stand. Sie gab Marielle ein Zeichen, ihr zu folgen. Kendale trottete hinter ihr her.

Eine kleine Kammer an der Rückseite des Hauses zeigte auf den Garten. Er spähte hinaus. Das Grundstück war nicht groß, und es war zum größten Teil bepflanzt. Keine Blumen. Keine Tulpen dort draußen. Der Boden war in Reihen bepflanzt. Vermutlich würde der Garten in wenigen Monaten voller Grün und Gemüse sein.

Die alte Frau zog eine Gardine zurück und gab den Blick frei auf einen kaputten Fensterladen und ein zerbrochenes Schiebefenster. Auch eine der kleinen Scheiben war zertrümmert. Kendale schob das Fenster hoch. Es war so groß, dass mühelos ein Mensch hindurchsteigen konnte.

»Was haben sie gestohlen?«, fragte er.

»Wenn Sie hier warten, sehen wir nach, ob etwas Wertvolles verschwunden ist«, sagte Marielle. Eng aneinandergedrängt und flüsternd ließen sie ihn stehen.

Er setzte sich auf einen Stuhl und blickte sich prüfend um. Obwohl das Haus bescheiden wirkte, war es doch recht groß. Marielles Geschäfte mit dem Einfärben von Drucken brachten vermutlich genug ein, um die Miete zu bezahlen. Ihr Fleiß sorgte für ein Mindestmaß an Behaglichkeit, dennoch nahm er an, dass ihre finanzielle Lage heikel war. Etwas Unvorhergesehenes, zum Beispiel, einen Kupferstecher für Drucke bezahlen zu müssen, die nicht mehr zu verkaufen waren, konnte das Zünglein an der Waage sein.

Er gebot seinen Grübeleien Einhalt. Wie schnell er bereit war, sich um sie zu sorgen und zu vergessen, dass sie wahrscheinlich noch andere Einnahmequellen hatte als diese Drucke. Vielleicht hatte sie für dieses Haus nicht einmal einen Mietvertrag unterschrieben, wenn es ihr zur Verfügung gestellt worden war, damit sie ein Zuhause hatte, während sie Informationen sammelte. Er würde nachsehen müssen, wessen Name auf dem Dokument stand.

Marielle kam allein zurück und ließ sich ebenfalls auf einem Stuhl nieder. »Sie waren oben. Sie haben unsere Zimmer auf den Kopf gestellt. Matratzen, Kleider, alles durchsucht. Aber es scheint nichts weggekommen zu sein.«

»Ihrer Beschreibung nach haben sie etwas gesucht. Warum sonst hätten sie Matratzen umdrehen sollen?«

»Um nachzusehen, ob Geld darunter versteckt ist, natürlich.«

»Tun die Leute das wirklich? Geld unter ihren Matratzen verstecken und es am Rahmen festbinden?«

»Manche schon. Obwohl, wenn ich eine Diebin wäre, würde ich dort zuerst nachschauen. Also sollte man sich ein besseres Versteck überlegen.«

»Und wo verstecken Sie Ihres?«

Sie klopfte sich auf die Hüfte. »Hier. Einer der Vorteile, wenn man altmodisch gekleidet ist. In diese Röcke lässt sich leicht eine Tasche einnähen.« Sie ließ eine Hand zwischen die Falten gleiten, und der Stoff verschluckte ihren Arm beinahe bis zum Ellbogen

Ob das der wahre Grund dafür ist, dass sie sich noch immer auf diese Art kleidet?, fragte er sich. Genau wie die langen Schals erlaubten ihr auch diese Taschen, unbemerkt alles Mögliche mit sich herumzutragen. »Erst wollen Männer Sie umbringen. Jetzt das. Ich glaube nicht, dass das ein Zufall ist.«

»Es gibt keinen Zusammenhang, sondern es zeigt nur, dass es in London viele Diebe gibt.«

Sie lächelte ihn an und setzte ein tapferes Gesicht auf. Doch er sah, wie besorgt sie war. Das war ihm noch bei keiner Frau passiert. Frauen blieben ihm stets ein Rätsel, dessen Lösung er nicht kannte. Sie alle trugen auf die eine oder andere Art ihre Masken und spielten diese oder jene Rolle auf der Bühne des

Lebens. Wenn er sie überhaupt wahrnahm, verwirrten sie ihn nur.

Diese hier jedoch … hatte er gründlich kennengelernt. Und in diesem Augenblick wusste er, dass sie sich fürchtete.

»Wenn Sie mir sagen, worum es hier überhaupt geht, kann ich Ihnen vielleicht helfen.«

Er machte sich auf eine spöttische oder sehr beherrschte Marielle gefasst, ja vielleicht hoffte er sogar auf Marielle, die Verführerin. Stattdessen blickte sie ihn so unverblümt an, dass er glaubte, ihre Gedanken lesen zu können.

»Das ist sehr freundlich von Ihnen«, sagte sie. »Sie haben mir bereits genug geholfen. Immerhin bin ich noch am Leben, nicht wahr?«

»Die Männer in der Gasse … sie haben Französisch gesprochen. So viel habe ich gehört. Sind Ihre eigenen Leute hinter Ihnen her? Wenn das stimmt, würde das Innenministerium Sie schützen, wenn Sie mit ihm zusammenarbeiten.«

»Wenn ich die Seite wechsle? Wollen Sie das damit sagen? Wenn ich ihnen alles über die Spione verrate, die hergeschickt werden, und alles, was ich über Frankreichs Absichten weiß? Sie werden dafür sorgen, dass mir nichts passiert, wenn ich mich damit einverstanden erkläre?«

»Ja.«

Sie streckte die Hand aus und legte sie auf die seine. Ihre Haut war kühl, allzu kühl, und die Berührung unerträglich sanft und zart.

»Dann ist es ein Jammer, dass ich keine Spionin bin und nichts zu diesem Handel beitragen kann.« Sie erhob sich. »Jetzt muss ich Sie hinauswerfen. Oben ist noch viel zu tun, und ich möchte nicht alles Dominique und Nicole überlassen.«

Sie brachte ihn zur Haustür. Er wartete, bis die Tür hinter ihm ins Schloss gefallen war, dann holte er eine Pistole aus seiner Kutsche. Er ging zwei Häuserblocks weiter, bog um die Ecke und zog auf den kleinen Wegen und in den Gärten hinter den Häusern in der Nähe von Marielles Gasse seine Kreise.

Er verschaffte sich Zutritt zu einem Gebäude, das auf der anderen Straßenseite lag, zwei Häuser von Marielles entfernt. Im ersten Stock klopfte er an eine Tür.

Ein kleiner, drahtiger Mann mit blondem Haar und grauen Augen machte ihm auf. »Mylord!« Er eilte zurück ins Zimmer, griff nach seinem Gehrock und schlüpfte hinein.

Kendale trat ein und betrachtete das Wohnschlafzimmer, das er wenige Tage zuvor angemietet hatte. Der Bewohner hatte an einem Ende einen Bereich zum Schlafen gestaltet und am anderen eine kleine Bibliothek eingerichtet. »Fühlen Sie sich wohl hier, Mr Pratt?«

»Recht wohl, Mylord. Zum Essen gehe ich drüben ins Wirtshaus, oder sie bringen mir etwas, falls nötig. Es ist nicht so angenehm wie in Ravenswood Park, aber besser als eine Kaserne, also will ich zufrieden sein.«

»Gut. Waren Sie heute den ganzen Tag auf dem Posten?«

»Natürlich, Mylord.«

»Auch nachdem die Lady das Haus verlassen hat? Haben Sie es den ganzen Tag lang beobachtet?«

»Musste ich ja wohl, stimmt's? Wie sollte ich sonst wissen, wann sie zurückkommt. Soll nicht heißen, dass ich meine Pflicht vernachlässigt hätte, wenn's möglich gewesen wär. Sie kennen mich, Sir. Ihre Befehle führe ich stets aus.«

Richard Pratt führte Befehle mit bemerkenswertem Eifer aus. Wenn sein Herr ihm befohlen hätte, an einer Wegkreuzung niemanden lebendig vorbeizulassen, hätte er jeden getötet, der sich näherte. Wenn man ihm auftrug, die blaue Tür zu beobachten, würde er vom Morgengrauen bis Mitternacht am Fenster sitzen und daraufstarren.

»Haben Sie jemand Verdächtigen herumschleichen sehen, Mr Pratt? Jemanden, der sich besonders für das Haus interessierte?«

Mit gerunzelter Stirn dachte Pratt angestrengt nach. Er schüttelte den Kopf. »Nee. War sehr ruhig. Keine Besucher. Keine Frauen gekommen. 'türlich, die meisten gehen nicht einfach durch die Vordertür rein, stimmt's? Zu stolz wahrscheinlich. Sie nehmen die kleine Pforte an dem Weg zwischen diesem Haus und dem daneben. Und dann tun sie so, als wollten sie nur zu der Straße dahinter durchkommen. Nich' ungewöhnlich, dass die Leute so was machen. Ich glaub, die Frauen gehen dann durch die Küche ins Haus.«

»Hat überhaupt jemand den Pfad betreten und die Pforte benutzt?«

»Ein Mann. Nicht sehr groß. Ziemlich dicker Bursche. Dunkles Haar. Mehr weiß ich nicht.«

Der Mann auf dem Pfad war dunkelhaarig und dick gewesen. Kendale legte die Pistole auf den Tisch, der zum Essen und Schreiben und zu allem anderen diente, wofür Pratt ihn noch brauchte. »Die lasse ich Ihnen hier. Jemand ist heute Nachmittag dort eingedrungen. Sie müssen jetzt besonders aufmerksam sein und nach Taugenichtsen Ausschau halten, die sich hier herumtreiben. Wenn es Grund zur Besorgnis gibt, geben Sie mir Nachricht. Ich schicke dann Jacob zur Verstärkung. So können Sie sich abwechseln und stets wachsam bleiben.«

Pratt nahm die Pistole in die Hand und untersuchte sie. »Ich hoffe, Sie werden beim Friedensrichter zu meinen Gunsten aussagen, wenn ich die hier benutzen muss.«

»Ich glaube nicht, dass Sie sie benutzen werden. Aber nach dem, was heute passiert ist, sollen Sie sie haben, falls sie vonnöten ist.« Er legte ein paar Münzen auf den Tisch. »Sobald Jacob kommt, gehen Sie los und kaufen Pulver und Munition.«

»Verstehe, Sir. Nur, um auf alles vorbereitet zu sein, wie Sie schon sagten.«

»Geben Sie mir unbedingt Bescheid, wenn Ihnen etwas merkwürdig vorkommt.«

»Was zum Beispiel, Sir?«

Verdammt, woher sollte er das wissen? Streitlustiger Besuch. Männer, die über das Dach krochen. Marielle Lyon, die hinausging und etwas in ihren tiefen Taschen und unter dem langen Schal verbarg.

»Benutzen Sie Ihren Verstand, Pratt, und lassen Sie nicht zu, dass jemand den Frauen in diesem Haus ein Leid zufügt.«

Marielle schob die Matratze wieder auf den Rahmen. Sie zog die Laken glatt und steckte sie fest. Dann trat sie zurück und sah sich in ihrem Gemach um. Alles war wieder in Ordnung. Nichts wies mehr auf die Gewalt hin, die ihrem Zuhause angetan worden war.

Wer auch immer hier eingedrungen war, hatte alles auseinandergenommen, Schubladen und Schränke geleert, den Inhalt eines alten Koffers auf den Fußboden geschüttet. Der Eindringling hatte sogar ihren Frisiertisch umgeworfen, als habe er erwartet, darunter etwas Wertvolles zu finden. Zu seinem Bedauern hatte er erfahren, dass in diesen Schlafgemächern keine Schätze verborgen waren.

Was nicht bedeutete, dass nirgendwo in diesem Haus welche zu finden waren.

Die Nacht war hereingebrochen. Dominique schlief in der Kammer nebenan und schnarchte leise in dem Rhythmus, der Marielle vertraut war. Morgen würde ein langer Tag werden. Bevor die Frauen zur Arbeit erschienen, mussten die Stiche untersucht werden. Welche waren beschädigt, und welche konnten noch eingefärbt werden? Marielle freute sich nicht darauf, die Kosten für diejenigen auszurechnen, die sie dem Drucker nicht zurückgeben konnte.

Der Tag hatte sie erschöpft und verärgert. Nun lockte sie das Bett, doch sie nahm den Kandelaber und verließ die Kammer. Sie stieg die Treppe hinab und ging durch die Stille des Hauses zum Atelier. Dreimal blieb sie wie erstarrt stehen und lauschte auf Geräusche, die ihr eine schreckliche Angst in die Glieder fahren ließen. Sie hatte sich in diesem Haus immer sicher gefühlt, aber damit war es nun vorbei. Wenn sie einmal gekommen waren, konnten sie immer wieder kommen. Sie stellte den Kerzenleuchter auf den Arbeitstisch an der vertäfelten Wand neben den hohen Fenstern auf der hinteren Seite des Raumes. Sie betastete eine leichte Wölbung an der linken Holztafel und fand einen Haken aus Metall. Als sie daraufdrückte, schwang die Tafel auf und gab den Blick auf einen geheimen Schrank frei.

Sie hatten schon drei Jahre in diesem Haus gelebt, bevor sie zufällig beim Staubwischen dieses Versteck entdeckt hatte. Es war die Art von Geheimversteck, die sie in einem vornehmen Haus oder einem französischen Herrensitz vermutet hätte, aber nicht in einem Häuschen, das sich an die Stadtmauer von London schmiegte. Kein Dieb würde jemals danach suchen.

Marielle schob einen Kasten mit Grabsticheln und anderen Werkzeugen beiseite, der in einem Regal stand, außerdem einen Beutel mit Schmuckstücken, die darauf warteten, bei Fairbourne's Auktionshaus abgeliefert zu werden. Sie griff nach dem schweren Sack mit Münzen, die sie im Laufe der Jahre gewissenhaft angesammelt hatte. Sein unvermindertes Gewicht schenkte ihr neuen Mut.

Dann hob sie einen Stapel Kupferplatten hoch. Die oberen Platten waren neu und unbenutzt, und sie legte sie beiseite.

Die anderen breitete sie vor sich aus, um zu sehen, ob keine gestohlen worden war.

Auf mehreren Platten waren Ansichten von London zu sehen. Als sie anfangs nach einer Beschäftigung gesucht hatte, dachte sie, dass es sie ernähren würde, wenn sie hübsche Bilder gravierte. Doch nicht einmal, nachdem sie einen fiktiven männlichen Namen angenommen hatte, konnte sie so viele Bilder verkaufen, dass es sinnvoll gewesen wäre, damit weiterzumachen. Aus purer Eitelkeit stellte sie noch immer welche her, aber oftmals verkauften sie sich nicht einmal gut genug, um die Mietkosten für die Druckerpresse wieder einzuspielen.

Die anderen erwiesen sich als lukrativer. Spottbilder, die sich über die Mächtigen und Berühmten lustig machten. Solche Bilder hatten dazu beigetragen, die Monarchie in Frankreich zu Fall zu bringen. Und auch die Menschen in London verspürten einen unersättlichen Appetit auf diese Drucke.

Sie waren nicht in der sorgfältigen Technik der Panoramabilder gearbeitet. Marielle gestaltete sie absichtlich gröber, damit niemand auf die Idee kam, dass sie von demselben Künstler stammten. Den Namen auf den Drucken – Citizen John – würde niemand für den echten Namen des Künstlers halten. Die Bilder wiesen keine Adresse auf.

Sie hob ein ganz besonderes hoch, das nicht für London, sondern für den Export hergestellt worden war. Ein »Citoyen Jean« behauptete, für dieses Motiv verantwortlich zu sein, und alle Worte darauf waren auf Französisch. Zu sehen war ein Mann, der auf einem Thron aus Bauern und Geschäftsleuten saß, die unter seinem Gewicht ächzten. Eine Reihe von Leuten legte Münzen auf einen Tisch vor ihm. Mit einer Hand schob er zwei Münzen in eine Schatulle, auf der »Steuern« stand. Mit der anderen steckte er sich jede dritte Münze in die Tasche. Dabei sagte er: »Eine für Savenay, eine für Paris, eine für mich.«

War es das, wonach die Eindringlinge gesucht hatten? Entweder um es mitzunehmen oder um herauszufinden, ob Marielle es erschaffen hatte. Oder waren es nur Einbrecher gewesen, die an einem schönen Tag ein leeres Haus entdeckt hatten, in dem sie sich mühelos bedienen konnten?

Wahrscheinlich Letzteres. Kendale neigte dazu, sehr kritisch zu sein, und es war besser, seinem Urteil in solchen Dingen keine allzu große Bedeutung beizumessen.

Und doch … sie dachte an die Neuigkeiten, die sie heute von Monsieur Marion erfahren hatte. Lamberte hatte Savenay verlassen, vermutlich, um Paris zu besuchen. Er witterte die Gelegenheit, seine politische Macht zu vergrößern, und er würde seinen Ruf von jedem Makel befreien wollen. Er würde nicht wollen, dass die Vergangenheit seine ehrgeizigen Pläne durchkreuzte.

Sie drehte sich noch einmal zu dem Schrank und betastete seine Seiten. Weiter oben trafen ihre Finger auf ein kleines Hindernis. Sie griff danach und zog ein kleines Buch aus seinem Versteck hinter dem Holzrahmen.

Sie blätterte es rasch durch, überflog die Zahlen und die Namen auf den letzten Seiten. *Lauf schnell, bring das hier zu Papa. Sag ihm, er soll es benutzen, um diesem Halunken das Handwerk zu legen.* Sie blickte auf das kleine Buch, dann auf die Kupfertafeln. Hegte Lamberte den Verdacht, dass derjenige, der die Bilder herstellte, dieses Buch gesehen hatte, das den Beweis für seine Diebstähle enthielt? Wenn es so war, hoffte er gewiss, es zurückholen zu können. Er schlief nicht mehr gut, da er wusste, dass es irgendwo sein musste und darauf wartete, all seine Missetaten zu enthüllen.

Sie schob das Buch wieder in sein Versteck zurück. Dann stapelte sie die Druckplatten und legte sie in den Schrank. Entweder blieb sie hier sitzen und wartete ab, bis irgendetwas passierte, oder sie versuchte herauszufinden, ob es Lamberte war, der die Männer in jene Gasse geschickt hatte. Sie musste herausfinden, ob er sie verfolgte. Entweder um die Belästigung durch die Kupferstecherin zu beenden oder um eine Zeugin seiner Verbrechen zum Schweigen zu bringen. Vielleicht blieb ihr nicht mehr genug Zeit, um den Rest des Geldes zu sparen, das sie brauchte. Wenn es so war, wollte sie es wissen, damit sie eine andere Lösung finden konnte.

Es war an der Zeit, in Erfahrung zu bringen, was sie tatsächlich zu bewirken vermochte, also würde sie nicht länger herumsitzen wie eine dumme Gans.

8

»Etwas macht mich neugierig«, sagte Kendale. Er ritt neben Ambury durch den Hyde Park, und er hatte einige Zeit vergehen lassen, bevor er wie zufällig auf sein Thema zu sprechen kam. »Wahrscheinlich bist du derjenige, der mir den besten Rat geben kann.«

»Es kommt selten vor, dass du mir oder überhaupt jemandem schmeichelst«, sagte Ambury. »Du musst also wirklich sehr neugierig sein.«

»Überhaupt nicht. Nur eine Frage, die mir zufällig in den Sinn kam, als ich die Frauen dort drüben habe tratschen sehen.«

»Vielleicht haben sie auch nur geplaudert. Womöglich ging es um Kunst oder Literatur und nicht um Klatsch und Tratsch.«

»Die Art, wie sie die Köpfe zusammengesteckt und dann einer anderen Frau hinterhergesehen haben, lässt aber etwas anderes vermuten.«

»Du hast wirklich das Talent, immer das Unvorteilhafteste an den Leuten zu sehen. Aber zu welcher Frage hat deine Beobachtung dich angeregt?«

Kendale hoffte, ungezwungen zu wirken. »Wenn ein Mann mit einer unberührten Frau intim wird, ist er ein Schuft, und die Ehre verlangt, dass er sich und die Frau durch eine Heirat reinwäscht. Unterhält ein Mann eine solche Beziehung jedoch zu einer Hure, dann macht er sich lediglich einer lässlichen Sünde schuldig, die niemand allzu ernst nimmt, und er schuldet dem Weib nichts weiter als den vereinbarten Preis. Aber was wird von ihm erwartet, wenn er eine Beziehung zu einer Frau pflegt, die weder eine Unschuld noch eine Hure ist?«

»Ein gefallenes Mädchen?«

»Eine erfahrene Frau.«

»Wie eine Witwe zum Beispiel?«

Ein Nicken schien die passende Antwort zu sein, auch wenn die Bezeichnung Witwe nicht stimmte, zumindest, soweit er darüber Bescheid wusste.

»Stellst du mir diese Frage aus einem besonderen Grund?« Amburys Stimme klang jetzt schneidend, seine Miene wirkte versteinert. »Wenn das eine Anspielung auf meine Frau sein soll, dann setzt du unsere Freundschaft aufs Spiel. Ich kenne die Gerüchte über sie, und ich weiß, dass du sie alle geglaubt hast, aber ich will verdammt sein, wenn …«

»Himmel, damit hat es nichts zu tun. Ist jetzt jede Unterhaltung über Frauen unmöglich, weil du hinter jedem Wort eine Beleidigung witterst?«

»Du hast nie Gespräche über Frauen angefangen, Kendale, darum kommt mir dieses hier sehr merkwürdig vor. Es führt mich zu dem Schluss, dass Madame Peltier dich stärker beeindruckt hat, als ich erwartet hätte. Ich habe sie sogar davor gewarnt, ein begehrliches Auge auf dich zu werfen. Ich weiß, wie sehr dir das auf die Nerven gehen würde.«

»Madame Peltier sucht einen Ehemann, glaube ich, und keinen Liebhaber.«

»Sagen wir, sie freut sich darauf, eines Tages ein Verhältnis anzufangen, das mit einer Eheschließung endet. In der Situation, die du beschrieben hast, kommt so etwas nicht selten vor. Aber wenn die Absprachen klar sind und solche Erwartungen entkräftet werden, dann ist es nicht erforderlich, dass ein Gentleman die betreffende Frau heiratet, sollte es … wie hast du es genannt? … zu intimen Beziehungen kommen. Ich würde dir allerdings raten, das mit Madame Peltier zu klären, bevor du ein Verhältnis mit ihr beginnst. Sorge dafür, dass sie von Anfang an Bescheid weiß. Nein, *vor* dem Anfang noch.«

»Hast du es so gehalten?«

»Ja.«

Kendale fragte sich, wie Ambury dieses heikle Thema bei Sabine Peltier angesprochen hatte, vor allem, bevor er wirklich Grund dazu gehabt hatte. Ihm selbst wollten keine Worte einfallen, die geeignet gewesen wären, solche Verhandlungen aufzunehmen. War Ambury gewissermaßen mit der Tür ins Haus gefallen und hatte gesagt: *Madame, ich möchte das Bett mit Ihnen teilen und Ihre Gunst genießen, aber ich muss von vornherein klarstellen, dass das nicht zu einer Heirat führen wird?*

Und Ambury warf *ihm* vor, schroff und vulgär zu sein.

»Ich habe ihr außerdem zu verstehen gegeben, dass ich mich auf andere Weise großzügig zeigen würde«, sagte Ambury, der sich allmählich dafür erwärmte, seinen Freund zu belehren. »Das ist ebenfalls üblich.«

»Wie großzügig?«

»Das ist nicht dein Ernst. So unwissend kannst nicht einmal du sein.«

»Nur was die Nuancen betrifft. Ich habe Männer gesehen, die ihre Großzügigkeit Frauen gegenüber in den Ruin getrieben hat. Ich versuche herauszufinden, wie viel weniger genug ist.«

»Bei Madame Peltier würde ich teuren Schmuck für erforderlich halten, aber keinen, der dich ruinieren würde. Ein paar Abendkleider. Gelegentlich einige ausgesuchte Delikatessen für ihre Tafel. Der Gebrauch einer Kutsche sorgt für eine längere Affäre, als ich sie genießen durfte.«

»Oh, verstehe. Sie hat dich sitzen lassen, weil du zu knauserig warst.«

»Nein. Ich habe sie sitzen lassen, weil sie geglaubt hat, dass am Ende doch eine Ehe dabei herauskommt. Sie ist nichts für dich, Kendale. Ehrlich. Ich bin begeistert, dass du Interesse an ihr zeigst. Aber für eine wie sie bist du nicht gerüstet. Für den Anfang solltest du dir eine stille, bescheidene Frau suchen, die nicht allzu abgebrüht ist und der keine Erinnerungen an ein herrschaftliches Leben in Paris im Kopf herumspuken. Madame Peltier sollte von keinem Geringeren als einem General für ihre Dienste in Anspruch genommen werden, denn in diesem Krieg bist du ein blutiger Anfänger.«

Da Kendale kein Interesse an Madame Peltier hatte, würde er keine einzige Schlacht gegen sie verlieren. Leider hatte Ambury ihm trotz vieler Worte nicht gesagt, was er wirklich wissen wollte.

»Was gehört noch zu einem solchen Arrangement? Treue? Ergebenheit?« Er versuchte, ganz und gar beiläufig zu klingen.

Es funktionierte nicht. Ambury hielt sein Pferd an, drehte sich im Sattel zu ihm um und musterte ihn prüfend. »Ich hätte wissen müssen, dass du keine belanglosen Fragen stellst. Es gibt jemanden, stimmt's? Und es ist nicht Madame Peltier.«

Kendale zögerte. Ambury würde seine Wahl gewiss nicht gutheißen.

»Wer ist es? Ich will es wissen. Ich werde es niemandem erzählen. Nicht einmal Southwaite, der dir nur einen Vortrag über Diskretion halten würde, ohne etwas Nützliches beizutragen, wie ich es getan habe.«

Kendale trieb sein Pferd an. »Du langweilst mich. Ich hatte gehofft, dir eine schlichte Frage stellen zu können, ohne dass du zu törichten Schlussfolgerungen kommst«

Auch Ambury ritt langsam weiter, dann hielt er erneut an. »Ist es diese Lyon?«

»Wer?«

»Ist es Marielle Lyon? Madame Peltier bewegt sich in denselben Kreisen. Durchaus möglich, dass du ihr kürzlich begegnet bist, als du danach strebtest, französische Emigranten kennenzulernen. Miss Lyon ist ziemlich hübsch. Vielleicht hübsch genug, dass sogar du Notiz von ihr nimmst.«

»Sie ist Französin.«

Ambury lächelte. »Umso besser. Sie ist eine der guten Französinnen.«

»Du irrst dich. Ich habe es keineswegs auf sie abgesehen und auch sonst auf niemanden.«

»Das enttäuscht mich. Aber trotzdem wolltest du sie kennenlernen, daran erinnere ich mich genau. Nun … lass uns zur Albemarle Street reiten, dann kann ich dich ihr vorstellen. Mir ist gerade eingefallen, dass sie heute Nachmittag bei Fairbourne's ist. Cassandra hat beiläufig geäußert, dass Miss Lyon Schmuck abliefern wird. Cassandra leistet ihr und Emma Gesellschaft, um bei der Schätzung des Wertes zu helfen.«

Mit seiner steinernen Fassade und der schweren Eichentür war das Auktionshaus Fairbourne's die Zierde der Albemarle Street. Hier führte Emma Fairbourne die Geschäfte weiter, die ihr Vater begonnen hatte. Alle Welt glaubte, dass ihr Bruder der kluge Kopf hinter dem Erfolg des Unternehmens war. Doch Kendale hatte genug gehört und gesehen, um zu wissen, dass Emma, die jetzige Countess Southwaite, ihren Bruder so häufig beriet, dass zumindest unklar war, wer inzwischen der wahre Kapitän des Schiffes war.

Kendale war der Letzte, der Southwaite dafür tadeln würde, dass er die geheime Berufung seiner Frau billigte. Emma Fairbourne war in dieses Gewerbe hineingeboren worden, und ohne es fühlte sie sich von ihrem Leben und ihrem Selbst wie abgetrennt. Warum sollte sie ihre von Gott gegebenen Fähigkeiten nicht auf die Weise nutzen, die die Natur vorsah? Er wusste, wie sich das anfühlte, wurde man daran gehindert. Er wusste, dass nichts anderes die innere Leere zu füllen vermochte.

Er glaubte, dass Emma Tratsch vermeiden wollte, indem sie öffentlich niemals die Rolle einnahm, die sie tatsächlich spielte. Die Auktionen im Herbst zuvor hatte ihr Bruder geleitet, während sie nur als potenzielle Kundin am Arm ihres Ehemannes erschienen war. Inzwischen verstand Kendale die weiteren Gründe für ihre Verschwiegenheit. Ein Auktionshaus war nicht irgendein Geschäft. Es öffnete nur dann seine Türen, wenn eine Auktion bevorstand. Andernfalls betrat es kein Kunde. Und wenn doch, dann musste er das Privatbüro aufsuchen, um Zeuge von Emmas Arbeit zu werden.

Und dorthin nahm Ambury ihn jetzt mit. Die Schritte der Männer hallten in dem leeren Ausstellungssaal wider. Sie trafen Emma und Cassandra im Büro an. Mit zusammengesteckten Köpfen nahmen sie einige Schmuckstücke in Augenschein und erörterten deren Wert.

Cassandra blickte auf. »Ambury, so eine Überraschung!« Ihre blauen Augen funkelten vor Glück beim Anblick ihres Ehemannes. Als sie Kendales Gruß erwiderte, leuchteten sie deutlich weniger hell.

Ambury betrachtete die Schmuckstücke auf dem Schreibtisch. »Hat Marielle die hergebracht? Ist sie schon wieder fort?«

Emma ließ die Hand sanft über die glitzernden Objekte gleiten. »Sie hat sie mir gestern Abend nach Hause gebracht. Es war sehr merkwürdig. Ich hatte zwar nichts dagegen, aber nachdem ich letzte Woche alles für ihren Besuch hier und heute vorbereitet hatte, kam es mir doch merkwürdig vor.«

»Höchst ungewöhnlich«, sagte Ambury.

»Aber so ist Marielle eben«, sagte Cassandra und lachte. »Ich glaube, sie tut viel dafür. Geheimnisvoll zu sein, meine ich.«

»Sie wird doch eine Erklärung dafür gehabt habe, dass sie so spät und unerwartet gestört hat«, hakte Kendale nach. »Ich kenne unsere französischen Gäste nicht gut, aber ich habe noch nie gehört, dass sie bewusst unhöflich sind.«

»Sie sagte, wegen eines unvorhergesehenen Treffens könne sie heute nicht kommen, und ich müsste ihr den Schmuck jetzt abnehmen.«

Kendale hob einen der Ohrringe hoch. Wenn Marielle die Lieferung schon eine Woche zuvor mit Emma verabredet hatte, musste sich der Schmuck bereits in ihrem Besitz befunden haben, als vor zwei Tagen Einbrecher in ihr Haus eingedrungen waren. Da er nicht gestohlen worden war, musste sie die Stücke sehr gut versteckt haben. Vielleicht trug sie sie am Körper.

»Hat Marielle erwähnt, wo dieses Treffen stattfinden würde?«, fragte er und versuchte zu ermessen, ob ein Beutel mit diesem Schmuck in eine der Taschen passte, die sie in ihre Kleider einzunähen pflegte.

Die Stille, die plötzlich eintrat, lenkte ihn von dem Anblick des Schmucks auf dem Schreibtisch ab. Drei Augenpaare musterten ihn neugierig. Kendale wurde bewusst, dass er auf sehr vertrauliche Weise von Marielle Lyon gesprochen hatte. Nun versuchte er, lediglich neugierig zu wirken. »Spätabends im Haus eines Earls zu stören … die Nichte eines Grafen braucht wirklich einen sehr wichtigen Grund, um so etwas zu tun.«

»Das habe ich auch gedacht«, sagte Emma. »Ich war besorgt, und sie wirkte sehr zerstreut, was mich noch mehr beunruhigte. Ich habe sie gefragt, ob ich ihr irgendwie helfen kann, aber Marielle gehört nicht zu den Frauen, die anderen ihr Herz ausschütten oder um Hilfe bitten. Sie sagte nur, dass sie früh am

Morgen fortgehen würde. Es klang, als hätte sie vor zu verreisen.«

Das war nicht, was er hören wollte. Sie war überfallen und ihr Haus durchwühlt worden, und nun hatte sie London vermutlich verlassen. Endgültig? Er hatte sie gefragt, ob ihr womöglich die eigenen Leute auf den Fersen waren. Es reichte, wenn ein einziger Feind sie an die richtige Person verriet, und das konnte durchaus geschehen.

»Wahrscheinlich besucht sie nur Freunde«, sagte Cassandra beschwichtigend.

»Mag sein, aber es ist wirklich seltsam, dass sie gestern Abend bei mir aufgetaucht ist. Lord Kendale ist derselben Meinung, also übertreibe ich nicht.«

»Ambury, hast du irgendetwas gehört, was darauf hindeutet, dass sie in … Schwierigkeiten ist«, fragte Cassandra. »Was ist mit den üblen Gerüchten über sie? Vielleicht hat irgendein Dummkopf in der Regierung beschlossen, ihr zu drohen, und sie ist vor lauter Angst geflohen.«

Manchmal hatte es Vorteile, als Mann bekannt zu sein, der Konversation verabscheute. Jetzt war das der Fall. Da er möglicherweise besagter Dummkopf war, tat Kendale nichts, um die Aufmerksamkeit auf sich zu lenken.

»Ich habe nichts gehört«, sagte Ambury. »Aber wenn es dich beruhigt, werde ich mich danach erkundigen.«

»Bitte tun Sie das«, sagte Emma. »Ich werde mit Darius sprechen und ihn bitten, ebenfalls einige Leute zu befragen.«

»Wenn ihr die Namen der Schurken kennt, sagt sie mir bitte zuerst«, sagte Cassandra. »Wenn ich daran denke, wie freundlich und hilfsbereit Marielle zu meiner Tante war, möchte ich mich als Erste auf denjenigen stürzen, der sie aus London vertrieben hat.«

Vermutlich würde Cassandra ihm, Kendale, keineswegs

zugutehalten, dass er sogar versucht hatte, Marielle dazu zu nötigen, in London zu bleiben. Wenn sie von seiner jüngsten Einmischung in Marielles Leben erfuhr, würde sie ihn tadeln, weil er ihr Angst gemacht und sie so vertrieben hatte.

Er verabschiedete sich und ging hinaus zu seinem Pferd. Während er durch die City zur alten nördlichen Stadtmauer ritt, versuchte er abzuschätzen, ob seine Wunde inzwischen so gut verheilt war, dass er eine Nacht im Sattel überstehen würde.

Wenn Marielle London verlassen hatte, glaubte er die Richtung zu kennen, in die sie fahren würde: nach Osten oder nach Süden, an die Küste. Es sollte ein Leichtes sein, das genau herauszufinden. Er würde sich an den Poststationen erkundigen, deren Kutschen auf diesen Routen fuhren. Sollte Marielle mit einer Postkutsche unterwegs sein, dann würde sich jeder Mann an sie erinnern, der sie gesehen hatte.

9

In Dover kannte Marielle nur einen einzigen Menschen. Nach einer fast endlos lang scheinenden Fahrt in bitterer Kälte dehnte sie im Hof der Postkutschenstation ihre Glieder und überlegte, wie sie diesen Menschen finden konnte.

Sie besuchte die Ostküste nicht gern. Sie mochte die feuchte Witterung nicht und auch nicht das bunt gemischte Volk in den Städtchen. Vor allem Dover wirkte immer grau, und die Häuser sahen aus, als wollte die Seeluft sie zerfressen. Zu viele Männer lungerten in den Straßen herum, und etliche davon waren Seeleute, die auf ein Schiff warteten.

Diesmal waren weniger Seemänner zu sehen. Vermutlich waren erst vor Kurzem Zwangsrekrutierer durch die Stadt gezogen. Ein kluger Seemann ließ sich nicht sehen, wenn er keine Arbeit hatte, denn sonst würde er sich bald im Dienste Seiner Majestät wiederfinden, und zwar unter Bedingungen, die kaum besser waren als auf einer Sklavengaleere. Nur dadurch blieb England eine Seemacht. Natürlich war es in Frankreich nicht anders, nun, da dort Wehrpflicht herrschte.

Sie machte sich auf den Weg zu dem Laden, den sie aufsuchen wollte, und kämpfte die Gefühle nieder, die diese Straßen in ihr weckten. Sie mochte Dover vor allem deshalb nicht, weil es die erste englische Stadt gewesen war, in die sie einen Fuß gesetzt hatte, nachdem sie einige Meilen davon entfernt aus einem großen Boot geklettert war. Ihre ersten Erfahrungen in Dover waren von Angst und Erschöpfung geprägt gewesen und von der Art Kälte, die nur durchnässte Schuhe im

Winter erzeugen. Damals war sie mehr als dankbar gewesen, überlebt zu haben, und die angespannte Wachsamkeit ablegen zu können, die einen beständig begleitete, wenn der Tod einem auf den Fersen war. Benommen, einsam und todtraurig war sie hinter den anderen Flüchtlingen hergehinkt, bis sie sich in einen Hauseingang gesetzt und geweint hatte.

Dominique, die mit demselben Boot gekommen war, hatte sie dort bemerkt und sich ihrer erbarmt. Es war das erste Mal nach über einem Monat, dass jemand freundlich zu ihr war. In diesem Moment spürte sie wieder Dominiques warme Arme um sich, als wäre sie auch jetzt an ihrer Seite, um sie in Sicherheit zu bringen.

Doch neben ihr ging keine Dominique. Nach dem Einbruch in ihr Haus wagte Marielle nicht, einen weiteren zu riskieren, indem sie Nicole dort nachts allein ließ. Sie hoffte, dass die Einbrecher während ihrer Abwesenheit nicht wiederkommen würden. Wenn Dominique sie tötete, war es Notwehr. Dennoch würden sie damit die Aufmerksamkeit des Friedensrichters auf sich ziehen und von dessen Ermittlungen gestört werden.

Marielle fand den Schreibwarenladen, den sie gesucht hatte. Der Inhaber erkannte sie sofort. Er widmete sich wieder seinem Kunden, während sie ihn aus der Entfernung beobachtete und vorgab, sich für seine ausgefallenen Papiersorten zu interessieren. Als der Kunde ging, verriegelte der Händler die Tür, damit es keine unvorhergesehenen Störungen gab.

»Es ist lange her«, sagte er. »Über ein Jahr.«

War es wirklich so lange her? Vielleicht hatte sie ihre Pflichten vernachlässigt und ihre Ziele nicht stetig genug verfolgt. Das Leben, das sie sich aufgebaut hatte, lenkte sie ab mit seinen mannigfaltigen Aufgaben. Sie war Marielle Lyon geworden, ein Flüchtling aus Frankreich, und das vielleicht allzu gründlich.

»Éduard und Luc sind beim letzten Mal nicht wie geplant gekommen, Monsieur Farmen«, sagte sie. »Also bringe ich Ihnen meine Sachen, damit Sie sie an die Männer mit dem Boot weitergeben.« Sie legte eine Rolle Drucke auf den Ladentisch, die sie mitgebracht hatte. Keine dicke Rolle wie die, die sie in der Gasse verloren hatte. Obwohl sie dem Drucker genug gezahlt hatte, um seine Maschine eine ganze Nacht lang zu benutzen, hatte sie nur ein Dutzend guter Drucke herstellen können.

Monsieur Farmen blickte aus dem Fenster, als wollte er sichergehen, dass niemand in seinen Laden spähte. »Ich werde dafür sorgen, dass sie sie bekommen. Haben Sie das Geld für die Kuriere?«

Sie legte etwas mehr als vier Shilling auf den Tresen. In Frankreich würden sie die Drucke an einen Buchhändler oder eine Druckerei verkaufen und noch mehr Geld damit verdienen. Die Schmuggler wurden für ihre Mühen gut bezahlt, aber sie mussten auch mit dem Risiko leben.

»Wissen Sie, wo ich Éduard oder Luc finden kann? Ich möchte wissen, ob sie beschlossen haben, nicht mehr nach London zu kommen. Wenn es so ist, muss ich andere finden.«

»Ich glaube nicht, dass sie weitermachen. Ich glaube … ich weiß es nicht genau, aber ich glaube, sie sind tot.« Er musterte sie aufmerksam. Vielleicht glaubte er, sie würde in Ohnmacht fallen. »Im Haus dieses französischen Schneiders – Lebois ist sein Name – sind zwei Männer aufgebahrt. Er hat sich der Toten angenommen, weil niemand ihre Familien kannte. Jedenfalls habe ich das gehört. Und auch, dass einer von ihnen Éduard heißt. Und wissen Sie, ich glaube, es ist unser Éduard.«

»Haben Sie das nicht überprüft?«

»Es würde merkwürdig aussehen, wenn ich es täte. Wie soll ich das erklären? Sagen, dass ich einem Mann die letzte Ehre erweisen will, den ich angeheuert habe, damit er Ware zu den Schmugglern an die Küste bringt und sie dort auch abholt?«

»Sie könnten sagen, dass Sie sich mit ihm angefreundet und hin und wieder im Gasthaus ein Glas Ale mit ihm getrunken haben. Niemand wird Sie deshalb ausfragen, schon gar nicht dieser Schneider, der nicht zu seiner Familie gehört.«

»Besser, es kommt nicht ans Tageslicht, dass wir Freunde waren oder Geschäfte miteinander gemacht haben, glaube ich. Auch andere wissen wahrscheinlich, was er vorhatte. Und es gibt noch mehr gute Gründe, Abstand zu halten.«

»Wo ist dieser Schneider? Ich werde hingehen und nachsehen, ob es der Éduard ist, den wir gekannt haben. Ich werde sagen … ach, irgendwas. Notfalls bin ich einfach eine von den Französinnen, mit denen er geflirtet hat.«

»Am besten halten Sie sich auch fern. Weil … wie schon gesagt, es gibt noch andere Gründe. Es war kein Unfall, dass die beiden tot sind. Soweit ich weiß, sind sie erstochen worden, und vorher hat man sie schlimm verprügelt. Vielleicht haben sie sich an jemandes Ware bedient, und der Besitzer ist ihnen draufgekommen. Jedenfalls bleiben Sie dort weg, wenn Sie klug sind. Ich werde andere finden, um sie zu ersetzen. Engländer diesmal, denke ich. Ist sicherer. In drei Wochen gehen Sie zu dem Treffen wie üblich, dann werden sie da sein.«

Der Mann wirkte entschlossen. Er würde ihr keine Hilfe sein. Marielle verließ den Laden und nahm ihre Drucke und ihr Geld wieder mit. Sie würde diesen Schneider auch allein ausfindig machen. Und dann musste sie die Schmuggler finden. Sie würde nicht nach London zurückgehen, um dort drei Wochen lang zu warten. Wenn Éduard und Luc umgebracht worden waren, würde ihr vielleicht nicht mehr so viel Zeit bleiben.

Vor dem Laden des Schneiders schwang Kendale sich vom Pferd. Friedensrichter Beechem tat es ihm nach.

»Er bewahrt sie in einem Schuppen hinter dem Haus auf, will sie aber bald raushaben. Niemand hat Anspruch auf die Leichname erhoben, und sie sind schon mehr als reif«, sagte Beechem. »Heute werden wir sie beerdigen, Sie haben also Glück, dass Sie gerade hier sind.«

Deshalb war Kendale eigentlich nicht hergekommen. Dennoch hatte er auf dem Ritt zur Küste den Friedensrichter aufgesucht, um sich nach den Morden zu erkundigen, von denen die Wächter ihnen berichtet hatten. Er würde nachsehen, nichts finden und seine eigentliche Mission fortsetzen.

Der Schneider begrüßte sie in seinem Laden. Er war ein kleiner, schwächlicher Mann mit einem unwahrscheinlichen Schnurrbart, und er machte kein Hehl aus seiner Enttäuschung, dass es Beechem war, der die Türglocke geläutet hatte, und kein Kunde, der einen Gehrock brauchte.

Der Friedensrichter erklärte, dass die Leichname in wenigen Stunden abgeholt werden würden. Der Schneider wirkte erleichtert.

»Ist irgendjemand gekommen, um ihnen die letzte Ehre zu erweisen?«, fragte Kendale.

»Ein paar Leute in den ersten Tagen. Dann niemand mehr, bis eine Cousine des größeren Mannes nach ihm gefragt hat. Offenbar hieß er Éduard Villon. Sie glaubt, der Name des kleineren war Luc, aber sie kannte seinen Nachnamen nicht.«

»Éduard Villon. Nun, das ist wenigstens etwas«, sagte Beechem. »Warum hat es so lange gedauert, bis sie gekommen ist?«

»Sie sagt, sie wohnt westlich von hier und hat erst vor wenigen Tagen von den Todesfällen erfahren. Ihr Cousin galt als vermisst, darum ist sie gekommen, um zu sehen, ob er hier ist.« Der Schneider schüttelte den Kopf. »Hübsche Frau. War so traurig, als sie ihn sah. Trotz des Geruchs ist sie eine halbe Stunde da dringeblieben. Ich habe sie ihrem Kummer überlassen. Schließlich ist sie rausgekommen und hat lange draußen gesessen. Viele Stunden lang.« Er zuckte mit den Achseln. »Vielleicht hat sie gewusst, dass die anderen kommen würden, und hat auf sie gewartet.«

»Die anderen?«, fragte Beechem, plötzlich neugierig geworden. »Andere Verwandte?«

»Das glaube ich nicht. Es waren Engländer, und diese beiden hier … na ja, ihrer Kleidung nach zu urteilen, waren sie Franzosen, und ein paar Leute hier in der Gasse haben sie reden gehört, also …«

»Haben diese Männer den Schuppen betreten?«, fragte Kendale.

»*Oui.* Nur für einen Augenblick. Drinnen ist es natürlich schmutzig, und es stinkt, und …«

»Hat sie mit ihnen gesprochen?«

»Das weiß ich nicht. Vielleicht. Ich glaube schon. Die Männer haben den Garten nicht sofort wieder verlassen.«

»Aber sie ist bald nach ihnen gegangen?«

»Es wurde schon dunkel.«

»Beschreiben Sie die Männer«, sagte Beechem.

»Nein, beschreiben Sie die Frau«, unterbrach Kendale ihn.

Der Schneider beschrieb die Männer und die Frau. An Letztere erinnerte er sich bei Weitem deutlicher als an die Männer, die roh gewirkt hatten, wie Tagelöhner und völlig uninteressant. Die Frau aber war so hübsch gewesen, dass er sich genau an sie erinnerte und sich sogar der Form ihrer Nase entsann.

Mittelgroß, sehr schlank, goldbraunes Haar, das ihr über die Schultern fiel. Feingliedrige Hände und ein schönes Gesicht, ein langer, alter, gemusterter Seidenschal, der ihr bis zu den Knien reichte – der Schneider glühte vor Begeisterung, als er Marielle Lyon wortreich schilderte.

»Und so traurig war sie«, sagte er erneut. »So traurig und so schön, wie sie da im Garten saß, ganz still, verloren in Erinnerungen an ihren lieben Cousin.«

Cousin. Von wegen.

»Ich wünschte, er hätte sich diese Burschen genauer gemerkt, die hergekommen sind«, meinte Beechem, als sie das Geschäft verlassen hatten. »Es könnten West und Garrett sein, aber die Beschreibung ist nicht so eindeutig, dass wir was damit anfangen könnten. Sie schmuggeln ein bisschen, und sie haben sich bestimmt gewundert, was mit den Kurieren passiert ist, die ihre Ware landeinwärts bringen. Wie's scheint, waren die beiden verwesenden Leichname da drin zu Lebzeiten in Dover bekannt, aber offenbar hatten sie hier keine Verwandten. Also könnten sie in Wests und Garretts Diensten gestanden haben, scheint mir.«

Da niemand diese Informationen beschwören konnte, am wenigsten von allen die schöne Cousine, würde Beechem mit seinem Verdacht nichts anfangen können, wie Kendale wusste. Wenn überhaupt, würden die Behörden sich über die Zerschlagung eines Schmugglerrings freuen, auch wenn das nicht von Dauer sein würde und zwei Männer ermordet worden waren.

Und was die trauernde Cousine betraf …

»Wo kann ich West oder Garrett finden?«, fragte Kendale. »Ich bin kein Beamter, und darum kann ich ihnen andere Fragen stellen als Sie.«

Marielle wünschte, Monsieur Garrett würde sich beeilen. Er brauchte ewig, um sein Pferd anzubinden. Langsam ging er durch die stille Gasse, entspannt, aber müde. Die Bewegungen des drahtigen Mannes mit dem rötlich blonden Haar verrieten einen Rest von Jugendlichkeit, der noch in ihm steckte.

Sie erwartete ihn vor einem Haus, das am südlichen Stadtrand Dovers stand und dessen graue Tünche verwittert war. Garrett bemerkte sie, blieb stehen und musterte sie prüfend. Plötzlich wirkte seine Haltung angespannt und wachsam. Dann erkannte er sie, entspannte sich wieder und ging mit einem geradezu koketten Lächeln auf dem Gesicht weiter.

»Sie sind früh dran«, begrüßte er sie. »Ich habe Ihnen nur gesagt, dass ich heute hier sein würde, und doch sind Sie vor mir hier. Offenbar liegt Ihnen viel daran, mich zu treffen.« Seine buschigen Augenbrauen zuckten vielsagend, als er die Tür öffnete. »Warten Sie etwa schon seit Sonnenaufgang?«

»Ich bin noch nicht lange hier. Reden wir hier draußen weiter.« Sie war nicht so dumm, in dieses Haus zu gehen, allein mit einem Mann, von dem sie wusste, dass er kriminell war, und in dessen blauen Augen ein hungriger Blick lag. »Ich muss sicher sein, dass das hier das Boot erreicht.« Sie zog ihren Schal zur Seite und enthüllte die aufgerollten Drucke.

»Noch mehr davon, was? Hab mal draufgeguckt. Komisch, dafür zu bezahlen, dass die nach Frankreich kommen. Aber vielleicht verbergen sie Geheimnisse, die ich nicht sehe.«

»Würde es Sie interessieren, wenn es so wäre?«

»Mich nicht. Aber andere vielleicht. Ist ja nicht mein Krieg, und er ist schlecht fürs Geschäft, so seh ich das.« Er griff nach der Papierrolle. »Morgen sind sie auf dem Boot.«

»Sie müssen sie direkt an ihren Bestimmungsort bringen. Diesmal können die beiden sich nicht mit Ihnen treffen.«

»Nun, das macht die Sache gefährlicher, nicht wahr? Ich hab keine Lust, lange dortzubleiben. Das wird Sie was kosten.«

»Ich zahle. Wenn Sie sich nördlich von Granville halten, ist der Buchhändler nur ein paar Häuserblocks entfernt, am Ende der Hauptstraße.« Sie nannte ihm die Adresse des Ladens und den Namen.

»Bevor es dunkel ist, werde ich keine zwei Häuserblocks weit gehen.«

»Es ist ihm egal, wenn Sie ihn nachts wecken.« Zumindest hoffte sie das. Sie griff in ihre Tasche und zog sechs Shillings heraus. »Das ist doppelt so viel wie das, was ich Éduard und Luc gezahlt habe. Und die haben wiederum einiges davon behalten, bevor sie Sie bezahlt haben. Es sollte also mehr als genug sein.«

Lachend steckte Garrett die Münzen und die Drucke ein. »Muss ziemlich geheimnisvoll sein, wenn Sie so viel zahlen, ganz zu schweigen von den Kosten für die Reise hierher.«

»Ich bezahle Sie nicht nur, damit Sie diese Blätter wegbringen. Ich will auch Auskünfte von Ihnen.«

Er lehnte im Türrahmen, neugierig und argwöhnisch. »In meinem Geschäft wird man nicht alt, wenn man zu viel redet.«

»Ihre Geschäfte sind mir egal und auch, wer Ihnen hilft. Die Informationen, die ich brauche, sind anderer Art. Wissen Sie, wer Éduard und Luc das angetan hat?«

Er schüttelte den Kopf. »Ich hätte Lust, mich zu revanchieren, wenn ich es herausfinde. Die beiden waren sehr nützlich, und ich konnte ihnen vertrauen. Nicht leicht, ehrliche Männer zu finden. War schlimm, ihre Überreste zu sehen und sicher zu sein, dass sie es waren.«

»Haben Sie die beiden jemals mit zwei anderen Franzosen gesehen? Einer dick und dunkelhaarig, der andere groß und schlank.«

»Nicht mit ihnen zusammen, aber vielleicht habe ich die Männer, die Sie meinen, trotzdem gesehen. Vor ein paar Wochen ist ein französisches Boot angekommen mit ein paar Leuten von der ganz feinen Sorte. Wir behalten sie im Auge. Soll ja an unserer Küste nicht zur Gewohnheit werden, dass sie Ware zurückbringen und sich in unser Gewerbe einmischen, stimmt's? Die zwei waren dabei, wenn ich mich recht erinnere. Waren nicht ganz so fein wie die anderen, darum sind sie mir gleich aufgefallen.«

»Waren sie allein, oder war noch ein Mann dabei?« Marielle hoffte, dass ihre Stimme nicht verriet, wie besorgt und verzweifelt sie war. »Ein sehr vornehmer Mann vielleicht?«

Mit angehaltenem Atem wartete sie auf seine Antwort.

»Nee. Wir haben gesehen, wie sie ausgestiegen sind und den Strand überquert haben. Die beiden waren allein. Haben mit keinem geredet, sind nicht mal neben anderen gegangen.«

Marielle fiel ein Stein vom Herzen. Zwar bewiesen Garretts Worte keineswegs, dass Lamberte nicht nach England gekommen war, aber es war genug, um sie hoffen zu lassen, dass er sich außer Landes aufhielt.

»Ich frage mich, ob …« Sie suchte nach den richtigen Worten. »Der vornehme Mann, den ich meine, könnte vorher oder nachher gekommen sein. Er ist auffällig. Größer als die meisten, mit dichtem, dunklem Haar.« Jahre nachdem sie ihn zuletzt gesehen hatte, versuchte sie nun, Lamberte zu beschreiben. War er dicker geworden? Hatte er sich das Haar kurz schneiden lassen? »Er trägt sehr gern Röcke von militärischem Schnitt. Vielleicht hat er einen Bart, aber einen, der sorgfältig gepflegt und geschnitten ist. Haben Sie einen solchen Mann auf einem anderen Boot gesehen oder in irgendeinem Dorf oder Wirtshaus?«

»Nee.« Wieder zuckten Garretts Augenbrauen. »Wenn ich ihn sehe, soll ich ihm sagen, dass Sie ihn suchen?«

»Nein.« Das Wort kam ihr allzu schnell über die Lippen. Garrett hob die Brauen. »Aber falls Sie ihn sehen, würde ich es gern wissen. Ich zahle gut dafür.«

Auf einmal blickte er sie anders an. So, als stellte sie ein Risiko dar, das ihm bisher entgangen war. »Wenn ich ihn sehe, sage ich es demjenigen, der die nächste Rolle Bilder bei Ihnen abholt. Das Netzwerk sollte wieder intakt sein, wenn die nächsten fällig sind.«

»In drei Wochen. Monsieur Farmen hat gesagt, dass Sie in Zukunft Engländer benutzen wollen.«

»Wir nehmen, wem wir vertrauen können. Die beiden wurden nicht unseretwegen umgebracht, das weiß ich. Ich glaube nicht, dass noch jemand in Gefahr ist.« Er machte Anstalten, die Haustür zu öffnen, hielt jedoch inne. Er hielt die Drucke hoch. »Geben Sie mir Ihr Wort darauf, dass keine Geheimnisse darauf zu entdecken sind?«

»Keine Geheimnisse. Die Bilder sind das, was sie zu sein scheinen.«

»Das möchte ich auch hoffen. Denn es muss einen Grund dafür geben, dass jemand die beiden umgebracht hat. Wahrscheinlich ging es um Informationen. Mir gefällt der Gedanke nicht, dass ich mit den Bildern vielleicht einer Spionin helfe.«

»Ich bin keine Spionin. Sehe ich etwa so aus?«

Er lachte. »Sie sehen aus wie eine Frau, die so hübsch ist, dass sie mich dazu bringt, Dinge zu tun, von denen mir mein Bauchgefühl abrät.« Er winkte leicht mit der Rolle und verschwand im Haus.

Kendale beobachtete, wie Marielle vor dem Haus mit einem Mann sprach. Das musste Garrett sein, der laut Beechem hier wohnte, wenn er nicht gerade mit einem Boot den Kanal überquerte. Kendale hatte Glück gehabt, dass er diesen Mann aufgespürt hatte und nicht den anderen. Seitdem er gesehen hatte, dass Marielle vor der Tür wartete, hielt er sich in dieser Gasse verborgen.

Das Gespräch schien zu Ende zu sein, denn Marielle trat einen Schritt von der Tür und von dem Mann zurück. Garrett lachte und winkte ihr zum Abschied mit der Papierrolle in seiner Hand. Dann fiel die Tür hinter ihm ins Schloss.

Marielle ging nur wenige Schritte weit, dann blieb sie stehen und verharrte regungslos. Ihren Schal hatte sie eng um sich geschlungen.

Kendale wünschte, er hätte die Blätter genauer sehen können. Handelte es sich um eine weitere Rolle Drucke? Er konnte natürlich nicht sicher sein, ob nicht etwas Verdächtiges auf ihnen zu sehen war. Doch wenigstens wären es dann keine Landkarten oder Briefe oder die Sorte von Informationen, die eine Spionin außer Landes schicken würde.

Schlimmer war, dass sie Garrett bezahlt hatte und nicht umgekehrt. Das deutete darauf hin, dass das, was den Besitzer gewechselt hatte, für Garrett wertlos war. Sie war also keine Quelle für Schmugglerware für ihn. Garrett war ein Packesel, der tat, was sie von ihm verlangte.

Soeben hatten die Indizien gegen Marielle aufgehört, mehrdeutig zu sein.

Er sollte wenigstens Beechem informieren. Und er musste unbedingt das Innenministerium alarmieren. Ein Vertreter des Ministeriums beobachtete die Vorgänge in Dover, hier vor Ort. Wenn er ihm schilderte, was er gerade gesehen hatte, würden sowohl Marielle als auch Garrett innerhalb einer Stunde im Gefängnis einem Verhör unterzogen werden.

Er hatte immer gewusst, was sie war. Nicht ohne Grund hatte er ein ganzes Jahr damit zugebracht, Beweise dafür zu sammeln. Nun verfügte er über genug belastendes Material und konnte sie verhaften lassen. Diese Französin trieb ein doppeltes Spiel, doch sie würde ihre Lügen und Täuschungen nicht weiterführen können. Er hatte gewonnen.

Kendale verspürte keinen Triumph. Sie vor Garretts Haus zu sehen hatte ihn angewidert. Den Austausch von Geld und Dokumenten zu beobachten hatte seinen Verstand und sein Gemüt eher stumpf gemacht, anstatt sie zu schärfen. Nun sah er sie auf einer verlassenen Straße stehen, außer Sichtweite von Garretts Haus, und sie wirkte vollkommen einsam. Sie schien ein Mensch zu sein, der nicht mehr wusste, wohin er gehen sollte. Sie sah verloren aus und äußerst zerbrechlich.

Bilder drängten sich ihm auf, davon, was manchmal getan wurde, um Spione zum Reden zu bringen. Er wusste nicht, ob sie Frauen auf dieselbe Weise Gewalt antaten. Vermutlich, wenn es nötig war. Sein Verstand schreckte davor zurück, sich vorzustellen, wie Marielle solchen Qualen unterworfen wurde. Es war sinnlos, allzu lange darüber nachzudenken. Solche Dinge geschahen im Krieg, wie so vieles, was die Menschlichkeit Lügen strafte.

Endlich bewegte sie sich. Als wäre sie gerade wieder zum Leben erwacht, ging sie mit großen Schritten weiter. Ihr Gesichtsausdruck wirkte entschlossen. Kendale folgte ihr.

Er wünschte, sie wäre nicht hergekommen. Er wünschte, er wäre ihr nicht gefolgt. In den vergangenen Wochen hatte es vieles gegeben, was er sich anders gewünscht hätte. Aber es war nun einmal, wie es war, und alles hatte zu diesem Tag und in diese Gasse geführt. Nun lag seine Pflicht klar zutage, und er konnte nicht so tun, als wäre es anders.

Während sie in das Zentrum von Dover zurückging, machte Marielle im Geiste eine Liste all der Dinge, die sie tun musste.

Garrett hatte Lamberte nicht gesehen, soweit sie es beurteilen konnte. Sie würde zu diesem Schneider gehen und ihn ebenfalls befragen. Dann würde sie Mittel und Wege finden, weitere Leute kennenzulernen und auszufragen, die in den Straßen wohnten, in denen die Franzosen verkehrten. Da sie nun schon einmal so weit gekommen war, würde sie die Umstände zu ihrem Vorteil nutzen.

Auch wenn niemand Lamberte in England gesehen hatte – und sie betete, dass ihm wirklich niemand begegnet war –, wusste vielleicht der eine oder andere etwas über seine jüngsten Aktivitäten und Bestrebungen in Frankreich. Viel Klatsch und Tratsch erreichte England über den Kanal, als trüge der Wind die Worte über das Wasser.

Danach würde sie nach London zurückkehren. Drei Wochen, hatten sowohl Farmen als auch Garrett gesagt. Dann würden die Übergaben planmäßig wiederaufgenommen werden, am üblichen Wochentag und in derselben Gasse wie zuvor. Doch nach allem, was passiert war, würde sie lieber nicht mehr dorthin gehen. Sobald sie wieder zu Hause war, würde sie an Monsieur Farmen schreiben und ihm einen anderen Treffpunkt nennen.

Ihr blieb noch genug Zeit, um weitere Drucke anzufertigen. Ein anderes Motiv war nun in Auftrag gegeben worden. Sie würde schnell arbeiten und es so einrichten, dass sie die Druckerpresse nachts mieten konnte.

Pläne zu schmieden verlieh ihr stets neuen Mut. Das war viel besser, als Lambertes Opfer und vor Angst wie gelähmt zu sein. Sie hatte ihn schon einmal überlistet, und damals war sie noch ein Kind gewesen. Also würde sie es wieder tun, sooft es nötig war.

Sie verspürte ein wenig Erleichterung, ja sogar ein bisschen Freude, und als sie um die nächste Ecke bog, lächelte sie in sich hinein.

Plötzlich kam sie nicht mehr weiter. Keinen einzigen Schritt. Beinahe wäre sie gegen eine Mauer aus sehr feinem blau-weißem Leinen geprallt. Sie blickte auf und in grüne Augen, die in gerechtem Zorn funkelten.

Sie musste nicht fragen, warum er hier war. Sie dachte nicht einmal darüber nach. Irgendwie war er ihr gefolgt. Er hatte sie gerade mit Garrett gesehen. Er glaubte, alles zu wissen und endlich über den Beweis zu verfügen, den er so lange gesucht hatte.

Es war ein Fehler gewesen, zu vergessen, wer er war. *Was* er war und warum er sie verfolgte.

»Lord Kendale! So ein Zufall, Sie hier in Dover zu treffen.« Sie versuchte, ihn kokett anzulächeln. Seine Miene wurde kein bisschen freundlicher.

Sie drehte sich auf dem Absatz um und wollte weglaufen. Sofort war er bei ihr, schloss die Arme um ihren Körper wie eiserne Klammern. Er hob sie hoch, und die Gasse glitt unter ihrem Blick davon, als er sie wegtrug.

Sosehr sie sich auch drehte und wand, sie konnte seinem Griff nicht entkommen. Sie strampelte mit den Beinen, aber das schien ihn überhaupt nicht zu kümmern. Sie stieß einen Schrei aus, doch gleich darauf versiegelte seine Hand ihr den Mund. Sie sah, dass seine Kutsche am Ende der Gasse wartete, und bäumte sich noch heftiger auf, trat um sich und wand sich in seinen Armen.

Sein Kutscher hielt die Tür so seelenruhig auf, als ob Lord Kendale ständig unwillige Frauen in seine Kutsche zerrte. Kendale warf sie hinein und knallte die Tür zu. Sie rappelte sich vom Boden auf, setzte sich auf die Bank und starrte ihm durch das Fenster wütend ins Gesicht.

»Feigling«, fauchte sie und richtete sich auf.

»Versuchen Sie bloß nicht auszusteigen«, warnte er sie.

»*Cochon.*«

»Wenn Sie das tun, binde ich Sie an.«

»Imbécile!«

»Machen Sie mir keine Schwierigkeiten, und ich tue Ihnen nicht weh, versprochen.«

Ihr Kopf wollte zerspringen. »Wollen Sie mich ihnen ausliefern? Bleiben Sie dann da und sehen zu, um sicher zu sein, dass sie auch Wort halten?« Sie wandte sich ab, damit er nicht die Genugtuung bekam, sie weinen zu sehen. »*Hauen Sie ab*, Sie Esel. Versuchen Sie nicht, sich hier drin neben mich zu setzen. Wenn ich die geringste Chance dazu habe, kratze ich Ihnen die Augen aus.«

10

Lord Kendale würde sie nicht nach London zurückbringen. Das wurde ihr klar, als sie am Morgen Halt an einer Postkutschenstation südlich der Stadt machten. Die Kutsche, in der sie zur Küste gefahren war, hatte diese Station nicht angesteuert. Sie fuhren eine andere Route, die sich kurvenreich durch die Landschaft schlängelte.

Kendale ritt neben der Kutsche her. Sie konnte ihn dort draußen sehen, mit geradem Rücken saß er zu Pferde und beherrschte das Tier vollkommen. Er blickte nicht in das Fenster der Kutsche. Kein einziges Mal. Schweigsam und ernst begleitete er den Transport, als wäre sie eine Kriminelle.

Er wartete vor dem Abort, wenn sie ihn benutzte. Er brachte ihr zu essen und wartete, während sie aß. Er ließ sie nicht aus den Augen, doch gleichzeitig weigerte er sich, anzuerkennen, dass sie mehr war als nur Reisegepäck, das zufällig menschliche Bedürfnisse hatte.

»Versprechen Sie mir, Dominique zu sagen, was passiert ist«, sagte Marielle, als sie gegen Mittag wieder einmal anhielten. »Sie macht sich Sorgen. Und die Wahrheit wird sie genauso ängstigen wie die Werke ihrer Fantasie.«

Er nickte nicht einmal. Er nahm ihr nur das Geschirr ab, in dem er ihr etwas Eintopf und Brot gebracht hatte, und wandte sich von ihr ab.

Den Rest des Tages verbrachte sie damit, sich zu überlegen, was sie dem Untersuchungsbeamten erzählen würde, wenn sie das Gefängnis erreicht hatten, in das er sie brachte. Zweifellos würde es ein finsterer Ort sein. Weit weg vom nächsten Dorf oder auch von vereinzelten Bauernhöfen, sodass die Gefangenen sich verirren mussten, wenn sie den Gefängnismauern tatsächlich entkamen.

Vielleicht würde sie alles erklären und ihnen die Wahrheit sagen. Würden sie ihr glauben? Sie ging ihre Geschichte durch auf der Suche nach etwas, was sie beweisen konnte, wenn es überhaupt etwas gab.

Der Vierspänner rollte dahin, und die Landschaft flog geschwind vorbei. In einem solchen Gefährt und mit diesem Begleiter hätte sie auch eine Prinzessin sein können und keine Gefangene, die eines Verbrechens verdächtig war, das mit dem Tode bestraft wurde.

Mitten in der Nacht hielten sie ein weiteres Mal an. Der Kutscher wechselte die Pferde. Diesmal kletterte Kendale in die Kutsche, nachdem sie eingestiegen war. Wortlos saß er ihr gegenüber. Als er sich niederließ, bemerkte sie, dass er seine Hüfte schonte.

»Schmerzt Ihre Wunde?«

»Sie rebelliert, wenn ich so lange reite. Und jetzt schlafen Sie. Ich werde Sie nicht belästigen.«

Sie hatte ohnehin nicht damit gerechnet, dass er sie belästigen oder sich auch nur mit ihr abgeben würde. »Ich hätte an Ihre Verletzung denken und Sie gleich in der Kutsche mitfahren lassen sollen.«

»Ihre Vorlieben spielen hier keine Rolle. Ich selbst hatte beschlossen, nicht mit Ihnen zu fahren. Und jetzt schlafen Sie, Marielle.«

Sei still! Rede nicht mit mir! Ich will deiner nicht gewahr werden. Er benahm sich, als hätte sie ihn betrogen. Als hätte er einen Grund, sich noch anderweitig verletzt zu fühlen und von ihr enttäuscht zu sein. Aber sie hatte keine Ahnung, warum.

Dennoch schlief sie ein. Als sie schlagartig aufwachte, schien über ihr die Sonne, und Äste bildeten vor dem Fenster eine Laube. Lord Kendale saß nicht mehr in der Kutsche.

Sie spähte hinaus und sah ihn inmitten von fünf Hunden und drei Männern stehen. Die Hunde starrten ihn an, als wäre er ein Gott, der zur Erde herabgestiegen war. Die Männer musterten die Kutsche.

Hinter ihnen mündete der Weg in eine breite Zufahrt, die sich zu einem Wendekreis ausdehnte. Ein sehr großes Haus ragte dahinter auf. Die unterbrochene Dachlinie verriet, dass es im Laufe der Jahre vergrößert worden war. Sie schätzte das Haus als sehr alt ein. Es erinnerte sie ein wenig an die Châteaus, die Herrensitze in Frankreich.

Kendale merkte, dass die Männer abgelenkt waren und seinen Worten nur mit halbem Ohr lauschten. Er drehte sich um und sah Marielle am Fenster der Kutsche. Mit den Hunden im Gefolge näherte er sich und öffnete die Tür. Hundenasen beschnüffelten sie. Er rief die Tiere zurück, und sie trotteten gehorsam von dannen.

Er reichte ihr die Hand zum Aussteigen.

»Wo sind wir?«

»Das hier ist Ravenswood Park. Das Anwesen meiner Familie. Ich habe Sie hergebracht, und hier werden Sie bleiben, bis ich entschieden habe, was mit Ihnen geschehen soll.«

»Und wo liegt Ravenswood Park?«

»Zu weit weg vom Rest der Welt, als dass Sie weglaufen könnten. Und jetzt kommen Sie mit. Wir wollen versuchen, es Ihnen so bequem wie möglich zu machen.«

Sie folgte ihm zum Haus. Die Hunde folgten ihr. Die drei Männer wiederum folgten den Hunden. Prüfend betrachtete sie die Fassade des großen Hauses, als sie näher kamen.

Wenn das ihr Gefängnis war, hätte sie es weitaus schlechter treffen können.

»Wo sollen wir sie unterbringen, Sir?« Angus stellte diese Frage, während er versuchte, sich wie ein Kammerdiener zu benehmen. Mr Pottsward würde nicht vor morgen eintreffen, also würden sie sich eben behelfen müssen.

Das Problem war, dass der junge, schöne Angus kein Kammerdiener *war*. Er war ein junger schottischer Schwertkämpfer, der genau wusste, wie er seine Größe und seine Körperkraft zu seinem Vorteil nutzen konnte. Er war im Grunde genommen recht intelligent, aber wenn es um Frauen ging, besaß er nicht mehr Einfühlungsvermögen als sein Herr. Kendale mochte ihn sehr.

»Bring sie fürs Erste in einem Zimmer in diesem Stockwerk unter, damit sie nicht von dem Lärm gestört wird, den deine Kameraden machen. Du wirst schon ein passendes finden«, sagte er und zog sich die Oberbekleidung aus.

Angus goss warmes Wasser in die Waschschüssel. »Ein paar Räume sind halbwegs sauber, wenn das mit passend gemeint ist.«

»Dann steck sie in eines davon. Wenn Mr Pottward kommt, wird er alles Weitere veranlassen, falls das nötig sein sollte.«

Angus nahm das Rasiermesser in die Hand und schärfte es am Schleifstein. »Aber wer soll sich um sie kümmern? Es sind keine Frauen hier. Ich schätze, Old Pete kann …«

»Zum Teufel, woher soll ich wissen, wer sich um sie kümmert? Soll sie es doch selbst tun, bis wir eine Frau holen können, die das übernimmt. Ich muss mich auch oft genug um mich selbst kümmern.« Um seinen Worten Nachdruck zu verleihen, nahm er Angus das Rasiermesser ab und beugte sich zum Spiegel vor.

Ohne ein Wort zu sagen, war es Marielle gelungen, den ganzen Haushalt auf den Kopf zu stellen. Es war ein Fehler gewesen, sie herzubringen. Doch als sie sich London genähert hatten, hatte er sich eingestehen müssen, dass er es nicht über sich brachte, sie jenen Leuten auszuliefern, die sich mit Spionen beschäftigten. Unter deren Händen starben manchmal Menschen. Und nur deshalb hatte er sich entschlossen, Marielle hierher zu bringen.

In seiner Londoner Wohnung konnte er Marielle auf keinen Fall beherbergen. Und nach allem, was er gesehen hatte, verbot es ihm sein Ehrgefühl, sie ihrer Wege gehen zu lassen, ohne dass man sie im Auge behielt. Also würde sie hierbleiben, bis er seine Gedanken geordnet und endlich jenes längst fällige Gespräch mit ihr geführt hatte.

Und sollte er danach zu dem Schluss kommen, dass seine schlimmsten Befürchtungen wahr waren, dann …

Er schabte sich die harten Bartstoppeln von Gesicht und Hals. Angus stand da, wie es von einem Kammerdiener erwartet wurde, und hielt ein Tuch bereit. Aus dem Augenwinkel sah Kendale, dass der junge Mann die Stirn runzelte.

»Was ist los?«, fragte er, während er die Klinge seinen Hals entlanggleiten ließ.

»Nichts. Eigentlich nichts. Nur, uns allen ist nicht entgangen, dass … dass sie Französin ist. Wir haben sie sprechen gehört, draußen vor dem Haus. Nicht sehr Französisch, aber eben doch Französisch.«

»Wie meinst du das, nicht sehr Französisch? Entweder sie spricht Französisch oder sie tut es nicht.«

»Ich meine, man kann sie verstehen, nicht so wie manche von ihnen, die durch die Nase sprechen. Völlig unverständlich reden die.«

»So unverständlich wie du mit deinem heftigen Akzent?«

Angus errötete. »Ist ganz was anderes. Ich bin Schotte. Sie ist Französin.«

»Aber eben nicht zu sehr.«

Angus nickte. »Als hätte sie sich sehr angestrengt, ihren Akzent loszuwerden. Er ist kaum zu hören. Schätze, mit der Zeit könnte man sogar vergessen, dass sie Französin ist.«

Kendale legte das Rasiermesser weg, nahm das Tuch und wischte die Seife ab. »Könnte man, aber ich werde es nicht vergessen. Ich vergesse niemals, dass Franzosen Franzosen sind. Falls du dir Sorgen machst, dass sie etwas über unsere Mission erfährt und es anderen Emigranten aus Frankreich zuträgt oder zurück nach …«

»Nein. Natürlich nicht, Sir. Niemand hier wird irgendetwas verraten, und es gibt hier nichts zu sehen, worüber sich zu reden lohnt. Nur dass sie sich eben große Mühe gegeben hat, nicht französisch zu klingen. Ich habe mal versucht, weniger schottisch zu reden, aber mein Gehirn konnte sich einfach nicht an diese merkwürdigen Laute gewöhnen.«

»Hol mir frisches Wasser. Ich muss mich waschen.«

»Hier ist noch welches.« Angus tat mit dem dreckigen Rasierwasser etwas, was sich kein Kammerdiener jemals erlauben würde. Er trug die Schüssel zum Fenster und schüttete den Inhalt hinaus. »Ich nehme an, sie will sich auch waschen. Oder baden. Soll ich den anderen sagen, dass sie Wasser heiß machen und es ihr aufs Zimmer bringen sollen?« Er goss sauberes Wasser in die Schüssel.

Das Bild der nackten Marielle drängte sich Kendale auf. Sie stieg in eine Badewanne aus Metall, die vor einem Kamin stand. Blass, zart, rank und schlank hielt sie auf einem Fuß das Gleichgewicht, während sie mit dem anderen die Wärme des Wassers überprüfte. Sie stieg mit einem Bein in das Wasser, beugte sich über die Wanne und hielt sich daran fest, dann schwang sie das andere Bein über den Rand. Das Haar fiel ihr vor das Gesicht und enthüllte die elegante, erotische Linie ihres Rückens und ihres Pos.

Er schüttelte die Fantasie ab und nahm die Seife, um sich den Staub von der Reise abzuwaschen. »Beauftrage Old Pete damit, wie du vorgeschlagen hast. Sag ihm, er soll sie in das Zimmer mit der blauen Bettwäsche bringen. Er soll ihr anbieten, ein Bad zu nehmen, und ansonsten ihren Anweisungen folgen. Dann sag dem Koch, dass er für heute Abend etwas Anständiges zubereiten soll.«

Angus nickte und begab sich zur Tür. »Es ist merkwürdig, eine Frau hierzuhaben.«

»Keine Sorge, es wird nicht lange dauern.«

Lächelnd erwiderte Angus seinen Blick. »Ich meine ja nicht, dass es merkwürdig im Sinne von schlecht ist, Sir.«

Es gab keine Frauen in diesem Haus. Keine einzige.

Das wurde Marielle klar, als ein alter Mann, der sich als Old Pete vorstellte, zu ihr kam und sie die Treppe hinaufbegleitete. Kein Wunder, dass sie so lange hatte warten müssen, bis er ihr ihre Gefängniszelle zeigte. Wahrscheinlich hatten all diese Männer eine ganze Stunde mit Diskussionen darüber verbracht, wie sie mit ihrer Anwesenheit umgehen sollten.

Old Pete fing an, aus einem Ankleidezimmer eine Badewanne in das Gemach zu rollen, das er für sie ausgewählt hatte. »Mein Herr sagt, ich soll Ihnen Badewasser bringen. Es wird etwas dauern, bis es heiß ist. Er sagte, es würde Ihnen nichts ausmachen, sich um den Rest selbst zu kümmern.«

»Wenn es keine weiblichen Bediensteten gibt, werde ich mich natürlich selbst um alles kümmern.«

Er grinste und entblößte drei fehlende Zähne. »Für Mylord sind Frauen ein Ärgernis. Als er zurückkam, hat er alle, die noch hier waren, fortgeschickt. Die letzte ist vor ein paar Monaten gegangen. Offenbar hat die Haushälterin ihm ständig gesagt, was er zu tun hat und was nicht. Und die Zofe seiner Mutter hat sich dauernd über uns Männer beschwert, die er hergebracht hat, damit wir ihm dienen. Also hat er sie eine nach der anderen ausgezahlt und weggeschickt. Natürlich gibt es auf dem Anwesen noch ein paar Frauen. Die Ehefrauen der Bauern, ein paar Milchmädchen und so was.«

»Es ist großzügig von ihm, dass er ihnen zu bleiben erlaubt, anstatt darauf zu bestehen, dass all seine Pächter das mönchische Leben führen, dass er selbst gewählt hat.«

»Mönchisch?« Old Pete wirkte verdutzt, dann lachte er. »Oh, verstehe. Sie belieben zu spaßen, Miss. Keiner von uns lebt wie ein Mönch, Miss. Es ist eher eine Kaserne als ein Kloster.«

In den wesentlichen Merkmalen konnte sie zwischen beidem keine großen Unterschiede erkennen. Außer vielleicht, dass Mönche – zumindest die guten unter ihnen – nichts von Frauen wussten, zumindest keine fleischliche Kenntnis von ihnen hatten. Soldaten hingegen …

Vielleicht brachten sie hin und wieder Huren mit hierher, damit diese Soldaten sich mit ihnen vergnügen und sich hinterher besser auf ihre Pflichten konzentrieren konnten.

Nachdem Old Pete gegangen war, nahm Marielle ihr Quartier genauer unter die Lupe. Sie fing mit dem Fenster an und musste erkennen, wie schwer es sein würde, von hier zu verschwinden. Sehr schwer. Sie schaute auf den Hang eines Hügels hinab, ein Ausstieg aus diesem Fenster würde mit einem ordentlichen Sturz enden, bei dem sie sich schlimm verletzen konnte. Sie würde sich etwas anderes überlegen müssen. Denn lange konnte sie hier nicht bleiben, das war klar.

Der Rest des Zimmers wirkte durchaus bequem. Sehr sogar. Es war größer als ihr eigenes in London und zudem mit guten

Möbeln und hochwertigen Bildern viel besser ausgestattet. Das Bett fühlte sich an wie neu, unbenutzt und sehr weich. Obwohl sie es Kendale verübelte, dass er sie entführt hatte, empfand sie doch eine gewisse Dankbarkeit, weil sie heute Nacht nicht in irgendeinem Verlies auf einer Strohmatte schlafen musste. Vermutlich gab es in diesem Haus eine Kerkerzelle, falls er zu dem Schluss kam, dass er sie benutzen musste.

Das dampfend heiße Wasser wurde in großen Eimern von einer Parade von Männern gebracht. Sie stellten eine bunte Mischung ihres Geschlechts dar, als sie nacheinander Wasser in die Wanne gossen, sich verbeugten und das Zimmer verließen. Außer Old Pete hatten sie alle einen Körperbau, der Marielle an den Kendales erinnerte. Dem Aussehen der Männer nach zu urteilen, handelte es sich hier tatsächlich um eine Art Kaserne.

Sie hielt Old Pete zurück, als er wie alle anderen das Zimmer verlassen wollte. »Werde ich meine Mahlzeiten hier einnehmen?«

»Das weiß ich nicht.«

»Wenn nicht … wenn ich hinuntergehen und mit Lord Kendale essen muss, sorgen Sie bitte dafür, dass ich es eine Stunde vorher erfahre.«

»Mein Herr sagt, wir sollen tun, was Sie wünschen, und wenn Sie eine Stunde früher gerufen werden wollen, dann soll es so sein.«

Hinter ihm verriegelte sie die Tür und legte rasch ihre Kleider ab, begierig, in das heiße Wasser einzutauchen. Es würde himmlisch sein. Köstlich. Und heute Nacht würde sie in diesem weichen Bett mit den teuren Laken und Decken schlafen.

Bei einem solchen Gefängnis würde jede Frau sich wünschen, dass Lord Kendale sie niemals freiließ.

Nach dem Verhalten, das Kendale auf der Fahrt zu diesem Haus an den Tag gelegt hatte, rechnete Marielle damit, dass sie auf ihrem Zimmer essen würde. Sie schob sogar einen kleinen Tisch an das Fenster, um vorbereitet zu sein, wenn ihr das Tablett gebracht würde.

Stattdessen kam Old Pete und teilte ihr mit, dass sein Herr sie in einer Stunde unten erwarte. Zur vereinbarten Zeit legte sie sich ihren Schal um und stieg die Stufen hinab. Sie wünschte, er hätte kein gemeinsames Abendessen beschlossen. Wenn er so streng und unnahbar blieb wie bisher, standen ihr ein oder zwei unangenehme Stunden bevor. Wenn er hingegen zu reden beschließen sollte, würde er ihr vermutlich Dinge sagen, die sie nicht hören wollte.

Als sie eintrat, saß er bereits am Esstisch. Er erhob sich und wartete, bis sie ihm gegenüber Platz genommen hatte. Es war ein sehr großer Tisch. Der Abstand zwischen ihnen war erheblich größer als damals beim Essen in seiner Wohnung. Sie fragte sich, ob er dasselbe dachte, als er sie anblickte. Wie förmlich hier noch dazu alles war. Der adlige Herr saß nun in seinem Schloss, und seine Macht war nicht zu übersehen.

»Old Pete hat gesagt, Sie hätten ihren Leuten aufgetragen, zu tun, was ich wünsche«, sagte sie, als sie mit der Suppe fertig waren. »Und ich wünsche, dass sie mich nach London zurückbringen.«

»Sie werden Ihre Wünsche *hier* erfüllen.«

»Dann sage ich es Ihnen, nicht Ihren Männern. Ich will zurück nach London.«

»Meinen Männern dürfen Sie Vorschriften machen, mir nicht.«

Sein Ton duldete keine Widerrede. Und darum schwieg sie, während sie etwas Fisch aßen, den ein bärenstarker junger Mann mit blondem Haar servierte. Er sah aus, als sollte er lieber eine Streitaxt schwingen und statt seiner Röcke Tierfelle tragen. Was für ein merkwürdiger Haushalt!

»Ich habe nichts bei mir«, sagte sie nach langem Schweigen. »Nicht einmal einen Kamm. Alles, was ich nach Dover mitgenommen hatte, ist in dem Gasthaus geblieben, in dem ich gewohnt habe, bevor Sie mich entführt haben.«

Der junge Diener blickte Kendale an. Der gab ihm mit einer Geste zu verstehen, dass er sich zurückziehen sollte. Nachdem er gegangen war, richtete ihr Gastgeber seine ganze Aufmerksamkeit auf sie. »Beschuldigen Sie mich nicht vor meinen Leuten, Sie entführt zu haben.«

»Wie soll ich es denn sonst nennen?«

»Festgenommen.«

Sie war verblüfft. »Sie haben mich festgenommen? Mit welcher Befugnis?«

»Mit der Befugnis, dass ich ein britischer Bürger bin, ein Mitglied des Oberhauses und ein Vertrauter und Verbündeter der Vertreter des Innenministeriums, die die Ostküste überwachen. Sie sind hier und nicht bei ihnen, weil ich mir keinen Fehler erlauben will, falls es eine andere Erklärung für Ihr Verhalten gibt als die offensichtliche. Also freuen Sie sich über den Aufschub, und beleidigen Sie mich nicht vor meinen Leuten.«

Sie aß ein wenig von dem Rindfleisch, das der Diener serviert hatte, bevor er hinausgeschickt worden war. Sie wartete, bis Kendales schlechte Laune sich wenigstens ein bisschen gebessert hatte.

»Und trotzdem habe ich nichts bei mir«, sagte sie.

»Wir werden Ihnen einen Kamm besorgen und was Sie sonst noch brauchen.«

»Ich habe keine Kleider, Lord Kendale.«

»Dann wickeln Sie sich eben in eine Decke«, bellte er. »Das haben Sie vorher auch schon gemacht.«

Wieder eine Anspielung auf jenen Tag in seiner Wohnung. Die Erinnerung ließ ihn unfreundlicher werden, nicht freundlicher.

»Wenn Sie an Dominique schreiben, kommt sie her und bringt mir Kleider und dergleichen.«

»Ist sie in jeder Lage Ihre Verbündete? Sollte sie vielleicht mit Ihnen hier sein?«

Schockiert verstand sie, was er damit sagen wollte. »Sie sollen Sie nicht festnehmen, wenn es das ist, was Sie meinen. Werden Sie nicht noch grausamer und schrecklicher, als Sie es bereits sind.«

Wütend starrte er sie an, dann aß er weiter. Als er die Gabel abgelegt hatte, lehnte er sich auf dem Stuhl zurück. »Ich habe ihr bereits geschrieben und sie darüber in Kenntnis gesetzt, dass Sie in Sicherheit sind, wie Sie es bei der Ankunft verlangt haben. Ich habe auch dafür gesorgt, dass sie Ihnen ein paar Dinge schickt, grausam und schrecklich, wie ich eben bin.«

Sie bedauerte, ihn gekränkt zu haben, vor allem, weil er an ihre Bequemlichkeit gedacht hatte, noch bevor sie ihn darum gebeten hatte. Auch dass sie noch etwas anderes gesagt hatte, bedauerte sie, denn es hatte ihn abweisend und schroff gemacht. Zu erkennen, wie groß ihre Verletzbarkeit war, überwältigte Marielle, und nur mit Mühe wahrte sie die Fassung.

»Ich bitte um Entschuldigung. In meiner Lage ist es nicht leicht, ruhig und entspannt zu sein. Sie haben mich hierher gezerrt, um mir nun zu sagen, dass ich unter Arrest stehe. Ich müsste ein Dummkopf sein, wenn ich keine Angst hätte und unbesorgt wäre wegen der Entscheidungen, die Sie vermutlich treffen werden.«

Die Strenge wich aus seinem Gesicht. Plötzlich betrachtete er sie mit anderen Augen. Das Licht darin erinnerte nicht an die Funken eines Zündsteins, sondern es wirkte wärmer, wie sie es zuvor schon bei ihm gesehen hatte. In seiner Wohnung. Und auch in Brighton. In einem Garten in London. Er musterte sie so intensiv, dass es ihr den Atem verschlug. Die Verlockungen der Lust und des Verlangens schlugen sehr schnell eine Brücke zwischen ihnen und schufen ein aufregendes, ursprüngliches Gewahrsein.

Sie erwartete, dass er sich erheben, zu ihr kommen und sie in eine raue Umarmung ziehen würde. Stattdessen beugte er sich vor und hielt ihrem Blick lange stand. »Gehen Sie jetzt nach oben. Bleiben Sie dort bis zum Morgen. Wenn Sie ein Buch aus der Bibliothek wollen, holen Sie es sich, aber wandern Sie heute Nacht nicht im Haus herum. Und versuchen Sie nicht, wegzulaufen. Die Türen werden die ganze Nacht lang bewacht.«

Marielle erhob sich. »Ich gebe Ihnen mein Wort, ich werde nicht versuchen wegzulaufen. Sie können Ihren Männer erlauben zu schlafen.«

»Danke. Aber woher soll ich wissen, dass Ihr Wort auch nur einen Penny wert ist? Bisher deutet alles darauf hin, dass das meiste an Ihnen eine Lüge ist.«

11

In jener Nacht verbrachte Kendale Stunden damit, seines inneren Chaos aus Zorn, Verlangen und Erbitterung Herr zu werden. Einen einzigen vernünftigen Gedanken vermochte er noch zu fassen: Die Ehre verlangte, dass er die Wahrheit über Marielle herausfand. Und wenn seine schlimmsten Befürchtungen sich bewahrheiteten, musste er die Frau sehr bald loswerden.

Der andere Gedanke, der ihm noch gelang, begann mit einem Fluch und endete mit der Raserei, eine Frau zu begehren, die er nicht haben durfte. Nie zuvor in seinem Leben war sein Urteilsvermögen so getrübt gewesen, und er verfluchte sich selbst, weil er ihr gegenüber so schwach war. Er hätte die Kutsche heute geradewegs nach London schicken sollen, anstatt sich einzureden, er müsse die Wahrheit erfahren, bevor er diese Frau ihrem Schicksal überließ. Ihr Gesichtsausdruck hatte ihn weich werden lassen. Genau wie ihre Angst. Und dann hatte sein Begehren für ihn die Entscheidung getroffen.

Auch war die Entschlossenheit, die er während der Fahrt wiedergewonnen hatte, nicht von langer Dauer gewesen. Kaum dass er sie heute Abend über den Tisch hinweg angesehen hatte, weckten ihre traurigen Augen schon den Wunsch in ihm, sie zu trösten, zu küssen und zu streicheln.

Oh ja, er war wirklich ein fantastischer Soldat. Ein Schniefen ihrer hübschen Nase, und er ließ all das stehen und liegen, was wirklich wichtig war.

Ruhelos lief er in seinen Gemächern auf und ab. Er war angespannt, und er brauchte Bewegung, um der Wirkung Herr zu werden, die Marielle auf ihn hatte. Das einzig Gute, wenn er es so nennen konnte, war, dass er im Laufe dieses Abends endlich einen Teil der Katastrophe verstanden hatte, die sich in Frankreich abgespielt hatte.

Er hatte nie verstanden, warum sein Freund Feversham sich so schnell dazu hatte verführen lassen, Jeannette sein Vertrauen zu schenken. Feversham besaß ein gesundes Urteilsvermögen. Er war ein verdammtes Bollwerk der Vernunft. Alle waren seinem Hinweis gefolgt, der auf Jeannettes Informationen beruht hatte und der die Stellung französischer Truppen um Toulon betraf. Feversham gehörte nicht zu den Männern, die sich von einem hübschen Gesicht den Kopf verdrehen ließen.

Jeannette allerdings hatte ein außergewöhnlich schönes Gesicht und eine Art, sich zu geben, die aus Männern Narren machte. Sogar Feversham entpuppte sich als solcher. Wirklich alle. Eine ganze Truppe hatte an jenem Abend den gesunden Menschenverstand vergessen und geglaubt, was Feversham glauben wollte.

Etwas Ähnliches war heute Abend im Speisezimmer geschehen. Noch eine Minute länger, und er hätte alles geglaubt, was er glauben sollte.

Kendale öffnete ein Fenster und blickte hinunter auf die Außenanlagen. Ein umfriedeter Garten erstreckte sich einen Morgen weit bis zu den Wäldern und den Bauernhöfen, die dahinterlagen. Die kühle Luft, die ihm über Brust und Gesicht strich, erfrischte ihn. Mit etwas Glück würde sie auch die höllische Erregung mildern, die ihn wie ein Tier im Käfig auf und ab laufen ließ. Wenn er jeden Gedanken an Marielle vermied, die in ihrem Bett am Ende des Korridors schlief, würde er vielleicht sogar schlafen können.

Ein entferntes Geräusch drang an seine Ohren. Er trat ans offene Fenster und lauschte. Stimmen. Dann Stille.

Erneut blickte er hinaus. Im Garten bewegte sich etwas. Marielle. Sie musste es sein. Männer bewegten sich nicht so lautlos. Das Mondlicht beschien ihr Haar und setzte sanfte goldene Lichter darauf. Sie durchquerte den Garten bis zu dessen Ende, wahrscheinlich in der Hoffnung, dort ein Tor zu finden.

Verdammt! Er hatte den Männern befohlen, dafür zu sorgen, dass sie das Haus nicht verließ. Er zog sein Hemd an und verließ mit großen Schritten seine Gemächer. Das würde denjenigen, der die Gartentore bewachen sollte, teuer zu stehen kommen.

Er lief bis zur Rückseite des Hauses und überprüfte zunächst die Türen des Wohnzimmers, von dem aus man auf die Terrasse gelangte. Eine davon wurde von einer großen Gestalt verdunkelt. Er ging darauf zu und klopfte Angus auf die Schulter.

Erschrocken fuhr der Schotte herum, bereit zum Kampf. Als er sah, wer sich zu ihm gesellt hatte, entspannte er sich wieder. »Sie sind noch wach, Sir?«

»Ja. Was beobachtest du dort draußen?«

»Nichts Besonderes.« Angus trat von einem Fuß auf den anderen, dann stellte er sich breitbeinig hin und verschränkte die Arme vor der Brust.

»Ich habe gesagt, sie soll das Haus nicht verlassen.«

»Das stimmt, Sir. Aber sie hat gesagt, sie wird gleich ohnmächtig, und sie braucht Luft, und der Garten hat schließlich eine Mauer, stimmt's? Unwahrscheinlich, dass sie darüberklettern kann.«

Wenn Marielle beschloss, über eine drei Meter hohe Mauer zu klettern, würde ihr das gelingen, daran zweifelte Kendale keine Sekunde.

»Du musst lernen, Befehle zu befolgen, auch wenn eine hübsche Frau behauptet, an die Luft gehen zu müssen.«

»Ja, Sir. Ich weiß, Sir. Ich gehe und hole sie.« Angus griff nach dem Türriegel.

»Nein, ich gehe. Schlaf du ein wenig.«

»Sind Sie sicher, Sir? Vielleicht versucht sie es wieder, wenn …«

»Sie wird nicht noch einmal versuchen, das Haus zu verlassen. Geh!«

Angus gehorchte. Kendale zog den Riegel zurück und trat hinaus in die kühle Nacht. Zu kühl für sie, selbst mit diesem Schal.

Er folgte dem Hauptweg, lauschte und blickte sich um. Kein Wind störte die Stille der Nacht. Der Halbmond verlieh den Büschen und Bäumen undeutliche Umrisse, die dunkle Schatten warfen.

Einer dieser Schatten atmete. Weiter vorn, auf der rechten Seite, saß Marielle auf einer Bank unter dem dichten Gewirr der kahlen Äste einer jungen Ulme, die sich wie ein Schirm über ihr aufspannten. Er kam näher, bis er sie deutlich sehen konnte. Die Bank stand inmitten eines Sees von Efeu, der sich üppig um den Baum herumrankte.

»Geben Sie nicht der Wache die Schuld, die Sie an die Tür gestellt haben«, sagte sie. »Er ist jung und lässt sich leicht schmeicheln.«

»Er ist nicht jünger als Sie.« Kendale hatte keine Ahnung, wie jung oder alt sie war. Sie besaß eine Reife, die diese Frage sinnlos erscheinen ließ. Und doch ertappte er sich dabei, dass er im Geiste Überlegungen mit dem wenigen anstellte, was er über ihre Flucht aus Frankreich und ihre Verluste während der Terrorherrschaft erfahren hatte. Anfang zwanzig?

»Er wollte nur freundlich sein. Ich habe ihm gesagt, dass ich mich einer Ohnmacht nahe fühlte.«

»War es so?«

»Nein. Ich habe gelogen.«

»Es muss Sie enttäuscht haben zu sehen, dass es auf der Rückseite kein Tor gibt.«

»Oh, wirklich nicht? Das ist ja merkwürdig. Aber ich habe gar nicht danach gesucht. Ich habe Ihnen gesagt, dass ich nicht versuchen würde zu entkommen. Und das war *nicht* gelogen.«

Er stapfte durch den Efeu und setzte sich auf die Bank. Sie benutzte eine Decke als Schal. Vom Hals bis zu den Fesseln hatte sie sich darin eingewickelt.

»Sie haben keinen Rock an«, sagte sie.

»Nun, Sie haben schon Schlimmeres gesehen.« Sie könnten wieder dort sein, in seinem Zimmer, beide nur dürftig bekleidet, er in einem Morgenrock, sie nackt unter einer Decke. Er neigte den Kopf zur Seite und sah nach, ob der Saum ihres Kleides zu sehen war. Ein Stückchen weißen Stoffs blitzte hervor.

Seite an Seite blickten sie in die Nacht hinaus. Die Stille war voller Botschaften, die keine Worte brauchten. Es war, als hätte sich eine große Schlinge um sie gelegt, die nun zusammengezogen wurde, fest und immer fester, bis er ihre Anwesenheit deutlicher spürte, als wenn sie sich berührt hätten.

»Wer sind Sie?«, fragte er. »Was sind Sie?«

»Sie wissen, wer ich bin. Und was ich bin … eine Spionin jedenfalls nicht.«

Er wollte ihr glauben. Wie sie dort dicht neben ihm saß, das zarte Profil sanft vom Mondlicht beschienen, hätte er es beinahe getan. Doch sie log, sobald es ihr zupasskam. Sie gab sogar zu, dass sie log.

»Was war das, was Sie heute diesem Garrett überreicht haben?«

Sie wippte mit den Füßen, die nach und nach unter der Decke auftauchten. »Kupferstiche. Sie werden in London hergestellt, und dann lasse ich sie durch Männer wie ihn hinüberbringen.«

»Sie zahlen dafür, dass Kupferstiche nach Frankreich gebracht werden? Das ist ein seltsames Geschäft. Kein Profit, nur Verlust.«

Sie lachte. »Es ist ein ganz besonderes Geschäft. Das kann ich nicht leugnen.« Sie drehte den Kopf und blickte ihn an. »Die Stiche dienen dazu, andere zu Ermittlungen wegen Verbrechen gegen das Volk zu ermutigen. Die neue Ordnung in Frankreich ist mit sehr viel Blutvergießen entstanden, aber das Land darf nicht gesetzlos werden. Frankreich hat das nicht verdient. Und seine Menschen auch nicht.«

»Benutzen Sie diese Stiche, um Leute zu denunzieren?«

»Wir hoffen, dass sie Dritte dazu bringen, wegen gewisser Verbrechen zu ermitteln, das ist alles.«

Er dachte an die Bilder, die er in jener Gasse in London gerettet hatte.

»Das könnte gefährlich werden«, sagte er. »Für den Kupferstecher, für den Drucker und auch für Sie.«

»Nicht besonders.«

»Immerhin wären Sie deswegen in dieser Gasse beinahe getötet worden.« Er wusste nun, dass die Männer sie tatsächlich umgebracht hätten. Jetzt kannte er den Grund dafür. Falls sie die Wahrheit gesagt hatte.

In diesem Augenblick glaubte er ihr. Morgen, wenn er ihren Duft nicht mehr wahrnehmen würde, sein Blut nicht mehr kochen und die köstliche Qual der Lust seinen Körper und seine Seele nicht mehr peinigen würden, mochte er vielleicht zu dem Schluss kommen, dass dies hier eine weitere Lüge war, ein weiterer Zug im raffinierten Spiel einer erfahrenen Spionin.

»Sie müssen mir nicht glauben«, sagte sie, als hätte sie seine Gedanken gelesen. »Um Vertrauen wird in Freundschaften viel zu viel Aufhebens gemacht. Wir können niemals wirklich wissen, wer und was ein anderer Mensch ist. Auch wenn Sie sich nicht verstellen, bleibt trotzdem vieles von dem, was Sie sind, für andere Menschen ein Geheimnis.«

»Das bezweifle ich.«

»Aber es ist wahr.«

Dieser Gedanke war seltsam. Vielleicht glaubte sie, ihm damit zu schmeicheln, genauso, wie es ihr gelungen war, den jungen Angus zu umgarnen.

»Zum Beispiel«, sagte sie, »ist es mir ein Rätsel, warum Sie schon so lange hier sitzen und noch kein einziges Mal versucht haben, mich zu küssen. Glauben Sie, es täte Ihrer Ehre Abbruch? Oder meiner?«

»So edel sind meine Motive nicht.« Wer log hier eigentlich? Und dennoch, sie saß so nahe neben ihm, dass er sie atmen hörte, und Ehre spielte plötzlich keine Rolle mehr für ihn. »Ich bin nicht daran interessiert, Sie nur zu küssen. Ich wünsche mir weit mehr als das.«

»Oh. Verstehe.«

»Das können Sie mir nicht vorwerfen. Diese Idee haben Sie mir selbst in den Kopf gesetzt.«

Leise lachend antwortete sie: »Nun sind Sie es, der lügt. Den Gedanken hatten Sie schon, bevor wir jemals miteinander gesprochen haben. Schon seit Monaten geistert er in Ihrem Kopf herum. Und anderswo.«

»Das glauben Sie wirklich, stimmt's?«

»*Oui, m'sieur.* Eine Frau spürt so etwas.« Sie beugte sich vor, bis sie ihm direkt in die Augen blickte. »Vielleicht ist es gut, dass Sie beschlossen haben, nicht allzu edel zu sein. Dann muss ich nicht das Gefühl haben, einen Heiligen zu verderben, wenn ich das hier tue.« Sie küsste ihn flüchtig. »Oder das hier.« Sie berührte sein Gesicht mit einer Hand und küsste ihn noch einmal.

Der erste Kuss lockerte die Fesseln, die sein Verlangen zurückhielten. Der zweite öffnete ihm Tür und Tor.

Und dann ergriff die Begierde von ihm Besitz, roh, unverstellt und unaufhaltsam. Er hoffte, dass sie ihn zu mehr als ein paar Küssen ermutigen wollte. Denn wenn sie ihn jetzt zurückwies, würde er den Verstand verlieren.

Er hielt ihr Gesicht in den Händen und küsste sie heftig, ergriff voller Verlangen Besitz von ihrem Mund, stellte sich vor, wie er auch ihren Körper erobern würde. Sie leistete keinen Widerstand, sondern ließ den Kopf in den Nacken sinken und seufzte.

Und dann waren ihre Hände auf ihm, auf seiner Brust, unter dem Hemd. Ungeschickt knöpfte sie es auf, während sie sich küssten, und bahnte sich mit schlanken Fingern ihren Weg. Als der Stoff auseinanderklaffte, unterbrach sie den Kuss, presste die Lippen auf seine Brust und leckte heiße Pfade auf seine Haut.

Sie blickte ihn an, und ihr warmer Atem strömte über ihn und in ihn hinein.

»Dir ist kalt«, sagte sie. »Komm.« Sie öffnete die Decke und zog ihn an sich.

Kendale spürte die Kälte nicht. Nie wieder würde ihm kalt sein. Unter der Decke drückte er sich an sie. Er spürte ihren Körper an seinem und streichelte sie durch den dünnen Stoff ihres Kleides. Unter dem Kleid war kein Korsett zu fühlen. Überhaupt nichts dergleichen. Erneut küsste er sie auf Mund und Nacken, auf die zarte Haut ihrer Brust, während er sich ungeduldig an der Schnürung ihres Kleides zu schaffen machte.

Er fühlte sich gut. Stark, entschlossen und selbstsicher behandelte er sie wie der Mann, der er war: ein Mann, der keinen falschen Schmeicheleien und schönen Worten aufsaß, ein Mann, der zum Befehlen geboren war und dazu, Entscheidungen zu fällen. Er sorgte dafür, dass sie sich jung, klein und zerbrechlich fühlte. Und sicher. So sicher. Sie sehnte sich danach, für immer im Schutz seines Körpers und seiner Begierde zu verweilen.

Langsam, ganz langsam schnürte er ihr Kleid auf. Sie biss die Zähne zusammen, um zu ertragen, was er tat. Ihre Brüste schwollen an, drückten erwartungsvoll gegen den Stoff. Sie schluckte ihre frustrierten Schreie hinunter.

Geschafft, endlich. Die restlichen Verschlüsse verwirrten ihn, also machte er sich nicht die Mühe, sie zu öffnen. Er schob das Kleid über ihre Schultern hinunter und über die Arme, sodass sie bis zur Taille nackt war. Eine überraschend sanfte Berührung. Ihre Brustspitzen waren hart geworden. Die sanfte Liebkosung ließ heftige Schauer der Lust durch ihren Körper rasen, und sie keuchte auf, warf den Kopf zurück. Er küsste die weiche Rundung ihrer Brust, dann reizte er die Spitze, immer wieder. Starke Arme hoben sie hoch und setzten sie auf seinen Schoß, sodass sein Mund sie mühelos erreichte. Mit der Hand streichelte er eine Brust, während er mit Zunge und Zähnen sanft die andere marterte. Sie drückte seinen Kopf an sich und erstickte ihr Wimmern in seinem Haar.

Die Empfindungen waren beinahe unerträglich. Sie dehnten sich aus, füllten sie aus, bis ihre Beherrschung zerbarst. Köstlich und entsetzlich, süß und grausam zugleich schüchterte die Begierde sie ein und ließ sie hungrig und mit einem unwiderstehlichen Verlangen zurück, das immer weiter wuchs, bis es die Lust selbst zu umfassen schien. Überwältigt von Leidenschaft wand sie sich auf seinen Schenkeln, um dem hungrigen Pulsieren zwischen ihren Schenkeln Erleichterung zu verschaffen. Sie griff hinab und schloss die Hand um die harte Wölbung unter dem Stoff der Kniehose, die sich an ihr Bein presste.

Er hob sie auf die Füße und schob das Kleid weiter hinunter, bis es ihr um die Knöchel fiel und sie nackt vor ihm stand. Wie Feuer loderte es in seinen Augen, als er die Fingerspitzen über ihren ganzen Körper gleiten ließ und die Bewegung mit dem Blick verfolgte. Über die Schultern und die Arme, über ihren Bauch bis zu den Schenkeln. Mühelos, entschlossen, bis zu jenem hungrigen Sehnen. Sie umklammerte seine Schultern, während er sie streichelte. Er trieb ihre Erregung in ungeahnte Höhen, als er an ihrer Brust zu saugen begann. Sie schluchzte auf. Ihr Körper war es, der schluchzte, und ihr ganzes Wesen, als verzweifeltes Verlangen ihr schier den Verstand raubte.

Er hob die Decke über sie beide, sodass sie sich wie ein Umhang um ihre Schultern legte. Feste, raue Hände streichelten ihre Hüften, und er barg sein Gesicht an ihrem Körper, als wollte er ihre Essenz in sich aufnehmen.

»Was möchtest du, Marielle? Sag es mir.«

Sie umfasste seinen Kopf und küsste ihn, so heftig sie konnte, auf den Mund, um es ihm zu zeigen.

»Sag es. Sag mir, was du willst.«

»Dich. Jetzt.«

»Komm her.« Er zog sie auf seinen Schoß zurück, sodass sie ihm ins Gesicht sah und ihre Knie sich um seine Hüften schlossen. Er öffnete seine Kleider und zog sie näher an sich.

Als sie fühlte, wie er sich an sie drückte, keuchte sie auf. Schrie auf angesichts der Härte, die gleichzeitig ihr Verlangen stillen und ihren Körper verletzen würde. Er hielt inne, dann drang er weiter in sie ein, langsamer diesmal. Er dehnte sie. Irgendwie nahm ihr Körper ihn auf. Sie fühlte ihn in sich auf eine Weise, die sie nicht für möglich gehalten hätte. Einen Moment lang ließ das Verlangen nach.

Dann fing er an, sich zu bewegen. Er hielt ihre Hüften in festem Griff, zog sich zurück und drang wieder in sie ein. Ein weiteres Mal und noch einmal. Der Hunger kam zurück, das Pulsieren und die Begierde. All das entfaltete sich in ihr, dort, wo sie vereint waren. Sehnsuchtsvoll, verlangend schluchzte sie erneut auf. Begierde wuchs unaufhaltsam in ihr, und auch sie bewegte sich jetzt drängender. Als er seine Zurückhaltung aufgab, lächelte sie. Tief und hart drang er in sie ein, und sie bewegte sich in demselben Rhythmus, presste die Hüften an seinen Körper, um mehr, immer noch mehr bettelnd.

Immer heftiger stieß er in sie, als er sich dem Ende näherte. Er hielt sie unter sich fest, machte sich ihren Körper zu Willen, als die Schauer der Erlösung ihn erbeben ließen.

Sie sank in seine Arme, lag an seiner Brust. Immer noch war sie mit ihm vereint, konnte ihn noch in sich fühlen. Er zog die Decke enger um sie und hielt sie schweigend in dieser lieblichen Nacht.

»Wir müssen wieder hineingehen.«

Bei seinen Worten erschrak sie. Sie war in der Umarmung eingeschlafen. Er vielleicht auch.

»Bald zieht der Tag herauf.« Kendale half ihr aufzustehen und hielt sie im Arm, bis sie ihre Glieder gelockert hatte. Er griff nach ihrem Kleid und hielt es für sie fest, sodass sie hineinsteigen konnte.

Sie zogen sich an, soweit das möglich war. Er vergewisserte sich, dass sie sich fest in die Decke gewickelt hatte. »Im Morgengrauen ist es am kältesten.«

Gemeinsam gingen sie durch den Garten zurück. Weit im Osten drangen die ersten grauen Lichtstrahlen durch die Dunkelheit.

Niemand stand in der Tür. »Wohin mag dein Diener gegangen sein?«, fragte sie.

»Ich habe ihn ins Bett geschickt.«

Marielle blickte ihn an. »Als du herauskamst, wusstest du also, dass du mich verführen würdest. Deshalb hast du ihn weggeschickt.«

Er ging weiter, führte sie durch das Haus bis zur Treppe. Er nickte, nicht im Geringsten verärgert, dass sie ihn durchschaut hatte. »Dort draußen oder hier drin. In keinem Fall hätte ich einen Wächter an der Tür gebraucht, denn ich würde ja bei dir sein.« Er warf ihr einen Blick zu. »Ich habe dir gesagt, du sollst nicht im Haus umherlaufen, sondern in deinem Zimmer bleiben.«

»Ich dachte, du hättest das gesagt, weil du befürchtet hast, ich könnte etwas stehlen.«

»Du hast dich geirrt.«

Er wirkte selbstzufrieden. Völlig ruhig. Sie überlegte, ob sie jetzt oder erst morgen darüber sprechen sollte, dass sie nach London zurückkehren musste. Manches sprach dafür, um einen solchen Gefallen zu bitten, wenn ein Mann soeben sein Vergnügen gehabt hatte. Doch es würde ihm auch berechnend vorkommen. Viel berechnender, als irgendetwas in dieser Nacht tatsächlich gewesen war.

In dem Stockwerk, in dem ihre Kammer lag, zeigte er im Vorübergehen auf eine große Doppeltür. »Meine Zimmer sind dort. Du kannst mich besuchen, wann immer es dir gefällt.«

Wie aufmerksam von ihm. Lord Kendale war offenbar doch kein so harter Mann. Er scheute nicht vor der Vertrautheit zurück, die zwischen ihnen entstanden war. Erfreut über seine romantische Geste küsste sie ihn.

An ihrer Tür verabschiedete er sich von ihr, und sie blickte lächelnd zu ihm auf. »Du kannst mich auch besuchen, wenn du möchtest.«

»Das ist sehr großzügig von dir, aber das kann ich nicht.«

»Ich kann zu dir gehen, aber du kannst nicht zu mir kommen? Das verstehe ich nicht.«

Er legte ihr die Fingerspitzen auf die Lippen und sah ihr in die Augen. »Du bist meine Gefangene. Wenn ich zu dir käme, könntest du dich verpflichtet fühlen. Ich gehöre nicht zu dieser Sorte von Männern.«

Seine Gefangene. Immer noch.

»Heute Nacht hast du zu dieser Sorte gehört. Du hast den Garten sogar mit dieser Absicht betreten.«

»Meine Absicht war es, dich zu verführen. Ich wollte mich dir nicht aufdrängen oder dich gar zwingen.«

»Du bewegst dich auf einem sehr schmalen Grat.«

»Du hast keine Ahnung, wie schmal der Grat zwischen dir und mir war, Marielle. Und was heute Nacht betrifft – *du* hast mich geküsst, schon vergessen? Du hast gesagt, dass du mich wolltest.«

Sag mir, was du willst.

Zur Hölle mit ihm! Selbst in größter Leidenschaft hatte er noch dafür gesorgt, dass sie die Erste war, die um mehr bettelte. Seine Vorstellungen von Ehre waren unbeschädigt geblieben. Zumindest einer von ihnen würde den Schlaf des Gerechten schlafen.

Sie stieß die Tür auf, trat ein und warf sie mit lautem Knall hinter sich zu. Was war das für ein Mann, der zuließ, dass sie sich ihm auf diese Weise hingab, und der sie dann noch immer als seine Gefangene bezeichnete? Er sollte jetzt nicht mehr wie ein Gefängniswärter denken. Inzwischen sollte er Wachs in ihren Händen sein.

12

Mr Pottsward erschien am nächsten Tag gleich nach der Mittagsstunde. Feierlich stellte er ein eingewickeltes Paket auf dem Diwan im Ankleidezimmer ab. »Ihre Zofe hat dies für Miss Lyon zusammengestellt. Ich war nicht dabei. Für den Inhalt kann ich mich nicht verbürgen.«

Pakete von Marielles Zofe waren schön und gut, aber zuerst musste Wichtigeres geregelt werden. »Haben Sie mit dem Notar über die Anschaffung gesprochen, von der ich Ihnen geschrieben hatte?«, fragte Kendale.

»Ja. Er hat mir versichert, dass der Vertrag bei Ihrem nächsten Besuch in der Stadt zur Unterschrift vorliegen wird. Er hat allerdings davon abgeraten, eine Privatjacht zu kaufen, es sei denn, Sie beabsichtigen, sie nur auf dem Fluss zu benutzen. Jedes größere Gefährt ist in Gefahr, von der Königlichen Marine beschlagnahmt zu werden.«

»So redet nur ein Notar. Sie machen sich nichts aus Vergnügungen. Man fragt sich, ob sie jemals Kinder waren.«

»Er hat auch die Kosten aufgeschlüsselt, die der Unterhalt eines solchen Gefährts verursacht. Und an dieser Stelle muss ich leider auch erwähnen, dass wir für eine private Flotte wirklich keinen Platz mehr haben, Sir. Ich habe mich in den Kellerräumen und Dachkammern umgesehen, bevor ich herkam, und es sieht aus, als …«

»Seien Sie unbesorgt. Ich werde hier keine Matrosen unterbringen. Meine Männer brennen darauf, selbst Hand anzulegen. So schwer kann das nicht sein.«

»Nicht schwerer, als ein Ziel aus zweihundert Schritten Entfernung genau zu treffen, vermutlich.«

Kendale lachte. Mr Pottward war eben Mr Pottward. Er richtete seine Aufmerksamkeit auf das Paket. Diese alte Frau hatte doch wohl keine Pistole hineingelegt? Er nahm es in die Hand und drückte es an einigen Stellen.

»Es gefällt ihnen nicht in dem Haus dort«, berichtete Pottsward und machte sich daran, Kleidungsstücke aufzuhängen, die überall verstreut waren. »Diesen Frauen, meine ich. Ein merkwürdiger Ort ist das, Sir. Kein einziger Mann zu sehen. Ist unnatürlich, wenn Sie mich fragen.«

»Offenbar halten sie die Gegenwart von Männern für irgendwie unpassend.«

»Ich kann mir nicht vorstellen, inwiefern Männer unpassend sein sollten. Jede vernünftige Frau will einen Mann bei sich haben, und wenn es nur zu ihrem Schutz ist. Sie müssen ja nicht heiraten, wenn sie radikale Ansichten zu diesem Thema haben. Es müsste nur ein Diener dort sein, damit die Welt weiß, dass sie nicht angreifbar sind.«

»Ich glaube nicht, dass sie ganz schutzlos sind.« Tatsächlich hatten sich Marielle, Dominique und die Frauen, die dort arbeiteten, des besten Schutzes erfreut, den es gab. Es war der Schutz von Vertretern des Innenministeriums. Der Schutz von Lord Kendale und seinen Männern.

Sie behauptete, keine Spionin zu sein. Wenn das zutraf, warum hatte sie dann nicht versucht, den Verdacht zu entkräften? Warum ließ sie ihn weiterbestehen? Marielle hatte nichts unternommen, um die Gerüchte zum Verstummen zu bringen. Sie hatte gemerkt, dass er sie verfolgte, doch sie hatte sich ihm niemals entgegengestellt, sondern zugelassen, dass er damit fortfuhr.

Vielleicht genoss sie es, Männer um sich zu haben, die ihr

und den anderen Frauen den Schutz gaben, den sie brauchten. Denn dieser Überfall auf sie und der Einbruch in ihr Haus deuteten darauf hin, dass sie vor irgendetwas beschützt werden mussten.

Aber vielleicht konnte Marielle die Gerüchte auch nicht zum Schweigen bringen, weil sie der Wahrheit entsprachen. Die Drucke, die sie nach Frankreich schickte, enthielten möglicherweise versteckte Informationen, die nur ihre Verbündeten entschlüsseln konnten. Der Kupferstecher gehörte vielleicht zu ihrem Netzwerk.

Diese Möglichkeit durfte er nicht aus den Augen verlieren. Er durfte nicht zulassen, dass die vergangene Nacht seinen Verstand benebelte. Seine Neigung, Entschuldigungen für ihr Verhalten zu finden, hatte bereits zu einigen Fehlurteilen geführt. In Zukunft musste er wachsamer sein, vor allem jetzt, da er seinem Verlangen nachgegeben hatte.

Er nahm das Paket und ging zu ihrem Zimmer. Sie öffnete ihm die Tür und musterte ihn aus schmalen Augen, was nichts Gutes verhieß. Als er ihr das Paket überreichte, dachte er, dass sie gut beraten wäre, ein anderes Kleid anzuziehen. Dieses hier konnte er nicht ansehen, ohne daran zu denken, wie es an ihr hinabgeglitten war und ihren nackten Körper seinen Blicken preisgegeben hatte.

»Mein Diener wird ins Dorf gehen und eine Zofe mitbringen, die dich bedienen kann.« Er sagte es spontan, damit die Tür nicht sofort wieder ins Schloss geworfen würde.

»Das sind zu viele Umstände für so wenige Tage. Ich kann mir eine Weile selbst behelfen. Wer weiß, wie viel Unruhe eine weitere Frau in dieses Haus bringen würde. Ich bin nicht sicher, ob deine Männer sich zu betragen wüssten.«

»Sie würden sich so diszipliniert wie Soldaten verhalten.«

»Wie viel die Disziplin von Soldaten wert ist, habe ich gesehen. Lass die Frauen des Dorfes lieber dort, wo sie sind.« Sie schaute auf das Paket. »Wie lange werde ich hier sein? Bis du entschieden hast, was mit mir geschehen soll, hast du gesagt. Wie lange wird das dauern? Ich betreibe in London ein Geschäft. Die Frauen sind auf mich angewiesen.«

»Ein paar Tage.« Eine Woche vielleicht. Vielleicht länger. Er würde es bald wissen. »Du musst dich tagsüber nicht hier aufhalten. Du kannst hinausgehen und dich überall im Haus bewegen.«

»Hast du keine Angst mehr, dass ich weglaufen könnte?«

»Ich glaube, du weißt, dass ich dich finden würde, bevor du allzu weit gekommen bist, also wirst du dir nicht die Mühe machen, es zu versuchen.«

Plötzlich funkelten ihre Augen herausfordernd. Ein Lächeln umspielte ihre Lippen. Sie nickte zustimmend und schloss langsam die Tür.

Später an diesem Nachmittag geriet das Haus in Aufruhr. Es begann auf der Zufahrt und drang dann zur Tür hinein. Männerstimmen hallten die Treppenstufen hinauf.

Marielle trat aus ihrem Zimmer und lauschte. Einige von Kendales Männern waren von einer Reise zurückgekehrt. Sie hätte nicht geglaubt, dass für dieses Anwesen noch mehr Bedienstete nötig waren. Wie viele leistete er sich noch?

Angus kam die Treppe heraufgerannt. Als er sie sah, blieb er stehen und verbeugte sich rasch, dann drehte er sich um und rannte zu Kendales Gemächern. Gleich darauf lief er zurück und flog förmlich die Stufen hinunter.

Kendale tauchte auf. Er bemerkte sie, als er mit großen Schritten auf die Treppe zuging. Mit einer Hand auf dem Geländer blieb er stehen, einen Fuß schon auf die erste Stufe gesetzt.

»Das Nachtmahl wird dir gebracht werden«, sagte er. »Heute Abend solltest du dich lieber nicht sehen lassen.«

Sie hatte nichts dagegen, ihm zu gehorchen. Ihr Zimmer gefiel ihr. Spätabends brachte Old Pete ihr das Essen und stellte es auf den Tisch, den sie ans Fenster geschoben hatte. Als sie es öffnete, drangen von unten Geräusche herein.

»Es klingt wie ein Fest.«

»Das sind nur die Burschen, sie trinken Bier.«

»Wie viele sind es, die hier wohnen? Dem Lärm nach eine ganze Menge.«

Old Pete rieb sich nachdenklich das Kinn. »Schwer zu sagen. Ungefähr zwei Dutzend wohnen hier. Dann gibt es welche, die nur gelegentlich vorbeikommen, so wie heute. Vielleicht noch ein Dutzend? Nur Mylord weiß, wie viele es wirklich sind, schätze ich.«

»Wozu sind Diener gut, die nur hin und wieder vorbeikommen? Wozu sind sie nütze, wenn sie nicht hier wohnen?«

»Ach, Sie wollen wissen, wie viele *Bedienstete* es gibt. Na ja, das bin ich, dann der Koch, Mr Pottsward und …«

»Wenn die anderen keine Bediensteten sind, was sind sie dann? Angus zum Beispiel?«

»Angus? Der ist Soldat. Ein Waffenknecht. Keiner kann besser mit dem Säbel umgehen. Ich war auch einmal Soldat, bevor ich zu alt dafür war.« Dann stellte er endgültig das Essen hin und ging fort.

Sie aß bei offenem Fenster, lauschte den Stimmen und dem Lachen, das von unten heraufklang. Soldaten nannte Pete sie, aber sie trugen nicht die Uniform der britischen Armee. Und Lord Kendale hatte sein Offizierspatent verkauft, als er seinen Titel geerbt hatte.

Er besaß eine Privatarmee. Das war die Antwort, ganz sicher. Er hatte diese Männer als Soldaten bezeichnet, doch sie hatte nicht gewusst, dass er das wörtlich gemeint hatte. Dies hier war die Festung, von der aus er sie auf Einsätze schickte, um … um *was* zu tun? *Andere sind dir an meiner Stelle gefolgt.* Sie hatte geglaubt, dass er einen Mann angeheuert hatte, der gegen Bezahlung ermittelte, nicht, dass er einen seiner eigenen Soldaten auf sie angesetzt hatte.

War das in England erlaubt? Waren Privatarmeen üblich? Sie konnte sich nicht vorstellen, dass irgendeine Regierung damit einverstanden sein konnte. In alten Zeiten hatten Adlige ihre eigenen Ritter und Kämpfer gehabt, aber diese Zeiten waren vorbei.

Unten saßen diese Soldaten im Speisesaal und aßen. Bald würden sie sich in ihre Kammern zurückziehen. Kein Wunder, dass es hier keine Frauen gab. Kein Wunder, dass Kendale glaubte, er könne sie einsperren, obwohl ihm jede Befugnis dazu fehlte. Kein Wunder, dass sie kein Tor auf der Rückseite des Gartens finden konnte.

Zum Abschluss ihres Mahls hatte Old Pete ihr einen Trifle serviert. Sie tauchte den Löffel in die süße Creme. Während sie aß, kam ihr der Gedanke, dass Lord Kendale vielleicht verrückt war. Völlig verrückt.

Wenn Kameraden unbeschadet von einer Mission zurückkehren, ist das immer ein Grund zum Feiern. Kendale verweigerte den Männern nicht die ungestüme Freude, das Bier und den Gin, und schon gar nicht ihren Schabernack. Er saß mit ihnen bei einem ausgedehnten Abendmahl und lauschte den Geschichten ihrer Heldentaten. Zusammen mit den anderen brachte er ein paar obszöne Trinksprüche aus.

Lange nach Mitternacht, als dem einen oder anderen müde der Kopf auf die Brust gesunken war oder er volltrunken sein Glas nicht mehr hatte halten können, schaute Kendale den

Mann an, der sich als einer der Letzten noch auf den Beinen hielt. Er goss dem kleinen, fast kahlköpfigen Mr Drummond, der ihn mit glasigem Blick anstarrte, noch etwas Gin ein.

Drummond hob das Glas und salutierte.

»Bevor Sie das austrinken, Drummond, und unter dem Tisch Ihren Rausch ausschlafen, erzählen Sie mir Genaueres über Mr Travis. Zu zwölft seid ihr losgezogen, und nur elf sind zurückgekommen, aber keinen von euch scheint seine Abwesenheit zu kümmern.«

»Er schafft es sicher zurück, Sir.«

»Das sagt ihr alle. Habt ihr ihn auf der anderen Seite des Kanals verloren oder schon hier in England? Wenn es in England passiert ist, kommt er bestimmt heil zurück. Wenn es in Frankreich war, ist das weniger wahrscheinlich.«

Verstohlen blickte Drummond sich nach links und rechts zu den anderen Männern um. Sie waren alle verschwunden. »Hm. Er war nicht im Boot, also muss es drüben passiert sein.«

»Wurde er gefangen genommen?«

»Nicht, soweit ich weiß. Nein, Sir.«

»Irgendwann müsst ihr mir sowieso sagen, was passiert ist. Heute Abend, da ich halb betrunken bin, ist vielleicht die beste Gelegenheit.«

»Er wollte nicht mit uns kommen«, war eine dritte Stimme zu vernehmen.

Kendale wandte den Kopf. Sean, Angus' älterer Cousin, kam näher und schlug mit der Hand auf den Tisch. »Wir hatten die Informationen. Wir hatten die Küste erreicht. Wir steigen alle in das verdammte Boot, aber dieser Idiot zögert. Sagt, er will herausfinden, ob der Oberst von Brest oder von Dieppe aus entsendet worden ist, weil wir beide Vermutungen gehört hatten. Hat gesagt, er käme ungefähr in einer Woche wieder, mit dem richtigen Hafen. Ich hab ihm befohlen, in das verfluchte

Boot zu steigen, aber er dreht sich einfach um und geht. Ich hatte die Wahl, ihn abzuknallen oder ihn laufen zu lassen, Sir.«

»Sean hat ihm gesagt, dass Sie sehr verärgert sein würden«, fügte Drummond rasch hinzu. »Aber er hat gesagt, er hätte mehr Recht als wir, in der Sache durchzublicken, weil er schließlich mit Ihnen in Toulon war. Er hat gesagt, er würde den Mistkerl finden oder beim Versuch sterben.«

»Verflixt und zugenäht!«, fluchte Kendale. »*Verflixt und zugenäht!* Warum hast du ihn nicht einfach gepackt und dir über die Schulter geworfen, Sean? Du bist mindestens doppelt so groß wie er.«

»Er hatte die Pistole gezogen und schon angelegt. Ich natürlich auch. Wie gesagt, ich konnte ihn laufen lassen oder ihn erschießen. Hätte ich ihn erschießen sollen?«

Obwohl sein Kopf vor Wut beinah rauchte, rang Kendale sich dazu durch, mit gesundem Menschenverstand zu antworten. »Nein.«

»Schon möglich, dass er es rausfindet. Das wäre gut, stimmt's? Das würde Zeit sparen.«

Wahrscheinlicher war, dass Mr Travis etwas Tollkühnes und Heldenhaftes tun und dabei getötet oder gefangen genommen werden würde. Kendale hatte Verständnis für die Entschlossenheit des Mannes, das Blutbad von Toulon zu rächen, doch Travis hatte sich nicht in der Gewalt. Aber sie waren nicht mehr beim Militär. Er konnte niemanden erschießen, der aus einer Truppe von Freiwilligen desertierte, weil er der Mission nicht wirklich verpflichtet war.

»Offenbar müssen wir abwarten«, sagte er. »Geben wir ihm drei Wochen, vielleicht vier. Aber mehr nicht.«

Kendale hob eine Braue und dann erneut den Säbel. Angus warf ihm einen skeptischen Blick zu.

»Sicher, dass Sie weitermachen wollen?«

»Ich habe die Waffe in der Hand, stimmt's?«

»Es dauert jetzt schon zwei Stunden. Normalerweise brauchen wir ungefähr eine dafür.«

»Bist du müde? Habe ich dich zermürbt?«

»Nicht müde. Ich soll nur härter arbeiten als sonst und frage mich nach dem Grund.« Seine Miene hellte sich auf, als hätte ein Gedanke ihn getroffen wie ein Blitz. »Oh.« Er blickte über die Schulter zum Haus, dann grinste er.

»Du bist jünger als ich und stärker, also sollte dich eine weitere Stunde nicht ins Schwitzen bringen«, sagte Kendale, dem das Grinsen überhaupt nicht gefiel.

»Eine weitere Stunde?« Angus spuckte in die Hände und griff nach seinem Säbel, Unverständliches murmelnd.

»Was war das gerade, Angus? Habe ich da etwas gehört über eine Frau, die daherkommt und mich zugrunde richtet?«

»Sie müssen zugeben, dass Sie heute außerordentlich in Form waren. Im Morgengrauen sind Sie ausgeritten. Sie haben angeordnet, dass die Ställe ausgemistet werden, und Sie haben die Männer geweckt, die noch den Rausch des Festes ausschliefen. Wenn nicht die Frau der Grund für all das ist, frage ich mich, woran es sonst liegt.«

»Manche Dinge müssen erledigt werden. Hier hat schon lange Disziplin gefehlt.«

Angus murmelte noch etwas. Es klang wie: *Diese Frau in Ihrem Bett war es, die gefehlt hat.*

Kendale ging zum Angriff über. Stahl traf auf Stahl, als sie ihren gefährlichen Tanz tanzten.

Kendale irrte sich nicht, als er davon ausging, dass er bei dieser Übung gewinnen würde. Mit fünfundzwanzig fehlten Angus gut sieben Jahre, bis er so alt wäre wie er, ganz zu schweigen von zwei Zentimetern Körpergröße und vielleicht zwanzig

Pfund Gewicht. Beim Kampf mit dem Säbel spielten solche Dinge eine Rolle, und folglich konnten sie unmöglich über die gleiche Geschicklichkeit verfügen.

Er stürzte sich in den Kampf und vermied es stillzustehen. Wenn er sich nicht mehr bewegte, Körper und Geist nicht mehr beschäftigt hielt, würde er sich erneut über Mr Travis ärgern. Ihm würde auch die Präsenz in diesem Haus allzu bewusst werden, die sogar die Luft erfüllte, die er atmete. Auch in diesem Moment drang ihm der schwache Duft von Lavendel in die Nase, obwohl er schwitzte.

Marielle hatte ihr Gemach nicht verlassen, seitdem er ihr am Tag zuvor befohlen hatte, sich nicht blicken zu lassen. Ganz gewiss war sie in der Nacht nicht an der Tür zu seiner Kammer erschienen. Er wusste, dass sie das nicht tun würde, aber dennoch hatte er auf sie gewartet, hatte sich vorgestellt, wie sie in eine Decke gewickelt vor ihm stand, die sie dann fallen ließ, um ihren Körper seinen Blicken preiszugeben. Sie war in seinen Träumen, und das sorgte nicht gerade für erholsamen Schlaf.

Angus hatte recht. Diese Frau ruinierte ihn.

Irgendetwas lenkte Angus ab, denn er senkte die Waffe und trat zurück. Auch Kendale hielt inne und entdeckte Old Pete, der zu ihnen auf das Feld gelaufen kam, auf dem sie trainierten.

»Briefe, Sir«, rief Pete. »Einer scheint in Jacobs Handschrift zu sein. Der andere … na ja, ich dachte, Sie sollten ihn sofort sehen.«

Kendale stieß den Säbel in die Erde und nahm die Briefe an sich. Angus legte sich auf den Boden und rang nach Luft. Einen Moment lang empfand der Viscount selbstgefälligen Stolz, weil sein jüngerer Widersacher zuerst müde geworden war. Aber schließlich litt Angus auch nicht diesen Hunger, der ihn zu ruhelos machte, um stillzustehen, und der ihm zusätzliche Energie schenkte, die er nirgendwo verausgaben konnte.

Er brach das Siegel von Jacobs Brief.

Aus seiner Kammer gegenüber von Marielles Haus schrieb Jacob, dass ein Mann sich für das Gebäude interessierte. Er kam und ging wieder, aber er lief jeden Tag mindestens viermal langsam an dem Haus vorbei. Ob einer von ihnen ihm nachgehen sollte, um mehr zu erfahren?

Auch der zweite Brief kam aus London. Er trug ein Siegel, das Kendale seit mehr als einem Jahr auf keinem Schreiben an ihn mehr gesehen hatte. Er las die Botschaft. Der Duke of Penthurst hatte sich gerade selbst eingeladen. Dass er ihm ein Geschenk unter die Nase hielt und eine gute Begründung vorbrachte, machte die Vorstellung keineswegs angenehmer.

Fluchend ging Kendale zurück zum Haus, um Antwortschreiben auf beide Briefe zu verfassen.

Marielle fand den Zettel erst, als sie den zweiten Unterrock aus dem Kleiderpaket nahm und ihn ausschüttelte. Er hatte unter dem weißen Baumwollstoff versteckt gelegen und fiel nun wie ein Blatt vom Baum zu Boden. Sie erhaschte es und faltete es auseinander. Eigentlich hätte sie sich denken können, dass Dominique einen Brief zwischen den Kleidungsstücken verstecken würde. Schon gestern hätte sie sie alle auseinanderfalten und danach suchen sollen, anstatt die Kleider nur aufzuhängen.

Männer beobachten uns. Mehrere auf der anderen Seite der Straße, und sie gehen nie fort. Ein anderer läuft in der Gasse auf und nieder und hält sich für besonders schlau, aber ich habe ihn schon vor drei Tagen bemerkt. Ich glaube nicht, dass sie zusammengehören. Hoffentlich ist wenigstens einer von ihnen uns freundlich gesinnt.

Was deine Plaudereien mit dem Viscount betrifft, so möchte ich dich daran erinnern, dass du den Schutz eines englischen

Adligen in diesen Zeiten nicht leichtfertig zurückweisen solltest, vor allem, wenn man bedenkt, was dir jetzt vielleicht bevorsteht und was du vermutlich zu tun beabsichtigst. Andere Frauen genießen den Luxus, ihre Tugend auf eine Weise zu bewahren, die uns nicht zur Verfügung steht. Wenn ich jünger wäre, würde ich mich selbst seiner Hilfe versichern, aber diese Zeiten liegen inzwischen hinter mir.

Die Frauen kommen weiterhin, und ich war unterwegs und habe Stiche von Monsieur Ackerman geholt. Wenigstens haben wir Arbeit, und niemand wird verhungern.

Dominiques Bemühungen um taktvolle Worte amüsierten sie. Sie hätte sich die Tinte sparen und einfach schreiben sollen: *Benutze deinen Körper, um ein Bündnis mit diesem Adligen zu schmieden.*

Sie empfand wegen dieses Ratschlags keinerlei Empörung. Seit dem Überfall in jener Gasse hielt kalte Furcht ihr Herz umklammert. Und es schien, als hätte sie seitdem jeden Tag mehr Dinge erfahren, bei denen sich ihr das Herz zusammenzog. Die Nachricht, dass Lamberte den Herrensitz in der Nähe von Savenay verlassen hatte. Der Anblick von Éduard und Luc, die übel zusammengeschlagen worden waren, bevor man sie umgebracht hatte. Der Einbruch in ihr Haus und jetzt, wenn sie Dominique Glauben schenken konnte, ein unerwünschtes Interesse von Fremden, die sich umsahen und warteten.

Worauf? Vielleicht auf sie.

Sie versuchte, eine plausible Erklärung für all das zu finden. Zum Beispiel war es möglich, dass ihre Freundin vor lauter Angst glaubte, von Männern beobachtet zu werden, die tatsächlich nur die Gasse entlangliefen, um ihren Geschäften nachzugehen. Dominique würde sich nie wieder wirklich sicher fühlen. Und trug sie nicht immer ein Messer bei sich?

Die Eindringlinge konnten ihr Haus ganz zufällig ausgewählt haben, und es handelte sich vielleicht einfach um Männer, die hofften, etwas Wertvolles stehlen zu können. Éduard und Luc konnten Schmugglern zum Opfer gefallen sein, die sie erzürnt hatten, möglicherweise sogar Garrett selbst.

Ihr Verstand hätte am liebsten nach jeder neuen Erklärung genickt. Ihre Seele hörte keine davon. So sicher, wie sie atmete, wusste sie, dass die Gefahr echt war. Sie wusste es, seitdem diese Männer sie in der Gasse gepackt hatten.

Die einzige Atempause von nervöser Anspannung hatte es in Gesellschaft von Lord Kendale gegeben. Nur ein einziges Mal seit jenem Vorfall hatte sie Frieden empfunden – in der Nacht im Garten. Sie blickte sich in ihrer hübschen Kammer um. Wenn ihre lang ersehnte Pflicht nicht gewesen wäre, hätte sie für immer glücklich und zufrieden in diesem Gefängnis bleiben können. Es war Zeit zu gehen, bevor die Sicherheit dieses Hauses ihre Kräfte aushöhlte. Sie konnte Dominiques Rat befolgen und dafür sorgen, dass Lord Kendale sie beschützte, aber sie konnte einfach nicht länger hierbleiben.

Er hatte gesagt, dass er nicht zu ihr kommen würde, und er hielt sich daran. Ihrer Tür näherte er sich nur, wenn er Nachrichten zu überbringen hatte.

Natürlich hätte er Old Pete schicken können. Oder auch Angus oder einen der anderen. Er tat es nicht.

Sie hatte ihm auf sein Klopfen hin die Tür geöffnet und stand ihm im Halbdunkel gegenüber. Drei Kerzen auf einem weiter entfernt stehenden Tisch spendeten so viel Licht, dass er sie recht deutlich sehen konnte. Warmes Licht ergoss sich über ihr Haar und verwandelte es in gesponnenes Gold. Sie trug ein Kleid, das er noch nicht an ihr gesehen hatte, in hellem Violett mit einem winzigen Muster darauf. Wahrscheinlich war es eines der Kleider, die ihr aus London gebracht worden waren.

Neugierig neigte sie den Kopf zur Seite. »Willst du etwas von mir?«

Trotz ihres sachlichen Tonfalls fühlte er sich verspottet. Zum Teufel, ja, er wollte etwas von ihr. Und was er von ihr wollte, brannte in seinem Innern wie Feuer.

»Morgen bekommen wir Besuch. Einer ist ein Landsmann von dir. Ich wünsche, dass du herunterkommst und ihn kennenlernst.«

»Besuch? Wie interessant! Ich habe gehört, dass du niemals Gäste hast und nur selten den Anstand besitzt, an einer Unterhaltung teilzunehmen.«

Vermutlich wusste sie das von Emma, Lady Southwaite. Die Anspielung auf mangelnden Anstand stammte hingegen eher von Cassandra, Lady Ambury.

»Es sind keine Gäste. Diese Männer kommen aus anderen Gründen. Ich würde gern wissen, was du von dem Franzosen hältst, darum sollst du ihn kennenlernen.«

Sie trat näher und blickte ihm forschend in die Augen. »Willst du wissen, was ich von ihm denke oder was er von mir denkt?«

Himmel, war diese Frau argwöhnisch! Und scharfsinnig noch dazu. »Der andere Besucher ist ein Duke. Penthurst. Sie reisen zusammen. Es kann nur nützlich sein, wenn du so einen wichtigen Mann kennenlernst.« Er beteiligte sich kaum an den Spielchen der feinen Gesellschaft, doch nachdem er sie sein Leben lang beobachtet hatte, kannte er die Regeln, ob sie ihm gefielen oder nicht.

Die Ankunft des Dukes machte Marielle neugierig. »Vielleicht empfängst du nur selten jemanden, aber wenn du es tust, sind es offensichtlich sehr illustre Gäste. Ist er ein Freund von dir?«

»Er war ein Freund, ja.«

»Welch merkwürdige Art, auf diese Frage zu antworten.« Doch seine Worte vermochten ihre Aufmerksamkeit nicht lange zu fesseln. Sie drehte sich um, ging in ihre Kammer und wandte sich ihm dann erneut zu. »Ein Duke. Vielleicht fragt er mich ja, ob ich seine Geliebte werden möchte, wenn ich zu dem mäßigen Amüsement beitrage, das ihn morgen erwartet.«

Wieder Spott. Sein Kopf drohte zu explodieren. »Das ist nicht sehr wahrscheinlich.«

»Bin ich nicht hübsch genug? Nicht modisch genug gekleidet?«

»Du bist hübsch genug, und das weißt du auch. Trotzdem ist es unwahrscheinlich.« *Weil ich ihn vorher umbringen werde.*

Einen Arm hatte sie vor die Brust gelegt, den anderen darauf und das Kinn in die Hand gestützt. So stand sie nachdenklich da. »Ist es unwahrscheinlich, weil er mich für deine Geliebte halten wird, wenn ich hier bin?«

»Nein.« *Ja.* »Er hat bereits eine Geliebte, der er ganz und gar ergeben ist. Im Augenblick sucht er keine neue.« Die Lüge kam ihm leicht über die Lippen. Er wollte verdammt sein, wenn er zuließ, dass Penthurst auch nur auf den Gedanken kam, Marielle zu seiner Geliebten zu machen. Oder wenn Marielle glaubte, dass sie einen solchen Sieg erringen konnte.

»Wirklich zu schade.«

Sie lächelte ihn an, und das Funkeln in ihren Augen verriet ihm, dass sie sich amüsierte. Was seinen Zorn keineswegs besänftigte. Sie wusste, was er dachte. Sie konnte ihm die Begierde ansehen. Sie riechen. Frauen wie sie waren sich ihrer Wirkung auf Männer stets bewusst.

Immer noch stand er auf der Schwelle. Er hatte keinen Fuß in die Kammer gesetzt. Ihr Blick jedoch forderte ihn dazu heraus.

Stattdessen machte er einen tiefen Atemzug. Er benahm sich wie der größte Dummkopf, den man sich vorstellen konnte. Wie oft hatte er andere Männer deswegen verhöhnt? Hatte er nicht schon oft gesehen, wie die Lust Männer zu lächerlichen Wesen und manchmal sogar zu Opfern gemacht hatte?

Ohne sich zu verabschieden, drehte er sich um und zwang sich fortzugehen.

Zu seinem Erstaunen folgte sie ihm.

Verdammt, hatte diese Frau den Verstand verloren? Er weigerte sich, ihre Schritte hinter sich zur Kenntnis zu nehmen. Wenn er sie ansah, würde er …

Er stieß die Tür zu seinem Gemach auf und ging hinein.

»Du hast gelogen«, sagte sie.

Und nun drehte er sich um. Er musste es tun. Das Blut pochte ihm in den Schläfen, und sein Körper war gespannt wie eine Sehne auf einem Bogen. Nun war sie es, die direkt vor der Tür zu seinen Zimmern stand.

»Was für eine Lüge?« Es hatte etliche gegeben.

»Als ich dich gefragt habe, ob du etwas von mir willst, hast du nicht ehrlich geantwortet.«

»Doch, das habe ich.«

»Ich glaube nicht. Von diesen Besuchern hätte mir auch jemand anders erzählen können. Aber du bist selbst gekommen.« Sie blickte auf ihre Füße und dann auf die Türöffnung. Langsam, sehr elegant, fuhr sie mit der Spitze ihres schmutzigen Seidenpantoffels über die unsichtbare Linie.

Alles in Kendale drängte danach, Marielle die Schwelle überschreiten zu sehen. Es kümmerte ihn nicht, dass es seiner Ehre Abbruch tun würde oder auch ihn zu einem lächerlichen Wesen machen würde.

Sie schaute auf ihren Fuß, als könnte es ihr helfen, ihren inneren Kampf auszufechten. Dann trat sie entschlossen über die

Schwelle und schloss die Tür hinter sich. Sie ging auf Kendale zu. »Was wollen Sie von mir, Monsieur?«

Er blickte auf sie hinab, lächerlich froh und erleichtert, und war augenblicklich härter als je zuvor.

»Sagen Sie es, Lord Kendale. Was wollen Sie?«

Er zog sie in seine Arme und hob sie hoch. »Dich«, murmelte er. »Dich.«

Er brauchte nicht lange, um sie ihrer Kleider zu entledigen. Nur mühsam konnte sie verhindern, dass er ihr Kleid dabei in Fetzen riss.

Sie fielen zusammen auf das Bett. Sie wusste, was passieren würde, wenn sie die Dinge jetzt nicht in die Hand nahm. Obwohl sie seine Ungeduld bezaubernd und seine harte Leidenschaft aufregend fand, bevorzugte sie manchmal ein wenig mehr Raffinesse.

Sie zupfte an seinem Halstuch, während sie ihn küsste. »Vielleicht kannst du das ablegen. Und die Stiefel auch.«

Er hielt inne und musterte sich bis hinunter zu den Stiefeln. Er setzte sich auf und hatte sie im Nu ausgezogen.

Marielle kniete hinter ihm, die Arme um seinen Nacken gelegt. Sie ließ ihm den Gehrock über die Schultern hinabgleiten und griff um ihn herum, um seine Weste und das Hemd aufzuknöpfen. »Du hast doch nichts dagegen, oder? Dass ich dich so sehe, wie du mich gesehen hast?«

»Natürlich nicht.«

»Schließlich möchte ich Haut küssen, nicht Wolle oder Leinen.«

Als er sich entkleidete, ließ sie sich auf das Bett zurückfallen. Er tat es wie der Soldat, der er gewesen war, methodisch, ordentlich, schnell. Da er sie dabei nicht aus den Augen ließ, beschloss sie, ihn ein wenig zu necken. Sie verschränkte die Arme hinter dem Kopf, sodass ihre Brüste in die Luft ragten, und winkelte das Bein an, um seine Brust mit dem Fuß zu streicheln, während er sich seiner Unterwäsche entledigte.

Endlich war er fertig. Er kam zu ihr, legte sich in ihre Arme. Eine umschlingende Umarmung brachte sie einander nahe, warme Berührungen überall, umgeben von sinnlichen Düften. Wild küsste er sie, sein Mund ergriff von ihr Besitz, und er schien sie verschlingen zu wollen. Sie spürte seine explosive Leidenschaft.

Doch plötzlich stieß sie ihn vor die Brust. Endlich merkte er es und erhob sich, sodass sie nicht länger niedergehalten wurde. Erneut schob sie ihn weg, drehte sich um, sodass er auf dem Rücken lag. Sie setzte sich rittlings auf ihn, lehnte sich zurück und bewunderte, was sie sah.

Dann beugte sie sich vor und zeichnete mit Küssen eine Linie auf seine Brust. »Du willst mich, und ich will dich. Das ist gut, stimmt's? Heute Abend können wir einander auf ganz besondere Weise besitzen. Wir können es genießen, als wüssten wir, dass wir nie wieder Lust empfinden werden, mit niemandem, niemals.« Sie lächelte ihn an. »Es wird sein, als tränken wir den allerbesten Wein. Jeden einzelnen Tropfen werden wir auskosten.«

Sie zeigte ihm, was sie meinte, indem sie ihn streichelte, langsam, behutsam, sodass sie jeden Zentimeter seines Körpers fühlen konnte. Sie schloss die Augen, und die Empfindungen überfluteten ihren Geist, erschufen Erinnerungen an Berührung und Duft. Sie beugte sich vor und küsste ihn intensiv und lange. Ihre Brüste streiften seine Haut, streichelten ihn.

Er hatte die Arme um sie gelegt und drehte sie um, sodass sie auf dem Rücken lag. »Wie Wein also. Dabei geht es nur um den Geschmack.« Dann küsste er sie auf den Mund, kostete sie mit der Zunge, erkundete sie und ließ sie erschauern. Langsam erforschte er weitere Geschmacksnoten, indem er sich ihrem Nacken näherte und die Punkte fand, die sie aufseufzen ließen. Auch sie machte sich auf die Reise, erkundete mit den Fingerspitzen die Einzelheiten seiner Schultern und des Rückens. Sie entdeckte Erhöhungen und die langen Linien von Narben. Sie fühlten sich an wie jene auf ihrer Hüfte, nur schlimmer. Verwundungen vermutlich. Offiziere putzten sich nicht nur mit adretten Uniformen heraus. Zumindest dieser hier hatte sich eindeutig nicht darauf beschränkt.

Er ließ den Mund tiefer wandern, zu ihren Brüsten. Kostete auch hier mit Lippen und Zunge. Sanft zunächst. Das verschaffte ihr eine sinnliche Erregung, und sie hätte am liebsten geschnurrt. Doch lange würde sie sich nicht mehr beherrschen können. Die Lust wuchs und veränderte sich und machte ihr jede Zurückhaltung unmöglich. Die Erregung breitete sich tief unten in ihrem Körper aus und in ihrem Kopf, bis sie sich unerträglich gut anfühlte. Er bedeckte ihre Brustspitzen leicht mit den Handflächen, dann fester, und fand heraus, wie er Marielle zum Schluchzen und Stöhnen bringen konnte.

Er kostete sie, so wie sie es verlangt hatte. Alle Zeit der Welt gehörte ihm. Als er ihr erneut die Lippen auf Bauch und Hüften legte, reagierte ihr ganzer Körper. Die Erregung brachte sie fast um den Verstand.

Erneut Küsse, hoch oben auf ihren Schenkeln. Er kostete die zarte Haut. Noch höher, sodass sein Atem über ihren Hügel strich und sie erzittern ließ. Dann ließ er sie weit die Beine spreizen, bis sie aufstöhnte. Die Sinne schwanden ihr, und sie schrie auf, als die Lust anschwoll, schärfer wurde, sie in Erstaunen versetzte. Tief aus ihrem Innern stieg ein Beben empor, begann sich zu verkrampfen, spannte sich immer stärker an, bis sie glaubte, sterben zu müssen. Und dann, in einem köstlichen Augenblick, erreichte sie den Gipfel, und die Empfindungen rasten durch ihren Körper und schenkten ihm vollkommene Erlösung.

Er ragte über ihr auf und drückte eines ihrer Knie an ihren Bauch. Er drang in sie ein, presste ihren Schenkel an seine Hüfte, sodass er sie ganz ausfüllen konnte. So verweilte er einen Augenblick, Schultern und Rücken hart vor Anspannung. Dann stieß er langsam, tief in sie hinein, als glaubte er tatsächlich, niemals wieder Lust empfinden zu dürfen und das Gefühl voll auskosten zu müssen, um sich für immer daran zu erinnern.

Schließlich überwältigte auch ihn die Lust. Es endete, wie es beinahe begonnen hätte, kraftvoll, hart und beherrschend. Er nahm von ihr, und sie ließ es zu, bis seine Beherrschung endlich unter der mächtigen Erlösung zerbrach und Schauer der Erregung durch ihre Körper rasen ließ. Sie umklammerte ihn mit den Beinen und hielt ihn fest, um im Nachspiel noch mit ihm vereint zu bleiben.

13

Er sah ihr beim Frühstücken zu. Sie nahm kleine Bissen, die sie kaum kauen musste, aber sie aß mehr, als er erwartet hätte.

Ihr langes Haar hatte sie gebürstet, doch sie sah immer noch aus wie eine Frau, die gerade aus dem Bett kam. Das altmodische Kleid hing an ihr herunter, als hätte sie einmal mehr gewogen, aber vielleicht war die Frau, der es vorher gehört hatte, von kräftigerer Statur als sie gewesen.

Er überlegte, ob Penthurst sie für nicht gesellschaftsfähig und seines Interesses nicht wert befinden würde oder ob er von ihr fasziniert sein und ihr Kleider nach der neuesten Mode würde kaufen wollen. Er selbst hatte Lust zu Letzterem verspürt, doch das bedeutete nicht unbedingt, dass es einem anderen Mann ebenso ergehen musste. Doch als die Stunden sich dahinschleppten, fragte er sich, ob es in seinem eigenen Interesse war, wenn er Marielle herumlaufen ließ wie ein verwahrlostes Kind.

»Bist du fertig?«, fragte er, als sie ihre Tasse abgesetzt hatte. »Dann komm mit.«

Er ging ihr zur Treppe voran. Ausgelassen lief sie neben ihm die Stufen hinauf. »Haben Sie keine Manieren, Lord Kendale? Mir so bald nach einer Nacht voller Aufdringlichkeiten erneut zur Last zu fallen ist doch ein wenig unhöflich.« Sie kicherte und warf ihm einen schelmischen Blick zu.

»Führe mich nicht in Versuchung«, sagte er. »Wir gehen jetzt nicht wieder ins Bett.« Im Stillen berechnete er bereits, ob sie das nicht doch tun und um ein Uhr mittags trotzdem vorzeigbar sein konnten.

»Was dann?«

»Hier, ich zeige es dir.« Er öffnete die Kammer neben der seinen. Als sie die Einrichtung sah, riss sie vor Überraschung die Augen auf.

»Das war die Wohnung meiner Schwägerin, der Frau meines Bruders.«

Sie sah sich in dem Raum um, ließ die Hand über die Möbel gleiten und befühlte mit den Fingern die Seidengardinen. »Sie mochte schöne Dinge.«

»Schöne Dinge waren ihr Ein und Alles.« Ehrlich gesagt hatte die Jagd nach Luxus Caroline zerstört. Er hatte nie verstanden, wie ein Mensch sich ausschließlich darauf konzentrieren konnte, nach materiellen Dingen zu streben. Jahrelang hatte er sie abgelehnt, weil sie ihm krankhaft habgierig erschienen war. Schließlich kam er zu dem Schluss, dass der Luxus ihr als Ersatz für etwas diente, was sie niemals haben konnte. Vielleicht die Zuneigung ihres Bruders, der sie im Grunde behandelte wie ein weiteres teures Möbelstück.

Er betrat das Ankleidezimmer. »Ich hoffe, du bist nicht beleidigt, wenn ich dir anbiete, ihre Sachen zu benutzen.« Er zeigte auf die Schränke. »Ich dachte, vielleicht möchtest du ein anderes Kleid anziehen, wenn ein Duke kommt.«

Sie riss die Türen eines Schrankes auf. *»Mon Dieu!* Sieh dir nur diese Abendkleider an. Der Duke wird doch nicht zum Dinner bleiben und erwarten, dass ich eines davon trage?«

»Ich glaube, so lange bleibt er nicht.«

Verdammt, das will ich nicht hoffen …

Sie schürzte die Lippen, beachtete die Roben nicht weiter und zog stattdessen ein Kleid für den Tag heraus. Sie hielt es sich an und blickte an sich hinab, um zu sehen, ob es ihr vielleicht passen würde. »Warum sollte ich beleidigt sein?«

»Du könntest denken, dass ich deine derzeitige Erscheinung für nicht ganz angemessen halte.«

Sie lachte. »*Natürlich* ist sie nicht angemessen. Ich dachte schon, du bist verrückt, weil du mich einem Duke vorstellen wolltest, so, wie ich aussehe, anstatt mich in meine Kammer zu schicken. Sogar das Küchenmädchen, wenn du hier eines hättest, wäre weniger armselig gekleidet als ich.« Erneut spähte sie in den Kleiderschrank und nahm noch ein Kleid heraus. Dieses schien jüngsten Datums zu sein. Das dämpfte ihre Freude.

»Sie kann noch nicht lange tot sein, wenn das hier ihr gehört hat.«

»Zwei Jahre. Die beiden hatten einen Unfall mit der Kutsche.«

»Vielleicht sollte ich lieber nicht …«

»Ich möchte, dass du es anziehst. Sie würde es auch wollen. Es gibt keinen Grund, die Kleider hier verrotten zu lassen. Ich hätte sie schon lange entfernen sollen, aber …« Es waren die Gemächer der Viscountess Kendale. Diese Frau gab es nicht mehr, also konnte die Tür geschlossen und all diese Gegenstände unbeachtet bleiben, während er sich in andere Aufgaben stürzte.

Aufgeregt beugte sie sich vor und blickte in den Spiegel über dem Frisiertisch. Sie berührte einige Haarnadeln, die darauf verstreut waren. »Ist das nicht unschicklich? Bist du ganz sicher?«

»Ja. Ich überlasse dich jetzt dir selbst. Nimm dir, was immer du willst.«

Penthurst traf am frühen Nachmittag ein. Kendale trat auf die Zufahrt hinaus, um ihn zu begrüßen und die Hunde zurückzurufen. Der Duke stieg aus seiner Kutsche und unternahm keinen Versuch, sein Interesse an dem Anwesen zu verbergen. Mit dem Blick sondierte er das Gebäude und die Außenanlagen, während er mit Kendale Höflichkeiten austauschte.

Sein Begleiter, Monsieur Calvet, vermochte nicht sonderlich zu beeindrucken. Er war von mittlerer Größe und schmächtiger Statur, wie es auf manche Franzosen zutraf, und sein dunkles Haar lichtete sich bereits, obwohl er nicht älter als Kendale oder Penthurst zu sein schien. Seine Augen verrieten Intelligenz. Sie kamen Kendale vor wie die Augen eines Mannes, der die Dinge klar erkannte. Als Schriftsteller war ein solcher Mann eine Gefahr für jede Regierung, wenn er seiner Neigung nachgab, die Welt zu beschreiben, die er vor sich sah.

Während der Duke das Anwesen betrachtete, musterte Monsieur Calvet kritisch seinen Gastgeber.

»Endlich lernen wir uns kennen, Lord Kendale«, sagte er. »Durchlaucht teilte mir mit, dass Sie an unserem Kennenlernen interessiert sind. Dieser Tage ist es selten, dass ich jemandem nützlich sein kann, und dann gar einem englischen Lord. Ich wäre entzückt, festzustellen, dass ich nicht ganz und gar bedeutungslos bin.«

»Ich habe um ein Treffen gebeten, weil ich einige Fragen bezüglich Frankreichs habe, die Sie mir vielleicht beantworten können. Allerdings hätte ich Sie auch in London besuchen können. Sie hätten sich nicht herbemühen müssen.«

»Durchlaucht kam zu dem Schluss, dass bis zu Ihrer Rückkehr nach London noch etwas Zeit vergehen würde. Er hatte Veranlassung, an diesem Ort vorbeizufahren, und beschloss, dass ich ihn begleiten sollte.« Er blickte Penthurst von der Seite an. »Ich glaube nicht, dass es Fragen gibt, auf die Ihre Regierung nicht bereits die Antwort kennt.«

»Es ist nicht die Art von Fragen, um die sich Minister kümmern. Außerdem gibt es eine Person, die ich Ihnen vorstellen möchte. Ihr Name ist Marielle Lyon. Haben Sie schon von ihr gehört?«

»Sie ist in unseren Kreisen wohlbekannt, ich kenne sie vom Hörensagen. Allerdings bin ich ihr noch nie begegnet. Was soll ich in Erfahrung bringen? Versuchen Sie, die Wahrheit über ihre Geschichte herauszufinden? Ob sie eine Hochstaplerin ist, wie manche meinen, oder eine adlige Waise, wie sie selbst behauptet?«

Seine Entschlossenheit, Marielle zu demaskieren, kam Kendale nun wie Verrat vor. Er behielt Penthurst im Auge, der den Eintritt in das Haus verzögert hatte, indem er stehen geblieben war, um aus unerfindlichen Gründen in die kleinen Fenster vor dem Kellergewölbe des Gebäudes zu spähen. »Ich strebe nicht danach, irgendetwas Bestimmtes über sie herauszufinden. Wenn Sie allerdings etwas Beachtenswertes über Miss Lyon zu sagen haben, nachdem Sie sie kennengelernt haben, warten Sie bitte damit, bis wir unter vier Augen miteinander sprechen können.«

Calvet blickte immer noch Penthurst an und nickte nun kaum merklich.

Kendale rief Penthurst, damit er sich ihnen anschloss, als er Monsieur Calvet nun in das Haus führte. Und so war er nicht nur Gastgeber, sondern er bot seine Gastfreundschaft sogar einem Mann an, dessen Gesellschaft er bisher vermieden hatte. Zweifellos fühlte Penthurst sich wegen des Dinners bei Ambury berechtigt, ihn zu besuchen. Ambury würde für einiges geradestehen müssen, wenn dieser Besuch das Ergebnis des damaligen überraschenden Zusammentreffens war.

Erleichtert bemerkte er, dass die Diener, die auf den Trittbrettern der Kutsche standen, kein Gepäck ins Haus trugen. Sein eigener Diener in Person von Angus, der sowohl in seine

Rolle als auch in die dazugehörigen Kleider einst eher gezwungen als komplimentiert worden war, öffnete die Tür zur Bibliothek mit überschwänglicher Geste.

»Bitte teile Miss Lyon mit, dass unsere Gäste da sind«, sagte Kendale, als er hineinging.

Calvet machte es sich in einem Sessel bequem. Penthurst blickte sich immer noch um, prüfte die Aussicht aus den Fenstern und die Ausstattung des Raumes. Vielleicht hoffte er, dass Kendale den Franzosen in seiner Anwesenheit befragen würde, wenn er nur abgelenkt genug wirkte. Wenn es so war, hatte er sich gründlich getäuscht.

»Du wurdest schon vermisst«, sagte Penthurst schließlich und zog sich einen Stuhl heran. Erwartungsvoll blickte er Kendale aus seinen tief liegenden Augen an. »Southwaite sagte, dass du vermutlich an die Küste gefahren seist. Ich dachte, du hättest vielleicht das Land verlassen.«

»Ich würde das Land nicht verlassen, ohne jemandem Bescheid zu geben.«

»Nun, wir wissen beide, dass das nicht stimmt. Wie auch immer, ich war erleichtert, deinen Antwortbrief zu bekommen, denn das bedeutete, dass mein Brief dich hier erreicht hatte.«

Monsieur Calvet blickte von Kendale zu Penthurst und wieder zurück. Indem er schwieg, bewies er, dass er so intelligent war, wie seine Augen versprachen.

»Erleichtert? Wie rührend, dass du dich um mich sorgst.«

»Erleichtert nicht wegen dir, Kendale. Sondern wegen mir selbst. Pitt hat erfahren, dass ein Teil unserer Armee über die Südostküste nach Frankreich einmarschiert ist. Da dergleichen nicht genehmigt worden war, hat er mich sehr genau zu denjenigen unter meinen Freunden befragt, die dafür bekannt sind, dass sie sich manchmal selbstständig machen. Southwaite und

Ambury sind in London und somit über jeden Verdacht erhaben. Damit bleibst nur du übrig.«

»Du solltest ihm sagen, dass du nicht für die Entscheidungen deiner Freunde verantwortlich bist. Wenn jedoch unsere Korrespondenz dem Premierminister einen besseren Schlaf beschert, kann mich das natürlich nur freudig stimmen.«

»Bedauerlicherweise konnte sie ihn nicht vollständig beruhigen. Er fing an, peinliche Fragen nach deinem Haushalt zu stellen.«

»Bist du deshalb her? Um meine häuslichen Verhältnisse zu überprüfen?«

»Ich bin hier, um dir ein Treffen mit Monsieur Calvet zu ermöglichen. Als ich zu einem meiner Anwesen gerufen wurde, war mir klar, dass die Route nur wenige Meilen von Ravenswood entfernt verläuft. Monsieur Calvet war so geneigt, den Nutzen seiner Begleitung zu sehen, da ihr beiden euch kennenlernen könnt.«

»Dafür bin ich Ihnen natürlich dankbar, Monsieur Calvet.« Kendale lenkte das Gespräch auf seinen eigentlichen Besucher. »Ich kann nachvollziehen, dass Sie den Entschluss, ein Gast Englands zu werden, überstürzt fassen mussten.«

Monsieur Calvet schilderte seinen Werdegang vor seiner Flucht. In ihren Anfängen hatte er die Revolution unterstützt und sich nicht sonderlich darüber aufgeregt, dass dabei einige Köpfe gerollt waren. »Das Schlimmste habe ich überlebt, indem ich einfach verschwunden bin. Ich bin in das Dorf meiner Familie zurückgekehrt und Bauer geworden wie mein Vater. Wir können allerdings von Glück sagen, dass Menschen mit praktischeren Fertigkeiten als den meinen das Volk ernähren. Meine Schreibfeder hat sich als lukrativ herausgestellt, solange ich unter einem Pseudonym veröffentlicht habe. Meine alten Freunde wussten, wo sie mich finden konnten, und ich bin auf dem Laufenden geblieben, also gab es für mich genug Missstände und Marotten zu kommentieren. Es liegt eine große Freiheit darin, anonym zu bleiben.«

»Und dennoch mussten Sie die Flucht ergreifen.«

»Leider ja. Einer dieser Freunde beschloss, meine wahre Identität zu enthüllen, nachdem ich ein kleines Büchlein veröffentlicht hatte, von dem er sich kritisiert fühlte. Später erfuhr ich, dass er tatsächlich davon betroffen war, aber ich hatte nichts davon gewusst, dass er in die Sache verwickelt war, die ich aufgedeckt hatte.«

»Das klingt nach einem gefährlichen Beruf.«

»Im heutigen Frankreich ja. Wenn der ehrgeizige Korse noch mehr Einfluss gewinnt, werde ich vielleicht für einige Jahre in England bleiben müssen, leider.«

»Er vervollkommnet sein Englisch, also kann er für uns tun, was er schon für Frankreich getan hat«, sagte Penthurst trocken.

Kendale überlegte, wie er den Duke aus dem Gespräch ausschließen konnte. Penthurst wusste, dass er Calvet nach einigen politischen Persönlichkeiten von geringerer Bedeutung in Frankreich fragen wollte, doch es wäre unpassend gewesen, wenn der Duke die Fragen oder die Antworten darauf in allen Einzelheiten gehört hätte.

Eine Nachricht, die dem an der Tür stehenden Angus überbracht wurde, machte dies jedoch für den Augenblick überflüssig. Angus ging zu Kendale, beugte sich über ihn und flüsterte: »Miss Lyon kommt herunter.«

»Führe sie herein.«

Mit leicht dramatischer Geste öffnete Angus beide Türflügel gleichzeitig und machte dann einen Schritt zur Seite. Marielle Lyon trat ein.

Die drei Männer erhoben sich. Kendale verschlug es beinahe den Atem, und genauso ging es seinen Gästen. Schweigen senkte sich über die Anwesenden, während sie bewunderten, wie sehr ein ansehnliches Kleid und etwas Schmuck Marielles Schönheit zu unterstreichen vermochten.

Sie wirkte größer. Das Kleid aus grünem Stoff betonte ihren gertenschlanken Wuchs. Die hohe Taille brachte die perfekt gerundeten Brüste zur Geltung. Sie hatte das Haar hochgesteckt und eine schlichte Perlenkette und Perlenohrringe angelegt, was den sanften Schwung ihres schneeweißen Nackens betonte. Selbstbeherrscht und umwerfend schön verbeugte sie sich vor Penthurst, als sie einander vorgestellt wurden.

Kendale musste sich von ihrem Anblick losreißen. In ihrer abgetragenen Kleidung war sie hübsch gewesen, aber das hier war etwas ganz anderes. Sie trug diese Kleider mit der gleichen Selbstverständlichkeit wie ihre eigene Haut. Sie flößten ihr keinerlei Ehrfurcht ein. Sie schmückten sie nicht einfach. Sie vollendeten ihre Erscheinung.

Innerhalb weniger Augenblicke hatte Monsieur Calvet sie in ein Gespräch verwickelt. Die beiden steckten die Köpfe zusammen und unterhielten sich angeregt auf Französisch. Marielle war die Freude darüber, einem ihrer Landsleute zu begegnen, deutlich anzusehen. Sie konzentrierten sich aufeinander, und wenn sie lachten, klang es, als wären sie einander seit Langem vertraut.

Darum blieb Kendale nichts anderes übrig, als sich mit dem Duke zu unterhalten.

»Du hast bei deinem Eintreffen übertriebenes Interesse an der Fassade dieses Hauses an den Tag gelegt«, sagte er.

»Ich kenne es nicht besonders gut. Ich glaube, ich war erst einmal hier. Eine private Feier, die dein Bruder und seine Frau abhielten. Damals warst du noch bei der Armee.«

»Ich habe gar nicht mitbekommen, dass du dich jetzt nebenbei mit Architektur beschäftigst. Hast du dir etwa angewöhnt, Pläne zu zeichnen?«

Penthurst blickte ihm in die Augen, und Kendale hielt stand.

»Ich habe keine Mauern ausgemessen. Ich habe nach *ihnen* Ausschau gehalten.«

»Wer sollen denn *sie* sein?«

»Die Männer, die deinen Anordnungen Folge leisten.«

»Die Dienerschaft sitzt hier nicht müßig herum. Sie befindet sich dort, wo Bedienstete immer sind.«

»Ich meine nicht die Diener. Wie ich dich kenne, gibt es *von denen* verdammt wenige hier.« Er beugte sich vor, stützte die Ellbogen auf die Knie und musterte Kendale eindringlich. »Hast du letzte Woche Männer nach Frankreich geschickt? War diese Armee, über die die Franzosen sich beklagt haben, etwa deine?«

»Kein Mann, der auf mein Kommando hört, befindet sich in Frankreich.«

»Das war nicht meine Frage.« Penthurst seufzte und lehnte sich auf dem Stuhl zurück. Drüben auf dem Diwan plauderten Marielle und Monsieur Calvet noch immer miteinander, und ihre Worte klangen wie eine lange, trällernde Melodie. »Ein Mann wird vermisst. Ein unschuldiger, einfacher Tuchhändler ohne Amt in der Regierung. Man glaubt, dass er tot ist.«

»Kein Mann, der auf mich hört, würde einen unschuldigen, einfachen Tuchhändler töten.«

»Nun, du kannst dir die Verdächtigungen ausmalen. Es kursieren Gerüchte, dass sich Engländer in der Gegend aufhalten, und dann verschwindet ein Mann. In einem Brief an Pitt werden wir eines Rachefeldzugs gegen diejenigen beschuldigt, die in Toulon involviert waren.«

»Und dieser Tuchhändler war involviert. Für mich klingt das nicht nach Unschuld.«

»Es ist allgemein bekannt, dass diese Erfahrung dich bitter gemacht hat. Dass du unserer Regierung vorwirfst, weder entschieden durchgegriffen noch Gerechtigkeit verlangt zu haben. Es ist bekannt, dass deine Einheit beinahe niedergemetzelt wurde, als ihr beim Versuch zu fliehen plötzlich gemerkt habt, dass ihr umzingelt wart und dass der Gegner zahlenmäßig überlegen war. Viel Geduld ist schon aufgebracht worden, weil du dich weigerst, das große Ganze zu sehen. Wenn du jetzt deine eigenen Vorstellungen von Gerechtigkeit durchsetzen willst, wird man das nicht hinnehmen.«

»Bist du geschickt worden, um mir zu drohen? Das ist kühn. Ein Tuchhändler, der nicht so unschuldig ist, wie er aussieht, verschwindet. Es gibt Gerüchte, dass ein paar englische Soldaten in seiner Stadt herumlungern. Und deshalb soll ich der Schelte Beachtung schenken, die Pitt mir aus zweiter Hand schickt? Er ist ein Narr, wenn er glaubt, dass mich das beeindruckt.«

»Keine Drohungen. Keine Schelte. Auch hat er mich nicht zu dir geschickt. Ich wollte, dass du von den Mutmaßungen erfährst, die über dich und diese Sache gerade aufkeimen. Wenn du dich tatsächlich auf einen Rachefeldzug begeben hast, dann pass auf, dass du nicht plötzlich unserer eigenen Armee gegenüberstehst anstelle der französischen. Das ist alles.«

»*Mon Dieu,* wir sind wirklich unhöflich!«, erklang Marielles Stimme und lenkte sogleich die Aufmerksamkeit aller Anwesenden auf sich. »Vergebt mir, Durchlaucht. Ich war so angenehm überrascht, meinen Landsmann an Ihrer Seite anzutreffen, dass ich mich allzu lange dem Genuss hingegeben habe, ausgiebig meine Sprache sprechen zu können.«

»Es ist nicht nötig, dass Sie sich entschuldigen, Miss Lyon.

Monsieur Calvet hingegen wird dafür geradestehen müssen, dass er Ihre gesamte Zeit beansprucht und Kendale und mich Ihres Charmes beraubt hat.« Penthurst erhob sich. »Ich muss den mir zustehenden Anteil verlangen. Würden Sie einen kleinen Spaziergang mit mir machen? Wenn ich mich recht entsinne, gibt es einen Garten hinter dem Haus, der von einer Steinmauer umgeben ist. Sie können weiterhin Französisch sprechen, wenn Sie wollen. Mir wurde gesagt, dass ich es selbst mit einer gewissen Wendigkeit spreche.«

Geschmeichelt und erfreut ließ Marielle zu, dass Penthurst ihre Hand ergriff und sie hochzog. »Ihre Erinnerung an den Garten stimmt, Durchlaucht. Es ist mir eine Ehre, ihn Euch zu zeigen.«

Ohne es ausdrücklich zu sagen, brachte Penthurst deutlich zum Ausdruck, dass er nach Marielles Gesellschaft verlangt hatte und nach niemandes sonst. Als sie gemeinsam die Bibliothek verließen, lachte sie über etwas, was er gesagt hatte.

Kendale sah ihnen nach, als sie fortgingen, und musste einen Anflug von Eifersucht unterdrücken. Penthurst war nicht nur ein Duke, sondern ein attraktiver, erfolgreicher, liebenswürdiger Duke, der bei vielen Gastgeberinnen wegen seines Esprits und bei Ministern wegen seiner Ratschläge sehr gefragt war. Er war ein verfluchter Ausbund an Tugend. Und ganz gewiss war er völlig anders als er, Gavin Norwood, Viscount Kendale.

»Lord Kendale.« Die Stimme riss ihn aus seinen finsteren Grübeleien. Er erwiderte Monsieur Calvets Blick.

»Ich sollte Ihnen unter vier Augen alles mitteilen, was mir merkwürdig vorkommt. Und es gibt so manches an *mam'selle* Lyon, was ich *pas normal* finde.«

»Bitte, sprechen Sie sich aus.«

Calvet schloss die Tür und nahm dann seinen Sitzplatz auf dem Diwan wieder ein. Kendale blieb stehen. Aus einem der

Fenster der Bibliothek konnte man in den Garten hinaussehen. Er überlegte, Calvet zu sagen, dass er ihm seine Erkenntnisse ein andermal darlegen sollte.

»Ihr Französisch ist hervorragend. Sie ist gebildet. Sie ist gut erzogen.«

»Sie ist die Nichte eines Grafen, also ist das nicht weiter verwunderlich.«

»Ja und nein. Wenn sie sich Mühe gibt, spricht sie mit Pariser Akzent, aber wenn sie überrascht oder unaufmerksam ist, spricht sie Dialekt. Das war bei unseren Eliten durchaus üblich. Sie haben den örtlichen Akzent abgelegt, um nicht zu ländlich und unmodern zu wirken. Wenn sie innerlich bewegt sind, kommt die Sprache ihrer Jugend wieder an die Oberfläche.« Er schwieg einen Moment. »Als wir miteinander sprachen, ist ihr das mehrmals passiert. Eine kleine Veränderung im Tonfall oder ein regionaler Ausdruck, der nicht überall üblich ist.«

»Das ist hier genauso. Wenn die Jungen zur Schule geschickt werden, legen diejenigen, die vom Land kommen und einen starken örtlichen Dialekt sprechen, diesen ebenfalls bald ab, weil sie deshalb gehänselt werden. Daran ist also weiter nichts bemerkenswert.«

Calvet legte die Fingerspitzen vor seinem Mund zu einem Dreieck zusammen und dachte nach. »Aber wenn es etwas gibt, was tatsächlich auffällig ist … Wollen Sie es dann wissen? Das haben Sie zwar gesagt, aber …«

»Natürlich.«

»*Bien.* Sie behauptet, die Nichte des Grafen von Vence zu sein. Sein Gebiet liegt im Süden, am Meer. Wenn sie dort gelebt hat, müsste sie den dortigen Akzent sprechen, wenn sie ungezwungen ist.«

»Aber das ist nicht der Akzent, den Sie gehört haben, stimmt's?«

»Nein. Ich habe eine junge Frau aus dem Westen gehört. Keine Bretonin natürlich. Aber … vielleicht aus der Loire-Gegend.« Erneut zuckte er die Schultern. »Vielleicht hat ihre Familie dort gelebt, und Mademoiselle Lyon behauptet nun, eine enge Beziehung zu ihrem Onkel gehabt zu haben, um hier ihr Glück zu machen. Also sagt sie, sie habe in der Nähe gewohnt und ihn häufig besucht. Für manche hochstehenden Leute ist dieser Kontakt, diese Nähe so bedeutsam wie eine Blutsverwandtschaft.«

Kendale lief in der Bibliothek auf und ab, während er über Calvets Enthüllung nachdachte. Als Madame Peltier eine ähnliche Bemerkung gemacht hatte, hatte er dem nur wenig Bedeutung beigemessen. Als Schriftsteller und Verfasser von Flugblättern war Calvet jedoch überall in der Welt herumgekommen. Und diejenigen, die Marielle ausgefragt hatten … ganz gewiss war sie in Gegenwart dieser Leute auf der Hut gewesen. Auf keinen Fall so entspannt, dass sie in den Dialekt ihrer Heimat verfallen wäre.

Plötzlich stand er neben dem Fenster, das auf den Garten zeigte. Unten schlenderten Marielle und Penthurst über die Wege. Sie war ausnehmend schön. Ihr unverwechselbarer Gang passte zu ihrem Kleid und ließ sie wie eine Königin aussehen. Wenn sie die war, die sie zu sein vorgab, musste sie nicht danach trachten, die Geliebte eines Dukes zu sein. Sie durfte darauf hoffen, seine Ehefrau zu werden.

»Noch etwas ist merkwürdig«, sagte Calvet. »Und ich weiß nicht, was ich davon halten soll.«

Er drehte sich um. »Was denn?«

»Es ist wieder ihre Sprache. Aber nicht ihr Französisch, sondern ihr Englisch. Es ist zu gut, Lord Kendale. Es ist besser als meines, und ich spreche Englisch, seit ich ein kleiner Junge war. Hören Sie meine Stimme, und dann erinnern Sie sich daran, wie sie spricht. Ich glaube nicht, dass Sie unter den Emigranten noch jemanden finden, der ein solches Englisch spricht. Ihr Akzent ist kaum zu hören, aber das meine ich nicht. Sie hat auch keine Schwierigkeiten mit dem Satzbau, anders als die meisten von uns. Entweder kann sie hervorragend nachahmen oder sie hatte die allerbesten Lehrer.«

»Sie sagt, wer den richtigen Akzent nicht beherrscht, ist faul. Sie behauptet, dass sie sich besonders viel Mühe gibt.«

»Das ist offensichtlich, und ihre Anstrengungen haben zu erstaunlichen Erfolgen geführt. Nicht nur beherrscht sie Wörter und Struktur, sondern sie spricht auch ungewöhnlich fließend.«

Ungewöhnlich fließend. *Je suis désolée. Es tut mir leid, dass ich dich enttäuscht habe.* So fließend, dass sie sogar in Todesgefahr in beiden Sprachen dachte. Und auch bei anderen Gelegenheiten. *Dich, ich will dich.* Nicht *vous* oder *tu*, sondern *dich.*

War das der Beweis dafür, dass sie so hervorragend ausgebildet war, wie er zunächst geglaubt hatte? Konnte sie tatsächlich als Engländerin durchgehen, wenn eine Mission das erforderte?

Er hasste es, in Gedanken das Beweismaterial zu sezieren und seine Bedeutung zu untersuchen. Sosehr hatte er sich gewünscht, diese Frau zu entlarven. Und jetzt, da Calvet ihm Grund zu der Annahme gab, dass er sie richtig eingeschätzt hatte, wollte er die Schlussfolgerungen nicht hinnehmen.

Unten im Garten machte Penthurst eine Geste. Er musste irgendetwas Kluges gesagt haben, denn Marielle lachte. Sie wandte dem Duke ihr Gesicht zu, und ihre Augen funkelten vor Belustigung. Penthurst ließ sich nicht leicht blenden, aber Kendale glaubte nicht, dass er gegen ihren Charme gewappnet war. *Sei nicht zu unbesorgt, Marielle. Sei nicht nachlässig mit der Sprache, wenn er sein Französisch mit dir erprobt. Er könnte etwas merken.*

Widerwillig trat er vom Fenster zurück und wandte sich wieder Monsieur Calvet zu. »Danke, dass Sie meiner Bitte Ihre Landsmännin betreffend so viel Aufmerksamkeit gewidmet haben. Was Sie da sagen, ist faszinierend.«

»Nun, sie ist eine faszinierende Frau, nicht wahr, Lord Kendale?«

»Und damit kommen wir zum Grund unseres Treffens. Penthurst sagt, Sie kennen sich in der Politik Ihres Landes sehr gut aus. Nicht nur bei Ministern und Politikern auf nationaler Ebene, sondern auch bei denen, die in den Provinzen eine Rolle spielen.«

»Meine Tätigkeit beruhte darauf, dass ich Augen und Ohren stets offen gehalten habe. Vielleicht ist meine Kenntnis Frankreichs darum gründlicher als die anderer.«

»Haben Sie den Namen Lamberte schon einmal gehört?«

Neugierig blickte Calvet auf. »Darf ich fragen, woher Sie diesen Namen kennen?«

»Ich habe zufällig gehört, wie jemand ihn erwähnte.«

Calvet verschränkte die Arme und dachte nach, bevor er wieder zu sprechen begann. »Antoine Lamberte ist derzeit ein wichtiges Mitglied des Führungsgremiums in der Vendée. Vielleicht der wichtigste, was seinen Einfluss betrifft. Er ist ehrgeizig und wird höchstwahrscheinlich einen Posten in Paris erringen.«

»Es scheint Ihnen Unbehagen zu bereiten, über ihn zu sprechen.«

»Ich fühle mich stets unbehaglich, wenn ich über einen Mann spreche, der gedroht hat, mich umzubringen, Lord Kendale. Es war, nachdem jene Region der Revolution widerstanden und sich dagegen erhoben hatte. Lamberte ist der uneheliche Sohn eines Barons. Er ist von seinem Vater erzogen worden und hat sogar eine Stellung als Verwalter im Haushalt der Familie bekommen, als sein Halbbruder das väterliche Erbe antrat. Doch dann hat er sich der Revolution angeschlossen und wurde hinausgeworfen. Die Kämpfe in der Gegend von Savenay, wo seine Familie lebt, waren sehr hässlich. Es herrschte Chaos. Und am Ende war Lambertes Bruder tot. Nicht durch eine Hinrichtung. Sondern umgekommen in den Aufständen, die das Land überfluteten. Innerhalb eines halben Jahres hatte Lamberte sich in dem Château niedergelassen, genau wie sein Halbbruder, nur dass er ein Vertreter der neuen Regierung war.«

»Warum hat er gedroht, Sie umzubringen?«

»Ich habe den Fehler begangen und zu viele Fragen zum Tod des Barons gestellt. Ich bin in die Vendée gereist, um über diesen bedauerlichen Zwischenfall bei unserem großartigen Unterfangen zu schreiben, und habe von seinem Tod und dem so vieler anderer gehört. Seine eigenen Bediensteten sollen ihn getötet haben. Als er sah, dass alles verloren war, hat er sich selbst und seine Geliebte getötet, behaupten andere. Ich gebe zu, dass ich daran gedacht habe, einen Roman über diesen Mann zu schreiben. Die Geschichte erschien mir interessant.«

»Lamberte war da vermutlich anderer Meinung.«

»Er hat mich zu sich gerufen. Er hätte selbst ein Baron sein können, wie er da saß und mich abschätzig musterte. Dann ließ er mich wissen, dass es klug wäre, wenn ich Savenay verlassen würde.« Er hob die Hände. »Ich bin gegangen. Aber von ferne habe ich ihn beobachtet. Wegen der dortigen Schwierigkeiten verfügt er über recht große Macht. Niemand wagt es, ihm zu widersprechen. Er hält das gegnerische Lager nieder, manchmal indem er diejenigen hinrichtet, die Probleme machen. Natürlich wird vorher immer eine Art Prozess gemacht.«

»Ihre Abneigung ist offensichtlich. Findet ihn sonst niemand beunruhigend? Unterstützen ihn alle Minister?«

»Überhaupt nicht. Viele halten ihn nicht für vertrauenswürdig. Andere glauben, dass er nur seinen eigenen Vorteil sucht. Es wird kritisiert, wie er lebt … seine Vorliebe für Luxus erinnert allzu sehr an seinen Vater, heißt es. Ich hoffe, dass am Ende diese gesünderen Geister die Oberhand gewinnen, was ihn betrifft, aber man kann nie wissen.«

Nein, das konnte niemand wissen. »Wenn Sie Ihren Roman geschrieben hätten, wie wäre der letzte Baron dann gestorben? Selbstmord?«

Calvet schüttelte den Kopf. »Das wäre ein zu entmutigendes Ende. In meinem Roman wäre er von jemandem getötet worden, der das Chaos nutzt, um einen Mord zu verheimlichen, der nichts mit Politik oder der Sache des Volkes zu tun hat. Wie bei den meisten Morden wäre es dabei um Neid und Gier und lang andauernden Hass gegangen. Es wäre eine menschliche Geschichte, keine politische.«

In der Nähe des Hauses erklang Geplauder und drang zum Fenster herein. Türen schwangen auf, und es wurde lauter. Penthurst sprach leise auf Französisch. Kendale versuchte zu verstehen, was er sagte.

»Er spricht gut«, sagt Calvet leise.

Natürlich tat er das. Er war ein verdammter Duke. Ein verdammter Duke, der jetzt auf Französisch flirtete und zu leise und schnell sprach, als das Kendale ihn hätte verstehen können.

»Er sagt gerade zu ihr, dass sie während der kommenden Saison in London bleiben soll, damit sie die Vergnügungen dort nicht verpasst.«

Marielle hatte keine passende Garderobe für die geselligen Anlässe der Saison. Wenn sie Penthurst das erklärte, würde er ihr vermutlich anbieten, eine zu kaufen.

Sie betraten die Bibliothek, beide lächelnd und mit strahlenden Augen. Kendale brachte die Freundlichkeit auf, Penthurst und Calvet noch zu einem gemeinsamen Essen einzuladen, bevor sie wieder abfahren würden, und sie gingen alle zusammen in das Speisezimmer.

Calvet beglückte die Gesellschaft mit Anekdoten über die Schwächen der französischen Regierung und den neuen strahlenden Stern des Militärs namens Napoleon. Penthurst fragte ihn ein wenig aus. Kendale ließ sie einfach reden. Marielle sah reizend aus und schien interessierter zu sein als die meisten Frauen, aber schließlich war es auch ihre verlorene Heimat, die hier beschrieben wurde.

Endlich war es vorbei. Marielle entschuldigte sich und wurde mit Schmeicheleien und tiefen Verbeugungen verabschiedet. Nur mühsam schaffte Kendale es, den Duke nicht sofort danach aus dem Haus zu komplimentieren. Als sie sich endlich verabschiedeten, folgte Calvet ihnen. Draußen vor der Tür blieb er stehen.

»Lord Kendale, bitte, auf ein Wort.«

Kendale wartete. Penthurst ging indessen weiter und stieg in seine Kutsche.

»Seit zwei Stunden denke ich schon darüber nach, ob ich jemandes Vertrauen missbrauche, wenn ich Ihnen etwas erzähle. Jetzt bin ich zu dem Schluss gekommen, dass dem nicht so ist.«

»Worum geht es?«

»Es hat mich überrascht, dass Sie Lamberte erwähnt haben. Das war eine weitere Seltsamkeit. Wissen Sie, als *mam'selle* und ich uns allein unterhalten haben, hat sie ebenfalls nach ihm gefragt.«

Er ging zur Kutsche und stieg ein. Als das Gefährt die Auffahrt hinunterrollte, kam Angus aus dem Haus und sah ihm nach. »Als der Duke im Garten war, hat er das Haus angeguckt, als wollte er ein Bild davon malen.«

»Vermutlich ist damit zu rechnen.«

»Ich glaube, er hat sie darüber ausgefragt, wer hier war und solche Sachen.«

»Vielleicht.« Er würde es bald herausfinden. »Geh und sag den Männern, dass sie aus dem Keller kommen können.«

Marielle spähte die Treppe hinunter, nachdem die Gäste aufgebrochen waren. Angus kam zuerst herein und ging mit großen Schritten in den rückwärtigen Teil des Hauses. Kendale folgte einen Augenblick später.

Er bemerkte, dass sie auf halber Treppe stand. Unten vor der ersten Stufe blieb er stehen und blickte zu ihr hoch.

»Du hast mit ihm geflirtet.«

»Ich habe ihn unterhalten. Das ist etwas anderes.«

»Tatsächlich?«

»Natürlich. Das weiß doch jeder. Wenn du mehr unter Menschen gehen würdest, die sich amüsieren, wüsstest du das auch.«

Er stieg die Treppe hinauf, näherte sich ihr. Angesichts seiner finsteren Miene wäre sie beinahe zurückgewichen.

Er nahm sie bei der Hand und ging mit großen Schritten weiter. Sie musste rennen, um nicht hinterhergeschleift zu werden.

Er öffnete die Tür und stieß sie in das Zimmer. Zu ihrem Erstaunen folgte er ihr und knallte die Tür hinter sich zu. »Leg dich hin.«

Diesmal wich sie tatsächlich zurück, doch im nächsten Moment verharrte sie und hielt ihm stand. »*Bitten* Sie mich gerade darum, mich auf das Bett zu legen, Lord Kendale?« Aus schmalen Augen blickte sie ihn an. »*Bitten* Sie mich darum, in diesem Augenblick die Rolle Ihrer Geliebten zu spielen?«

Das brachte ihn wieder zur Besinnung. Allerdings starrte er

sie wütend an, denn es gefiel ihm nicht, dass sie ihm ausgerechnet heute eine solche Lektion erteilte. Er biss die Zähne zusammen, und ein gefährlich amüsiertes Funkeln lag in seinem Blick. »*Bitte* geh zum Bett, Marielle.«

Es schien eine Verschwendung zu sein, bei der ihr schönes Kleid ruiniert werden würde, vor allem in Anbetracht von Kendales sonderbarer Laune. Trotzdem streckte sie sich auf dem Bett aus. Zu ihrer Verblüffung hob er sie hoch und drehte sie auf den Bauch. Erneut verblüffte es sie, als er sie an den Hüften packte und hochzog, bis sie kniete, sie wie eine Puppe behandelte, die er hinlegen konnte, wie es ihm gefiel.

Sie fühlte, dass er ihr den Rock hochschob. Kühle Luft strich ihr über Beine und Po. Mit geröteten Wangen und erregter, als sie ihm gegenüber zugeben wollte, blickte sie über die Schulter. Heiß vor Verlangen und von all dem, was sonst noch an diesem Tag geschehen war, öffnete Kendale seine Hose.

Sie wandte den Blick ab und wartete, bis er in sie stoßen würde. Sie rechnete nicht mit Vorgeplänkel. Doch er überraschte sie erneut, denn er streichelte sie unerwartet sanft. Die Liebkosung berührte sie tief im Innern. Ihr ganzer Körper erschauerte unter der Lust, die durch ihr Innerstes wirbelte. Immer wieder berührte er sie und spielte schließlich mit der Stelle, an der es am intensivsten war. Das Gefühl wurde unerträglich, und sie konnte sich nicht mehr beherrschen. Sie erstickte ihre Schreie in der Decke, hob die Hüften weiter an und bewegte sich unter seiner Berührung, während die Schauer der Lust durch ihren Körper rasten.

Sie spürte, dass er sie auf den unteren Rücken küsste. »Ja, so, Marielle. Zeig mir, wie sehr du mich brauchst.«

Weitere Liebkosungen forderten sie heraus, erforschten sie, machten alles noch schlimmer. Ihr Körper flehte und schluchzte. Ihr Atem wurde zu einem Keuchen, erstaunt, immer lauter, bis reine und vollständige Erlösung sie in tausend Stücke zerspringen ließ. Und nun endlich stieß er in sie hinein, immer wieder, so fest und tief, dass sie glaubte, ihn noch tagelang spüren zu können.

»Der Duke hat mich gefragt, ob ich mit ihm und Monsieur Calvet nach London zurückfahren möchte«, sagte Marielle einige Zeit später, nachdem sie lange überlegt hatte, ob sie überhaupt etwas sagen sollte.

Die Leidenschaft dieses Abends hatte nur wenig von der Sanftheit ihrer letzten Begegnung gehabt. Er hatte Anspruch auf sie erhoben, unmissverständlich, von dem Moment an, als er sie bei der Hand genommen und die Treppe hinaufgezogen hatte. Vielleicht lag es an dem Kleid oder an dem Besuch. Ihr war nicht entgangen, wie sehr sich Kendales Laune in Penthursts Anwesenheit verfinstert hatte.

Zwar bedeckte er sie nicht mehr mit seinem Körper, doch er hielt sie immer noch fest. Penthursts Angebot erwähnte sie nur deshalb, weil sie sich jetzt, in seiner Umarmung, vor nichts mehr fürchtete, am wenigstens vor Kendales Zorn.

»Er hat sich nicht an mich herangemacht. Ich glaube, er denkt, du hast mich eingesperrt.«

Er stützte sich auf die Unterarme und sah ihr ins Gesicht. »Was hast du ihm geantwortet?«

»Dass ich noch ein paar Tage hierbleiben würde.«

Sein Blick wurde wärmer. »Wenn du dich dafür entscheidest, noch zu bleiben, ist es kein Gefängnis mehr. Ich hätte dich nicht davon abhalten können, mit ihm zu fahren.«

»Ich gebe zu, dass ich in Versuchung war, aber … Es soll sich nicht herumsprechen, dass du Frauen entführst und sie zwingst, in diesem Haus zu leben. Das könnte zu bösen Missverständnissen führen.«

»Wenn du dir Sorgen um meinen Ruf machst: Ich bin kein Gefängniswärter.« Er küsste sie auf die Schulter, als wollte er damit bekräftigen, dass die Bezeichnungen Gefangener und Wärter auf sie und diesen seltsamen Besuch nicht mehr zutrafen.

»Hat er noch etwas Interessantes gesagt? Oder nach dem Haushalt hier gefragt?«

Sie hätte wissen müssen, dass er es erraten würde. »Ihm ist aufgefallen, dass es hier keine Frauen gibt und auch nur wenige Bedienstete, und das fand er seltsam. Ich habe ihm gesagt, dass ich nicht erwartet hätte, bei einem so mönchisch lebenden Mann zu Gast zu sein, dass es aber genug Annehmlichkeiten gäbe, um hier eine Weile durchzuhalten.«

»Mönchisch? Das hier ist ganz gewiss kein Kloster. Und was die Annehmlichkeiten betrifft …«

Er legte ihr eine Hand auf die Brust. Die sanfte Wärme drang in sie ein und verschaffte ihr mehr Wohlbehagen, als er ahnen konnte.

»Er wusste nicht recht, was er von uns halten sollte. Soll er sich ruhig weiterhin wundern.« Sie streckte die Arme aus und legte sie ihm um den Nacken. »Warum war er hier? So viele Fragen. Zu viel Neugier für einen Gast. Ich dachte, er wäre dein Freund.«

»Das war er früher einmal. Vielleicht hält er sich immer noch dafür. Ich bin noch zu keinem endgültigen Schluss gekommen. Aber er ist gekommen, und deshalb werden andere fernbleiben.«

»Welche anderen?«

»Solche, die hübschen Französinnen mit zweifelhafter Vorgeschichte nachstellen.«

Dass Vertreter der Regierung womöglich auf Kendale aufmerksam geworden waren, beunruhigte sie. Dass er noch immer so leichthin über ihre zweifelhaften Absichten sprach, stimmte sie traurig.

Sie schalt sich selbst, weil sie verletzt war. Was hatte sie erwartet? Dass ein paar Nächte der Lust ihn in einen Esel verwandeln würden, wie sie ihn anfangs genannt hatte? Die Annehmlichkeiten, von denen er sprach, unterschieden sich sehr von dem, was sie empfand. Eine gute Mahlzeit hätte er wahrscheinlich genauso genossen.

»Hast du etwas Unrechtmäßiges getan? Heute hast du die meisten Männer versteckt. Vor dem Duke?«

Er rollte sich wieder auf den Rücken und ließ sie los. Sie wartete darauf, dass er sie in die Arme schließen würde. Wie letzte Nacht würde sie den Kopf an seine Brust schmiegen und vielleicht erneut zeitlosen Frieden empfinden. Zu ihrer Enttäuschung rührte er sich nicht, und seine Miene wirkte angespannt.

»Ich habe nichts Falsches getan. Nichts Unehrenhaftes. Ich habe nur eine Landkarte der Gerechtigkeit aufgezeichnet und bereits die ersten Meilen zurückgelegt.«

»Habt ihr dafür in England keine Gerichte? Ich dachte, es gäbe hier viele davon. Mehr, als die meisten Länder brauchen.«

Er lächelte, schüttelte aber den Kopf. »Keines unserer Gerichte wird sich dieser Sache annehmen.«

»Was nützt es, adelig zu sein, wenn du vor Gericht nicht recht bekommen kannst? Ich dachte, sogar bestechliche Richter würden sich in deinem Fall um Gerechtigkeit bemühen.«

»Das hast du falsch verstanden. Unsere Gerichte sind in meinem Fall nutzlos, weil es keine Sache des englischen Rechts ist.«

Mehr sagte er nicht, doch das Thema lenkte ihn ab. Sie spürte, dass er sich in sich zurückzog und sich weiterhin mit der Landkarte und der Reise beschäftigte, von denen er gesprochen hatte, und mit deren endgültigem Ziel.

In diesem Bett war sie jetzt ein Eindringling. Sie schob das Laken zurück und griff nach ihren Kleidern. Er schloss die Hand um ihr Handgelenk, zog sie an sich und sank mit ihr wieder auf das Bett. Ihr Kopf ruhte an seiner Schulter, und ihre Seele atmete auf, als sie die Waffen fallen ließ, die sie innerlich immer bei sich trug, für den Fall der Fälle.

»Hast du schon einmal von der Belagerung von Toulon gehört?«, fragte er. Die leisen Worte schwebten in der Stille zwischen ihnen.

»Natürlich.« Er sprach von einer Erhebung gegen die Revolutionsregierung sechs Jahre zuvor, eine von vielen, die mit einem Sieg der Republikaner geendet hatten. Englische Truppen und die englische Navy hatten sich daran beteiligt und die königstreuen Kräfte Frankreichs unterstützt. Jetzt war die Belagerung in aller Munde, weil dieser Napoleon, der so schnell aufgestiegen war, dabei eine seiner frühen Sternstunden gehabt hatte.

»Ich war in Toulon O'Hara unterstellt«, sagte Kendale. »Nachdem er besiegt und verhaftet worden war, nachdem alles gescheitert war, mussten wir irgendwie herauskommen. Ein paar von uns versteckten sich in einem Haus, das einer Frau gehörte, mit der einer meiner Offizierskameraden befreundet war.«

»War sie seine Geliebte?«

»Das dachte er. Gott weiß, dass er zumindest geglaubt hat, diese Frau zu lieben. Er hatte vor, sie mitzunehmen, und wollte nichts davon hören, dass das zu gefährlich war. Feversham war kein Mann, der wegen einer Frau sentimental wurde, darum genoss seine Meinung von ihr mehr Respekt, als hätte er sich einer langen Reihe von Geliebten erfreut.«

Also beinahe ein Mann wie du, dachte sie.

»Dass sie sehr schön war, hat seiner Zuneigung sicher nicht

geschadet. Die Männer haben Feversham ein bisschen beneidet. Fünfzehn von uns hat diese Frau eine Woche lang versteckt. Sie hat für uns in Erfahrung gebracht, wie die republikanischen Truppen in der Stadt verteilt waren, und sie überbrachte uns Nachrichten über die Hinrichtungen. Es gab viele davon.«

So war es immer, wenn ein Aufstand niedergeschlagen wurde. Tausende waren gestorben, als die neue Regierung die Macht ergriffen und ihre Autorität in Gegenden gefestigt hatte, die weniger geneigt gewesen waren, die neue Ordnung zu akzeptieren. Sechs Jahre zuvor war Frankreich ein Land gewesen, in dem man sich entweder versteckte oder starb oder auf der Flucht war.

»Es gelang ihr, genug Essen zu kaufen, ohne dass offensichtlich wurde, wie viele Menschen sie versorgte. Sie pflegte zwei verwundete Männer. Als sie eines Tages wiederkam und uns erzählte, dass die Truppen, die die Straße im Norden bewachten, in eine andere Stadt abgezogen worden waren, dass die Luft in der Nacht darauf rein sein würde, ergriffen wir die Gelegenheit beim Schopf und entkamen.«

Ihr wurde das Herz schwer. Sie glaubte zu wissen, was als Nächstes kommen würde.

»Die Straße war sauber. Eine Meile kamen wir gut voran. Aber dann plötzlich waren sie überall um uns herum, kamen aus allen Richtungen. Sie waren uns zahlenmäßig überlegen, hatten uns umzingelt, und wir kämpften um unser Leben. Fevershams Geliebte hatte ihn tatsächlich begleitet, aber als er sie zu schützen versuchte, riss sie sich los und rannte zu den Soldaten. Sie ließen sie durch ihre Reihen, und sie verschwand. Und da wussten wir, dass sie ihn verraten hatte und uns in den Tod führen wollte.« Es folgte ein langer Moment des Schweigens, dann seufzte er. »Und unser Tod war es, jedenfalls für die meisten von uns. Ich hätte nie geglaubt, so ein Massaker miterleben zu müssen.«

»Und Feversham?«

»Er wurde niedergestochen, und ich habe ihn mitgeschleift, als ich mich durchkämpfte. Aber unterwegs ist er gestorben. Nur vier von uns sind lebend davongekommen.«

Dass er ihr diese Geschichte anvertraut hatte, verlieh der Atmosphäre eine Intimität, als hätte er ein Geheimnis mit ihr geteilt. Aber es war kein Geheimnis. Alle Welt wusste, was in Toulon geschehen war. Doch seine Erinnerungen hatten ihre eigenen geweckt, und sie erhoben sich von dem Platz, an den sie sie verwiesen hatte, und vereinten sich mit denen Kendales. Sie war nahe daran, sehr nahe, ihm zu sagen, dass sie ihn besser verstand, als er ahnte.

»Willst du dich an dieser Frau rächen?«

Wieder Schweigen. Dann schüttelte er den Kopf. »Ich habe gehört, dass sich ein Oberst diese verheerende Niederlage als Verdienst angerechnet hat. Ihr Bruder, ein Geschäftsmann, hat ordentlich davon profitiert, offenbar eine Belohnung bekommen. Wahrscheinlich hat sie sich ihm anvertraut, und er ist zu dem Oberst gegangen.«

Aber die Frau hatte die Männer zu der Straße geführt. Sie war die Verräterin gewesen. »Du hast meine Frage nicht beantwortet. Willst du diese Frau bestrafen?«

Diesmal dauerte das Schweigen länger, als müsste er über ihre Frage nachdenken. »Ich töte keine Frauen.«

Eine bestürzende Antwort. Seine Rache würde also offenbar blutig sein. »Und dieser Oberst? Wer war er?«

Er verlagerte das Gewicht, sodass er wieder auf ihr lag und ihre Körper miteinander verschmolzen. Als er ihr in die Augen blickte, sah sie den Schmerz, den die Erinnerung heraufbeschworen hatte. Und sie sah noch etwas. Einen Mann, der eine Französin mit zweifelhafter Vorgeschichte anblickte, und zwar argwöhnisch.

Seine Liebkosungen sorgten dafür, dass sie nicht weiter darüber nachdachte. Er begrub die Zweifel unter Lust. Als er sie vor Wonne zum Schluchzen gebracht hatte, sie ihn so sehr begehrte, dass ihr seine oder ihre Rache egal war und auch die Frage nach Vertrauen und Treue, hielt er ihr die Hände über dem Kopf fest. So lag sie da, machtlos und gefügig, während er in sie eindrang. Eine Zeit lang war sie auf diese Weise wirklich seine Gefangene. Doch obwohl er sie beherrschte und kontrollierte, konnte er die Ruhelosigkeit und die heftigen Gefühle nicht auslöschen, die sie stets an ihm wahrgenommen hatte. Erst jetzt verstand sie, warum er so war.

14

Es war Zeit. Höchste Zeit. Kendale kam zu dieser Erkenntnis, als er am nächsten Nachmittag neben Marielle ritt.

Sie war keine geübte Reiterin, das war deutlich zu sehen. Zwar hatten sie das älteste und ruhigste Reittier des Stalls für sie gesattelt, dennoch ritten sie nun ganz langsam über die Felder, damit sie sich nicht fürchtete. Sie trug ein Reitkleid, das der letzten Viscountess gehört hatte, ein dunkelblaues, geschnitten und geschmückt wie eine Militaruniform. Kendale fand, dass das typisch war für den Unsinn, den die Mode für Frauen manchmal hervorbrachte. Trotzdem sah Marielle sehr hübsch aus, obwohl sie die Zügel nicht richtig hielt, egal, wie oft er es ihr auch zeigte.

»Wir können morgen nach London zurückfahren«, sagte er.

Sie lächelte nicht. Ihre Augen strahlten nicht. Er hätte gern geglaubt, dass sie das Ende ihres Aufenthalts hier bedauerte.

»Das wäre gut. Dominique macht sich vermutlich Sorgen um mich, und ich werde dort gebraucht.«

»Die einzige Voraussetzung ist, dass wir endlich das Gespräch führen, das schon längst fällig ist.«

Verstohlen blickte sie ihn von der Seite an. »Das unvollendete Geschäft muss zu Ende gebracht werden, meinst du wohl. Befürchtest du nicht, dass ich mich weigern werde, das zu tun? Nur, um hierbleiben zu können, jetzt, nachdem ich den Luxus in diesem Haus und die Garderobe einer Lady genossen habe?«

»Nein.« Sie würde nicht bleiben. Sie konnte nicht. Offensichtlich gab es etwas, was sie tun musste. Nur wusste er nicht, was das war.

»Also gut, Mylord, dann will ich mich nicht lange zieren. Ich bin keine Spionin. Das schwöre ich bei der Seele meiner Eltern. So, und das ist alles.« Streitlustig blickte sie ihn an. »Glaubst du mir?«

Glaubte er ihr? Wenn nicht, hätte er sie in Dover dem Vertreter des Innenministeriums übergeben müssen. Er wollte glauben, dass er nicht einfach Ausflüchte gebraucht hatte, um das zu vermeiden und sie stattdessen in sein Bett zu bekommen.

»Ja. Obwohl du viel Fleiß darauf verwendet hast, Dinge nach Frankreich zu schicken. Du hast sogar Garrett auf eigene Faust aufgesucht, als deine Kuriere nichts mehr für dich tun konnten. Ich würde gern wissen, warum.«

»Ich habe dir bereits gesagt, dass ich Kupferstiche nach drüben schicke, die die schlimmsten Anführer dort aufs Korn nehmen. Wenn du dir mit mir einig bist, dass ich keine Spionin bin, was betrifft dich das Ganze dann noch? Bekämpfst du jetzt die Schmuggelei, genau wie die Franzosen?«

»Die Leute schmuggeln Ware in beide Richtungen, um Geld damit zu verdienen. Du hast Garrett bezahlt. Er hat dir kein Geld gegeben. Es sah aus, als bezahltest du ihn für seine Dienste.«

Vor Ungeduld stöhnte sie auf. »Vielen Dank, dass du dich so für meine Angelegenheiten interessierst, aber du hast in dieser hier noch weniger Befugnisse als in der anderen. Nun, da wir diesen Teil unserer Geschäfte endlich erledigt haben, sag mir, wann wir abfahren. Morgen früh?«

Er hätte nichts dagegen gehabt, es auf später zu verschieben. Viel später. Wochen später. Er bezweifelte, dass diese Liaison die Rückkehr in die Stadt überstehen würde. Dort lebte sie in ihrer Welt und er in seiner, und sie hatten beide Pflichten, mit denen der andere nichts zu tun hatte. Es war entschuldbar, dass er Berechnungen darüber anstellte, wann sie zweckmäßigerweise abreisen sollten, dennoch zögerte er das Unvermeidliche damit nur hinaus.

»Ja, morgen früh.«

In dieser Nacht würde sie wahrscheinlich nicht zu ihm kommen. Das bevorstehende Ende ihres Aufenthaltes in Ravenswood hatte den Tag überschattet, wie ein herannahender Sturm einen Ausflug im Sommer verdarb. Es war da, dämpfte die Stimmung im Haus und verdunkelte die Blicke, die sie in den letzten hellen Stunden des Tages tauschten. Am Abend lenkte Kendale sich ab, indem er sich an seinen Schreibtisch in der Bibliothek setzte und um die Verwaltung des Grundbesitzes kümmerte. Marielle machte es sich auf dem Diwan bequem und las ein Buch.

Als sie nach oben gingen und sich trennten, küsste er sie, und ihm war nur allzu bewusst, dass es vielleicht der letzte Kuss überhaupt war. Dann betrat er sein Zimmer, entkleidete sich bis auf die Unterwäsche und öffnete ein Fenster, damit die frische Abendbrise die von Sehnsucht erfüllte Luft abkühlte.

Als eine halbe Stunde vergangen war, wusste er mit Bestimmtheit, dass Marielle ihnen die Peinlichkeit ersparen wollte, so zu tun, als könnte ihre Leidenschaft außerhalb der Mauern dieses Hauses weiterleben.

Er warf sich in einen Sessel, schloss die Augen und versuchte, sich die Schritte zu vergegenwärtigen, die er vor seiner nächsten Reise unternehmen musste. Die möglichen Fallstricke und Gefahren einzuschätzen nahm seine Gedanken schließlich so sehr in Anspruch, dass er alles um sich herum vergaß. Bis er unvermittelt Marielles Anwesenheit spürte. Er schlug die Augen auf und sah sie nur wenige Schritte von sich stehen.

»Gott sei Dank. Ich dachte schon, du schläfst«, sagte sie. »Oder habe ich dich geweckt?«

»Ich habe nicht geschlafen.« Er nahm ihren Anblick in sich auf, erstaunt, wie dankbar er war, weil sie doch noch zu ihm gekommen war. »Du bist heute Abend so schön, dass es schmerzt, dich anzusehen.«

Sie warf das Haar über eine Schulter zurück und blickte an sich herunter. »Das ist eines der Ballkleider. Ich musste es einfach anziehen, bevor ich abreise. So etwas habe ich noch nie getragen. Es hat lange gedauert, bis ich mich für eins entscheiden konnte.«

Sie hatte ein champagnerfarbenes Kleid gewählt. Der tiefe Ausschnitt enthüllte viel von ihren wohlgerundeten Brüsten. Üppige Perlenstickereien und Spitze schmückten den Saum des Rockes.

»Du kannst es behalten. Nimm es mit.«

Sie lächelte, schüttelte aber den Kopf. »Ich kann es nicht gebrauchen. Aber vielleicht nehme ich das Kleid, das ich gestern getragen habe. Es wäre schön, etwas Modischeres zu besitzen, wenn ich zu einer Gesellschaft gehe oder Emma oder Cassandra besuche.«

Dass sie die Ehefrauen seiner Freunde erwähnte, erinnerte ihn daran, dass sie gelegentlich doch durch seine Welt spazieren würde. Er würde sie weiterhin sehen. Ob das gut war?

»Ich bin froh, dass du heute Abend zu mir gekommen bist, Marielle. Ich habe nicht damit gerechnet.«

»Eine vernünftige Frau hätte das auch nicht getan, aber ich konnte nicht anders. Ich dachte nur, vielleicht … nicht, dass ich das glaube, aber man kann ja nie wissen … vielleicht findest du, dass ich mich wie eine Gefangene verhalten habe, die um die

Gunst ihres Herrn buhlt, indem sie sich allzu willfährig zeigt. Wenn das zutrifft, gilt es auf keinen Fall mehr für heute Nacht. Und es soll auch nicht als Entschuldigung dienen.«

Sie ging zu ihm, der Satin umfloss sie wie Wasser, und der Schein der Kerzenflammen warf tausend goldene Lichter auf ihre langen Locken. Und wenn er achtzig Jahre alt werden würde … Niemals würde er vergessen, wie sie an diesem Abend aussah.

Ein verschmitztes Lächeln umspielte ihre Lippen, doch sie versuchte, so raffiniert zu wirken, wie es dem Abendkleid angemessen war. »Außerdem musste ich kommen, weil zwischen uns immer noch etwas unerledigt ist. Bei unserem Ausritt ist nur ein Teil davon geklärt worden.«

Es dauerte einen Augenblick, bis ihm klar wurde, was sie meinte. Er wartete und hoffte, dass er sich nicht irrte. Bei dem bloßen Gedanken daran wurde er hart.

Elegant und anmutig ging sie vor ihm auf die Knie. Erneut enthielt ihr Blick das Versprechen auf unerhörte Genüsse, während sie sich an seiner Unterhose zu schaffen machte. Sie erwies sich dabei als sehr geschickt, und schon bald schloss sie die Hand um seine Erektion. Sie begann sie zu bewegen.

Immer, wenn sie das getan hatte, war Kendale auf einer Welle der Lust geritten und hatte sich ganz dem Genuss hingegeben. Heute jedoch konnte er das nicht. Dass sie vor ihm kniete und ihr Blick versprachen mehr, und ihre Berührungen wurden zu Liebkosungen, die ihn vorsätzlich und gnadenlos vor Lust um den Verstand brachten.

Marielle sah ihn an und genoss die Macht, die sie über ihn hatte. Sie ließ den Daumen um die Spitze seiner Männlichkeit kreisen, und er wurde noch härter. Sie beugte sich vor, bis er die Rundungen ihrer Brüste direkt vor Augen hatte. Dann senkte sie den Kopf. Ihre Zunge schnellte vor. Unter diesen

Neckereien spannten seine Lenden sich auf köstliche Weise an. Sie beugte sich vor, und Wärme umschloss seinen Schaft.

Mit zusammengebissenen Zähnen versuchte er, den überwältigenden Empfindungen zu widerstehen, doch schon bald ergriffen sie von ihm Besitz, voll und ganz, und er überließ sich der Wonne von Marielles Abschiedsgeschenk.

»Wo warst du? Du wurdest bei den Sitzungen vermisst«, sagte Southwaite. »Die Whigs haben ständig nach dir gesucht, weil du mit deiner Stimme ihre Weigerung unterstützen solltest, Verhandlungen mit Frankreich aufzunehmen. Niemand ist besser geeignet, Gewichtiges zu dieser Debatte beizutragen, als jemand, der auf französischem Boden gekämpft hat.«

»Ich war in Ravenswood. Und ich bezweifle, dass ich bei den Sitzungen irgendetwas verpasst habe. So ist es immer. Es sind immer dieselben Debatten, und nur selten ändert jemand seine Meinung.«

Sie plauderten, während sie in dem vornehmen Spielsalon, der von Mrs Burton betrieben wurde, beim Siebzehnundvier in aller Ruhe ihre Karten ausspielten. Am Nebentisch vertrieben sich Southwaites Schwester Lydia und Amburys Gattin Cassandra mit dem gleichen Spiel die Zeit. Soweit Kendale erkennen konnte, war Cassandra mitgekommen, um Lydia im Auge zu behalten, die sich dem Glücksspiel inzwischen regelmäßig und mit gefährlicher Begeisterung widmete. Ambury hingegen war da, um auf Cassandra aufzupassen, die ihrerseits dafür bekannt war, dass sie bereits große Summen verspielt hatte. Und Southwaite, der seine Pflichten ungern anderen übertrug, war anwesend, um auf seine Schwester achtzugeben.

Kendale hatte den Spielsalon aufgesucht, weil er sich von den Gedanken an Marielle ablenken musste. Doch keinem seiner Freunde war das bisher gelungen.

»Ich habe eine Frage, Ambury«, sagte er und sammelte die Gewinne der letzten Runde ein. »Du kannst sie auch beantworten, Southwaite. Wenn ihr Affären hattet, wie lange haben die eure Aufmerksamkeit beansprucht und euer Leben durcheinandergebracht?«

Die Frage traf Southwaite unvorbereitet, als er gerade eine Spielkarte ziehen wollte. Seine Hand verharrte für einen Moment, und der Blick seiner blauen Augen verriet Erstaunen. Er sah Ambury an.

»In letzter Zeit stellt er dauernd solche Fragen«, erklärte der. »Kendale ist eben Kendale. Er kann einer Frau nicht einfach den Hof machen, sie mit in sein Bett nehmen, sich meinetwegen auch verlieben, wenn Gott Eros es so will, ihrer dann überdrüssig werden und sich wieder von ihr trennen. Nein, vor jedem Einsatz in diesem Krieg besteht er darauf, die Gefechtsregeln neu festzulegen.

»Zieht er eine Heirat in Betracht?«

»Keine Heirat. Er erkundigt sich dauernd nach Affären. Auch nicht nach Huren. Da kennt er sich aus. Das Mittelding. Geliebte.«

»Das ist interessant. Und kommt außerdem ziemlich plötzlich.«

»Irgendwann musste das ja passieren.«

»Verdammt, redet nicht so über meinen Kopf hinweg. Ich sitze genau zwischen euch beiden.«

Ambury legte Kendale die Hand auf die Schulter. »Ich will verdammt sein, aber du sitzt wirklich zwischen uns.

Also, zu deiner Frage. Es kam auf die Frau an und auf das, was ich entdeckt habe, sobald die Sache intimer wurde. Das mag dich schockieren, aber sie sind nicht alle so, wie es manchmal den Anschein hat. Einige von den Klügeren werden mit jedem Treffen dümmlicher. Nette werden grausam. Es ist sehr schwer, bei einer Liebschaft weiterhin eine Maske zu tragen.«

»Nehmen wir an, du bist zu dem Schluss gekommen, dass es besser ist, die Sache zu beenden, aber du bist noch nicht völlig ernüchtert. Wie lange hat es gedauert, sie aus dem Kopf zu bekommen?«

»Du meinst, dass ich nicht mehr ständig an sie gedacht habe? Und diese Gedanken mich bei meinen alltäglichen Beschäftigungen gestört haben?«, fragte Southwaite.

»Ja. Das kommt doch manchmal vor, oder etwa nicht?«

»In der Tat kommt das vor. Ist dir das passiert?«

»Mir? Mach dich nicht lächerlich. Ich bin nur neugierig.«

»Er ist nur *neugierig*«, wiederholte Ambury, und sein Blick kreuzte Southwaites Blick.

»Also, was hast du gemacht, wenn es dazu kam, Southwaite?«, fragte Kendale und unterdrückte den Drang, Ambury zu verprügeln.

»In einem solchen Fall habe ich immer versucht, anständig zu sein. Ich habe weiterhin mit ihr geschlafen, bis es unehrenhaft gewesen wäre, das noch länger zu tun.«

»Und das hat geholfen, nicht mehr an sie zu denken?«

»Meistens war das der Anfang vom Ende.«

»Er will wissen, was wir gemacht haben, wenn es kein Ende nehmen wollte«, sagte Ambury.

»Ja, das war meine Frage.«

»Nun, das ist mir nur einmal passiert«, sagte Southwaite.

»Und was zum Teufel hast du gemacht?«

»Ich habe die Frau geheiratet.«

Empört warf Kendale seine Karten auf den Tisch. »Keiner von euch ist mir im Geringsten eine Hilfe. Jahrelang musste ich mir die ewig gleichen, langweiligen Märchen über eure Erfolge bei Frauen anhören. Über eure Geliebten und wie ihr sie verführt habt. Aber es scheint, als hättet ihr aus diesen Plänkeleien nichts gelernt. Jedes Mal habt ihr euch wieder zu weit vorgewagt wie Jungen, die noch grün hinter den Ohren sind.«

Der Ausbruch lenkte die Aufmerksamkeit seiner Freunde nachhaltiger auf Kendale, als ihm lieb war. Nun musste er ertragen, dass die beiden eine Reihe vielsagender Blicke tauschten. Und er hasste es, wenn sie das taten.

»Kendale, hast du dich in eine Affäre verstrickt und weißt jetzt nicht, wie du dich wieder daraus befreien sollst?«, fragte Southwaite mit einer Stimme, die allzu sehr der eines verständnisvollen Pfarrers glich.

»Ist es Madame Peltier?«, fragte Ambury. »Wenn ja, musst du nur aufhören, ihr Geschenke zu machen, und du bist sie im Nu los.«

»Ich habe mich nicht mit Madame Peltier eingelassen. Ich habe nicht gesagt, dass ich mich auf irgendeine Frau eingelassen habe. Ich habe nur gefragt, wie lange es dauert, bis eine Frau, die eure Aufmerksamkeit errungen hat, aus euren Gedanken verschwindet, wenn ihr ihr aus dem Weg geht.«

»Wer ist es?«, fragte Ambury energisch. »Du bist auf einmal ungewöhnlich wissbegierig, und dahinter steckt eine Frau. Ich bestehe darauf: Sag uns, wer sie ist. Du magst glauben, dass wir losmarschiert sind wie junge Rekruten, aber wenn *du* dich ohne unseren strategischen Rat auf dieses Feld begibst, kannst du dir auch gleich eine Zielscheibe auf die Brust heften.«

»Verdammt! Aus bloßer Neugier stelle ich eine einfache Frage, und am Ende werde ich beleidigt.«

Kendale steckte seinen Gewinn ein und verabschiedete sich. »Southwaite, du solltest besser mal zum Nebentisch gucken. Deine Schwester gewinnt schon wieder große Summen. Gewiss wird es sie sehr amüsieren, wenn du ihr morgen einen Vortrag über die Gefahren des Glücksspiels hältst.«

Langsam drehte Marielle die Kupferplatte auf dem Kissen, während sie mit der anderen Hand den Stichel führte. Vorsichtig arbeitete sie den Umriss eines Vergnügungsbootes auf einem Fluss heraus, den sie bereits eingeritzt hatte. Sie musste einige Landschaften anfertigen, um mehr Geld zu verdienen. Die Drucke, die sie nach Frankreich schickte, brachten nichts ein. Sie kosteten mehr, als sie sich eigentlich leisten konnte. Auch befreiten sie sie nicht aus ihrer misslichen Lage. Sie musste handeln, und dafür brauchte sie Geld. Sie bezweifelte, dass sie trotz der Entbehrungen der vergangenen Jahre genug zurückgelegt hatte.

Ein Stück entfernt lag ein Brief auf dem Tisch. Er war mit der Post gekommen, und sie hatte ihn noch nicht geöffnet. Vermutlich war er von Kendale. Er trug kein spezielles Siegel, das darauf hingewiesen hätte, aber das Papier war von einer Qualität, die nahelegte, dass er der Absender war, und die Handschrift zeugte von einem selbstsicheren männlichen Schreiber.

Seitdem sie vor einer Woche Ravenswood verlassen hatte und in seine Kutsche gestiegen war, hatte sie Kendale nicht mehr gesehen. Er hatte sie auf der Rückfahrt nach London nicht begleitet, sondern es vorgezogen zu reiten. Auch gut. Die lange Fahrt wäre zu traurig geworden, hätten sie sie zusammen hinter sich gebracht. Sie wussten beide, dass in London alles anders sein würde. Er würde zu Festen der feinsten Gesellschaft gehen, und sie würde in diesem Haus ausharren, auf Eindringlinge lauschen und sich fragen, ob Lamberte weitere Männer schicken würde, um sie auszukundschaften. Sie war besorgt, weil die Vergangenheit sie womöglich einholen würde, bevor sie sich angemessen darauf hatte vorbereiten können, sich ihr zu stellen.

Marielle richtete ihre Aufmerksamkeit wieder auf das Werkzeug. Die Tür wurde geöffnet. Dominique kam herein und setzte sich zu ihr. Sie nahm den Brief in die Hand und hielt ihn gegen das Sonnenlicht, das zum Fenster hereinfiel.

»Wirst du diesen Brief öffnen und ihn lesen, oder nicht?«

»Später.«

»Ist er von ihm?«

»Möglicherweise.«

»Du bist so still und unglücklich, seitdem du zurück bist. Ich dachte, du würdest wissen wollen, ob er von ihm ist. Und natürlich auch, was er schreibt.«

Marielle legte das Werkzeug nieder und nahm den Brief. Nachdenklich betrachtete sie den Umschlag. »Und wenn es nun eine dumme, höfliche Entschuldigung ist? Das würde mir das Herz brechen. Was, wenn er rückblickend zu dem Schluss kommt, dass wir überstürzt und falsch gehandelt haben?«

»Er könnte auch einen Liebesbrief geschrieben haben. Ist dir das noch nicht in den Sinn gekommen? Vielleicht schreibt er, dass er ohne dich nicht leben kann.«

Sie versuchte, sich vorzustellen, wie Kendale einen Liebesbrief schrieb. Der Versuch amüsierte sie so sehr, dass sie zum ersten Mal seit einer Woche wieder lachen musste. »Ich bin mir absolut sicher, dass es *kein* Liebesbrief ist.«

Dominique wedelte mit dem Finger. »Entweder liest du ihn jetzt oder ich mache ihn auf und lese ihn für dich.«

Beklommen brach Marielle das Siegel und strich das Papier glatt.

Es war kein Liebesbrief. Natürlich nicht. Dennoch musste sie lächeln, als sie seine Worte las. Zumindest über die, die ihr keine Sorge bereiteten.

Meine liebe Marielle,
ich habe der Versuchung widerstanden, dich zu besuchen, um dir das zu sagen, was ich jetzt und hier schreibe. Ich versuche

mir immer wieder einzureden, dass ich eine kluge Entscheidung getroffen habe.

Du sollst wissen, dass du noch immer beobachtet wirst. Vielleicht hast du es schon bemerkt. Es sind Männer in einem Haus gegenüber deinem. Sie halten sich in einem Zimmer auf, von dem aus sie die Gasse überblicken können. Ein weiterer Mann geht mehrmals täglich an deinem Haus vorbei.

Die Männer in der Wohnung gehören zu mir. Ich bin geneigt, sie dort zu lassen, bis deine Angelegenheiten, welche auch immer es sein mögen, erledigt sind. Der Mann, der immer wieder an deinem Haus vorbeigeht, gehört hingegen nicht zu mir. Wir haben ihn verfolgt, aber die Orte, zu denen er gegangen ist, lassen keine Rückschlüsse auf seine Absichten zu. Vielleicht sorge ich mich ohne Grund. Dennoch, gib gut auf dich acht.

Solltest du der Hilfe meiner Männer bedürfen: Der dunkelhaarige heißt Jacob und der blonde Pratt. Wenn du nach mir fragst, werden sie jemanden schicken, um mich zu holen, oder du tust es selbst, wenn es notwendig werden sollte.

In ungefähr vierzehn Tagen werde ich für eine Weile wegfahren. Ambury schätzt dich sehr, weil du seiner Frau geholfen hast, und ich bin zuversichtlich, dass ihm jede Bitte um Hilfe deinerseits zur Ehre gereichen wird.

Dein ergebener Diener,
Kendale

Dominique nahm Marielle den Brief aus der Hand und las ihn. »Er fordert dich auf, nach ihm zu schicken.«

»Wenn ich in Gefahr bin.«

»Was du bist.«

»Das wissen wir nicht.«

»Nein? Dann lass ihn kommen, um einfach seine Gesellschaft zu genießen. Es wird ihn nicht kümmern, was der Grund ist. Das hier ist der Brief eines Mannes, der noch längst nicht bereit ist, dich aufzugeben.«

Ihr Herz wollte Dominique recht geben. Sie stellte sich vor, wie sehr sie sich über ein Wiedersehen mit ihm freuen würde. Schon der Gedanke machte sie glücklich.

»Ich wage es nicht.«

»Warum nicht?«, rief Dominique aufgebracht.

Sie griff nach Dominiques Hand. »Weil er versuchen wird, mich aufzuhalten. Und was dieser Mann versucht, das gelingt ihm auch.«

Dominiques Finger verkrampften sich um Marielles Hand. »Dich aufhalten? Wobei? Meine Güte, was hast du dir nur ausgedacht in dieser Woche, die du hier auf und ab gelaufen bist bis spät in die Nacht hinein? Ja, ich habe dich gehört. Sag es mir jetzt, damit ich gewappnet bin.«

»Es ist Zeit. Höchste Zeit. Wenn ich noch länger warte und entdecke, dass es besser gewesen wäre, früher heimzukehren, werde ich mir das niemals verzeihen. Vielleicht ist es bereits zu spät.«

»Lamberte ...«

»Genau darum ist es jetzt an der Zeit. Ich weiß nicht, ob er hergekommen ist in der Hoffnung, mich zu finden, oder ob er nach Paris gereist ist, um sich dort einzuschmeicheln. Ich weiß nur, dass er angeblich nicht in Savenay weilt. Eine solche Chance bekomme ich vielleicht nie wieder.«

Unaufhörlich schüttelte Dominique den Kopf. »Dein Vater verlangt nicht von dir, dass du kommst, um ihn zu holen. Er will nicht, dass du deine eigene Freiheit aufs Spiel setzt, um ihn zu befreien. Kein Vater würde das wollen. Das predige ich dir schon seit sechs Jahren, Marielle.«

»Vielleicht hast du recht. Aber trotzdem ist es meine Entscheidung, nicht seine. Ich tue es nicht nur für ihn.«

Dominique stand auf und begann, hin und her zu gehen, die Hände zu ringen und unverständliche Worte zu murmeln. Sie drehte sich zu Marielle um, die Stirn gerunzelt vor Besorgnis. »Lamberte wird natürlich wissen, dass du es warst. Wenn du dich dorthin begibst und es dir glückt, weiß er mit Sicherheit, dass du noch lebst. Wer sonst würde ausgerechnet diesem Gefangenen zur Flucht verhelfen?«

Marielle nahm den Stichel wieder auf und schärfte die Spitze sorgfältig an einem Schleifstein. »Das stimmt vermutlich. Wahrscheinlich ist ihm dann klar, dass ich es war und dass ich es geschafft habe, das Land lebend zu verlassen.«

»Er wird auch erraten, dass du die Aufzeichnungen in dem kleinen Buch besitzt, das du in der Wand versteckt hast.«

»Vielleicht.« Sie blies die winzigen Metallspäne von dem Stein und fuhr damit fort, den Stichel zu schleifen.

»Und dann wird er sicherlich herkommen, wenn er es nicht schon getan hat.«

»Wenn Lamberte das tut, ist er nur ein armer Emigrant mehr. Er hätte keine Macht, keine Armee mehr. Dann wäre er in einem fremden Land, ohne Freunde und mit sehr vielen Feinden.« Sie beugte sich wieder über die Kupferplatte. »Soll er doch kommen.«

15

Zu seinem Verdruss musste Kendale feststellen, dass es nichts nützte, die Frau, um die seine Gedanken kreisten, aus dem Kopf zu bekommen, indem er sie mied. Eher geschah das Gegenteil.

Die nächsten Tage verbrachte er damit, seine bevorstehende Reise zu planen, doch nicht einmal darauf konnte er sich so konzentrieren, wie es angebracht gewesen wäre. Er brütete über Landkarten und arbeitete Routen aus, doch plötzlich verschwammen die Zeilen vor seinen Augen, und seine Gedanken wanderten zu Erinnerungen an Marielle in Ravenswood. Nicht alle Bilder waren erotisch. Ein Lachen, ein Lächeln, eine spöttische Bemerkung … lange Zeit verweilte er bei Einzelheiten, die ihn in ihren Bann gezogen hatten.

Er ging dazu über, seine Nachmittage mit Boxen, Fechten und Ausritten in den Parks der Stadt zu verbringen, und hoffte, dass diese körperliche Betätigung ihm half, nachts in den Schlaf zu finden. Und doch lag er jede Nacht stundenlang wach und war sich schmerzlich einer Leere in seinem Innern bewusst, von der er zuvor nicht gewusst hatte, dass es sie überhaupt gab.

Weitere drei Tage dieser Marter führten dazu, dass er eine Entscheidung traf. Eigentlich brachte Mr Pottsward ihn dazu. Der Diener hatte das Talent, ihn das Offensichtliche sehen zu lassen.

Kendale studierte gerade eine Karte der Küstengewässer, als Pottsward ihm den Morgenkaffee hereinbrachte. Nachdem er seinem Herrn eingegossen hatte und Serviette und Löffel neben die Tasse gelegt hatte, warf Pottsward einen Blick auf die Landkarte und auf die Papiere, die auf dem Tisch verstreut waren.

»Werden Sie den Notar konsultieren, bevor Sie abreisen, Sir?«

»Warum sollte ich?«

»Ich dachte, Sie würden ihm Anweisungen hinterlassen für den Fall, dass Sie nicht zurückkehren. Ist das bei Angehörigen des englischen Hochadels nicht so üblich? Dass Erbschaftsangelegenheiten und dergleichen geklärt werden?«

Nicht zurückkehren. Die Vorstellung, auch wenn sie nicht angenehm war, war keineswegs abwegig. So genau er auch plante, und so tapfer er auch war, niemand konnte allen Eventualitäten Rechnung tragen. In einer wahrhaft gerechten Welt würde er mit Sicherheit zurückkommen, aber er wusste besser als jeder andere, dass er sich darauf nicht verlassen konnte.

»Vielleicht sollte ich doch noch mit ihm sprechen.«

»Wenn Sie es wünschen, kann ich für morgen ein Treffen für Sie vereinbaren. Sagen wir um drei Uhr? Dann bleibt Ihnen genug Zeit, Ihr Testament zu ändern, wenn Sie es wünschen. Das letzte ist in solcher Eile verfasst worden, dass Sie womöglich zu dem Schluss kommen, es könnte die eine oder andere Änderung angeraten sein. Falls Sie etwa für langjährige Bedienstete vorzusorgen wünschen.«

»Sind Sie bewusst makaber, Pottsward? Ist das Ihre Art, mir mitzuteilen, dass Sie meinen Entschluss nicht billigen?«

Pottsward machte Anstalten, die Papiere aufzuräumen. »Es ist nicht an mir, etwas zu billigen oder nicht zu billigen. Wenn es der einzige Weg ist, auf dem Sie sich von dem Zorn über den Verlust Ihrer Kameraden befreien können, dann ist es vielleicht am besten so. Besser so, als wenn Sie immer noch Uniform trügen und sich leichtsinnigerweise in Gefechte stürzten. Ich möchte Sie nur daran erinnern, dass das Streben nach Gerechtigkeit einen Mann nicht unsterblich oder unbesiegbar macht und dass auch tugendhafte Männer manchmal scheitern. Über solche Dinge denkt man nach, wenn man älter wird.«

Kendale rechnete nicht damit zu scheitern. Und gewiss hatte er nicht vor zu sterben. Dieser Möglichkeit war er sich zwar bewusst, aber er hatte sich nicht näher damit befasst. Das tat er erst jetzt, dank seines Dieners.

Er dachte darüber nach, was er verlieren und was er bereuen könnte. Er betrachtete seine Pläne und Entscheidungen aus einem neuen Blickwinkel. Der einzige Gedanke, der ihn zögern ließ, und die einzigen Augenblicke, die ein wehmütiges Gefühl echten Verlustes in ihm erweckten, waren die, in denen er in Gedanken bei Marielle war.

Nüchtern und sachlich sah er seine Post durch. Da die Saison begonnen hatte, trafen täglich Einladungen ein. Er warf einen Blick auf jede und legte sie auf einen von zwei Stapeln … einen großen für die Bälle und Gesellschaften, an denen er nicht teilnehmen würde, und einen sehr kleinen für die, auf deren Gästelisten vielleicht Leute standen, deren Gesellschaft er nicht langweilig und ermüdend fand.

Eine Einladung erregte seine Aufmerksamkeit besonders. Kendale las den Brief und befahl Pottsward, sein Pferd satteln zu lassen.

Kurze Zeit später band er das Tier in der Albemarle Street fest und betrat das Auktionshaus Fairbourne's. Männer liefen geschäftig durch den großen Ausstellungssaal, putzten und fegten und hängten Gemälde an die Wände. Der Auktionsleiter, Mr Nightingale, bemerkte ihn und eilte herbei.

»Lord Kendale, welche Ehre! Womit können wir Ihnen zu Diensten sein?«

»Ich hoffte, Lady Southwaite hier anzutreffen.«

»Lady Southwaite? Hier?« Verwirrt runzelte Mr Nightingale die Stirn, als hätte Kendale Chinesisch mit ihm gesprochen.

Die fragliche Dame erschien in der Tür des Büros an der Rückseite des Saals. Freundlich lächelnd näherte sie sich. »Lord Kendale, wie schön, Sie zu sehen. Keine Sorge, Mr Nightingale. Lord Kendale ist ein lieber Freund, der Bescheid weiß. Er ist diskret, was mein fortgesetztes Engagement hier betrifft.«

Sie lud ihn ein, ihr in das Büro zu folgen. »Es ist zurzeit nicht besonders aufgeräumt. Die Tage, an denen wir die Bilder aufhängen, sind geschäftig und für Besuche nicht ganz passend.«

»Dann bitte ich, mein Eindringen zu entschuldigen.«

»Entschuldigen Sie sich nicht. Bitte. Ich freue mich stets, Sie zu sehen.«

Sie entfernte die kleine bronzene Statue einer nackten Frau von einem Stuhl, sodass Kendale neben dem Schreibtisch Platz nehmen konnte. Sie setzte sich auf ihren eigenen Stuhl gleich neben ihn.

Er mochte Lady Southwaite. Er hatte sie bereits gemocht, bevor sie geheiratet hatte, und daran hatte sich seither nichts geändert. Offen und geradeheraus, wie sie war, neigte sie nicht zu dem affektierten Getue, das so typisch für die Damen der feinen Gesellschaft war, und sie hatte sich als die aufrichtigste Person erwiesen, die er je kennengelernt hatte. Mindestens eine Erfahrung von der Art, die ein dauerhaftes Band zwischen zwei Menschen schuf, hatten sie miteinander gemacht. Er hoffte, dass diese Tatsache ihm das Gespräch mit ihr erleichtern würde, obwohl es eines sein würde, wie er es noch nie zuvor geführt hatte.

Er legte die Einladung, die er mitgebracht hatte, auf den Schreibtisch. »Danke, dass Sie mich zur ersten großen Vernissage der Saison eingeladen haben.«

Sie war keine im herkömmlichen Sinne schöne Frau, doch mit ihrem unverwandten Blick verstand sie es, die Aufmerksamkeit ihres Gegenübers zu fesseln. Damit hatte sie Southwaite fasziniert, und nun nahm sie ihn damit gefangen. »Ich hoffe, dass Sie kommen werden.«

»Das beabsichtige ich, danke sehr. Allerdings würde ich gern wissen, ob eine bestimmte Person auf Ihrer Gästeliste steht. Ob Sie mir das vielleicht verraten würden?«

»Jemand, dem Sie aus dem Weg gehen möchten?«

»Nicht unbedingt. Haben Sie Marielle Lyon eingeladen?«

Ihr Blick wurde kühl. »Ich lade sie immer ein. Aber sie kommt nie. Ich weiß, dass Sie es gut meinen und dass Sie sie bestenfalls für fragwürdig halten, aber ich zähle sie zu meinen Freunden und bin mir sicher, dass die Gerüchte über sie nicht wahr sind. Wenn Sie mir von der Verbindung mit ihr abraten wollten: Bitte tun Sie es nicht.«

»Ich bin nicht gekommen, um Sie vor ihr zu warnen. Ich wollte nur wissen, ob Sie sie tatsächlich als eine Freundin betrachten.« Seine nächsten Worte wählte er sorgfältig. »Ich habe mich gefragt, ob Sie sie hier empfangen oder bei sich zu Hause.«

»Sie ist von besserer Herkunft als ich, Lord Kendale. Sie ist amüsant, sogar faszinierend. Warum sollte eine Gastgeberin sie nicht empfangen?« Verschwörerisch beugte sie sich vor. »Die eigentliche Frage ist doch, ob sie *Sie* empfangen würde, Sir.«

Er lachte. Was sie sagte, war vermutlich die verdammte Wahrheit. Allerdings hätte sie außer Emma Fairbourne wohl kaum jemand ausgesprochen. »Da Sie behaupten, dass ich kein beliebter Gast bin, muss ich meine nächste Frage anders formulieren als vorgesehen. Wäre ich annehmbarer oder weniger annehmbar, wenn mein Name mit dem ihren verbunden wäre?«

Erstaunen. Sogar Schock vielleicht. Vor Staunen stand ihr der Mund offen, und sie starrte ihn an. »Meinen Sie das, was ich glaube, dass Sie es meinen, wenn Sie *verbunden* sagen?«

»Ich glaube schon. Aber ohne taktlos zu sein, gibt es keine Möglichkeit, das genau zu wissen.«

»Taktlos? Oje!« Nervös trommelte sie mit den Fingerspitzen auf der Schreibtischplatte. »Weiß Darius davon? Und Ambury?« Ihr kam ein Gedanke, der sie die Stirn runzeln ließ. »Weiß *Marielle* es? Verzeihen Sie. Es klingt seltsam, ich weiß, aber mir ist gerade klar geworden, dass sie sich Ihrer *taktlosen* Absichten vielleicht gar nicht bewusst ist.«

»Sie weiß, dass ich mich für sie interessiere, Lady Southwaite. Ich glaube, sie weiß es schon länger als ich selbst. Und was meine Absichten betrifft, so hoffe ich, sie bald förmlich zum Ausdruck zu bringen. Das Thema der Verschwiegenheit musste ich ansprechen. Was die Welt in ihrer Gesamtheit betrifft, ist Diskretion natürlich unumgänglich. Eine Liaison vor meinen engen Freunden geheim zu halten wäre nahezu unmöglich und zudem sehr ungeschickt. Ich möchte jedoch nicht der Grund sein, dass sie beleidigt wird. Also habe ich herauszufinden versucht, ob Sie und vielleicht Lady Ambury sie weiterhin empfangen und mit ihr befreundet sein würden, wenn Sie es wüssten.«

»Wie aufmerksam von Ihnen! Wirklich. Ich versichere Ihnen, dass ich die letzte Person bin, die eine Frau aus einem solchen Grund schneiden würde. Ich kann nicht für Cassandra sprechen, aber ich glaube nicht, dass sie jemals grausam zu Marielle sein könnte, egal aus welchem Grund.«

»Danke.« Er stand auf. »Ich werde mich nun entschuldigen und Sie an diesem so geschäftigen Tag nicht weiter stören.«

Er öffnete die Tür.

»Lord Kendale, einen Augenblick.«

Er drehte sich zu ihr.

»Lord Kendale, haben Sie …« Sie stammelte, fasste sich aber gleich wieder. »Haben Sie so etwas je zuvor getan?«

Schweigend sah er sie an. Tiefe Röte überzog ihr Gesicht bis zum Haaransatz.

»Ich meine damit den *förmlichen Ausdruck*, den Sie erwähnten, Sir. Haben Sie damit Erfahrung? Ich möchte Marielle ebenso wenig beleidigt sehen wie Sie.«

»Ich habe überhaupt keine Erfahrung, aber ich glaube, dass ich damit zurechtkommen werde.« Er verbeugte sich und verließ das Büro. Im Stillen überschlug er, wie viel Zeit ihm blieb, um diese Sache zu regeln, bevor Ambury auftauchen und ihn belehren würde.

Nicht lange genug, wie sich bald herausstellte. Ambury stürmte in seine Wohnung, als Mr Pottsward gerade den Rock ausbürstete, den Kendale an diesem Nachmittag tragen würde.

Amburys große Schritte verstummten vor der Tür zum Ankleidezimmer. »Verdammt! All diese neugierigen Fragen. *Marielle Lyon?* Ich dachte, du hältst sie für eine Spionin.«

Pottsward hörte einen Moment lang auf zu bürsten, um gleich darauf umso entschlossener fortzufahren. »Sie haben mir gar nicht gesagt, dass Sie eine Dame besuchen, Sir. Ich wünschte, Sie hätten es mir gesagt, bevor ich Ihre Kleider ausgewählt habe.«

»Spielt das eine Rolle?«

Pottsward seufzte. Er warf Ambury einen verstohlenen Blick zu. Himmel, es war fast so schlimm, als wäre Southwaite hergekommen.

Ambury trat ein und betrachtete Kendales Röcke. »Er wird Sie in Zukunft warnen müssen, Pottsward. Vielleicht ein etwas weniger förmlicher Krawattenknoten und eine gemusterte Weste …«

»Er besitzt keine gemusterten Westen, Sir.« Pottsward zupfte an dem Krawattenknoten und lockerte ihn, dann griff er nach frischer Weißware. »Ich habe ihm schon oft gesagt, dass er sich welche schneidern lassen soll, aber, nun ja …«

»Ja, ja, verstehe.«

Sie machten sich an ihm zu schaffen wie zwei Hauslehrer, die einen Schüler auf seinen ersten öffentlichen Vortrag vorbereiteten. Kendale ließ es über sich ergehen.

»So, das müsste gehen. Danke, Mr Pottsward«, sagte Ambury.

Kendale blickte auf die Uhr. »Du hast gerade *meinen* Diener entlassen, Ambury. Hast du mal wieder vergessen, dass ich anwesend bin?«

»Es wäre unpassend, wenn er uns zuhören würde, während wir unsere Strategie überdenken.«

»Du hast mich davon überzeugt, dass du keine lohnenden Strategien verfolgst. Also bin ich auf mich selbst gestellt.«

»Was bringst du ihr mit? Was für Juwelen?«

»Ich habe keine Juwelen dabei.«

Ambury verzog das Gesicht. »Siehst du, darum bin ich gekommen. Du bist nicht dafür gerüstet, das hier allein zu tun. Es ist üblich – vor allem, wenn ein Mann das Thema ansprechen will, das du anzuschneiden beabsichtigst –, ein sehr hübsches Geschenk mitzubringen.«

»Sie kann Geschenke in Hülle und Fülle haben. Was immer sie sich wünscht. Aber ich werde sie heute nicht bestechen.«

Ambury stöhnte. »Das ist keine Bestechung. Es ist ein *Geschenk.* Und versprich ihr nie, dass sie alles bekommt, was sie will, egal, was du tust. Wenn du ihr so etwas versprichst, kann sie dich ruinieren.«

»Sie wird mich nicht ruinieren. Wahrscheinlicher ist es, dass sie alles ablehnen wird.« Auch ihn. Da er nie einer Frau den Hof gemacht hatte, war er auch noch nie zurückgewiesen worden. Er wappnete sich gegen diese Möglichkeit. Vermutlich würde es mindestens unangenehm sein.

Ambury verschränkte die Arme. »Und was gedenkst du zu tun? Das musst du wissen, bevor du zu ihr gehst. Wirst du ihr ein Haus anbieten? Ein Taschengeld? Beabsichtigst du, sie hierher mitzubringen? Sie zu Hause zu besuchen? Rendezvous außerhalb der Stadt? Bekommt sie eine neue Garderobe? Eine Kutsche …? Ein …?«

»Neue Kleider. Ja, ich glaube, das würde ihr gefallen.«

»Und der Rest?«

»Darüber werden wir reden und gemeinsam entscheiden, hoffe ich.« Er nahm seine Handschuhe vom Tisch.

»Wo wirst du dich mit ihr treffen? Du besuchst sie doch nicht zu Hause, oder? Eine Kutsche wie die deine wird die Aufmerksamkeit aller Nachbarn auf sich ziehen. Willst du, dass sie sich die Mäuler über sie zerreißen?« Ambury deutete auf den Tisch. »Leg die Handschuhe wieder hin und schreibe nieder, was ich dir sage. Du wirst sie um ein Treffen im Park am späteren Nachmittag bitten.«

Brav setzte er sich und schrieb auf, was Ambury ihm diktierte. Zufrieden, weil er seinem Schüler die richtige Vorgehensweise gezeigt hatte, verabschiedete Ambury sich, nicht ohne ihm noch im Weggehen gute Ratschläge zu erteilen.

Kaum war er draußen, da zerknüllte Kendale den Brief, griff sich die Handschuhe und ging hinunter zu seiner Kutsche.

Marielle notierte die Zeit und lief eilig ans Fenster des Salons. Hinter ihr plauderten die Frauen. Ein neuer Stapel Kupferstiche war eingetroffen, und zahlreiche fleißige Hände warteten darauf, tätig werden zu können. Etliche von ihnen waren durch die Arbeit rau geworden, galt es doch, in großen Wannen Stofffetzen in Farblösungen zu tränken.

Sie stellte sich so an das Fenster, dass sie auf die Straße blicken, selbst aber von Passanten nicht gleich gesehen werden konnte. Wenn sich nichts geändert hatte – was sie nicht hoffte –, würde der geheimnisvolle Mann innerhalb der nächsten Viertelstunde vorbeischlendern.

Kendale sagte, er habe ihn beobachten lassen, deshalb hatte sie sich nie selbst auf seine Fährte gesetzt. Wenn er nicht stets seine Schritte verlangsamt hätte, um die Fassade und die Gasse zu betrachten, wenn seine dunklen Augen sie nicht an die eines Falken erinnert hätten, hätte sie glauben können, dass er in der Nähe wohnte oder im Viertel eine Anstellung hatte und regelmäßig diesen Weg zur Arbeit nahm.

Sie entdeckte den Mann am Ende der Häuserzeile. Er ließ sich Zeit, ging gemütlich wie jemand, der sonst nichts zu tun hatte. Sie sah ihn näher kommen und prägte sich erneut seine Gesichtszüge und seine Gestalt ein. War er Franzose? Vielleicht. Sie wünschte, sie wüsste es mit Sicherheit zu sagen.

Lärm kam aus der anderen Richtung. Eine Kutsche rumpelte heran, immer lauter. Sie drehte sich um und sah, dass das Gefährt vor ihrem Haus anhielt. Es trug kein Wappen, wirkte aber viel feiner als die anderen Kutschen, die durch diese Gasse fuhren. Zwei genau gleichfarbige Braune zogen sie und verliehen ihr ein stolzes Aussehen.

Alle horchten auf. Kinder tauchten aus dem Nirgendwo auf und liefen um die Pferde herum. Nachbarn waren hinter den Fenstern zu sehen. Passanten verlangsamten die Schritte. Sogar der geheimnisvolle Fremde wirkte neugierig, als er sich näherte.

Die lauter werdenden Unterhaltungen draußen lockten Madame LaTour ans Fenster. Sie erspähte die Kutsche und nickte beifällig. »Sehr ansehnlich. Mein Gott, seht nur, wer es ist. Dieser Adlige, der schon einmal hier war. Er ist gekommen, um dich noch einmal zu besuchen, Marielle.«

Und so war es. Gekleidet wie ein Mann der besten Gesellschaft, der wichtigen Leuten einen Besuch abstattet, stand Kendale vor der Karosse, nachdem er ausgestiegen war. Er drehte sich um und sagte etwas zum Kutscher. Währenddessen ging der geheimnisvolle Mann zwischen der Kutsche und dem Haus vorbei.

Genau in diesem Augenblick machte Lord Kendale einen Schritt auf die Tür zu und trat dem Falkenäugigen in den Weg. Beide blieben stehen und musterten einander. Marielle sah Kendales Gesicht, aber nicht das des anderen. Er bedachte den Mann mit einem Blick, so zornig, als wollte er ihn töten, und machte keine Anstalten, den Weg frei zu geben.

Kendale sagte etwas. Der Fremde zog die Schultern hoch, ließ den Blick in die Runde huschen und ging dann eilig weiter. Kendale näherte sich der Tür.

Mit farbfleckiger Hand winkte Madame LaTour Marielle hastig zu sich. »Geh, geh. Geh nach oben, richte dein Haar und zieh dich um, Marielle. Wir werden ihn unterhalten, bis du wieder unten bist.«

Kendale saß in einem kleinen Raum auf der Rückseite des Hauses und betrieb oberflächliche Konversation mit der Respekt einflößenden Madame LaTour. Die Zeit verrann nur langsam. Schmerzhaft langsam. Er musste sich eingestehen, dass es nicht seine Abneigung gegen gesellschaftliche Anlässe war, die die Lage unerträglich machte. Nein. Vielmehr sehnte er sich zu sehr danach, freute sich viel zu sehr darauf, Marielle wiederzusehen.

Er suchte nach einem Thema, das es ihm erlaubte, die Zeit müheloser herumzubringen, und fragte nach Madame Peltier. Madame LaTour wusste über diese Dame einiges zu berichten. Sie schwatzte immer weiter, bot ihm flüsternd skandalöse Leckerbissen dar. Seine Aufmerksamkeit ließ nach, doch er glaubte, gehört zu haben, dass sie nebenbei auch Ambury erwähnte.

Plötzlich versiegte Madame LaTours Redestrom mitten im Satz. Sie blickte an ihm vorbei und lächelte zustimmend, was auch immer sie sah.

Er wandte sich um und erhob sich sofort. Schweigend und mit leisen Schritten war Marielle eingetreten, wie es ihre Art war. Unter einem dunklen, gemusterten Schal trug sie das Kleid, das sie aus Ravenswood mitgenommen hatte. Sie war schön, doch das wäre sie auch in ihrem armseligsten Kleid gewesen.

Madame LaTour zog sich auf die andere Seite des Raumes zurück. Auf zwei Stühlen saßen Marielle und Kendale sich gegenüber.

»Ist sie etwa Ihre Anstandsdame?«, fragte er und warf der Frau einen flüchtigen Blick zu.

»Vielleicht glaubt sie, dass Sie schockiert wären, wenn ich keine hätte.« Sie lächelte ihn so warmherzig an, als hätte es die vergangenen zehn Tage nicht gegeben. »Ich freue mich, dass Sie gekommen sind, Lord Kendale. Gibt es einen besonderen Grund dafür, dass Sie uns diese Ehre erweisen?«

»Ich hielt es für angebracht, dem Mann, der hier so häufig vorbeigeht, mitzuteilen, dass Sie nicht ohne Schutz sind, sollte er irgendwelche Ideen haben, die Sie oder dieses Haus betreffen.«

»Das war sehr freundlich von Ihnen. Was Sie zu ihm gesagt haben, scheint er sich zu Herzen genommen zu haben.«

Nur wenige Männer nahmen es gelassen zur Kenntnis, wenn man damit drohte, ihnen die Eingeweide herauszureißen. Er beschloss, dass sie die Einzelheiten nicht erfahren musste. »Ich würde gern über etwas mit Ihnen sprechen, was mir wichtig ist«, sagte er. »Aber nicht hier.« Erneut warf er Madame LaTour einen Blick zu.

»Im Garten?«

»Ich würde es vorziehen, wenn Sie ein wenig im Park mit mir spazieren fahren.«

»Dort ist es sicherlich sehr voll. Die Leute Ihres Standes sind zu Gesellschaften und Bällen in die Stadt zurückgekommen.«

»Wir können die Innenstadt verlassen, wenn Ihnen das lieber ist, und auf dem Land spazieren gehen.«

»Nun, das wäre vermutlich klüger.«

Ja, wahrscheinlich. Doch er wollte sie stolz vorzeigen, die ganze Welt sollte wissen, dass sie ihm gehörte.

Aber noch war sie nicht sein. Also würde das Gespräch, das er mit ihr zu führen gedachte, vielleicht klugerweise doch auf einer Landstraße stattfinden.

Sie ging zu Madame LaTour, und die beiden flüsterten lange auf Französisch miteinander. Immer wieder huschten ihre Blicke zu Kendale. Schließlich schnalzte Marielle unwillig mit der Zunge und entfernte sich mit raschen Schritten. »Kommen Sie, gehen wir.«

Als die Kutsche die Gasse verlassen hatte, konnte er sich nicht mehr zurückhalten. Er nahm ihre Hand und genoss es, die weiche, zarte Haut zu fühlen. Dann neigte er den Kopf, küsste ihre Handfläche und sog ihren Duft in sich ein.

Nie hätte Marielle geglaubt, dass Lord Kendale sich selbst herabwürdigen würde, egal auf welche Weise. Und doch hatte er den Kopf über ihre Hand gebeugt, hielt und küsste sie, als wäre er dankbar, diesen winzigen Teil von ihr besitzen zu dürfen. Sie fuhr ihm mit den Fingern durch das Haar und drückte ihm einen Kuss auf den Scheitel.

Er ließ sie los und lehnte sich zurück. »Ich musste dich sehen. Hoffentlich bist du deswegen nicht verärgert.«

»Überhaupt nicht. Ich bin entzückt.«

»Man hat mich gewarnt, dass es Gerede geben würde, wenn ich dir einen Besuch abstatte.«

»Das kümmert mich nicht.«

»Madame LaTour ...«

»Madame LaTour macht sich nur Sorgen, dass ich ein Spiel nicht gut spiele und der Gewinn nicht hoch genug ausfällt. Sie hat keine Einwände gegen das Ziel des Spiels, und sie geht davon aus, dass deine Absichten mich betreffend nicht ganz ehrenwert sind.«

Er wartete, bis sie die Stadt verlassen hatten und westwärts fuhren, bevor er wieder etwas sagte. In der Zwischenzeit hatte sie ihm berichtet, dass Jacob vorbeigekommen war und sich vorgestellt hatte. Sie dankte Kendale, weil er um ihrer Sicherheit willen solche Mühen auf sich nahm.

Unerklärlicherweise erzürnte ihre Dankbarkeit ihn. »Wie kannst du glauben, dass deine Sicherheit mir Mühe bereitet? Ich denke doch, dass ich nach dem, was in Ravenswood geschehen ist, in gewisser Weise für dich verantwortlich bin.«

»Nein, das bist du nicht. Du bist überhaupt nicht für mich verantwortlich. Und Rechte haben Sie ebenso wenig, Lord Kendale.«

Seine Miene verfinsterte sich. Beinahe hätte sie gelacht: So sah der Kendale aus, den sie kannte.

Als die Kutsche anhielt, half er ihr beim Aussteigen. Ein ländlicher Ausblick bot sich ihnen, ein riesiges, mit Wildblumen gesprenkeltes Feld, das von Bäumen und Buschwerk umstanden war. In der Ferne konnte sie hier und dort die Dächer vereinzelt stehender Häuser erkennen.

»Das ist Hampstead Heath. Bist du schon einmal hier gewesen?«

»Nein. Es ist nicht weit von meiner Gasse entfernt, und doch ist es eine andere Welt.«

»Gehen wir ein Stück. Zu dem Hügel dort. Von dort aus kannst du die City sehen und die St.-Pauls-Kathedrale.«

Sie ließen Kutsche und Kutscher hinter sich und schlenderten den Weg hinunter.

»Beim Abschied haben wir nicht darüber gesprochen, was zwischen uns passiert ist«, sagte er. »Ich bedaure das.«

Also doch. Er würde eine dumme, höfliche Entschuldigung vorbringen. Hätte er sich doch in einem Brief entschuldigt, wenn es denn unbedingt sein musste. »Du solltest nichts bedauern. Ich tue es jedenfalls nicht.«

»Nein? Das ist gut zu wissen. Was ich sagen wollte, ist … Wir haben nicht darüber gesprochen, ob es eine Zukunft für uns gibt. Darüber würde ich jetzt gern mit dir reden.«

Sie lachte und versetzte ihm einen leichten Stoß in die Seite. »Bin ich so schnell zu einer schlechten Gewohnheit geworden? Eine, von der Abschied zu nehmen dir nun schwerfällt?«

Lächelnd legte er den Arm um sie und hielt sie an seiner Seite, während sie weitergingen. »Eine äußerst vergnügliche Gewohnheit. Eine, die ich nicht ablegen möchte und die mir schrecklich fehlt, ungefähr so, als wäre ich ein Mann, der den Alkohol liebt. Aber eines Morgens erwacht er und stellt fest, dass er sich mit Kaffee begnügen muss.«

Sie blickte zu ihm auf, bewunderte sein ausgeprägtes Profil und das vom Wind zerzauste dunkle Haar. »Du sprichst doch sicher nicht von Heirat.«

Er blickte ihr in die Augen. Warm. Freundlich. »Nein.«

»Das habe ich auch nicht geglaubt.«

»Nicht aus den Gründen, die du vielleicht annimmst, Marielle. Es liegt nicht daran, dass du nicht gut genug wärst oder nicht tugendhaft genug oder womöglich nicht englisch genug.«

»Du musst zugeben, dass das drei gute Gründe sind.«

»Es sind die Gründe, die mein verstorbener Vater und mein Bruder mir aufgezählt hätten, aber es sind nicht die meinen. Auch liegt es nicht an mangelnder Zuneigung, obwohl … ich muss zugeben, dass ich nicht genau weiß, wie viel davon genug ist.«

»Für jemanden, der nur selten spricht und sich nicht viel aus Worten macht, bist du sehr beredt, wenn du es zu sein beschließt. Das war vielleicht die eleganteste Art, wie jemals ein Mann Zweifel an seiner Zuneigung ausgedrückt hat. Und an dem Grund und der Beständigkeit derselben.«

Er errötete. »Ich wollte nicht …«

Sie reckte sich und küsste ihn auf die Wange. »Lass dich von meinen Sticheleien nicht verunsichern. Ich habe dich sehr gut verstanden.«

»Ich glaube, du hast mich überhaupt nicht verstanden.« Er blieb stehen und sah sie an, während er ihre Hände hielt. »Wenn ich dergleichen Überlegungen angestellt habe, dann waren sie nicht von langer Dauer. Du hast gesagt, dass du keine Spionin bist, aber du hast mir nicht verraten, was du wirklich bist. Ich habe beschlossen, dir zu glauben, aber ich bin nicht so verblendet, dass ich nicht bemerke, was du tust und dass du mir etwas verschweigst. Nur ein dummer Soldat wählt einen Verbündeten, der vielleicht noch an einer geheimen Front kämpft, Marielle. Ein Adliger dieses Königreichs heiratet gewiss kein ungelöstes Rätsel.«

Sie verstand. Und sie hörte auch das, was er nicht sagte. Er würde sich selbst gestatten, Lust mit ihr zu teilen, voll und ganz, und Freundschaft, in einem gewissen Maße. Er würde ihr seine Zuneigung schenken, aber keine tieferen Gefühle. Es sei denn, sie war ehrlich zu ihm. Vollkommen ehrlich. Dann würde sie vielleicht alles von ihm bekommen.

Es war verlockend. Das war es für jede Frau. Aber wenn sie ihm alles erzählte, wäre sie keine angemessene Gattin mehr für ihn und würde vielleicht nicht einmal mehr als Geliebte infrage kommen. Womöglich ahnte er es schon.

»Und was schlägt dieser Soldat und Adlige stattdessen vor, Kendale?«

»Eine andere Art von Bündnis. Wer werden so diskret vorgehen, wie du es dir wünschst, obwohl ich unseren gemeinsamen Freunden gegenüber lieber nicht heucheln würde. Sag mir, was ich tun muss, damit du einverstanden bist.«

»Ich glaube nicht, dass eine förmliche Regelung nach meinem Geschmack wäre. Auch bin ich mir nicht sicher, ob es notwendig ist, im Voraus eine langfristige Affäre zu planen.«

»Zwei Wochen. So lange versuchen wir es. Wenn du es nicht willst, wenn du es vorziehst, dass ich jedes Mal bei dir vorspreche, wenn ich den Wunsch habe, dein Gesicht zu sehen, dann soll es so sein.« Er zögerte. »Und solltest du es vorziehen, mich überhaupt nicht mehr zu sehen, dann wird auch das geschehen.«

Zwei Wochen. Ein kurzer Versuch. Das war ideal, denn vielleicht würde es unmöglich sein, die Verbindung auch nur einen Tag länger dauern zu lassen.

Während sie den Hügel erklommen, dachte sie über ihre Antwort nach. Oben angekommen, konnte sie die Dächer der City sehen und die hohe Kuppel der St. Paul's-Kathedrale. Das Gelände zwischen diesem Ort und der Stadt war so hügelig, dass die Kirche erstaunlich nahe zu sein schien, obwohl sie mehrere Meilen weit weg sein musste.

Er stand hinter ihr und hielt sie umschlungen, während sie zusahen, wie die tief stehende Sonne die Kuppel orange und blau einfärbte. Er neigte den Kopf, um sie auf die Schläfe zu küssen. Unter dem Schal umfasste seine Hand ihre Brust.

»Zwei Wochen, Marielle. Sag, dass du wenigstens so lange mir gehörst.«

»Ich möchte eine Kutsche zur Verfügung gestellt bekommen. Sie kann gemietet sein. Ich möchte mich in der Stadt schnell bewegen können, wenn ich zu einem Rendezvous mit dir fahren soll. Und ich möchte dich nicht in deinen Gemächern aufsuchen, wo dein Diener sich um dich kümmert, oder bei mir zu Hause, wo all diese Frauen sich dem Tratsch hingeben.«

»Auf dem Weg hierher sind wir an mehreren Cottages vorbeigegangen. Sie befinden sich in der Nähe deines Hauses. Ich werde eines mieten. Reicht dir das?«

»Ja. Ich glaube schon.«

Er hielt sie eng an sich gedrückt. Noch immer liebkoste seine Hand sie sanft. Sie schwelgte in der Sinnlichkeit, die er in ihr erweckte.

»Mehr verlangst du nicht?«

»Madame LaTour wird mir eine Standpauke halten, wenn sie hört, dass ich kein Grundstück und keinen Schmuck verlangt habe, nicht einmal für zwei Wochen. Aber ich will all diese Dinge nicht von dir. Ich ziehe es vor, eine Affäre mit dir zu haben und keine Vereinbarung.«

Er drehte sie in seinen Armen zu sich und nahm ihr Gesicht in beide Hände. Heftig küsste er sie. Sofort flammte die Leidenschaft in ihr auf.

Sie konnten so nicht zur Kutsche zurückgehen, küssend, einander umklammernd und verschlingend, einem verzehrenden Feuer nachgebend, das von lang andauerndem Verzicht noch geschürt worden war. Noch immer eng umschlungen, stolperten sie auf einen Baum zu. Er drehte sie um, und sie stützte sich gegen den Stamm, um nicht das Gleichgewicht zu verlieren. Ungeduldig hob er ihren Rock an.

Forderndes, hartes Eindringen. Heftig schnappte sie nach Luft, und es klang wie ein Akkord der Erleichterung. Qualvoll langsam zog er sich zurück. Stieß wieder in sie hinein. »Endlich«, stöhnte er.

Und wieder bewegte er sich. Er fluchte, aber es klang eher wie ein Gebet.

Danach hörte sie kaum noch etwas außer ihrem eigenen Atem und ihren Schreien. Sie wusste nicht, ob irgendjemand ihnen zusah, als sie sich unter dem Baum vereinigten. Es war ihr egal.

16

Ihre Kutsche wartete in einer Reihe mit etlichen anderen, sehr viel eleganteren, die zentimeterweise auf der Albemarle Street vorrückten. Anfahren, anhalten. Wieder anfahren, erneut anhalten. Sie presste die Stirn ans Fenster und versuchte abzuschätzen, wie viel Zeit ihr noch blieb. Drei waren noch vor ihr. Genau in diesem Augenblick stieg der Duke of Penthurst aus einer wahrhaft vornehmen Kutsche aus, allein, wie es schien. Wahrscheinlich würde er nicht lange bleiben, weil er noch zu einem anderen Ziel unterwegs war, dennoch würde Fairbourne's von seiner Anwesenheit profitieren.

Endlich erblickte sie durch das Fenster den Eingang des Auktionshauses. Ein Mann an der Tür entdeckte sie und flüsterte einem anderen etwas zu, der davoneilte. Der erste Mann kam näher, öffnete die Tür der Kutsche, zog das Treppchen heraus und half ihr auszusteigen. Er brauchte eine ganze Weile dazu.

Sie hatte nichts dagegen. Das hier war ein Debüt für sie. Nie zuvor hatte sie an einem Ereignis teilgenommen, das von der feinsten Gesellschaft Englands veranstaltet und besucht wurde. Es gab einige Emigranten, die Stammkunden unter den Adligen hier hatten und die ihnen nun halfen, Einlass zu erhalten, doch zu diesen gehörte sie nicht.

Nervös betastete sie die Seide ihres Kleides und die feine, weiche Wolle des Umhangs. Die Kleider waren gestern angekommen, in Musselin eingehüllt waren sie ihr nach Hause geliefert worden. Sie kamen aus Ravenswood, und es waren die hübscheren Teile der dortigen Garderobe. Dennoch wusste sie nicht, welches Kleid angemessen war, und sie hatte mehrere Briefe mit Emma ausgetauscht, um ihren Rat zu erhalten.

Der Türsteher führte sie hinein und in die Obhut eines anderen Mannes. Kein Türsteher oder Diener. Kendale war es, der jetzt neben ihr ging.

»Ich habe ihnen aufgetragen, mir sofort Bescheid zu geben, wenn du eintriffst.« Er streichelte ihre Hand. »Du siehst bezaubernd aus, Marielle.«

»Danke, dass du mir die Kleider hast schicken lassen.«

»Mir ist klar geworden, dass nicht mehr genug Zeit war, um neue anfertigen zu lassen.«

Er hatte ihr gerade eine neue Garderobe versprochen. Dominique würde zufrieden sein. Madame LaTour hatte wegen der Grundstücke und des Schmucks mit ihr geschimpft, doch Dominique hatte nur darauf hingewiesen, dass sie kaum am Arm eines Adligen gehen konnte, wenn sie die Kleider trug, die sie besaß. Natürlich hatte sie nicht damit gerechnet, bei einem solchen Anlass an Kendales Arm oder an seiner Seite zu gehen. Wenn sie nicht so vollständig von Zufriedenheit erfüllt gewesen wäre, als sie in Hampstead Heath wieder in die Kutsche gestiegen waren, hätte sie vielleicht genug Geistesgegenwart besessen, seinen Vorschlag abzulehnen, mit ihm zusammen an Emmas großer Vernissage teilzunehmen.

Wie sich herausstellte, war der Ausstellungssaal gedrängt voll. Ein kleines Orchester spielte, und Diener reichten Wein. Sie nahmen jeder ein Glas, und Marielle zeigte ihm die Versteigerungsobjekte, die Emma durch ihre Vermittlung von den Emigranten bekommen hatte. Auf diese Weise konnten ihre Landsleute Luxusgüter in klingende Münze verwandeln.

»*Da* sind Sie. Gut, *sehr* gut.«

Marielle fuhr herum, erschrocken von dem leisen Lachen an ihrem Ohr. Cassandra und Ambury waren hinter ihnen aufgetaucht. Cassandras blaue Augen wirkten vor Neugier wie berauscht. Das sehr dunkle Haar fiel ihr äußerst kunstvoll über die Schultern und rahmte ihr Gesicht ein.

Sie drückte Marielle fest die Hand und ließ sie nicht wieder los. Ihre volle Aufmerksamkeit galt Kendale. »Lord Kendale, Sie scheinen wohlauf«, sagte sie. »Nicht wahr, Ambury? Ausgeruhter als gewöhnlich. Irgendwie … anders. Warten Sie. Sicher werde ich gleich herausfinden, woran das liegt.«

»Cassandra«, murmelte Ambury warnend.

»Oh nein, schimpf nicht mit mir. Wag es nicht. Lord Kendale stört es nicht, wenn ich ihn necke. Nicht wahr, Sir?« Aus schmalen Augen blickte sie ihn an.

Kendales Miene blieb ausdruckslos. »Nicht im Geringsten. Ich würde sagen, Ihr Spott war nicht nur zu erwarten, sondern ich habe ihn womöglich sogar verdient.«

»Womöglich? Sie sind endlich von Ihrem sehr hohen Ross heruntergekommen, Sir, und ich beabsichtige, das ausgiebig zu genießen.« Lachend wedelte sie ihm mit dem Finger vor der Nase herum. »Ich habe zu oft unter Ihren Vorurteilen leiden müssen, um Sie jetzt so leicht davonkommen zu lassen. Doch wir werden die Abrechnung auf später verschieben. Heute Abend möchte ich mich mit der Dame amüsieren, die Sie mit ihrer Gesellschaft beehrt.« Sie zog an Marielles Hand. »Kommen Sie mit, *mam'selle*.«

Als Marielle ihr mit kleinen Schritten folgte und dabei Kendale entschuldigende Blicke zuwarf, war es, als würde sie durch die Hölle geschleift. Sie gingen an Emma vorbei, und Cassandra knuffte sie kräftig in den Rücken, ohne stehen zu bleiben.

Sie gingen weiter bis zu dem Büro an der hinteren Seite des Saals. Cassandra zog die Tür zu und ließ endlich Marielles Hand los. Beinahe im selben Augenblick öffnete die Tür sich erneut, und Emma schlüpfte herein.

Cassandra verschränkte die Arme über dem silberfarbenen Seidenkleid, das ihren üppigen Busen bedeckte. Sie heftete ihren zornigen Blick auf Marielle. »Kannst du uns bitte erklären, wie um Himmels willen du dich auf eine romantische Affäre mit diesem unhöflichen, arroganten und absolut unerträglichen Mann einlassen konntest?«

»Sie sind jetzt schon eine ganze Weile dort drin«, sagte Kendale.

»Erst seit einer Viertelstunde«, stellte Southwaite fest.

»Was glaubst du, was sie da drin machen?«

Southwaite und Ambury brachen in Gelächter aus.

»Nicht viel«, sagte Southwaite, um Atem ringend. »Reden. Plaudern, wie Frauen es eben tun. Über … dies und jenes.« Er hatte das letzte Wort kaum über die Lippen gebracht, da lachte er schon wieder.

»Du meinst, sie reden über mich.«

»Oh ja«, sagte Ambury. »Das will ich meinen.«

»Ich glaube nicht, dass das so lange dauern würde oder auch nur sehr interessant wäre.«

Southwaite legte ihm eine Hand auf die Schulter. »Kendale, gibt es in eurer Familienbibliothek ein Anatomiebuch? Eines, in dem auf Abbildungen all jene Organe und Adern zu sehen sind, deren man sonst nur beim Sezieren eines menschlichen Körpers ansichtig wird?«

»Natürlich. Mein Hauslehrer hat es benutzt. Ich musste die Namen sämtlicher Knochen auswendig lernen. Vielleicht hat er geglaubt, dass ich zu nichts anderem tauge als dazu, Wundarzt zu werden.«

»Nun, du bist der Körper, und sie sind die Chirurgen … Und ungefähr in diesem Augenblick macht Amburys Frau sich über deine Leber her.«

»Oder über deinen Hintern«, sagte Ambury nachdenklich. »Ich glaube, sie hat ihn schon einmal gesehen, also fühlt sie sich vielleicht genötigt, einen Kommentar dazu abzugeben.«

»*Hat* sie das?«, fragte Southwaite erstaunt. »Wie konnte mir das entgehen?«

Kendale warf Ambury einen wütenden Blick zu. Ambury biss sich auf die Lippe. Zweifellos erinnerte er sich daran, dass Southwaite auf jene Episode alles andere als erfreut reagiert hatte, denn Cassandra war nicht die einzige Frau dort gewesen.

»Also wird mein Körper dort gerade seziert und besprochen«, sagte Kendale. »Interessant zu erfahren, dass Frauen so etwas tun. Ambury hat es einst angedeutet, aber ich habe ihm nicht geglaubt. Glaubt ihr, dass es noch lange dauern wird?«

»Ich habe nur gescherzt. Wahrscheinlicher ist es, dass sie über deinen Charakter sprechen. Mach dir keine Sorgen. Emma wird dich verteidigen und Miss Lyon gewiss auch«, sagte Southwaite. »Unsere Frauen werden Besorgnis und Neugier an den Tag legen, wie gute Freundinnen es eben tun, aber tatsächlich sterben sie vor Neugier, zu erfahren, wie es dazu kam. Du musst zugeben, dass es sich um eine unerwartete Entwicklung handelt, die die Fantasie anregt.«

Kendale wollte gern glauben, dass Marielle ihn verteidigen oder sich zumindest nicht von Cassandras offenkundigen Vorurteilen gegen ihn beeinflussen lassen würde. Solange das nicht geschah, konnten die Damen über ihn reden, was immer sie wollten.

Die Tür öffnete sich. Die Damen tauchten auf. Zwei gesellten sich zu ihren Ehemännern. Marielle ging zu ihm. Sie fuhren damit fort, die Bilder, die bald versteigert werden würden, vorab in Augenschein zu nehmen.

»Was wollten sie von dir?«, fragte Kendale.

Marielle schürzte die Lippen, während sie ein historisches

Gemälde betrachtete, auf dem eine römische Matrona mit ihren Kindern zu sehen war. »Sie wollten sich vergewissern, dass du mich nicht ausnutzt und dass ich mir bezüglich deiner Absichten keine Illusionen mache. Ich war höflich, weil sie meine Freundinnen sind. Aber mal ehrlich, halten die beiden mich denn für dumm? Sie wollten mich aufklären, als wäre ich gerade auf einem Karren vom Bauernhof in die Stadt gefahren.«

Sie schien nicht verärgert, nur ein wenig gekränkt.

»Vermutlich war das recht lästig.«

»Sehr lästig. Ich bin kein Kind mehr. Von menschlicher Bosheit habe ich mehr gesehen, als sie je erleben werden, das hoffe ich bei Gott für sie. Und sie verstehen dich nicht im Geringsten, Kendale. Ich glaube, du warst ihnen gegenüber zu reserviert. Sie wissen nicht, was für ein Mann du bist. Ich musste Cassandra sagen, dass du nicht … nun, dass du nicht so bist, wie sie behauptet hat.«

Sie *hatte* ihn verteidigt. Er malte es sich aus und lächelte, gleichzeitig amüsiert und gerührt. Er neigte den Kopf zur Seite. »Weißt du, dass du die schönste Frau in dieser ganzen Versammlung bist?«

Marielle strahlte, erfreut ob seiner Schmeichelei. Keine falsche Schmeichelei, wie sie an diesem Abend aus so vielen Mündern kam. Sosehr er auch suchte, er konnte wirklich keine andere Frau entdecken, die ihr an Schönheit gleichkam.

Und auf einmal wünschte er, er könnte mit ihr fortgehen. Er wollte zu dem Haus reiten, das er gemietet hatte, und sehen, ob es ihr gefiel. Er wollte mit ihr allein sein, sodass sie sich nicht zurückhalten mussten. Und vor allem begehrte er sie.

Sie blieben eine weitere Stunde. Marielle amüsierte sich so gut, dass er ihr bei ihrem Vorstoß in die feine Gesellschaft nicht im Wege stehen wollte. Schließlich verabschiedete er sich und murmelte ein paar Nettigkeiten, als seine Freunde ihre Gespräche für ihn unterbrachen. Als es vorbei war, gestand er sich ein, dass der Abend nicht so ermüdend gewesen war, wie ihm solche Ereignisse normalerweise vorkamen. Vielleicht lag es daran, dass er gesehen hatte, welch großes Vergnügen der Abend Marielle bereitet hatte.

Zu dem Treffen mit den neuen Kurieren ging Marielle nicht zu Fuß. Sie fuhr mit der Kutsche, die Kendale gemietet hatte und die ihr zur Verfügung stand, wann immer sie sie brauchte. Sie hatte darauf bestanden, dass er ein Gefährt mit einem französischen Kutscher mietete, damit einer der Emigranten ein wenig Geld verdienen konnte.

Als sie ausstieg, fragte sie sich, ob seine Männer ihr gefolgt waren. Sie wusste nun, dass er das um ihrer Sicherheit willen veranlasste, aus demselben Grund, aus dem er Jacob im Haus gegenüber einquartiert hatte. Ihre Beteuerungen, sie befinde sich nicht in Gefahr, waren auf taube Ohren gestoßen.

Er stellte ihr keine Fragen mehr, auch jene nicht, die sie ohnehin nie beantwortete. Sie wusste nicht einmal, ob er sie immer noch verdächtigte, eine Spionin zu sein. Vielleicht hatte er sich davon überzeugt, dass sie keine war, doch das hieß nicht, dass er es inzwischen nicht mehr für möglich hielt.

In Gedanken an Kendale war sie neben der Kutsche stehen geblieben. Später an diesem Nachmittag würde sie darin zu dem Cottage fahren. Kendale würde etwas später folgen. Die Droschke würden sie bis zum nächsten Morgen wegschicken. Den größten Teil der Zeit bis dahin würden sie im Bett verbringen. Aber nicht die ganze Zeit.

Zweimal hatten sie bereits Besuch gehabt. Marielle war überrascht gewesen, als zwei Tage zuvor ein Mann vor ihrer Tür aufgetaucht war. Kendale war hinausgegangen und hatte ein ernstes, vertrauliches Gespräch mit ihm geführt. Zwar hatte sie in dem Mann niemanden aus Ravenswood erkannt, doch sie nahm an, dass er zu der Privatarmee gehörte.

Sie straffte den Rücken, nahm all ihre Tapferkeit zusammen, schob die Gedanken an Kendale beiseite und bog in die schmale Gasse ein, gerade so weit, dass ihre Augen sich an das Dämmerlicht gewöhnen konnten. Sie hatte nicht die Absicht, sich weiter in die Dunkelheit zu begeben. Nie wieder würde sie so leichtsinnig sein. Sie wartete und sorgte dafür, dass sie gut sichtbar blieb. Schließlich bewegte sich ein Schatten, und ein Mann trat ins Dämmerlicht. Er taxierte sie und kam näher. Erst jetzt ging sie weitere fünf Meter. Und keinen Schritt weiter.

»Farmen hat mich geschickt«, sagte der Mann. Farmen, der Schreibwarenhändler in Dover. Der Kurier sprach Englisch. Monsieur Farmen hatte erkennen lassen, dass er es für klüger hielt, von nun an Englisch zu sprechen.

»Ich habe nur dieses hier.« Sie überreichte ihm einen Brief und seinen Lohn. »Es soll gleich an Monsieur Garrett übergeben werden. Bringen Sie es ihm selbst. Hinterlegen Sie es nicht bei Monsieur Farmen.«

Er betrachtete das Geld. »Das ist viel, um einen Brief zustellen zu lassen, den die normale Post für wenige Pennys befördern würde.«

»Ich wüsste nicht, wie ich Monsieur Garrett einen Brief zukommen lassen sollte. Ich weiß nicht einmal, ob er wirklich so heißt.«

»Weiß er, wie er Ihnen eine Antwort schicken kann, oder wollen Sie drei Wochen lang warten, damit ich sie Ihnen bringe?«

»Das geht Sie nichts an. Bringen Sie ihm dies einfach, nachdem Sie Monsieur Farmen seinen Anteil gegeben haben, damit er unser Freund bleibt.«

Er kicherte. »Freund. So kann man es natürlich auch nennen.« Er tippte sich zum Abschied mit dem Brief an den Hut.

Marielle begab sich zur Kutsche zurück. Ihr Kutscher, André, blickte sie skeptisch an. »Vielleicht sollte ich Mylord erzählen, dass Sie sich mit fremden Männern in dunklen Gassen treffen.«

»Hat er Ihnen befohlen, ihm über meine Fahrten Bericht zu erstatten?«

Er schüttelte den Kopf. »Aber vielleicht würde er es begrüßen, wenn ich es täte.«

»Wenn Sie ihm so etwas erzählen, wird er denken, dass Sie Ihre Aufgabe nicht recht verstehen.« Während sie sprach, kramte sie in ihrem Ridikül. Plumpe Dinger. Ihre alten Taschen waren sehr viel unauffälliger und dadurch weitaus nützlicher gewesen. »Hier. Nehmen Sie das. Nicht als Schmiergeld und ganz sicher nicht, weil Sie dummerweise versucht haben, mich zu erpressen. Sondern weil Sie so gut aufgepasst und für meine Sicherheit gesorgt haben.«

André steckte die Münzen ein. Er öffnete die Tür der Kutsche und fuhr geschickt die Stufen heraus. Seinem Gesichtsausdruck nach zu urteilen waren sie zu einer Einigung gelangt.

Er vertraute ihr so sehr, wie ein Mann einer Frau vertrauen konnte, die darauf bestand, wenigstens zur Hälfte ein Rätsel zu bleiben. Und so gern er auch Entscheidungen getroffen hätte, die auf Vertrauen beruhten, so gab es doch einige, bei denen das nicht möglich war.

Als er vor einer ganz speziellen Entscheidung stand, suchte Kendale seinen Freund Ambury in dessen Haus am Berkeley Square auf. Er wurde in der Bibliothek empfangen. Ambury war gerade damit beschäftigt gewesen, einige Briefe zu schreiben. In einem Sessel am Kamin saß Cassandras Tante und las ein Buch.

Ambury begrüßte ihn und musterte demonstrativ die kleine

Rolle aus Musselin, die Kendale unter dem Arm trug. Dann schlug er vor, sich in sein Arbeitszimmer zu begeben.

»Wenn Sie ungestört sein möchten, Ambury, sollten Sie das freiheraus sagen«, ließ Lady Sophie sich vernehmen und legte das Buch beiseite. »Sie waren zuerst hier. Ich war diejenige, die hier hereingeplatzt ist. Mir war nicht klar, dass Sie Besuch erwarten.«

»Es ist nicht nötig, dass Sie die Bibliothek verlassen. Wir kommen anderswo ebenso gut zurecht.«

»Dummes Zeug. Ich werde im Garten spazieren gehen. Ein wenig frische Luft wird mir nicht schaden.« Sie stützte sich auf die Sessellehne, um leichter auf die Füße zu kommen. Als sie stand, nahm sie sich die Zeit, herauszufinden, wer der Gast war. Ihre Augen begannen vor Entzücken zu leuchten. »Kendale, meine Güte, wie vortrefflich, Sie hier zu sehen.«

Vortrefflich war ein sonderbares Kompliment, aber schließlich handelte es sich hier auch um eine sonderbare Frau. »Danke. Die Freude ist ganz meinerseits.«

Plötzlich recht hurtig auf den Beinen, ging sie auf ihn zu und musterte ihn gründlich von Kopf bis Fuß. »Ich habe immer gesagt, dass mehr in Ihnen steckt, als die anderen glauben wollen.«

»Nochmals danke. Das kann ich mir vorstellen.« Er blickte Ambury an und fragte sich, ob auch er zu diesen anderen gehörte oder ob Lady Sophie nur seine Frau meinte. Ratlos und verwirrt hob Ambury die geöffneten Hände.

»Aber eine Französin?«, sagte Lady Sophie. »Halten Sie das für klug, bei Ihrem Mangel an Erfahrung?«

Es verschlug ihm die Sprache.

»Ich verstehe ja den Reiz«, fuhr sie fort. »So eine hübsche Sprache, das ist das eine. Selbst unfeine Worte klingen auf Französisch elegant. *Merde* zum Beispiel. Wie viel besser das klingt als Sch…«

»Tante Sophie, ich glaube nicht, dass Kendale sich den Kopf vom Klang einer Sprache verdrehen lässt.«

»Unsinn. Jeder liebt die französische Sprache und lässt sich davon verführen. Du meine Güte, mir hat einmal ein Franzose den Kopf verdreht, für den nichts weiter sprach außer dem Klang seiner Stimme. Natürlich erkenne ich im Rückblick seine Grenzen. Aber damals war ich gute vierzehn Tag lang wahnsinnig verliebt.« Sie fing sich wieder und lächelte entschuldigend. »Ich wollte damit nicht andeuten, dass Ihre derzeitige Affäre nur zwei Wochen dauern wird, Lord Kendale. Ich bin sicher, sie wird Sie durch die Saison begleiten.«

»Es ist beruhigend zu erfahren, dass Sie glauben, mir bliebe wenigstens so viel Zeit.«

»Sie haben Zeit, wenn Sie sich Zeit nehmen und sich Zeit lassen, Sir. Zu viele Männer verstehen nicht, dass *l'amour* und Ungeduld nicht miteinander vereinbar sind. Sie wirken verblüfft. Ich will es Ihnen gern erklären. Wenn Sie sich auf eine Französin eingelassen haben, dürfen Sie nicht im Zustand der Unwissenheit bleiben. Zum Stolze Englands müssen Sie sich in dieser Sache bewähren.« Sie blickte sich um auf der Suche nach einem Stuhl, auf dem sie Platz nehmen konnte, sodass die Unterhaltung fortgeführt werden konnte.

»Der Garten, Tante Sophie. Ich glaube, du sagtest gerade, ein wenig frische Luft könne dir nicht schaden«, unterbrach Ambury sie.

»Habe ich das? Nun, das ist eine gute Idee, also werde ich sie in die Tat umsetzen. Leben Sie wohl, Lord Kendale. Suchen Sie mich auf, wann immer Sie einen Ratschlag brauchen. Einen besseren als meinen werden Sie nicht finden.«

»Ich bitte um Entschuldigung«, murmelte Ambury, als sie auf die Gartentür zuging. »Sie hat jeden Sinn für Diskretion verloren.«

»Sie könnte mir gegenüber nicht indiskret sein, wenn andere es nicht zuvor ihr gegenüber gewesen wären. Es freut mich, zu erfahren, dass meine Tauglichkeit, eine Affäre mit Miss Lyon aufrechtzuerhalten, derzeit für Unterhaltung in den Salons sorgt.«

»Zum Teufel, was hast du erwartet? Du hast sie zu Fairbourne's großer Vernissage mitgenommen. Und alle Welt hat euch auch zusammen wieder aufbrechen sehen. Ärgere dich nicht darüber. Die Skandalblätter werden sich schon bald um andere kümmern.«

Er hatte keine Ahnung, dass er in den Skandalblättern gestanden hatte. Er hatte sie noch nie gelesen, und in diesem Augenblick hatte er erst recht keine Zeit für solch oberflächliche Dinge.

»Was ist das da?« Ambury deutete auf die Rolle, die in Musselin eingewickelt war.

»Ein Labyrinth. Du wirst mir helfen, einen sauberen Ausweg daraus zu finden.« Er legte die Rolle auf den Schreibtisch, löste das Band, das den Stoff zusammenhielt, und wartete, bis die Papiere sich entrollt hatten.

Ambury beugte sich über den Kupferstich, der obenauflag. »Interessant. Die werden entweder für den französischen Markt hergestellt oder man verkauft sie hier an die Emigranten. Ersteres halte ich für wahrscheinlicher. Wer ist das?« Er zeigte auf Lamberte.

»Ein Lakai der Regierung in einer der Provinzen.«

»Nun, jemand bezichtigt ihn der Art von Untreue, für die einem dort drüben der Kopf abgetrennt wird.«

»Ich wollte eher wissen, ob du irgendetwas auf diesem Bild siehst, was nicht so ist, wie es scheint. Eine Botschaft zum Beispiel, die nur Eingeweihte erkennen und verstehen können.«

»Meinst du ein geheimes Zeichen?« Ambury spähte angestrengt auf das Bild, dann auf die Wörter, die überall eingraviert waren. »Müsste eine ziemlich kurze Botschaft sein, wenn sie sich in diesen wenigen Sätzen verbergen soll. Ich kann nichts sehen, was Derartiges vermuten lässt. Und du?« Er hob das obere Bild hoch und hielt das Papier gegen das Licht, das zum Fenster hereinfiel.

»Nein. Wie dem auch sei, ich wollte einen zweiten Betrachter und eine zweite Meinung.« Zufrieden rollte er die Drucke wieder auf. Den halben Weg durch das Labyrinth hatte er damit zurückgelegt. Er hoffte, dass Ambury ihm für die zweite Hälfte einen guten Rat geben konnte.

Unerwartet wurde die Tür geöffnet, und Lady Ambury trat ein. Sie ließ den Blick durch die Bibliothek schweifen und seufzte entnervt. »Wohin ist sie gegangen? Ich habe ihr gesagt, dass sie *hier* warten soll. Ambury, hast du Tante Sophie gesehen?«

»Sie ist in den Garten gegangen.«

»Oh nein, wie konntest du ihr das nur erlauben? Wir müssen einige Besuche zusammen machen. Jetzt wird sie von schlammiger Erde bedeckt sein und …« Sie bemerkte die Kupferstiche. Neugierig kam sie näher. »Was hast du da? Ach, jetzt richtet sich ihr Spott gegen französische Esel, verstehe. Das ist verständlich, aber ich werde es vermissen, wie geschickt sie unsere englischen aufs Korn genommen hat.«

»Was soll das heißen, *sie?«*, fragte Ambury.

»Na, Marielle. Das hier ist ihr Werk, da bin ich sicher. Haben Sie es ihm nicht gesagt, Kendale?«

»Nein, das hat er nicht, obwohl eine seiner Fragen jetzt erst Sinn ergibt.«

Lady Ambury hob den oberen Druck an, und gleich darunter kam die erste Kopie zum Vorschein. »Also, diese hier sind neu. Bisher hat sie keine davon verkauft. Ich hoffe, Sie haben deswegen nicht mit ihr geschimpft, Kendale. Ihre Landschaftsskizzen sind wesentlich kunstvoller, aber sie verkaufen sich nicht annähernd so gut wie die Spottbilder.«

»Ich glaube nicht, dass ich ihre Landschaften schon einmal gesehen habe«, sagte Ambury.

»Ich auch nicht«, sagte Kendale.

»Sie sind allerliebst. Ansichten des Flusses überwiegend. Sie würde sie Ihnen nicht zeigen. Es überrascht mich, dass Sie diese hier sehen durften. Sie würde befürchten, Sie könnten Anstoß daran nehmen, dass sie mit dem Grabstichel umzugehen versteht, genau wie diese Frauen, die die Farbe aufbringen, niemals vor anderen zugeben würden, dass sie in Marielles Haus gegen Geld arbeiten.« Plötzlich verstummte sie, während die letzten Worte noch in der Luft nachhallten. Sie errötete. »Diese hier hat sie Ihnen auch nicht gezeigt, stimmt's? Sie haben Sie irgendwie selbst entdeckt, und ich habe etwas verraten, von dem sie nicht will, dass Sie es erfahren.«

»Gräme dich nicht deswegen«, sagte Ambury. »Unser Freund Kendale hier versteht sehr gut, dass sie sich ihren Lebensunterhalt selbst verdienen muss. Er hat das Haus von innen gesehen. Das hier wird ihn kaum schockieren.«

»Die Bilder schockieren mich nicht im Geringsten. Ich bin froh zu erfahren, dass sie sie angefertigt hat.« Er war sich nicht sicher, ob das, was er tun musste, dadurch erleichtert oder erschwert werden würde.

»Ihr Wunsch, anonym zu bleiben, erklärt vermutlich, warum kein Urheber angegeben ist und auch keine Anschrift«, sagte Ambury. »Und ich habe die Bilder für unvollendet gehalten.«

»Sie sind unvollendet, glaube ich«, sagte Cassandra und beugte sich über den Druck. Das Haar hing ihr in langen Ringellocken herab und streifte das Papier. »Einmal hat man mir eines ihrer Spottbilder gezeigt, und darauf standen ein Name und eine Adresse. Alles erfunden. Auf den Landschaften steht ihre Adresse, aber nicht ihr Name. Stattdessen benutzt sie Männernamen.«

»Also wurden die Stiche, die in jenem Haus eingefärbt werden, von ihr gefertigt«, sagte Kendale.

»Einige davon. Meistens bringt sie welche vom Drucker mit. Wenn Sie sie danach fragen, wird sie Ihnen sicherlich alles erklären. So, und jetzt muss ich nach meiner Tante sehen, bevor sie die halbe Bepflanzung aus dem Garten reißt. Bitte entschuldigen Sie mich.«

Nachdem Cassandra fortgegangen war, rollte Kendale die Drucke wieder zusammen.

»Deine Frage wegen der geheimen Botschaft«, nahm Ambury den Faden wieder auf. »Du bist dir ihretwegen immer noch nicht sicher.«

»Bei ihr bin ich mir sicher. Aber bei den Drucken ist das anders.«

»Und doch stellt sie sie her. Also …« Ambury zuckte die Schultern. »Auch wenn wir völlig falschliegen, ist es unwahrscheinlich, dass sie irgendetwas unternehmen wird, solange du zu ihrem Leben gehörst. Sie hätte kaum eine Chance davonzukommen. Ich hoffe, du hast dich nicht mit dieser Absicht auf die Affäre mit ihr eingelassen, Kendale. Ich meine, um sie und ihre Aktivitäten zu überwachen. Denn damit würdest du viel zu viel riskieren.«

»Ich bin hergekommen, damit du mir bestätigst, dass ich mir nichts vormache, indem ich mich weigere, Dinge zu sehen, die ich nicht sehen will. Und auch, weil ich um Rat bitten wollte. Marielle weiß nicht, dass die Drucke in meinem Besitz sind. Sie glaubt, dass sie verloren gegangen sind. Ich habe sie in diesem Glauben gelassen.«

»Du hast sie belogen.«

»Damals habe ich geglaubt, eine Spionin anzulügen. Jetzt würde ich sie ihr gern zurückgeben und ihr alles erklären.«

»Du willst deine Lüge richtigstellen, damit sie in Zukunft nicht zwischen euch steht.«

»Genau. Es bereitet mir Kopfzerbrechen, wie ich das anstellen soll. Ich dachte, du könntest mir vielleicht helfen.«

»Mal sehen, ob ich dir die richtigen Worte zur Verfügung stellen kann. *Mein Liebling, zu einer Zeit, als ich noch nicht in den Genuss deiner Gunst gekommen war und wir noch nicht wie eins waren, habe ich diese Bilder entdeckt und sie ohne dein Wissen behalten, weil ich sie für Beweismaterial hielt, das ich dereinst würde benutzen können, um dich aufknüpfen zu lassen.*«

»So plump hätte ich mich auch ohne deine Hilfe ausdrücken können. Du sollst passendere Worte finden, damit ich ihr nicht wie ein Schuft vorkomme.«

»Meine Liebste, seit einigen Wochen befinde ich mich im Besitz einiger Gegenstände aus deinem Eigentum und halte es nun für das Beste, sie dir zurückzugeben. Die einzige Entschuldigung, die ich für meinen Betrug vorzubringen habe, ist die, dass ich dich zur damaligen Zeit für eine üble Hochstaplerin und für absolut unglaubwürdig gehalten habe.«

»Das ist kaum besser.«

»Kendale, es gibt keine gute Art, so etwas zu sagen. Was du getan hast, lässt sich nicht mit schönen Worten bemänteln. Sag es ihr lieber auf die Art, wie ein Kendale es eben sagt, und hoffe, dass sie genug Zuneigung für dich empfindet, um Verständnis dafür aufzubringen.«

Er verließ Amburys Haus noch unzufriedener, als er es betreten hatte. Inzwischen sollte sich das Geheimnis um Marielle gelichtet haben. Stattdessen schien es nur noch größer zu werden. Auch Amburys Fragen passten ihm ganz und gar nicht.

Er *hatte* mit dem Gedanken gespielt, dass eine Affäre Marielle in seiner Nähe halten würde, sodass er sie leicht überwachen konnte. Der Gedanke hatte ihm als Entschuldigung gedient, als er während ihrer ersten gemeinsamen Tage in Ravenswood in Erwägung gezogen hatte, zu tun, was er tun wollte. Inzwischen hatte sie ihn jedoch davon überzeugt, dass sie keine Spionin war. Und er wollte noch immer nicht glauben, dass es pure Lust gewesen war, die ihn am Ende blind gemacht hatte.

Er wollte jetzt nicht an ihr zweifeln. Bald, allzu bald würde er sich auf eine Mission begeben, die risikoreich und gefährlich war, und er wollte die verbleibende Zeit damit verbringen, das außerordentliche Wohlbehagen zu genießen, das er in ihrer Gegenwart empfand. Stattdessen hatte er sich in der vergangenen Stunde gefragt, ob dieses Wohlbehagen ihn in den größten Idioten verwandelt hatte, die Sorte von Narr, zu der er niemals hatte werden wollen – der Narr einer Frau.

Er glaubte nicht, dass sie ihre Reize benutzt hatte, um sein Denken zu benebeln, aber dennoch … Eine Kupferstecherin also. In England schickte es sich für die Töchter von Adligen, zu zeichnen oder Aquarelle zu malen, aber Kupferstecherei? Er hielt es für unwahrscheinlich, dass man die Nichte eines Grafen in dieser Fertigkeit unterwiesen hatte. In England gingen Männer für diese Arbeit in die Lehre. Kupferplatten mit einem Stichel zu bearbeiten war nichts, was sich für Amateure eignete. Cassandra hatte gesagt, dass auch die anderen Drucke – Landschaften – zauberhaft seien. Also war sie eine erfahrene Künstlerin.

Er fragte sich, wie viele Menschen wussten, dass sie diese Fertigkeit besaß. Die Gerüchte, sie sei eine Hochstaplerin, beruhten womöglich darauf, dass einige Leute davon erfahren hatten.

Er konnte nicht länger so tun, als stimmten diese Gerüchte nicht.

17

Marielle liebte das Cottage. Sie genoss es, aus den Fenstern zu blicken und im Bauerngarten die Knospen und Triebe sprießen zu sehen. Die niedrigen Balkendecken fand sie gemütlich, den großen Kamin anheimelnd. Ihr wurde bewusst, dass sie immer dann, wenn André vorfuhr und sie der Kutsche entstieg, eine andere Welt zu betreten schien.

Eine Fantasiewelt vielleicht. Eine, in der keine bedrohliche Aufgabe auf sie wartete und keine Gefahren unter der Oberfläche lauerten. Eine, in der Kendale, wenigstens eine Zeit lang, kein Viscount und kein Adliger war, sondern nur ein Mann, den sie voller Leidenschaft, aber auch erfüllt von ruhigem Frieden umarmte.

Sie hatte sich angewöhnt, früh im Cottage einzutreffen, sodass ihr einige Stunden blieben, in denen sie sich der Illusion hingeben konnte, eine einfache Frau vom Lande zu sein, deren Leben von keinerlei Sorge getrübt war. Heute hatte sie André mit der Anweisung fortgeschickt, sie am nächsten Morgen wieder abzuholen, und hatte dann voll freudiger Erwartung das Haus betreten. Sie trug einen Korb mit Essen, das sie in der Küche ihres Hauses gekocht hatte. Immer wieder war sie hineingeflitzt, um den Eintopf umzurühren und den Teig für das Brot zu kneten, und dann hatte sie sich wieder um die neuen Stiche gekümmert, von denen einige noch eingefärbt werden mussten.

Sie stellte das Gefäß mit dem Eintopf neben den Kamin und stocherte in der glühenden Kohle herum, die sie in einem

Feuereimer mitgebracht hatte, damit für Wärme gesorgt wäre, sowohl für das Essen als auch für die Nacht. Sie legte das Brot auf den Tisch und bewunderte das ansehnliche Ergebnis ihres Knetens und Backens.

Die Köchin hatte ihr Eindringen in die Küche seltsam und lästig gefunden, und sie schien sogar überrascht zu sein, dass ihre Herrin in der Lage war, einen Brotlaib zu formen. Marielle Lyon sollte so etwas nicht tun. Doch es hatte ihr Freude bereitet, das Brot zu backen, ebenso wie das Wissen, dass Kendale etwas essen würde, was sie mit eigenen Händen hergestellt hatte. Auch Heimweh hatte diese abgeschiedenen Momente oftmals erfüllt und sie daran erinnert, dass sie all dies für ihren Vater tat.

Kein Geräusch außer denen der Natur draußen vor der Tür störte ihre letzte einsame Stunde im Cottage. Sie genoss die Stille und ihr Glück. Beim Gedanken an Kendales Ankunft krampfte ihr Herz sich schmerzlich zusammen, und sie empfand eine erregende Vorfreude.

Zwei Wochen, hatte er gesagt. Die vierzehn Tage waren beinahe vorbei. Sie saß am Fenster und sah eine Maus, die sich ihren Weg durch das Efeu im Garten erschnüffelte, während Marielle sich an die Freude klammerte, die gewiss bald ein Ende haben würde. Sie selbst würde ihr ein Ende setzen müssen, wenn sie tun wollte, was sie tun musste.

Das Klappern einer Kutsche auf dem schmalen Weg wurde lauter, während sie näher kam. Das musste Kendale sein. Auch er hatte sich herbringen lassen, damit er sich hier, auf diesem Anwesen, das so schlecht dafür eingerichtet war, nicht um die Pflege seines Pferdes kümmern musste. Sie kannte mittlerweile die Geräusche all seiner Kutschen und erkannte, dass es die feine war, die er benutzt hatte, um sie zu besuchen, jetzt, wo ihre Entfremdung beendet war. Beim Anhalten erzeugten die Räder ein unverwechselbares Kreischen.

Er trat ein, das Haar zerzaust vom Wind und die hohen Stiefel dreckig von einem Tag im Sattel. Er trug eine lange, dicke Rolle, die in Musselin eingeschlagen war, und legte sie auf einen Stuhl. Dann kam er zu ihr und küsste sie.

»Steht alles zum Besten in deinem Haus?«, fragte er.

Sie stand auf und umschlang mit beiden Armen seinen Nacken. »Zum Allerbesten. Dieser Mann, der dauernd vorbeiging, ist nicht mehr aufgetaucht. Jacob und Pratt halten immer noch Ausschau nach ihm. Die Frauen sind mit einem neuen Stapel Kupferstiche beschäftigt, die ein Buchverleger geschickt hat. Und Madame LaTour war dabei äußerst hilfreich, sodass ich mich fortstehlen konnte, um dieses kleine Cottage aufzusuchen.«

»Du bist früh, sie muss sich also sehr nützlich gemacht haben.« Er umarmte sie, blickte sich dabei jedoch in dem bescheidenen Wohnzimmer um. »Ich war besorgt, dass du es zu armselig finden würdest. Aber etwas anderes war so kurzfristig nicht zu bekommen.«

»Ich finde die Schlichtheit ganz bezaubernd.«

Voller Warmherzigkeit blickte er sie an, doch sie spürte, dass er abgelenkt war. Nicht, dass er seine Aufmerksamkeit von ihr abgewendet hätte. Eher war es so, dass er sie auf sie richtete und sich allzu sehr auf sie konzentrierte. Sie wartete auf die Worte, die sie in seinen Augen sah und in der Luft spüren konnte.

Stattdessen küsste er sie. Zunächst berührten seine Lippen die ihren nur flüchtig, dann verweilten sie. Seine Erregung veränderte die Küsse noch mehr. Es schien, dass sie Eintopf und Brot noch eine Weile nicht anrühren würden.

Nun küsste er sie heftig und voller Begierde. Er hielt sie fest umschlungen. Sie erkannte die Anzeichen seiner Ungeduld. Als er sie hochhob und in das kleine Schlafzimmer trug, fragte sie sich, ob er sich die Mühe machen würde, sie zu entkleiden.

Wie es gelegentlich schon geschehen war, überraschte er sie erneut. Anstatt sie auf das Bett zu werfen, ließ er sie auf die Füße hinab und begann sie auszuziehen. Plötzlich ließ er sich Zeit, viel Zeit, löste umsichtig die Bänder an ihrem Kleid und die Haken auf der Rückseite.

Ehrfürchtig faltete er jedes Kleidungsstück zusammen und legte es auf einen Stuhl. Und immer, jedes Mal, wenn er sie anblickte, war da diese Konzentration.

Ihre eigene Erregung trieb Schabernack mit ihr. Voller Ungeduld erwartete sie ihn, und die Gedanken verschwammen. Doch als sie nackt war, zeichnete er die Kurven ihres Körpers von der Schulter bis zu den Schenkeln langsam und sorgfältig mit zwei Fingerspitzen nach. Die Art, wie er sie dabei anblickte, in tiefer Nachdenklichkeit, verlieh der Melodie ihrer Freude einen besorgten Unterton.

Sie umfasste sein Handgelenk und zwang ihn innezuhalten, sodass er zu ihr aufblicken musste. »Du siehst mich an, als wolltest du dir einprägen, wie ich aussehe«, sagte sie. »Wirst du mich verlassen?«

»Im schlimmsten Fall dauert meine Reise nicht nur wenige Tage.«

Sie hatte nicht nur die bevorstehende Reise im Sinn gehabt. Doch innerlich seufzte sie erleichtert auf, weil er die Frage nur auf diese Weise verstand.

Er legte sie auf das Bett und entkleidete sich dann selbst. Anstatt ungeduldig zu sein, behandelte er sie mit unendlicher Behutsamkeit. Die Lust war so träge und süß wie in jener Nacht in Ravenswood, als sie ihn gezwungen hatte, zuzugeben, dass er sie begehrte. Diesmal berührte es sie auf andere Weise. Vielleicht würde er sie nicht jetzt verlassen, doch sie konnte nicht vergessen, dass er es bald tun würde. Und auch sie würde gehen müssen. Die vierzehn Tage des Glücks waren fast vorbei.

Und darum schmiegte sie sich an ihn. Sie hielt ihn, so fest sie konnte. Während sie ihn streichelte, prägte sie ihn in ihr Gedächtnis ein, lauschte seinem Atem und nahm jede Einzelheit seiner Berührungen wahr. Bald, sehr bald, sank die Lust tief in sie, und jeder Kuss, jede aufreizende Berührung verstärkte sie so sehr, dass sie lange vor ihm bereit war.

Es brachte sie um den Verstand, warten zu müssen. An jedem anderen Tag hätte sie ihn dazu auffordern können, mit ihr zu verschmelzen. Aber sie spürte, dass er nicht ihretwegen so langsam vorging, sondern um seiner selbst willen. Es fehlte ihm nicht an Verlangen. Der Beweis dafür war unbestreitbar und unübersehbar. Doch noch immer lenkte ihn diese Konzentration ab, und vermutlich nahm auch er jede Berührung so deutlich wahr wie sie.

Er spürte genau, wie sehr sie ihn begehrte und brauchte. Sie hätte es nicht vor ihm zu verbergen gewusst. Dennoch gab er sich dem Genuss noch ein Weilchen länger hin, schloss sorgsam die Lippen um eine Brustspitze und reizte die andere mit dem Daumen. Vor Begierde schrie sie auf. Ohne nachzudenken, umklammerte sie seine Hand und versuchte, sie tiefer zu führen.

Stattdessen drehte er sich um, sodass sie auf ihm lag. »Nimm dir, was du willst, Marielle. So kann ich dich weiterhin bewundern.«

Inzwischen nahezu außer sich vor Verlangen, packte sie ihn und bäumte sich auf. Sie senkte sich auf ihn, und ihr ganzes Wesen stöhnte innerlich auf, als er sie endlich ausfüllte.

Sie lehnte sich zurück, nahm ihn in sich auf und genoss die ersehnte Fülle. Draußen dämmerte der Abend, und die Schatten in der Kammer wurden länger. Keine Kerze brannte, und das Licht war grau und mild geworden.

Sie genoss es, ihn anzublicken, sein schönes Gesicht und die ausdrucksvollen Augen. Sie streckte die Hand aus und liebkoste seine muskulösen Schultern und die Brust, wanderte auf seinem Körper nach unten, bis ihre Finger die frische, noch gerötete Narbe der Wunde berührten, die ihm in der Gasse zugefügt worden war. Das brachte sie dazu, ihren eigenen Körper anzusehen und die feine Linie an ihrer Hüfte.

Sie erhob sich, ließ sich wieder auf ihm nieder und beobachtete seine Reaktion.

»Langsam«, sagte er. »Dann ist es jedes Mal wieder eine Offenbarung.

Sie tat, was er wollte. »Das ist ja beinah poetisch.«

Amüsiert über ihre Bemerkung lächelte er. Ihr fiel auf, dass es heute sein erstes Lächeln war. Mit den Fingerspitzen strich er über die Striemen an ihrer Hüfte. »Ich glaube, du bist nicht zum ersten Mal verletzt worden, Marielle. Es gibt zwar keine weiteren Narben, aber nicht alle Wunden hinterlassen welche auf dem Körper. Das trifft besonders auf Frauen zu.«

Sie hielt inne.

»Es gibt Dinge, über die ich noch nicht oft nachgedacht habe«, sagte er, während er sie langsam streichelte. »Ich habe beschlossen, das nicht zu tun, denn eins führt zum anderen, und schließlich würde alles zu dem Geheimnis der Miss Lyon führen. Aber als du hierherkamst, warst du noch ein Mädchen, und du warst allein. Ungeschützt. Bist du verwundet worden, als du dich durch die Hölle gekämpft hast, die Frankreich damals war?«

Sie beugte sich vor, bis ihr Gesicht nur Zentimeter über dem seinen schwebte. Bevor zu viel Kummer daraus entweichen konnte, warf sie die Tür zu ihrem Herzen zu, an die seine Worte gepocht hatten. »Erst Poesie und dann eine grausame Frage, die meine Lust garantiert zunichtemacht. Ich hoffe, Sie beabsichtigen, Wiedergutmachung zu leisten, Mylord.«

»Natürlich. Mein gesellschaftliches Geschick erfordert offenbar noch viel Arbeit.«

Und er leistete Wiedergutmachung. Er hielt sie mit Küssen in ihrer Position, liebkoste ihre Brüste mit den Händen und raubte ihr so den letzten Rest an Selbstbeherrschung. Jede Berührung ließ sie erbeben, dort, wo sie vereint waren. Er zog sie zu sich, sodass er seinen Mund benutzen konnte, und das machte es auf wundervolle Weise noch schlimmer, denn so konnten sie nicht miteinander verbunden bleiben, und nur die Liebkosungen seiner Zunge riefen kraftvolle Wellen der Lust in ihr hervor. Endlich erlöste er sie, als sie vor Verlangen halb wahnsinnig war, sich auf die Hände stützte und mit den Hüften heftig gegen ihn stieß, damit er sie wieder ausfüllte.

Und dann nahm sie sich, was sie wollte, so, wie er es ihr befohlen hatte. Sie bewegte sich auf diese Weise und auf andere und fand die Erleichterung, die gleichzeitig die herrlichen Empfindungen der Erlösung ankündigte. Er packte sie an den Hüften und übernahm das Kommando, und jetzt bewegte er sich nicht mehr langsam und sanft, sondern stieß beinahe gewaltsam in sie. Sie kam zweimal, bevor er fertig war, und dann noch einmal zum Schluss, als sie, matt und erschöpft, sein letztes Aufbäumen in sich aufnahm.

Die Nacht war hereingebrochen. Er konnte nicht schlafen. Und Marielle auch nicht. Obwohl sie sich nicht rührte, merkte er es. Sie lag in seiner Armbeuge, ihr Kopf auf seiner Brust, eine Handfläche auf seinem Herzen.

Aus vielen Gründen widerstrebte es ihm, das Bett zu verlassen. Die Freude, sie im Arm zu halten. Die neuen Fragen, die ihm nicht aus dem Kopf gehen wollten. Die Musselinrolle draußen im Wohnzimmer.

»Ich bin nicht im eigentlichen Sinne verwundet worden«, sagte sie in die Stille hinein.

»Sprich nicht darüber, wenn du es nicht willst. Es war grob von mir, es überhaupt zu erwähnen.«

Es war ein Impuls gewesen, ein Gedanke, den er laut ausgesprochen hatte, als er den Messerstich betrachtet und über Marielle die Geheimnisvolle nachgedacht hatte und darüber, dass vieles von dem, was er geglaubt hatte, vermutlich völlig falsch gewesen war.

Sie antwortete nicht, also wollte sie vermutlich nicht darüber reden. Doch sie verlagerte in seinen Armen das Gewicht, und ihm schien, dass sie sich enger an ihn kuschelte.

»Du hast gesagt, du warst in Toulon, also hast du gesehen, wie es war, als der Aufstand gegen die neue Regierung niedergeschlagen wurde. Andernorts war es genauso. Frankreich war nach der Revolution so blutig wie währenddessen. Es hat so viel Töten gegeben.«

Vor allem im Westen. *Sie spricht nicht wie jemand aus der Provence, sondern als käme sie aus dem Westen.* Zwei Personen hatten das zu ihm gesagt.

»Wahrscheinlich war es nirgendwo im ganzen Land sicher«, sagte er. Für ein Mädchen, das allein unterwegs war … Er wollte sich nicht ausmalen, welchen Gefahren sie begegnet sein mochte.

»Überhaupt nicht sicher. In solch einer Welt verliert jeder einen Teil seiner Menschlichkeit. Als ich geflohen bin, habe ich genug gesehen, um zu wissen, wie es sein kann. Darum habe ich bei meinem Aufbruch dafür gesorgt, dass ich beschützt werde.«

Natürlich hatte sie das. Es war das Klügste, was sie hatte tun können, und sie war sehr klug. »Bist du verletzt worden?«

»Nicht auf die Weise, die du vermutlich meinst. Es war jemand, den ich kannte, kein Fremder. Es war ein Handel, eine Abmachung, so habe ich es verstanden. Ich wurde nicht gezwungen, wenn das deine Frage war.«

Ihre Antwort beruhigte ihn ein wenig. Wenn Marielle nicht wusste, wie sehr manche Männer Frauen im Dienste ihrer Lust verletzten, dann würde er ihr diesen Rest von Unschuld nicht nehmen.

»Es war, als würde es jemand anderem widerfahren«, sagte sie. »Ehrlich gesagt ist das alles, woran ich mich erinnern kann. Andere Gefühle, wichtigere, beschäftigten mich. Ich war froh, dass ich einen halbwegs tapferen Mann mit einer Pistole bei mir hatte, der mich zur Küste gebracht hat und mir half, ein Boot zu finden. Aber natürlich war ich danach keine Unschuld mehr. Allerdings hatte ich durch das, was ich gesehen hatte, schon so viel von meiner Kindheit verloren, dass es im Vergleich ein geringer Verlust war.«

Es rührte ihn, wie sachlich sie darüber sprach. Erneut überlegte er, ob er tatsächlich noch mehr über sie erfahren musste. Vielleicht spielte der ganze Rest überhaupt keine Rolle.

Er lachte über sich selbst, doch ihm war nicht wohl dabei. Schon wieder versuchte er, Gründe zu finden, um die Wahrheit nicht erfahren zu müssen. Er konnte nur hoffen, dass sie nicht merkte, zu was für einem Narren er ihretwegen geworden war. Für sie. Es war höllisch, sich selbst dabei zu erwischen, wie man sich auf den guten Charakter eines Menschen verließ, dem niemals zu vertrauen man sich geschworen hatte.

»Ich nehme an, in jener Zeit hast du gelernt, mit der Angst zu leben«, sagte er.

»Angst war meine ständige Begleiterin.« Marielle drehte sich um und blickte auf ihn hinab. »Es ist interessant, wie das die

Menschen verändert. Ich habe festgestellt, dass manche von uns immer noch in Angst leben. Sie geht nicht mehr weg, egal, wie sicher unsere Lebensumstände inzwischen auch sind. Andere von uns haben daraus gelernt, dass man weitermachen muss, auch wenn man sich fürchtet.«

»Zu welchen gehörst du?«

»Zu Letzteren, aber … ich weiß inzwischen, dass es nicht viel braucht, damit die Furcht sich meiner wieder bemächtigt.«

Beinahe wünschte er, die Angst würde wieder Besitz von ihr ergreifen, wenn das bedeutete, dass sie die Pläne, die sie im Kopf hatte, nicht weiterverfolgen würde, worum auch immer es dabei gehen mochte. Sie hatte Pläne. Diese Stiche und der Besuch an der Küste verrieten es. Wenn sie keine Spionin war – und sein Herz sagte ihm, dass sie keine war, gleichgültig, wie oft sein Verstand ihm widersprechen wollte –, dann hegte sie Pläne anderer Art. Gefährliche wahrscheinlich.

Er streichelte ihr Gesicht, bis seine Fingerspitzen ihren Mund fanden. Dort verweilten sie, genossen die Weichheit ihrer Lippen. Mit den Augen konnte er ihr Gesicht nicht sehen, im Geiste hingegen sah er es deutlich vor sich. Sie hatte in der Vergangenheit viele Masken getragen, wenn sie bei ihm war, aber vermutlich trug sie jetzt keine, hier im Dunkeln, während sie sich in den Armen hielten.

»Die Angst muss dich nicht überwältigen. Wenn du je Schutz brauchen solltest, werde ich ihn dir geben. Auch wenn wir nicht mehr beieinanderliegen wie heute Abend, werde ich dich beschützen, wenn du es erlaubst.«

Sie öffnete die Lippen und umschloss seinen Finger. Dann drückte sie ihm einen Kuss auf die Brust. Sie setzte sich auf und gab ihm einen sanften Stoß. »Vielleicht hast du keinen Magen, aber ich sehr wohl. Das Essen wartet.«

Sie aßen den Eintopf an dem kleinen Tisch, beide nur leicht bekleidet. Er trug Pantalons und ein Hemd, sie ihre Chemise und den Schal. Er schürte das Feuer, damit sie in der Nacht in ihrem unbekleideten Zustand nicht frieren würden.

»Das Brot ist gut«, sagte er und brach sich noch ein Stück ab. »Du hast einen besseren Bäcker als ich in Ravenswood.«

Sie knabberte an ihrem eigenen Stück und freute sich im Stillen über das Kompliment. Von der Stelle aus, an der sie saß, konnte sie die Musselinrolle sehen, die er mitgebracht hatte. Sie fragte sich, was sich darin verbergen mochte. Allem Anschein nach handelte es sich nicht um ein Geschenk für sie. Vielleicht würde morgen früh ein Mann kommen und die Rolle mitnehmen.

»Du hast gesagt, dass du in den nächsten Tagen noch nicht zu deiner Reise aufbrechen musst«, sagte sie. »Oder vielleicht auch gar nicht?«

Er benutzte etwas Brot, um den Rest der Suppe damit aufzunehmen, und auch darüber freute sie sich. »Irgendwann werde ich aufbrechen müssen. Aber vorher erwarte ich noch Informationen, sodass der genaue Tag noch nicht feststeht.«

»Aber es wird bald sein?«

»Ja, ich glaube schon.«

Sie hatte angenommen, dass sein Vorschlag, zwei Wochen lang eine Affäre auszuprobieren, mit dem Beginn seiner Reise zu tun hatte. Danach hatte sie ihre eigenen Pläne ausgerichtet. Nun fragte sie sich, wie sie daran noch etwas ändern sollte, wenn sein Aufbruch sich verzögern würde.

Ihr Verstand begann Berechnungen anzustellen, während ihr Herz hoffte, dass der Abschied sich auf ewig verschieben möge. Denn wenn das geschähe, würde er keinerlei Pläne ausführen müssen, eine Zeit lang frei sein, und dieses Idyll der Wonne und Sicherheit konnte andauern. Wie schnell hatte sie sich in diesem Cottage in falscher Sicherheit gewiegt, sich dazu verführen lassen, die Welt zu vergessen, die bei ihrer Rückkehr in London und in Frankreich auf sie warten würde.

»Wo gehst du hin?« Die Frage entfuhr ihr, ohne dass sie beschlossen hätte, sie zu stellen. Ihr Herz verlieh den Worten seine Stimme, nicht ihr Kopf.

Er antwortete nicht.

»Verzeih. Wenn du es gewollt hättest, hättest du darüber gesprochen. Natürlich kannst du es mir nicht sagen.«

»Warum glaubst du das?«

Augenblicklich verschwand ein Großteil der Freude aus dem kleinen Raum. Plötzlich wirkte Kendale wieder durch und durch wie ein Offizier der Armee. »Du kannst es mir nicht sagen, weil du nicht weißt, wer ich bin, wie du einmal selbst gesagt hast. Ich bin ein Geheimnis und vielleicht sogar die Spionin, die zu sein du mich verdächtigt hast.«

Er griff nach ihrer Hand und hielt sie fest in der seinen. »Warum bist du so sicher, dass ein Spion sich für diese Reise interessieren würde? Vielleicht plane ich ja eine Besichtigung des Grundbesitzes meiner Familie.«

»Ich habe wahrscheinlich gedacht … na ja, ich nahm an, dass … dass bereits deine Diskretion in dieser Sache darauf hindeutet, dass es sich um etwas anderes handelt.« Sie stammelte, fühlte sich unbehaglich und befürchtete, es mit jedem Wort, das sie sagte, nur schlimmer zu machen. »Und diese Männer, die herkommen, um mit dir zu reden …«

Zu ihrer großen Erleichterung lächelte er. »Du bist vielleicht keine, aber du würdest eine gute Spionin abgeben.« Er hob ihre Hand und küsste sie, was sie noch mehr erleichterte. »Darüber zu sprechen würde uns nur die Zeit verderben, die wir miteinander verbringen können, und vielleicht würdest du dir unnötig Sorgen machen.«

Schon indem er Sorgen erwähnte, bereitete er ihr welche. Sie hatte angenommen, dass er irgendwo jemanden observieren würde, einen weiteren potenziellen Spion oder die Vorgänge an der Südküste. Was auch immer es war, was er tun musste. »Hast du etwas Gefährliches vor? Geht es um diesen Oberst und um die Ereignisse in Toulon?«

»Reden wir nicht mehr darüber. Ich versuche, dir *unnötige* Sorgen zu ersparen, schon vergessen?«

Doch er hatte nicht gesagt, dass es ungefährlich sein würde. Während also ihre *unnötigen* Sorgen nachließen, verschwanden die anderen nicht ganz.

Sie räumte die Überreste der Mahlzeit weg. Dabei zog diese merkwürdige Musselinrolle erneut ihre Aufmerksamkeit auf sich. Als sie fertig war, deutete sie darauf. »Was ist das?«

Er drehte den Kopf und betrachtete den Gegenstand über die Schulter hinweg. Lange Zeit blickte er darauf. Man hätte glauben können, er hätte vergessen, dass er ihn selbst mitgebracht hatte. Plötzlich stand er entschlossen auf, ging auf die Rolle zu und nahm sie in die Hand. »Es ist für dich.«

Er ging zu ihr und löste den Musselin. Sogleich fiel der Stoff zur Seite, und Papiere entrollten sich auf dem Tisch.

Es war ein Stapel ihrer eigenen Stiche. Die, die sie auf dem Pfad verloren hatte. Allerdings waren sie nicht verloren gegangen, denn nun besaß er sie.

Sie unterdrückte den Drang, mit ihm zu schimpfen, weil er sie angelogen hatte. Warum hatte es so lange gedauert, bis er sie ihr zurückgab? Sie starrte auf die Bilder und kämpfte gegen Zorn und Enttäuschung an. Natürlich, er hatte sie belogen. An jenem Tag hatte er geglaubt, dass es sich um geheime Dokumente handelte. Vielleicht fragte er sich sogar, ob sie Informationen zwischen den Figuren und Worten versteckt hatte.

Kendale setzte sich und legte die Finger auf die Ecke des

obersten Druckes. »Sie sind nicht eingefärbt. Sie scheinen zu denen zu gehören, die du nach Frankreich schickst.«

Marielle nickte.

»Wie ich höre, fertigst du sie selbst an. Du färbst nicht nur die Platten ein und ziehst die Drucke ab, sondern du führst selbst den Stichel und schneidest die Linien hinein.«

»Wer hat dir das gesagt?«

»Ist es denn wahr?«

Vielleicht hatte Emma es ihm erzählt. Schließlich war sie ihr ursprünglich nur deshalb begegnet. Oder vielleicht Cassandra. Oder sogar Madame LaTour, die von den Besuchen eines Viscounts viel zu sehr beeindruckt war, um Diskretion zu wahren. Oder noch jemand anders hatte es verraten. Sie hatte ihre Fertigkeiten und diese Arbeit geheim gehalten, so gut es ging, aber schließlich finden die Leute eben doch vieles heraus, wenn sie nichts anderes zu tun haben.

»Es ist wahr.« Marielle blickte ihn nicht an. Sie wollte nicht sehen, wie er sie musterte. Wenige Minuten zuvor war es zumindest denkbar gewesen, dass sie die Nichte eines Grafen war. Jetzt aber wusste er, dass das nicht stimmte, es sei denn, er war wirklich nur ein Schöner Esel. Das änderte alles. Wirklich alles.

»Wer hat dich das gelehrt? Das ist nichts, was man sich selbst beibringen kann.«

Das Herz wurde ihr schwer in der Brust. Sie wünschte, sie hätten das Bett nie verlassen, denn ob er es beabsichtigt hatte oder nicht, letzten Endes verhörte er sie, so wie er es anfangs an dem Tag geplant hatte, als sie zum ersten Mal miteinander gesprochen hatten.

Sie überlegte, was sie sagen sollte. Vielleicht war es besser zu schweigen und einfach die vielen Stunden, bis André kam, abzuwarten und so zu tun, als schliefe sie in einem der Sessel.

»Mein Vater hat es mir beigebracht. Es war seine Kunst und sein Gewerbe.« So. Jetzt wusste er es. Sie war weit weniger wohlgeboren als er. Einer Frau wie ihr schenkte ein solcher Mann seine Zuneigung nicht. Wenn er sich eine Frau niederen Standes nahm, dann war das keine romantische Liaison, sondern etwas viel weniger Edles.

Sie glaubte nicht, dass sie jemals wieder bei ihm liegen konnte. Sie wollte nicht feststellen müssen, dass er sie nun anders behandelte oder anders küsste. Und bei seiner ersten Berührung würde sie es wissen.

»Woher wusstest du, wie …?« Er fing sich wieder und verstummte.

Endlich sah sie ihn an. Anstelle von Verachtung entdeckte sie große Neugier in seinem Blick. »Woher ich weiß, wie sich eine Lady verhält? War das deine Frage? Wie es möglich ist, dass meine Herkunft nicht bei jedem Schritt, den ich tue, und bei jedem Wort, das ich sage, klar zutage tritt? Meine Mutter arbeitete im Haushalt eines Barons. Ich habe sie dort besucht und die Ladys beobachtet, wie sie sich bewegten und sprachen und sich benahmen. So vieles liegt am Verhalten. Und noch mehr am Geist. Es war nicht schwer nachzumachen. Schon als Kind habe ich damit angefangen, obwohl es Menschen gab, die mich für dreist hielten, weil ich es wagte, so aufzutreten.«

»Das wollte ich nicht fragen. Ich wollte wissen, woher du so viel über den Grafen weißt, mit dem du verwandt zu sein vorgabst.«

»Ah, verstehe. Nun, zwar bin ich eine Frau von niedriger Geburt, die sich für die Nichte eines Grafen ausgab. Doch da war noch eine andere, die Schwester eines Adligen, die wiederum so tat, als wäre sie von niederem Stand. Dominique ist in Wahrheit die Verwandte des Grafen, und sie hat mir die Kenntnisse vermittelt, die ich brauchte. Sie versteckt sich unter ihren Hauben und schlichter Kleidung und einem ungeschminkten Gesicht. Denn sie will nicht, dass ihre wahre Herkunft bekannt wird, und niemand hat es bisher erraten oder ihr auch nur Fragen gestellt. Um ein Haar wäre sie umgebracht worden, und seitdem hat sie sich nie mehr sicher gefühlt. Dominique gehört zu denen, für die der Terror nie geendet hat, also versprich mir, dieses Geheimnis zu wahren.«

»Natürlich werde ich es für mich behalten.«

Noch immer brannte er vor Neugier. Marielle wartete ab, ob er seine Wissbegier hinunterschlucken oder ob er sie weiterhin befragen würde. Sie war nicht sicher, ob sie noch viel sagen konnte, ohne den Weg für noch mehr Fragen zu bereiten, von denen sie manche nicht beantworten durfte.

Kendale ließ seine Finger wandern, bis sie auf dem Bild von Lamberte lagen. Ihr Herz schlug schneller. Zu diesem Bild konnte er viele Fragen stellen. Einige davon würden sie zum Lügen zwingen, wenn sie ihm nicht die ganze Wahrheit erzählen wollte.

Wollte sie das? Jetzt, wo er ihre Geschichte kannte, oder zumindest einen Teil davon, würde es ihn nicht mehr kümmern, was sie tat. Vielleicht würde er sie verlassen, damit sie tun konnte, was sie wollte. Sogar das Versprechen, sie zu beschützen, das er ihr heute Abend gegeben hatte … es hatte Marielle Lyon gegolten, der Nichte des Grafen von Vence, und nicht der Tochter eines Kupferstechers.

»Dieser Mann heißt Antoine Lamberte«, sagte sie, bevor er seine Worte gewählt hatte. »Er ist einer von vielen, die in der Revolutionsregierung aufgestiegen sind und denen die Ideale vollkommen gleichgültig sind. Lamberte interessiert sich nur für sich selbst, für seine Macht und seinen Wohlstand. Er hat viele Verbrechen begangen. Solchen Männern sollte es nicht erlaubt sein zu handeln, ohne bestraft zu werden oder der Gerichtsbarkeit zu entgehen.«

»Also stellst du diese Bilder her und schickst sie nach Frankreich, um seinesgleichen anzuprangern. So hast du es mir zuvor erklärt. Weißt du Genaueres über seine Verbrechen?«

Sie zuckte mit den Schultern und hoffte, dass es aussah, als sei ihr die Frage gleichgültig. Tatsächlich aber lief es ihr kalt den Rücken hinunter. »Seine Exzesse sind wohlbekannt.«

»Nicht der, dessen du ihn beschuldigst. Dass er die Regierung bestiehlt. Wenn das bekannt wäre, säße sein Kopf nicht mehr auf seinem Rumpf.«

»Vielleicht ist es nicht bekannt. Ich weiß es nicht.«

Er streckte die Hand aus und hob sanft ihr Kinn an, sodass sie ihn ansehen musste. »Behandle mich nicht wie einen Narren, Marielle. Ich habe dich schon einmal davor gewarnt.«

»Das tue ich nicht. Ich bin einfach müde von deinen Fragen. Warum interessiert dich all das überhaupt?« Sie fuhr mit der Hand über das Bild.

»Es interessiert mich, weil du keine Kosten und Mühen gescheut hast, um diesen Mann eines Verbrechens zu beschuldigen, das ihm größere Schwierigkeiten bereiten könnte als einhundert Morde während der Jahre des Terrors. Wenn er von deinen Drucken Kenntnis hat, werden sie ihm nicht gefallen. Jeder weiß, welche Macht sowohl der Stichel als auch der Stift besitzen. Ich glaube, dass er Männer ausgesendet hat, die diese Kupferstiche bis zu ihrem Ursprung zurückverfolgen sollten, so wie ich sie von dir zur Küste verfolgt habe, nur in umgekehrter Richtung. Die Männer damals auf dem Pfad, die versucht haben, dich zu töten, wurden von ihm gesandt, stimmt's?«

»Vielleicht. Ich weiß es nicht.«

Verärgert fuhr er sich mit der Hand durch das Haar. »Ach nein? Sie haben zwei Männer zu Tode geprügelt, um zu erfahren, wo sie dich finden können.« Er tippte auf Lambertes bärtiges Gesicht. »Er ist ebenso kühn wie du, aber gefährlicher, wenn er Mörder geschickt hat, um die Anschuldigungen auf diesen Spottbildern zu unterbinden. Und obwohl du das weißt, hörst du nicht damit auf, sie anzufertigen. Stimmt's? Teufel noch mal, wahrscheinlich wirst du auch diese nach Frankreich schicken, jetzt, wo du sie wiederbekommen hast.«

Sie konnte nicht stillsitzen und zuhören, wie er sie wegen der Drucke einzuschüchtern versuchte. Sie stand auf, ging auf und ab und versuchte, die Entrüstung zu besänftigen, die in ihr aufstieg. »Wenn ich nicht alles tue, um Männer seines Schlages aufzuhalten, wer wird es dann tun?«

»Irgendjemand. Aber *nicht du.*«

»Und warum nicht ich? Weil ich eine Frau bin? Du hast gesagt, dass du Vergeltung willst für das, was in Toulon geschehen ist. Ich hätte gedacht, dass du mich verstehst.«

»Das ist etwas anderes. Etwas Persönliches. Lass andere diesen Mann zu Fall bringen.«

Abrupt drehte sie sich um und blickte ihm ins Gesicht. »Wen denn? Soldaten? Die stehen inzwischen alle auf seiner Seite. Das Volk? Nach den Massakern in seiner Gegend ist niemand mehr übrig, der tapfer genug wäre, um die Stimme gegen ihn zu erheben. Die Regierung in Paris? Nicht, solange sie keinen Grund haben, Lamberte mit Argwohn zu betrachten, anstatt dankbar zu sein, dass ein solcher Tyrann weitere Aufstände verhindert.« Sie schlug mit der Hand auf den Druck. »Solche Bilder haben dazu beigetragen, die Monarchie in Frankreich zu zerstören. Wenn ich Fähigkeiten habe, die helfen, diesen Mann zur Rechenschaft zu ziehen, dann werde ich sie einsetzen.«

»Nein, das wirst du nicht. Richte deine Aufmerksamkeit auf jemand anders, wenn es sein muss. Dieser Mann ist zu gerissen und zu gefährlich und auch schon zu nahe.«

Ich will meine Aufmerksamkeit auf niemand anders richten. Keiner ist für mich von so großer Bedeutung wie er. Beinahe hätte sie es ihm entgegengeschrien. Sie konnte gerade noch verhindern, dass ihr die Worte entschlüpften.

»Du hast kein Recht, mir zu sagen, was ich tun und lassen soll«, rief sie und empfand große Enttäuschung.

Kendale stand auf, ging entschlossenen Schrittes auf sie zu und packte sie bei den Schultern. »Ich habe mir dieses Recht genommen, als ich *dich* genommen habe. Eher will ich verdammt sein, als zuzulassen, dass du wegen dieser Bilder umgebracht wirst. Such dir etwas anderes, wofür du ins Feld ziehen kannst. Such woanders nach Rache und Vergeltung.«

Sie riss sich von ihm los und drehte sich um, damit er die Tränen nicht sah, die ihr in die Augen gestiegen waren. Sie hatte gewusst, dass er sich einmischen würde, wenn er irgendetwas ahnte. Er gehörte zu dieser Sorte von Männern. Mit dem Handrücken wischte sie sich über die Augen und rang um Fassung. Gott sei Dank hatte sie sich von der Vertrautheit zwischen ihnen nicht dazu verleiten lassen, sich ihm zu offenbaren.

Erneut griff er nach ihren Schultern und hielt sie fest, sanfter diesmal. Er ließ die Hände hinabgleiten und liebkoste ihre Oberarme. Sie spürte, wie er ihr einen Kuss auf den Scheitel drückte.

»Versprich mir, dass du nicht versuchst, die hier nach Frankreich bringen zu lassen, Marielle.«

Sie blickte auf den Tisch und auf den Druck, der Lamberte auf seinem Thron aus unterdrückten Angehörigen des Volkes zeigte. »Ich verspreche, dass diese Drucke nicht nach Frankreich geliefert werden.«

Er drehte sie um und hob mit gekrümmten Fingern ihr Kinn an. »Sei nicht zornig. Ich verlange das nur, um dich zu schützen.«

Das wusste sie. Auch bemerkte sie, dass seine Berührungen sich nicht anders anfühlten als zuvor. Er blickte sie auch nicht anders an. »Bist du nicht böse, weil ich dir die Wahrheit über meine Herkunft verschwiegen habe?«

»Ich habe immer gewusst, dass du nicht die bist, die du zu sein vorgibst. Rätselhaft war nur, was du tatsächlich bist.« Er ging zurück ins Schlafzimmer und zog sie an der Hand hinter sich her.

Es gab keine Leidenschaft, als sie zu Bett gingen. Zumindest keine erotische. Sie lagen beieinander und schliefen. In der Nacht wachte sie auf und blickte in die Dunkelheit, während sie seinen Duft einsog und ihn atmen hörte, und sie fragte sich, was er wirklich von seiner Entdeckung hielt, dass sie keine Lady war.

Am Morgen trafen zwei Kutschen ein. Kendale stieg in die seine und machte sich auf den Weg nach Westen. André half Marielle beim Einsteigen, und sie fuhren in die entgegengesetzte Richtung davon.

Sie musste über vieles nachdenken, und sosehr sie es auch versuchte, sie konnte nicht damit aufhören. Die Gedanken an das Cottage und die Gefühle der vergangenen Nacht wollten ihr einfach nicht aus dem Kopf gehen. Seit dem Moment, in dem sie sich begegnet waren, hatte sie Kendale getäuscht, und bisher war ihr das niemals falsch erschienen. Sie hatte sich eingeredet, dass ihr keine andere Wahl blieb, dass er seine eigenen Gründe hatte, ihr nachzulaufen, und dass sie sein Interesse für ihre eigenen Interessen nutzte. Nun war es anders, auf eine Weise, die ihr Denken verwirrte und ihrem Herzen wehtat.

Die Liebe schwächte sie, das musste es sein. Lenkte sie ab. Verzehrte sie, sodass sie vergaß, dass sie Versprechen einhalten musste und dass es wichtigere Sorgen gab als die, ob ihr Liebhaber glücklich mit ihr war. Täuschung im Namen der Pflicht war nicht weiter schlimm, nicht wahr? Hatte er ihr nicht aus diesem Grund verschwiegen, dass er die Drucke besaß?

Allzu oft, während sie in der Nacht zuvor in seinen Armen gelegen hatte, war sie versucht gewesen, ihn zu wecken und ihm alles über sich, ihre Geschichte, über Lamberte und die Drucke zu erzählen und darüber, warum sie so genaue Kenntnis seiner Verbrechen hatte. Wenn sie ihm von ihrem Vater erzählte, würde das etwas ändern? Würde er beiseitetreten und sie tun lassen, was sie tun musste? Wahrscheinlicher war es, dass er sie einsperren würde, sodass sie nicht einmal die Chance hätte, es zu versuchen, weil er glaubte, dass sie zu Schaden kommen könnte.

Marielle verlor jedes Zeitgefühl, als sie über all das nachdachte. Darum erschrak sie, als die Kutsche anhielt. Sie blickte aus dem Fenster und erwartete, eine blaue Haustür zu sehen. Stattdessen sah sie nur Bäume.

Die kleine Tür zwischen der Kabine und André öffnete sich. »Der Weg ist versperrt, *mam'selle*. Eine andere Kutsche steht vor uns, und sie bewegt sich nicht.«

Marielle steckte den Kopf zum Fenster hinaus. Die Kutsche vor ihnen war groß, und es waren Diener in Livree zu sehen. Sie spähte zwischen den Bäumen hindurch. Vielleicht musste der Insasse sich erleichtern, und es würde nur eine kurze Verzögerung geben.

Einer der Diener tauchte neben der Karosse auf, drehte sich dann um und ging eilig auf Marielles Kutsche zu. Da er Livree und eine gepuderte Perücke trug, schien die Equipage einem reichen Herrn zu gehören, obwohl das aus der Größe der Kutsche nicht eindeutig hervorging. Die Steuer auf Puder für Perücken war inzwischen so hoch, dass sie diese Mode aus

England so gut wie vertrieben hatte. So viel Geld für seine Bediensteten auszugeben …

Die Perücke tauchte vor ihrem Fenster auf. Der junge Mann, der sie trug, verneigte sich. »Mein Herr wünscht, dass Sie mit ihm fahren, Miss Lyon.« Er öffnete die Tür und zog die kleine Treppe heraus, als bestünde an ihrer Zustimmung nicht der geringste Zweifel.

Da ihrer eigenen Kutsche der Weg versperrt bleiben würde, wenn sie nicht zustimmte, stieg Marielle aus und ging auf die Equipage zu. Das Profil eines Mannes war durch das Fenster zu sehen. Sie erkannte die gerade Nase und die tief liegenden, dunklen Augen des Duke of Penthurst.

Der Diener half ihr beim Einsteigen, schob die Treppe wieder hinauf und schloss die Tür. Die große Kutsche setzte sich in Bewegung. Marielle hoffte, dass André ihr folgen würde.

»Versperren Sie diesen Weg schon lange, um auf mich zu warten?«, fragte sie.

»Nein, erst seit einer Stunde.«

»Ich fühle mich geschmeichelt, Durchlaucht. Aber ich bin auch verwirrt. Woher wussten Sie, dass ich dieses Weges kommen würde?«

»Verschwiegenheit gehört nicht zu Kendales Stärken. Offenbar findet er Diskretion ebenso ermüdend wie andere gesellschaftliche Erfordernisse auch. Es war nicht schwer, etwas über dieses Cottage in Erfahrung zu bringen.«

»Ich kann mir nicht vorstellen, warum Sie überhaupt Interesse daran hatten, davon zu erfahren, geschweige denn, mir aufzulauern, als ich es heute Morgen verlassen habe.«

»Nein, können Sie sich das nicht vorstellen?«

Die Art, wie er fragte und sie anblickte, verriet ihr einiges. Dieser Mann war nicht an ihr als Frau interessiert, so viel war sicher. Dies war keine alberne kleine Entführung, kein romantisches Spiel eines Dukes, der sie einem Viscount abspenstig zu machen versuchte. Stattdessen betrachtete dieser Mann sie mit einer Direktheit, die ihr einerseits schmeichelte, andererseits jedoch ihre Besorgnis erregte. *Wir sind beide intelligente Menschen,* sagten diese Augen. *Sparen wir uns Zeit und Mühe und vermeiden jede Heuchelei.*

»Nein, das kann ich nicht«, sagte sie schließlich, obwohl sie selbst merkte, dass sie nicht überzeugend klang.

»Sie klingen argwöhnisch. Dabei haben Sie nichts von mir zu befürchten.«

Natürlich hatte sie das. Trotz all des Anstands, den er in diesem Moment an den Tag legte, schien er ein gefährlicher Mann zu sein. Sie hatte eine gewisse Übung darin, solche Männer zu erkennen, wenn sie ihr begegneten.

»Kendale glaubt, dass Sie keine Spionin sind«, sagte er.

»Und Sie vertrauen seinem Urteil voll und ganz?«

»Nun, wenn Sie es geschafft haben, ihn zu überzeugen, würde Ihnen das vermutlich auch bei mir gelingen. Ich kann mir keinen Mann vorstellen, der sich weniger beeinflussen lässt als Kendale, egal, wie hübsch und charmant die Lügnerin ist.«

Was wollte dieser Duke von ihr? Er hatte einige Mühe auf sich genommen, um mit ihr zu reden, aber worüber eigentlich? Er würde es ihr bald sagen, also fragte sie ihn lieber nicht.

»Dieses Cottage«, sagte er. »Wie ich schon sagte, der Viscount ist nicht gerade für Diskretion bekannt, doch die Lage des Hauses ist äußerst diskret. Ich frage mich, ob es nur dazu dient, ungestörte Schäferstündchen zu garantieren.«

»Außer Ungestörtheit habe ich wenig von ihm verlangt.«

»Wie großzügig von Ihnen. Dennoch, hat es irgendwelche Besucher gegeben?«

»Nein.«

Argwöhnisch musterte der Duke sie, und gleichmütig erwiderte sie seinen Blick.

»Wie Sie sehen, habe ich einige Fragen, Miss Lyon, aber dabei geht es nicht um Sie.«

»Sie müssen sehr schlecht von mir denken, wenn Sie glauben, dass ich es gut aufnehmen würde, mich über ihn ausfragen zu lassen.«

»Ich halte Sie für eine Frau, die gelernt hat, zweckmäßig zu denken. Kendale glaubt, dass Sie keine Spionin sind, und ich bin ebenfalls geneigt, das zu glauben. Doch nicht alle sind dieser Meinung. Sollten Sie jemals denjenigen in die Hände fallen, die noch immer zweifeln, wird Ihnen meine Freundschaft sehr nützlich sein.«

Eher Bestechung als eine Drohung, und dennoch überlief sie ein Schauder.

»Hat er Ihnen gegenüber jemals Toulon erwähnt?«

Fieberhaft überlegte sie, was sie antworten sollte. Wenn sie vorgab, unwissend zu sein, würde das einen Mangel an Vertrautheit zwischen Kendale und ihr nahelegen und seine Meinung von ihr infrage stellen. Diesem Duke alles zu erzählen, was sie miteinander geteilt hatten, wäre vielleicht Verrat. Würde die Hälfte vielleicht reichen?

»Er hat gesagt, dass er dort war, während der Belagerung. Er hat einige Narben davongetragen. Allerdings spricht er mit mir nicht darüber.«

Penthurst nickte kaum merklich. Ihre Antwort war korrekt.

»Hat er Ihnen von einer Mission oder einer Reise erzählt, die er anzutreten gedenkt?«

Die Frage alarmierte sie. Wenn dieser Mann nicht bereits etwas wüsste, hätte er sie nicht gestellt. »Er sprach davon, dass er demnächst seinen Grundbesitz inspizieren will, vielleicht im

Sommer. Er scheint zu glauben, dass er die Anwesen vernachlässigt hat.«

»Keine andere Reise? Oder eine, die näher bevorsteht?«

Sie schüttelte den Kopf und riss unschuldig die Augen auf. »Wenn so etwas bevorstünde, hätte er mir gewiss davon erzählt. Er würde nicht wollen, dass ich zum Cottage fahre und feststelle, dass ich die Nacht dort allein verbringen muss.«

Das trug ihr einen äußerst prüfenden Blick ein. Doch sie war daran gewöhnt, ausgefragt zu werden, und nicht einmal die Vernehmung durch einen Duke konnte sie noch aus der Ruhe bringen.

»Er hat gesagt, dass Sie vor nicht allzu langer Zeit miteinander befreundet waren«, fügte sie hinzu, um das Gespräch in eine andere Richtung zu lenken. »Nachdem Sie Ravenswood besucht hatten, hat er es mir erzählt.« Außerdem hatte er sie wissen lassen, dass Penthurst möglicherweise gekommen war, um andere daran zu hindern, dort aufzukreuzen. Trachtete der Duke danach, Kendale mit all diesen Fragen zu entlarven, in Ravenswood und jetzt hier? Oder wollte er ihn schützen? Und was wollte er enthüllen? Wovor ihn beschützen?

»Das stimmt«, sagte Penthurst.

»Und doch sind Sie es nicht mehr?«

»Er nimmt mir etwas übel. Und das kann ich ihm nicht vorwerfen, denn ich habe die Sache nie klargestellt.« Er klopfte an die Wand der Kutsche, die die Fahrt verlangsamte und schließlich anhielt. »Und jetzt werde ich Sie zu Ihrer Kutsche zurückbringen.«

Der Diener zog die Stufen aus, doch es war der Duke selbst, der ihr beim Aussteigen half. Er schlenderte neben ihr her, als sie zu André zurückging. Auf halbem Wege blieb er stehen.

»Miss Lyon, ich muss Ihnen etwas sagen. Ich bitte Sie im Voraus um Vergebung für die Worte und die Andeutungen, sollten sie fehl am Platz sein.«

Sie blickte ihm ins Gesicht. Obwohl er lächelte, spürte sie eine dunkle Kraft, die unter seiner liebenswürdigen Oberfläche am Werk war.

»Sie sollen wissen, dass ich Kendale trotz unserer Entfremdung immer noch als Freund betrachte. Und immer noch lege ich Wert auf sein Urteil, wenn es um Sie geht. Wenn er sich allerdings in Ihnen täuscht, und wenn Sie etwas tun, was Unheil über ihn bringt, weil er Ihnen gewisse Dinge anvertraut hat, dann werde ich dafür sorgen, dass Sie im Gefängnis sitzen, bis Sie eine sehr alte Frau sind.«

Ohne ein weiteres Wort geleitete er sie den restlichen Weg zu ihrer Kutsche.

Nachdem die Tür geschlossen worden und Penthurst zu seiner eigenen Kutsche zurückgegangen war, drehte André sich zu ihr um und sprach durch die kleine Tür mit ihr. »Noch ein adeliger Herr?«

»Ja. Ein Duke.«

»Der erste feine Herr wird nicht froh darüber sein, dass Sie sich mit dem zweiten getroffen haben.«

»Das stimmt. Am besten wäre es, Sie würden ihm nichts davon erzählen.«

»Aber das erwartet er von mir. Ich wurde angewiesen, ihm mitzuteilen, wenn irgendjemand Sie belästigt.«

Sie verdrehte die Augen, öffnete ihr Ridikül und zog ein paar Münzen heraus. Andrés Hand wartete schon in der kleinen Öffnung.

18

Am Morgen des übernächsten Tages war Marielle dabei, sich zu waschen, als Dominique das Zimmer betrat. »Sie sind ganz früh gebracht worden«, sagte sie und wedelte mit ihnen in der Luft »Beide sind von sehr feinem Papier. Und einer davon ist von ihm, da bin ich mir sicher.«

Marielle stand mit dem Rücken zu Dominique. Sie schloss die Augen und verbarg ihre Reaktion vor ihr. Sie hatte nicht erwartet, noch einmal von Kendale zu hören. Er würde ihr den versprochenen Schutz gewähren, doch ansonsten – angesichts ihrer Täuschung und ihrer wahren Geschichte – glaubte sie, dass er sich jetzt von ihr abwenden würde.

Sie trocknete sich ab, während Dominique auf dem Bett saß, die Briefe in der Hand hielt und es kaum erwarten konnte, zu erfahren, was sie enthielten. Schließlich griff Marielle nach ihnen und setzte sich neben ihre Freundin. Zuerst brach sie das Siegel von Kendales Brief.

Meine liebe Marielle,
ich vermute, dass ich besagte Reise sehr bald antreten werde. Innerhalb der nächsten Tage. Die Vorbereitungen haben mich sehr in Anspruch genommen. Bevor ich abreise, würde ich dich gern sehen.

Du wirst eine Einladung zu einem Fest erhalten, dessen Gastgeber Amburys Eltern sind, der Duke und die Duchess of Highburton. Es wird zu Ehren seines Vaters gegeben, der sich wieder einer besseren Gesundheit erfreut, es wird aber auch die

Eröffnung der Saison gefeiert. Ambury hat für diese Einladung gesorgt, als ich sagte, dass ich gern mit dir teilnehmen würde. Ich hoffe, du empfindest es nicht als allzu grobe Unhöflichkeit, dass sie dich so spät erreicht, und dass du mir meine Einmischung verzeihst, sollte dies doch der Fall sein.

Mr Pottsward hat veranlasst, dass dir die Abendkleider aus Ravenswood gebracht werden. Sie sollten morgen ankommen. Dass ich dir keine neue Garderobe gekauft habe, wie ich es vorhatte, empfinde ich als pflichtvergessen. Hättest du sie angenommen?

Ich werde dich am betreffenden Abend um zehn Uhr abholen, es sei denn, ich erhalte einen Brief mit deiner Ablehnung der Einladung.

Dein ergebener Diener
Kendale

Sie nahm den anderen Brief in die Hand. Das Papier war so dick, dass sie kalte Butter damit hätte schneiden können. Dominique beugte sich darüber und betrachtete das Siegel.

»Es ist von einem Duke«, sagte Marielle und ließ einen Finger unter das beeindruckende Siegel gleiten. »Wer hätte je gedacht, dass ich einmal Briefe von einem Duke bekommen würde?«

Sogar Dominique, die aus ihren besseren Zeiten feines Papier und hochherrschaftliche Siegel kannte, war beeindruckt. Die elegante Handschrift eines Sekretärs füllte das Papier, in dem Marielle in wohlgesetzten Worten um ihr Erscheinen zu besagtem Fest gebeten wurde.

»Es ist ein Ball«, sagte Dominique. »Und du sagst, Lord Kendale kennt die Wahrheit über deine Herkunft? Vielleicht hat er dich nicht richtig verstanden.«

»Er hat verstanden.« War es möglich, dass ihre Herkunft keine Rolle spielte? Wenn es so war, sollte sie ihm wohl einen neuen Namen geben. Seltsamer Mann.

»Du musst sein Herz erobert haben, wenn er dich bei solch einem Fest an seiner Seite haben will, obwohl er deine Abstammung kennt. Es ist eigentlich keine Gelegenheit, bei der ein Adeliger sich mit der Tochter eines Kupferstechers zeigt. Vielleicht ändert das etwas an der Art eurer Liaison«, überlegte Dominique.

»Niemand weiß, dass ich die Tochter eines Kupferstechers bin. Vielleicht macht das den Unterschied.«

»Es ist gut, dass er die Abendkleider herschickt. Ich habe dir doch gesagt, dass du jetzt eine bessere Garderobe brauchst.«

Im Haus verbreitete sich die Nachricht, dass Marielle an einem Ball teilnehmen würde, wie ein Lauffeuer. Dominique, die ihre Meinung normalerweise für sich behielt, vertraute sich Madame LaTour an. Madame vertraute sich ihren beiden besten Freundinnen an. Sie trugen die Nachricht weiter. Mittags wussten alle Frauen Bescheid, und im Haus wurde über nichts anderes mehr geredet.

Sie überschütteten Marielle mit guten Ratschlägen. Am Tag darauf kamen mehr Damen als üblich zur Arbeit. Als die Abendkleider eintrafen, färbte niemand mehr eine Kupferplatte ein, und Madame LaTour hielt die Kleider hoch, die vermutlich in die engere Wahl kommen würden, damit alle ihren Kommentar abgeben und ihre Meinung dazu sagen konnten.

Man einigte sich auf ein elfenbeinfarbenes Abendkleid mit Stickereien aus Silberfaden. Eine der Damen entfernte einige Seidenblumen von einer anderen Robe und fing an, eine Kopfbedeckung zu gestalten.

An jenem Abend ging niemand nach Hause. Einige halfen Marielle beim Baden. Andere beim Ankleiden. Noch andere wichen nicht von ihrer Seite, bis dezente, kunstvolle Schminke ihre Augen und Lippen betonte. Marielle fühlte sich wie eine Braut, die auf ihre Hochzeit vorbereitet wird, mit all diesen Zofen, die plauderten, lachten und ihre Aufregung noch steigerten.

Endlich war das Werk vollbracht, und Marielle präsentierte sich den versammelten Damen. Die Augen der meisten funkelten vor Vergnügen. Nur auf wenige traf das nicht zu, vor allem auf die von Madame LaTour.

»Es fehlt der Schmuck. Sicher hat jemand etwas Passendes, was wir benutzen können. Du bist so hübsch, dass viele das nicht stören wird, aber das Fehlen wird bemerkt werden.«

»Wird das hier reichen?«, fragte Dominique. Sie hielt eine kleine Schachtel in die Luft.

Madame LaTour öffnete sie. Ihre Augen weiteten sich. »Gehört das Ihnen, Madame Bertrand? Es ist sehr schön.«

»Ich wünschte, es wäre meines. Nein, es ist vorhin gebracht worden. Von einem Diener.«

»Ah, es kommt von ihm, Marielle. Sieh nur, sieh!« Madame LaTour hielt das Kollier aus fein gearbeitetem Gold hoch. An der zarten Kette hing ein Brillant, der von einer filigranen Goldfassung gehalten wurde. Sie ging zu Marielle und legte es ihr um den Hals.

Marielle blickte auf das Schmuckstück. Kendale hatte eine gute Wahl getroffen. Die Kette wirkte kostspielig, aber zurückhaltend und unaufdringlich.

Die Geräusche der vorfahrenden Kutsche waren durch das Fenster zu vernehmen, ihre Ankunft wurde von anderen Geräuschen draußen in der Gasse begleitet. Dominique eilte zur Haustür.

Instinktiv griff Marielle nach ihrem dunklen venezianischen Schal.

»Aber doch nicht heute, *mam'selle*«, schimpfte Madame LaTour und nahm ihn ihr aus der Hand. Stattdessen hielt sie ihr einen Umhang aus roter Seide hin, der zusammen mit den anderen Kleidungsstücken gebracht worden war. Das blasse Gelb ergänzte das Ensemble um einen dezenten Farbtupfer. Marielles Erscheinungsbild war vollständig, als eine der Frauen seidene Slipper aus einem kleinen Beutel zog, den sie mitgebracht hatte.

Madame LaTour zupfte noch einmal an Marielles Haaren herum, kniff ihr in die Wangen und rieb ihr über die Lippen, während sie ihr Anweisungen erteilte, wie sie sich zu betragen habe, wenn sie dem Duke und der Duchess begegnen würde. »Sei stolz, Marielle. Vor den Sittsamen und Sanftmütigen haben diese Leute keinen Respekt.«

Marielle umarmte sie und blickte dann in die funkelnden Augen der Frauen, die ihr bei den Vorbereitungen geholfen hatten. Sie würde zu einem Ball gehen, und im Geiste gingen sie alle mit.

»Ich sehe, du bist entschlossen, dich zum Gegenstand des allgemeinen Klatsches zu machen«, sagte Southwaite, während er zu der Gruppe Frauen blickte, die keine zwei Meter entfernt standen.

Kendale war gerade angekommen, und Cassandra und Emma hatten Marielle beiseitegenommen, um sie zu bewundern und sie auf die vielen Honoratioren unter den Gästen hinzuweisen. Sie deuteten hierhin und dorthin, während Cassandra Marielle etwas ins Ohr flüsterte.

»Gewiss gibt es ergiebigere Themen als mich.« Es fiel Kendale schwer, den Blick von Marielle abzuwenden. Ihre Schönheit an diesem Abend verblüffte ihn. Er hatte es sich nicht anmerken lassen, als sie die Treppe ihres Hauses heruntergekommen war, doch bei ihrem Anblick hatte ihm fast vor Staunen der Mund offen gestanden. So, wie es die Kinder taten, die in der Gasse herbeigelaufen kamen, wenn seine Kutsche vorfuhr.

»Nicht viele«, sagte Ambury. »Ich habe dich gewarnt, dass es so kommen würde. Niemand hätte je geglaubt, dass du einer Frau nachsteigen oder eine Affäre haben würdest, darum stößt diese jetzt auf großes Interesse. Ich bedaure nur, dass ich keine Wetten diesbezüglich abgeschlossen habe, als ich den Verdacht hatte, dass etwas im Gange ist.«

»Sonderlich verschwiegen warst du allerdings nicht«, sagte Southwaite.

»Ich war sehr verschwiegen«, entgegnete Kendale. »Nicht so, wie du es gewesen wärst, aber immerhin wesentlich diskreter als Ambury. Schließlich bin nicht ich es, der gesehen wurde, als er mitten in der Nacht aus ihrem Haus kam.«

Southwaite genoss das Unbehagen, das Kendale ihrem Freund Ambury mit diesen Worten bereitete. »Keine Sorge«, sagte er. »Bald wird man ein paar junge Männer dabei erwischen, wie sie etwas Unschickliches mit irgendeinem Mädchen anstellen, und schon bist du wieder vergessen.«

Kendale zuckte die Schultern. »Wenn sie tratschen wollen, kann ich sie ohnehin nicht davon abhalten. Und es ist mir auch egal.« Es war ihm vollkommen egal, was irgendjemand sagte. Sollte die Gerüchteküche doch brodeln.

Die Blicke seiner Freunde kreuzten sich.

»Dieses Kollier sieht teuer aus«, sagte Ambury. »Es steht ihr. Hast du es selbst ausgewählt?«

»Ja. Gefällt es dir?«

»Ich finde es hübsch«, sagte Southwaite. »Aber ich versuche gerade, mir das vorzustellen. Du beim Juwelier, grübelnd über die Preziosen gebeugt. Sosehr ich es auch versuche …« Er schüttelte den Kopf.

»Wahrscheinlich hat er es auf die typische Kendale-Art erledigt«, sagte Ambury. »Er hat dem erstbesten Juwelier einen Besuch abgestattet, hat sich drei oder vier Schmuckstücke angesehen, eines ausgesucht, und nach fünf Minuten war er wieder draußen.«

»Glaubst du, dass er vorher beschlossen hatte, ein Kollier zu kaufen? Oder ist er völlig unbedarft hineingestolpert?«

»Eher wohl hineingestolpert, würde ich meinen. Die Juweliere kennen ihre Klientel. Sie wittern ein gutes Geschäft und hoffen, dass diese Sorte Gentleman sich nicht die Mühe macht, sich weitere Stücke vorlegen zu lassen, weil er es eilig hat, die lästige Pflicht hinter sich zu bringen.«

»Nun, die Kette ist sehr viel hübscher, als ich es ihm zugetraut hätte. Wer hätte gedacht, dass Kendale ein Auge für das Kunstvolle hat.«

Und so ging es in einem fort. Doch Kendale war zum Bersten stolz darauf, dass er Marielle nicht in die Situation gebracht hatte, ein Schmuckstück zu tragen, das keine Frau begehren würde. Und er hatte es ganz und gar nicht auf die »typische Kendale-Art« ausgesucht. Mehr als eine Stunde hatte er damit zugebracht, dieses Kollier auszuwählen, während ihn gänzlich ungewohnte Anwandlungen von Unentschlossenheit heimgesucht hatten.

Das Leuchten in Marielles Augen, als sie sich bei ihm bedankt hatte, hatte ihn für jede Minute und für jeden Shilling entschädigt. Mit diesem Leuchten also, nahm er an, konnte die falsche Frau einen Mann in den Ruin treiben. Er konnte verdammt noch mal von Glück sagen, dass Marielle keine solche Frau war, denn sonst wäre er womöglich dem Untergang geweiht.

»Entschuldigt mich«, sagte er. »Ich glaube, ich werde eine reizende Lady zum Tanz bitten.«

Sie blickten erst einander, dann Kendale an. Southwaite legte ihm eine Hand auf den Arm, um ihn höflich zurückzuhalten. »Kannst du überhaupt tanzen? Mir ist bewusst, dass du oft genug zugesehen hast und wahrscheinlich durch bloße Willenskraft und intellektuelle Stärke in der Lage bist, es nachzuahmen. Aber es ist schwieriger, als es aussieht.«

»Offiziere der Armee tanzen ständig.«

»Im Allgemeinen schon. Die Frage ist, ob *du* es tust. Ich habe dich noch nie tanzen sehen, Kendale. Kein einziges Mal. Nicht einmal, als du in dem Alter warst, als Tanzen die einzige Möglichkeit war, eine Frau zu berühren, und sei es nur durch zwei Lagen Handschuhstoff.«

»Dass ich beschlossen habe, nicht zu tanzen, bedeutet nicht, dass ich nicht weiß, wie es geht.«

»Du kannst nicht wissen, wie man tanzt, wenn du es noch nie getan hast. Dazu braucht es Übung. Es gibt Männer, die wissen, wie man mit einer Pistole umgeht, aber sie zielen erbärmlich, und es ist besser für sie, wenn sie niemals schießen. Und genauso verhält es sich mit dem Tanzen.«

»Es ist peinlich, wenn du die Schritte verwechselst«, fügte Ambury rasch hinzu. »Deine sprachlichen Ausrutscher der Vergangenheit sind nichts im Vergleich zu der Szene, wenn du eine ganze Reihe von Tänzern zu Fall bringst, indem du nach rechts tanzt, obwohl du einen Schritt zurück machen müsstest.«

»Was würde ich nur ohne euch beide tun, die ihr mich bemuttert, als wäre ich erst gestern aus einem Ei geschlüpft. Und jetzt entschuldigt mich.«

Er begab sich zu den Damen und forderte Marielle zum Tanzen auf. Die anderen Frauen schienen schockiert. Cassandra gab Ambury ein Zeichen und formte mit dem Mund lautlos etwas, das aussah wie: *Um Himmels willen, haltet ihn auf!*

»Warum sind sie so verwundert?«, fragte Marielle und blickte über die Schulter zurück, während er sie zu einem Platz in der Reihe der Tänzer führte.

»Ich kann es mir nicht erklären.«

»Emma ringt die Hände.«

»Vielleicht solltest du dich besser auf das hier konzentrieren als auf sie. Ich habe gehört, dass es auf Genauigkeit ankommt. Wir wollen niemanden umwerfen.«

Sie lachte. Diese liebreizende Frau glaubte tatsächlich, dass er einen Scherz gemacht hatte.

Musik erklang. Die Schrittfolge entfaltete sich. Er hoffte, dass sein Gedächtnis aus den Stunden erzwungenen Übens, als er noch ein Junge war, ihre Reihenfolge würde abrufen können. Gleichzeitig behielt er den Tänzer neben sich im Auge, und so kam er einigermaßen zurecht, bis auf einige wenige, kaum wahrnehmbare Fehltritte.

Als sie an der Reihe waren und an der Schlange der Tänzer vorbeigehen musste, bedachte Marielle ihn mit einem koketten, funkelnden Lächeln. »Das machen Sie sehr gut, Lord Kendale. Ich hätte nicht gedacht, dass Sie ein Tänzer sind.«

»Als solchen habe ich mich selbst auch gewiss nie bezeichnet.«

»Tanzt du nicht gern?«

»Heute Abend schon. Und du?«

»Sehr.«

Das beglückte ihn. Danach genoss er es sogar selbst ein wenig. Als sie das nächste Mal an den anderen vorbeigingen, lag in ihrem Lächeln weniger Spott und recht viel Wärme. »Normalerweise tanzt du nicht, stimmt's? Du tust das für mich.«

»Unsinn. Ich bin vor Begeisterung ganz berauscht.«

»Wann hast du das letzte Mal getanzt?«

»Ist schon eine Weile her. Ein paar Jahre.« Als er ihre skeptische Miene sah, musste er lachen. »Zwölf Jahre.«

Die Musik verklang. Er verbeugte sich, und sie machte einen Knicks. Er hielt sie an der Hand und brachte sie zu den Damen zurück. Doch Cassandra konnte einfach keine Ruhe geben.

»Sie erstaunen uns alle, Lord Kendale. Wer hätte gedacht, dass Ihre Weigerung, sich gesellschaftlicher Höflichkeit anzupassen, tatsächlich auf Geringschätzung und nicht auf Unfähigkeit beruht.«

»Wollen Sie damit sagen, dass Sie betrübt sind, weil ich Sie noch nie zum Tanzen aufgefordert habe, Lady Ambury? Ich denke, dass ich noch eine Runde durchhalten würde und Wiedergutmachung leisten kann, wenn es Ihnen beliebt.«

»Oje, was für eine Enttäuschung, Ambury steht der nächste Tanz zu.« Sie ließ den Blick durch den Raum schweifen. »Wohin ist er nur gegangen?«

»Ich werde ihn finden und an seine Pflichten erinnern.«

Kendale brach auf, um genau das zu tun, damit er am Ende nicht einen Contredanse unter Cassandras kritischen Blicken tanzen musste. Auf der anderen Seite des Salons entdeckte er Ambury und steuerte auf ihn zu.

Zwei weitere Köpfe tauchten in seinem Blickfeld auf, als er sich ihm näherte. Southwaite und Penthurst. Worum auch immer ihr Gespräch sich drehte, es schien nicht angenehm zu sein. Die Gesichter der drei Männer wirkten ernst, geradezu versteinert.

Penthurst entschuldigte sich und ging fort. Kendale gesellte sich zu seinen Freunden. Auf Southwaites Gesicht lag jenes Lächeln, das niemals etwas Gutes verhieß.

»Sind wir gerade getadelt worden, Ambury, oder hat man uns gar gewarnt?«, fragte er und lächelte gezwungen.

»Ich nehme an, Letzteres, aber ich kann nicht leugnen, dass auch ein gewisser Tadel darin lag.«

Ambury rückte ein wenig zur Seite, um Kendale in die eng beieinanderstehende Gruppe aufzunehmen, die sie inmitten der Menschenmenge bildeten. »Sei froh, dass du tanzen gegangen bist, Kendale. Ich fürchte, wenn du hier gewesen wärst, hätte es inzwischen im Garten Faustschläge gesetzt.«

»Ich kann ihn immer noch herausfordern und vernichtend schlagen, wenn dir daran etwas liegt. Seid ihr etwa von der Straße zur Versöhnung abgekommen?«

Southwaite blickte sich um, dann bedeutete er ihnen mit einer Geste, ihm zu folgen. Sie schlenderten auf die Terrasse hinaus und in den Garten hinunter. Auch als sie sich in der Abgeschiedenheit eines Kreises von Bänken befanden, der von Buchsbaum gesäumt war, sprach er leise.

»Er hat uns mitgeteilt, dass wir Gegenstand von Verdächtigungen sind, sowohl im Innen- als auch im Kriegsministerium.«

»Gewiss halten sie euch nicht für illoyal.«

Verärgert warf Ambury die Hände in die Luft. »Wohl kaum. Was für eigenartige Gedanken du hast! Es ist das Gegenteil. Es hat immer Unstimmigkeiten wegen des Netzwerkes an Wächtern an der Küste gegeben, und nun sorgt man sich, dass wir vorhaben, uns noch weiter einzumischen.«

»Wie unvernünftig von ihnen.«

»Nicht ganz«, sagte Ambury. »Ich habe dir gesagt, Southwaite, dass unser kleiner Ausflug nach Frankreich im letzten Jahr nicht unbemerkt bleiben würde. Und wenn nun von weiteren Missionen dieser Art gemunkelt wird, richten sich aller Augen auf uns.«

»Das war eine Rettungsmission«, sagte Southwaite mit fester Stimme. »Penthurst weiß das. Zum Teufel, auch Pitt weiß es. Man beschuldigt uns einer ganz anderen Tat.«

»Genau wie Kendale. Oh ja, die Warnung galt auch dir.«

Kendale hörte einfach zu. Er hätte nicht gewusst, was er zu der Unterhaltung hätte beisteuern können.

»Absurd, selbstverständlich«, sagte Southwaite, nachdem er geflucht hatte. »Bizarr! Was für einen Grund könnten wir wohl haben, nach Frankreich einzumarschieren? Wo sollten wir die Armee dafür auftreiben? Teufel auch, wenn ich alle Männer zusammentrommeln würde, denen ich genug Vertrauen für eine solche Mission entgegenbringe, würde ich nicht einmal ein Ausflugsboot vollkriegen. Und wenn wir erst dort wären, was würden wir dann tun? Mit zwanzig Männern gegen Paris marschieren und die Stadt von den Revolutionären befreien? Ich kann nicht glauben, dass irgendjemand das ernst nimmt.«

»Merkwürdig«, murmelte Kendale. »Bizarr, wie du es nennst.«

»Und doch gibt es jemanden, der daran glaubt«, sagte Ambury. »Penthurst spricht als Freund zu uns, hat er gesagt, und es war deutlich, dass jemand ihm gegenüber mehr als nur vage Theorien geäußert hat. Irgendjemand ist zu dem Schluss gekommen, dass es gewisse Beweise gibt, die diese Verdächtigungen bekräftigen.«

»Vielleicht ist an der Küste etwas passiert, von dem wir nichts wissen«, sagte Southwaite. »Wir sind seit Monaten nicht dort gewesen. Es war immer Kendale, der die Reise auf sich genommen hat.«

Betretenes Schweigen herrschte in dem Kreis zwischen den Buchsbäumen. Southwaite und Ambury blickten einander durch die dunkle Nacht hindurch an, und ihre Gesichter waren nur dank einer Lampe zu erkennen, die an einem Baum in der Nähe hing. Das Weiß in ihren Augen schien heller zu leuchten.

»Das würde er nicht tun«, sagte Ambury.

»Ach nein?«, fragte Southwaite.

»Wenn Kendale so etwas täte, wäre es unwahrscheinlich, dass die Minister es herausfinden.«

»Vielleicht hat er nicht allein gehandelt. Andere sind womöglich auf eine Weise sorglos, die er sich nie erlauben würde.«

Angesichts dieser Worte runzelte Ambury die Stirn. »All diese Ritte zur Küste. Wir haben sie ihm aufgezwungen, natürlich. Aber während er dort war, hätte er leicht einen solchen Plan aushecken können.«

»Und nachdem wir im letzten Jahr alle drüben waren, weiß er eine Menge darüber, wie sich das bewerkstelligen lässt. Ich wage zu behaupten, wenn da etwas im Gange ist, dann hat es damals schon angefangen.«

»Könnte er so etwas erfolgreich durchführen? Ist er so geschickt?«

»Ja, verdammt, er ist so geschickt. Und was das Durchführen betrifft: Hoffentlich hat er es schon getan, denn sonst befinden wir uns bald auf einer weiteren Rettungsmission.«

»Ich stehe hier genau neben euch«, sagte Kendale.

»Stimmt«, sagte Southwaite. »Du stehst hier und sagst kein einziges Wort, verdammt noch mal!«

»Ich glaube nicht, dass ihr hören wollt, was ich zu sagen habe.«

»Wenn du uns erzählen willst, dass du einen Besuch in Frankreich planst, dann hast du recht.« Southwaite blickte gen Himmel und stieß einen Fluch aus, der verwundert und gleichzeitig resigniert klang.

»Unsere Regierung duldet das nicht, Kendale. Himmel, was ist, wenn du erwischt wirst? Kannst du dir die Folgen vorstellen? Die Franzosen werden dich für einen Spion halten. Mit Sicherheit richten sie dich hin und kosten das Spektakel richtig aus. Das wird unsere Leute demoralisieren und für lange Zeit diplomatische Beziehungen zwischen den beiden Ländern unmöglich machen«, sagte Ambury.

Sein Tadel hing in der Luft und wartete auf eine Antwort, die Kendale nicht zu geben beabsichtigte.

Verärgert trat Southwaite gegen eine der steinernen Bänke. »Zum Teufel, er leugnet es nicht einmal, Ambury. Egal, was du vorhast, lass es lieber sein, Kendale. Wenn Penthurst Verdacht schöpft, tun das andere auch. Womöglich erwartet dich eine Armee, wenn du den ersten Schritt tust. Vielleicht die unsere. Vielleicht die ihre. Was du auch planst, das ist es nicht wert.«

»Merkwürdig, dass ausgerechnet du die Lage so einschätzt und mir diesen Ratschlag erteilst, Southwaite«, sagte Kendale »Du weißt nicht, was für ein Plan es ist, wenn es überhaupt einen gibt, aber du bist sicher, dass er der Mühe nicht wert ist. So wenig der Mühe wert wie beim letzten Mal, willst du damit wohl sagen. Nicht der Mühe wert, diesen nichtsnutzigen Verwandten deiner Geliebten zu retten. Habe ich mich etwa geweigert, euch auf jener tollkühnen Mission zu begleiten, oder habe ich immer dieselbe Leier vorgebracht, dass sie uns den Kopf kosten könnte und welchen Preis Englands Diplomatie zu zahlen hätte, wenn sie scheiterte?«

Southwaites Haltung wirkte jetzt weniger unbeugsam. Lange blickte er schweigend auf den Boden zwischen ihnen und sprach dann ruhig und nachdenklich. »Nein, das hast du nicht. Auch ist es uns nur gelungen, weil du uns geführt hast. Meine Sorge um dich hat mir den Blick dafür verstellt, dass wir in deiner Schuld stehen. Im Vergleich zu deiner Loyalität muss ich dir wie ein sehr wankelmütiger Freund vorkommen. Anstatt Verärgerung zum Ausdruck zu bringen, sollte ich dich fragen, ob du nun im Gegenzug meine Hilfe brauchst.« Er blickte auf. »Brauchst du sie?«

Vor nicht allzu langer Zeit hätte Kendale seine Freunde vielleicht um Hilfe gebeten. Aber jetzt nicht mehr. Inzwischen hatten die beiden zu viel zu verlieren, und darum bezweifelte er, dass sie bei einem solchen Abenteuer verlässliche Kameraden abgeben würden. Außerdem brauchte er Soldaten, keine Gentlemen, die auf Schritt und Tritt über Ehre diskutierten.

»Wenn ich eine weitere kühne Mission planen würde, würde ich meine Schulden bei euch eintreiben. Da das aber nicht der Fall ist, wird eure Hilfe nicht benötigt. Und was Penthurst betrifft, so legt er in letzter Zeit übertrieben großes Interesse an mir an den Tag. Vielleicht nimmt er mir übel, dass ich ihm nicht so schnell wie ihr ein Friedensangebot gemacht habe, und nun sucht er nach Gründen, um die Schuld bei mir und nicht bei sich selbst suchen zu müssen. Aber wir vernachlässigen die Damen. Die deine wird das nicht stören, weil sie in diesem Ballsaal viele Freunde hat. Meine hingegen braucht vermutlich meinen Beistand.« Er wandte sich zum Haus.

»Es geht um Toulon, stimmt's?«, sagte Ambury. »Du hast dir einen Racheplan ausgedacht, nicht wahr?«

Ohne zu antworten, ging Kendale fort.

Angus wartete vor dem Haus des Dukes, als Marielle und Kendale herauskamen. Er stand neben ihrer Kutsche, als wäre er ein Diener, aber seine Miene verriet, dass er aus einem anderen Grund gekommen war.

Er wartete, bis Marielle in die Kutsche gestiegen war, bevor er Kendale etwas zuflüsterte. Seine Botschaft bestand nur aus wenigen Worten. Kendale reagierte überhaupt nicht. Er sagte nur: »Ein Pferd.« Dann stieg er in die Kutsche und setzte sich zu ihr.

»Hat der Ball dir gefallen?«, fragte er.

»Es war anders, als ich es mir vorgestellt hatte. Lebhafter. Mehr Menschen. Die Musik war himmlisch, genau wie der

Tanz.« Sie reckte sich, um ihm einen Kuss zu geben. »Danke dafür. Dass du mit mir getanzt hast.«

»Es war mir ein Vergnügen, wie so vieles, was dich betrifft, Marielle.« Er rückte näher an sie heran und legte den Arm um sie. Die Straßen wurden stiller, während sie durch die Stadt fuhren.

Sie hatte für das Cottage einen kleinen Handkoffer gepackt, gegen den Kendale jetzt mit der Fußspitze stieß. Er betrachtete nachdenklich seinen Schuh und das, was er berührte. Marielle sah, wie er immer wieder einen Blick daraufwarf.

André fuhr sie bis vor das Cottage in Hampstead. Während er Marielle beim Aussteigen half und den Koffer ins Haus trug, band Kendale das Pferd los, das hinter der Kutsche hergetrabt war, und brachte es zur Rückseite des Gebäudes. André fachte das Feuer im Kamin an, um die feuchtkalte Frühlingsluft zu erwärmen und die Kälte aus den Steinmauern zu verbannen. Als Kendale schließlich das Cottage betrat, war der Kutscher bereits wieder verschwunden. Hinter dem Garten befand sich ein kleiner Stall, und Marielle vermutete, dass Kendale trotz seiner formellen Kleidung dort das Pferd versorgt hatte.

»Hast du vor, morgen früh so zurückzureiten?«, fragte sie. »In weißen Strümpfen und Ballschuhen?«

Er nahm sie bei der Hand und befahl ihr, sich zu erheben, dann drehte er sie zum Kamin. »Bleib einfach hier im Licht stehen, damit ich dich ansehen kann. In dem Gedränge blieb mir dazu kaum Gelegenheit, ich musste mich mit flüchtigen Blicken begnügen.«

Er setzte sich, und sie nahm eine Reihe von Posen vor ihm ein. Zuerst versuchte sie, sittsam zu wirken. Dann raffiniert. Danach unanständig. Schließlich tat sie so, als gehörte sie zu den Damen, die alles kritisieren, was sie zu Gesicht bekommen, und zwar niemals auf freundliche Weise.

Ihr Spiel amüsierte ihn. Er streckte die Hand aus und zog sie auf seinen Schoß. »So gefällt es mir am besten. Wenn Marielle einfach Marielle ist.«

Der Abend hatte ihr so große Freude bereitet, dass sie ihre Begeisterung kaum für sich behalten konnte. Sie drückte sich in der Art aus, wie sie ihn festhielt, und in dem Lächeln, das seine Küsse auf ihr Gesicht zauberten. Sie ließ sich von seinem Schoß gleiten und nahm ihn bei der Hand. »Komm, geh mit mir ins Bett.«

An diesem Abend liebte sie ihn anders als je zuvor. Sie befahl ihm, still zu liegen und die Freuden anzunehmen, die sie ihm schenkte. Sie tat alles, was ihr einfiel, um ihn um den Verstand zu bringen, und benutzte Hände und Lippen, um ihn zu erfreuen.

»Dein Kutscher wird in einer Stunde wieder hier sein«, sagte er. »Ich muss bald fortreiten, und ich wollte nicht, dass du allein hierbleibst, darum habe ich ihm befohlen zurückzukommen.«

»Reitest du nach Ravenswood? Bist du dorthin gerufen worden?«

»Ich werde später nach Ravenswood reiten. Zuerst muss ich woandershin.« Er verlagerte das Gewicht auf die Seite. »Ich muss diese Reise eher antreten, als ich erwartet hatte. Sie wird mir zwei Tage von unseren zwei Wochen stehlen, fürchte ich. Kann ich sie zurückverlangen, wenn ich wieder hier bin, oder bestehst du auf dem Wortlaut der Vereinbarung?«

Die Stimme blieb ihr im Halse stecken. Sie wünschte, sie wüsste, wann er zurückkommen würde. Es wäre unfair und undankbar, ihm zu versprechen, dass er diese Tage bekommen würde, wenn sie nicht da sein konnte, um sie ihm zu geben. »Wenn du die verlorene Zeit bei unserem Wiedersehen noch willst, sollst du sie haben.«

Bildete sie sich nur ein, dass ihm das Zögern in ihrer Antwort nicht entgangen war? Doch wahrscheinlich ließ die Betrübnis in ihrem Herzen sie Dinge spüren, die nicht existierten.

»Und dann müssen wir dir neue Kleider kaufen«, sagte er. »Frag Emma und Cassandra, welche Schneiderin wir aufsuchen sollen. Ich will nicht, dass du wieder ausgeblichene Stoffe und zerrissene Seide tragen musst. Wenn du diese langen Schals so sehr liebst, sollst du neue bekommen.«

»Ich werde so modisch daherkommen wie Madame Peltier«, neckte sie ihn. »Vielleicht reichen ein oder zwei Kleider. Keine komplette Garderobe.« Sie wusste nicht einmal genau, woraus eine komplette Garderobe seiner Meinung nach bestand. Eine Frau mit Stil verstand darunter zahlreiche Ensembles. Es sähe ihm ähnlich, wenn ihm nie aufgefallen wäre, wie häufig modebewusste Frauen ihre Kleider wechselten.

»Du sollst noch modischer aussehen als Madame Peltier, wenn du Wert darauf legst.« Seine Gedanken schienen abzuschweifen. Er schwieg. Doch er schlief nicht. Sie spürte, dass ihre Gegenwart ihm bewusst war, das Zimmer und die vergehende Zeit.

»Ich möchte, dass du in deinem Hause bleibst, während ich fort bin, Marielle. Komm nicht hierher. Geh allein keine Risiken ein. Ich bin immer noch um deine Sicherheit besorgt. Ich habe Jacob und Pratt befohlen, dir zu folgen, wenn du in die Stadt gehst. Sei nicht beleidigt und streite dich nicht mit ihnen. Ich muss dich in Sicherheit wissen.«

Seine Besorgnis und der Versuch, für ihre Sicherheit zu sorgen, rührten sie. Natürlich würde sie die Männer, die sie überwachten, abschütteln, wenn das nötig war, vor allem jetzt, da sie wusste, wer sie waren.

Marielle tat kein Auge zu. Sie hörte die Kutsche vorfahren. André kam nicht herein, sondern wartete draußen in der Nacht.

Der Arm, der sie umfangen hielt, spannte sich an. Sie blickte über die Schulter und direkt in Kendales Augen. Er sagte nichts, sondern küsste sie unter dem Ohr auf den Hals, schloss die Augen und atmete tief ein.

Dann war er weg, vom Bett aufgestanden, und zog sich an. In die Bettdecke gehüllt saß sie da und sah ihm zu. Als er fertig war, blickte er auf sie hinab.

»Wickle dich in die Decke und begleite mich hinaus, wenn ich das Pferd gesattelt habe, Marielle.«

Er machte sich auf den Weg in den Stall. Sie nahm die Decke vom Bett und hüllte sich darin ein, genau wie beim ersten Mal, als sie in seiner Wohnung mit ihm gesprochen hatte.

Sie wartete im Wohnzimmer. Und konnte nicht still sitzen. Der Schmerz in ihrem Inneren erlaubte es nicht. Dieser Abschied weckte in ihr den Wunsch, um das zu weinen, was gewesen war, und um das, was nicht gewesen war und wahrscheinlich auch nie sein würde. Sie versuchte, sich mit dem Wissen zu trösten, dass sie nur ihre Pflicht gegenüber ihrem Vater und ihrer Familie erfüllen wollte, doch das vermochte ihren Kummer kaum zu lindern.

Das erste schwache Licht des Morgens dämmerte am Horizont, als Kendale das Cottage wieder betrat. Er würde tatsächlich in seiner Festkleidung reiten, aber vermutlich war Angus nicht weit und würde ihm praktischere Kleidung und Stiefel bringen.

Er fuhr mit den Fingerspitzen über den Saum der Decke an Marielles Nacken. »Ich hoffe, nur eine Woche fort zu sein. Bei meiner Rückkehr werde ich sofort zu dir kommen, um dich zu sehen. Es gibt etwas, das ich dir sagen muss. Vielleicht finde ich die richtigen Worte, während ich unterwegs bin.«

Die Worte, die *sie* sagen wollte, kannte sie bereits. Aber es wäre grausam und selbstsüchtig gewesen, sie auszusprechen.

Vielleicht wäre sie zufrieden gewesen, wenn sie sie gesagt hätte, doch einer Frau, die Ränke schmiedete und betrog, stand es nicht zu, sich selbst zu verhätscheln, indem sie verriet, was ihr auf dem Herzen lag.

»Sei vorsichtig«, sagte sie. Das war ein gewöhnlicher Abschiedsgruß, doch an diesem Tag bedeutete er vielleicht mehr als sonst.

»Das werde ich. Es ist keine gefährliche Reise.« Er küsste sie noch einmal, dann ritt er fort.

Sie lauschte dem Hufschlag seines Pferdes, bis er verklang. Dann ging sie in die Schlafkammer, fand den Handkoffer und zog eines ihrer alten Kleider an. Sorgfältig legte sie das Ballkleid zusammen, das der Nichte eines Grafen würdig war. Vor Traurigkeit wie benommen machte sie das Bett. Aus einer plötzlichen Anwandlung heraus hob sie das Kissen hoch, auf dem Kendale geruht hatte, und sog seinen Duft tief in sich ein. Die Geste erinnerte sie daran, wie tief er ihren Duft eingeatmet hatte, als er sie in seinen Armen gehalten hatte – als habe er ihn sich für immer einprägen wollen.

Nachdem sie alles, was sie auf dem Ball getragen hatte, in ihrem Koffer verstaut hatte, nahm sie das Abendkleid und verließ das Cottage. »Bringen Sie mich nach Hause«, sagte sie zu André. »Dann fahren Sie heim, schlafen ein wenig und kommen am Nachmittag wieder. Ich muss Ihnen erklären, auf welche Weise ich Ihre Dienste in den kommenden Tagen benötigen werde.«

19

»Ein Irrtum ist ausgeschlossen, Lord Kendale. Die Soldaten behaupten zwar, hier zu sein, um die örtliche Bürgerwehr auszubilden, aber sie sind zu viele, und sie reiten sehr oft aus. Sie sind auf der Suche nach etwas. Oder nach jemandem.«

Dieser informelle Bericht wurde Kendale in einem Haus nördlich von Dover erstattet. Er saß in der Bibliothek und trank den guten Portwein, den sein Gastgeber ihm eingeschenkt hatte. Mr Percy Ryan gehörte zu den Wächtern des Überwachungsnetzwerks, das Kendale zusammen mit Ambury und Southwaite vor zwei Jahre aufgebaut hatte, um das damals noch löchrige Kontrollsystem zu stärken. Mr Ryan, ein freundlicher, korpulenter Mann mittleren Alters, hatte sich für diese Aufgabe erwärmt und eine Reihe von Maßnahmen ergriffen, um die Bewegungen Ortsfremder im Umkreis von fünf Meilen um sein stattliches Herrenhaus herum zu überwachen. Da die Soldaten, von denen er jetzt berichtete, nicht ortsansässig waren, behielt er sie im Auge. Kendale legte stets großen Wert darauf, Mr Ryan zu besuchen, denn der Mann redete für sein Leben gern. Als wohlhabender Gutsherr und Angehöriger des niederen Landadels unterhielt er sich besonders gern mit Vertretern des Hochadels, wenn diese ihn in ihre Kreise einluden. Oftmals erwies er sich als Quelle nützlicher Informationen. Wenn Ryan vermutete, dass die zusätzlichen Soldaten in Dover weitergehende Interessen hatten, als die Fertigkeiten der örtlichen Bürgerwehr zu verbessern, dann war Kendale geneigt, seiner Einschätzung Bedeutung beizumessen.

»Wie lange sind sie schon hier?«

»Manche seit einer Woche. Vor zwei Tagen ist Verstärkung gekommen. Vielleicht gibt es noch mehr, die schon länger hier sind, aber ich habe sie nicht bemerkt. Ein paar Rotröcke mehr oder weniger fallen nicht auf. Aber dreißig fallen durchaus auf, vor allem, wenn ihre Pferde aufgereiht an der Straße da vorn stehen.«

»Ist etwas Besorgniserregendes vorgefallen, das sie hergelockt hat? Etwas, von dem ich nichts weiß, was vielleicht nicht bedeutsam genug schien, um darüber zu berichten?«

Mr Ryan errötete bis an den blonden Haaransatz. »Wir berichten Ihnen alles, Sir. Ich zumindest tue das. Für meine Pendants entlang der Küste kann ich nicht sprechen.« Er nippte an seinem Portwein und stellte das Glas beiseite. »Ich dachte, Sie wüssten, was vor sich geht. Der Offizier dieser Soldaten, Colonel Horace Watson, hat angedeutet, dass er Sie kennt.«

»Das stimmt. Wir haben uns in unserer Anfangszeit bei der Armee kennengelernt. Hat er sich nach mir erkundigt? Oder haben Sie ihn gefragt, ob er mich kennt?«

»Er hat Ihre Bekanntschaft erwähnt. Offenbar nahm er an, dass ich Sie ebenfalls kenne.«

Nachdenklich sah Kendale sich in der Bibliothek um. Fast alle Bücher wiesen den gleichen braunen Einband auf. Er fragte sich, ob Mr Ryan jemals eins dieser Bücher gelesen hatte oder ob er sie nur besaß, damit sie mit ihrem teuren, makellosen Leder die Regale zierten.

»Angesichts der Soldaten und Colonel Watsons – ein Colonel wohlgemerkt, und dann nur mit gerade zwanzig Mann! – habe ich mich gefragt, ob jemand übersetzen will, Lord Kendale. Jemand Wichtiges. Oder vielleicht kommt einer zurück, nach Lage der Dinge.« Er musterte Kendale mit einem verschlagenen und neugierigen Lächeln.

»Ich habe von keiner angesehenen Persönlichkeit gehört, die die Absicht hätte, den Kanal zu überqueren. Und was eine Rückkehr betrifft … was genau wollen Sie damit sagen?«

Ryan lachte glucksend in sich hinein. »Nichts, gar nichts. Aber, unter uns gesagt, wir halten hier nach Franzosen Ausschau, die sich an unsere Küste schleichen, um Informationen zu sammeln, nicht wahr? Also liegt es doch auf der Hand, sich zu fragen, ob nicht auch welche von unseren Leuten an deren Küste herumschleichen. Wenn unsere Armee ein paar Männer hinübergeschickt hat, würde sie sie doch auf eine Weise wieder in Empfang nehmen, bei der niemand sich einmischt oder auch nur davon erfährt.«

»Mit denen, die sich einmischen, meinen Sie wohl uns.«

»Könnte peinlich werden, hab ich recht? Für unsereins, die wir die Franzosen zählen, die aus den Booten steigen. Nur, um dann feststellen zu müssen, dass es sich um Engländer handelt. Schwierig, auf diese Weise etwas geheim zu halten.«

Es würde sehr schwer sein, solche Geheimnisse zu wahren. Das war der Grund, warum jene Engländer niemals in Booten an der Küste anlandeten, wenn sie zurückkehrten. Sie wurden stattdessen von der Königlichen Marine auf dem Meer aufgenommen, die dann für ihre sichere Heimkehr sorgte. Was bedeutete, dass die Armee keinen Grund hatte, zu diesem Zweck eine Einheit nach Dover zu entsenden. Es sei denn, das Ziel bestand nicht darin, eine Gruppe von Heimkehrern zu begrüßen, sondern eine Gruppe an der Abreise zu hindern.

Verdammt! Penthurst hatte angedeutet, dass der Verdacht in der Luft lag, jemand plane eine eigenmächtige Aktion. Und dass jemand anderes das so dringend verhindern wollte, dass er diese kleine Machtdemonstration auf die Beine gestellt hatte.

Kendale ritt fünfzehn Meilen landeinwärts zu dem Bauernhaus zurück, in dem er Angus und sechs weitere Männer zurückgelassen hatte, einschließlich Harry Travis, der sie dort schon erwartet hatte, als sie gestern angeritten kamen. Travis war tatsächlich schon zwei Tage früher angekommen, und er hatte sofort Bescheid gegeben, dass er den Oberst in Brest gesehen hatte.

Mr Pottsward war ebenfalls in dem Bauernhaus. Er stand am Herd und rührte in einem Topf, während die anderen Männer in den Sesseln lungerten, gelangweilt und ungeduldig.

»Haben Sie irgendetwas in Erfahrung bringen können, Sir?«, fragte Angus, kaum dass Kendale die schlichte Unterkunft betreten hatte.

Er warf Hut und Handschuhe auf einen Tisch und legte den Gehrock ab. Dann schnupperte er an dem Duft, der aus dem Topf mit dem Lammragout aufstieg, und setzte sich schließlich rittlings auf einen Stuhl. »Die Armee hat jemanden geschickt, der uns aufhalten soll. Sie glauben, das Ziel und den Grund zu wissen. Whitehall will nicht in Schwierigkeiten kommen.«

»Zur Hölle mit ihnen!«, knurrte Travis.

»Vielleicht ist es das Beste, wenn wir noch warten.«

»Sie können ja warten, wenn Sie wollen. Ich bin nicht dortgeblieben und habe meinen Hals riskiert, um seinen Aufenthaltsort herauszufinden, um mir jetzt die Chance entgehen zu lassen, die Sache zu Ende zu bringen.«

Die anderen Männer schwiegen. Wenn Kendale ihnen befahl, sich nicht vom Fleck zu rühren, würde keiner von ihnen widersprechen. Travis war anders. Kendale bekam ihn nicht vollständig unter Kontrolle, weil die Sache ihn zu persönlich betraf. Er war in Toulon dabei gewesen, und auch er hatte es nur um Haaresbreite geschafft, lebendig aus der Stadt herauszukommen.

Als ihre Blicke sich nun kreuzten, lag weniger eine Herausforderung darin als vielmehr die gegenseitige Anerkennung dieser Erfahrung und des langen Wartens auf Wiedergutmachung. »Wenn ich entscheide, dass es voreilig ist auszurücken, dann werden wir auch nicht ausrücken.«

Travis' Augen wurden schmal. »Es ist immer voreilig auszurücken. Nichts Neues also. Zum Teufel, voreilig war es, vor zwei Monaten überzusetzen und dortzubleiben, während die anderen zurückgegangen sind. Ich folge Ihnen, wohin Sie wollen, solange es nicht der Rückzug ist.«

»Von Rückzug habe ich nichts gesagt.«

»Sie haben vorgeschlagen, dass wir abwarten. Ist dasselbe. Ich habe lange genug gewartet. Ich dachte, Sie auch.«

Schweigend beobachteten die anderen Männer sie.

Das Bemühen um Vernunft und Mäßigung, mit dem diese Unterhaltung begonnen hatte, löste sich in Luft auf, als Travis' Worte weiter an Kendale nagten. Sie *hatten* lange gewartet. Vor Wut kochend über die Demütigung eines niederschmetternden Rückzugs, hatten sie den Zorn hinunterschlucken und ohnmächtig zusehen müssen, wie ihre Kameraden ringsum niedergemetzelt wurden. Die Franzosen hatten Befehl erhalten, sie zu töten, sie auszuradieren, nicht nur, sie aufzuhalten und gefangen zu setzen. Sogar als ein Säbel ihm den Rücken aufgeschlitzt hatte, hatte er wie ein Verrückter weitergekämpft, denn er wusste, wenn er zu Boden ging, war er erledigt.

Und nun hatte der Mistkerl, der für diesen Verrat und die Falle und das Gemetzel verantwortlich war, einen Namen, und er befand sich in Reichweite. In drei Monaten würde er wieder in Paris sein oder bereits den halben Kontinent hinter sich gelassen haben.

Kendales Rachedurst wuchs, so wie es manchmal auch des Nachts geschah, wenn die Erinnerung an das Geschehene ihn nicht losließ. Dieser Plan war das Ergebnis eines starken Verlangens. Er würde das Versprechen halten, das er Feversham gegeben hatte, doch er würde es sich nicht nehmen lassen, eine blutige Rechnung auf die einzige Weise zu begleichen, die er kannte.

Er blickte in die Runde, musterte jeden einzelnen Mann. Dann sah er Travis ins Gesicht, das vor Entschlossenheit glühte. »Diese Männer hier haben sich nicht bereit erklärt, in eine Falle zu laufen. Wenn ich glaube, dass diese Gefahr besteht, werde ich unser Vorhaben verschieben oder es sogar abblasen. Und wenn es dazu kommt, werden Sie meinem Befehl Folge leisten.«

»Und wenn nicht? Wenn ich beim letzten Mal getan hätte, was Sie gesagt haben, wüssten wir jetzt nicht das, was wir wissen.«

»Wenn Sie getan hätten, was ich gesagt habe, würde es jetzt an der Küste nicht vor Soldaten nur so wimmeln.«

»Die Küste ist lang. Ein paar Soldaten mehr jagen mir keine Angst ein.« Travis grinste und griff nach seinem Becher, um noch mehr Ale hinunterzustürzen.

Die Herausforderung war unmissverständlich. Jeder der Anwesenden hatte sie verstanden. Kendale musste dem Mann Einhalt gebieten, sollte diese Mission nicht im Chaos enden und die Einheit als Lumpengesindel.

Kendale starrte Travis an, der vor nicht allzu langer Zeit noch mit ihm durch Frankreich gezogen war. Die Armee kannte Mittel und Wege, mit Befehlsverweigerung fertig zu werden. Schlimme Mittel, die dafür sorgten, dass solche Herausforderungen kaum je vorkamen.

Doch sie waren nicht mehr in der Armee. Nicht in einer offiziellen jedenfalls.

Unvermittelt sprang Kendale auf und warf dabei den Tisch um. Die Holzplatte krachte gegen Travis, fiel dann zu Boden, und Lärm durchbrach die angespannte Stille. Er packte den

Mann beim Revers seines Rocks und schleuderte ihn gegen die Tür. Mit einem großen Schritt war er bei ihm, öffnete die Tür, stieß ihn hinaus und folgte ihm auf dem Fuß.

Hühner stoben davon. Travis rappelte sich auf. Nun nicht mehr selbstgefällig, blickte er sich wachsam in dem ungepflasterten Hof um.

Kendale zog seinen Rock aus und warf ihn beiseite. »Ich kann Sie weder auspeitschen noch erschießen lassen, aber ich will verdammt sein, wenn ich zulasse, dass Sie die anderen in Gefahr bringen. Drehen Sie sich um, und laufen Sie weg, und Sie sind endgültig aus der Sache raus. Oder verteidigen Sie sich, so gut Sie können, wenn Sie bleiben wollen.«

»Ich habe ein größeres Anrecht darauf als die anderen. Das wissen Sie am allerbesten.«

»Und darum lasse ich Ihnen die Wahl. Aber *Sie* wissen am allerbesten, dass ich Ihnen nicht erlauben kann, mein Kommando ungestraft infrage zu stellen.«

Travis zögerte, dann legte er ebenfalls seinen Rock ab. Sein Kiefer wirkte wie in Stein gemeißelt, und sein Blick brannte wie Feuer, als er auf und ab lief wie ein Tier, das angreifen will.

Mit erhobenen Fäusten preschte er vor. Kendale parierte den Schlag mit einem Arm und landete mit dem anderen einen deftigen Fausthieb in Travis' Magen.

Das Geräusch der Schläge lockte die anderen heraus. Sie bildeten einen Kreis, der den Kontrahenten keine eine andere Wahl ließ, als einen Nahkampf zu beginnen. Innerhalb des Kreises und unter den Blicken ihrer Kameraden beantworteten sie die Frage nach der Führung auf die primitivste Weise, die Mensch und Tier bekannt ist.

»Was soll ich tun, wenn er dir schreibt?«

Marielle legte ein Kleid zusammen und stopfte es in den

Handkoffer. »Ich glaube nicht, dass er schreibt. Das ist nicht seine Art.«

»Und was ist, wenn er heute kommt, um nach dir zu sehen?« Dominique saß auf dem Bett, und ihr rundes Gesicht war zerknittert vor Besorgnis, als sie Marielle bei ihren Vorbereitungen zusah.

»Er wird nicht kommen, bevor ich schon eine Weile weg bin.« Wenn er überhaupt kam. Irgendwann würde der Punkt erreicht sein, an dem Kendale die Leidenschaft mit etwas Abstand und diese Affäre vom Standpunkt seiner gesellschaftlichen Stellung und seiner Herkunft aus betrachten würde. Mittlerweile wusste er genug über ihre Geschichte, um zu dem Schluss zu kommen, dass ihre Verbindung gegen die Regeln verstieß, die für einen englischen Adeligen galten, und zwar in mehrfacher und entscheidender Hinsicht. Es war nur eine Frage der Zeit, bis die Erwartungen seiner Welt seine Begeisterung dämpfen würden. Diese Reise, die er nun unternahm, würde ihm genügend Zeit lassen, damit das geschehen konnte.

Marielle gestattete sich einen Moment der Wehmut und des Bedauerns. Natürlich, der Verlust war unvermeidlich. Doch sie beraubte sich nur wenigem, wenn sie ihren Plan in die Tat umsetzte. Ohnehin konnte sie nicht zulassen, dass das Glück, das sie wegen dieser Affäre empfand, ihr bei der Umsetzung ihres Vorhabens in die Quere kam. Sich zu sagen, dass sie schlimmstenfalls auf etwas mehr Zeit mit ihm verzichten musste, machte es ihr leichter, zu tun, was sie tun musste.

Sie griff in eine Schublade ihres Frisiertisches und suchte nach dem kleinen Beutel, in dem sie ihr Geld verwahrte. Gestern Abend hatte sie ihn aus dem Geheimschrank genommen und die Münzen gezählt. Nun zählte sie sie erneut, um sich zu vergewissern, dass sie wahrscheinlich genug besaß.

Immer wieder drangen Gedanken an Kendale in ihr Bewusstsein, egal, wie sehr sie sie wegzuschieben versuchte. Schließlich nahm sie Zuflucht zu anderen Bildern und versuchte, sich auf die vor ihr liegenden Aufgaben zu konzentrieren. Sie stellte sich ihren Vater vor, wie sie ihn zuletzt gesehen hatte. Er hatte ihr befohlen, wegzulaufen und in der Stadt ihr Glück zu versuchen, während er Lamberte und seine Männer ablenkte. Er wusste, dass sie ihn verhaften würden. Er hatte sich geopfert, damit sie entkommen konnte.

Wie eindringlich er sie angesehen hatte, als er ihr seinen Plan erläutert und jenes kleine Geschäftsbuch in die Tasche geschoben hatte. Wie fest er sie umarmte, bevor er sie schließlich wegschob. Sie sah und fühlte es, als täte er es in ebendiesem Moment. Nein, keine Festnahme. Er rechnete damit, umgebracht zu werden, wie auch ihre Mutter ermordet worden war … damit niemand am Leben blieb, der bezeugen konnte, dass Lamberte seinen eigenen Halbbruder getötet hatte.

»Dominique, wenn ich nicht wiederkommen sollte …«

»Sag so etwas nicht!« Dominique bekreuzigte sich dreimal. »Allein der Gedanke …«

»Wenn ich nicht zurückkommen sollte, musst du Lord Kendale das kleine Buch geben, das unten im Schrank versteckt liegt.«

»Und was soll ich ihm dann sagen?«

»Ich weiß es nicht.« Kendale würde mit dem Büchlein nichts anfangen können. Niemand in England konnte das. Aber irgendjemandem musste sie es schließlich geben. Es durfte nicht für immer in dem Schrank bleiben. Und wenn sie scheiterte, konnte es für Dominique und für Madame LaTour gefährlich werden, es zu besitzen.

»Sag, es gehört Lamberte, und man hat es ihm genommen, um zu beweisen, dass er gestohlen hat. Sag, es ist der Grund, warum ich diese Drucke hergestellt habe, die ihn des Diebstahls beschuldigen. Dass er deshalb die Männer in die Gasse geschickt hat. Er hat sich gefragt, ob derjenige, der die Drucke fertigt, vielleicht über Beweise gegen ihn verfügt.« Auf diese Weise würde Kendale wenigstens einige Antworten bekommen. Das Verhör, dem er sie an jenem Tag hatte unterziehen wollen, würde endlich zu einem Ergebnis führen.

»Nimm du die Kupferplatten. Die Landschaften sind noch gut genug für weitere Drucke, und du kannst damit ein wenig Geld verdienen. Die anderen können verkauft werden und bringen dir zumindest noch den Gegenwert des Kupfers ein. Du und Madame LaTour, ihr könnt natürlich mit der Arbeit hier weitermachen. Die Miete ist bis zum Michaelistag bezahlt.«

Mit gerunzelter Stirn lauschte Dominique diesen Anweisungen. Mit ihrer Sanftmut war es vorbei. »Bist du fertig?«

War sie das? Sie überprüfte den Koffer. Sie zwang sich, ruhig zu bleiben, während sie ihr Gedächtnis durchforstete, um sicherzugehen, dass sie all die Botschaften und Anweisungen ausgesprochen hatte, die die schlaflosen letzten Nächte ihr eingegeben hatten. »Oh, wenn du kannst, sag Emma und Cassandra, wer ich wirklich bin. Oder bitte Lord Kendale, das zu übernehmen. Es gibt nur wenige Menschen, bei denen es sich falsch anfühlte, sie täuschen zu müssen, aber die beiden gehören dazu. Du kannst es auch Madame LaTour sagen, obwohl es unwahrscheinlich ist, dass sie die Wahrheit zu schätzen weiß.«

»Bist du *jetzt* fertig?« Dominique stand auf und kam zu ihr. »Wenn ja, dann hörst du jetzt einmal *mir* zu.« Sie durchwühlte den Koffer. »Wie ich's mir gedacht habe. Geld für Bestechungen, aber nichts zu deinem Schutz. Hast du vor, auf dieselbe Weise dafür zu sorgen wie schon einmal?« Sie griff in ihre tiefe Tasche und zog ihr Messer heraus. »Du nimmst das hier. Und du trägst es am Körper, genau wie ich. Und wenn du musst, Marielle, dann wirst du es auch gebrauchen.«

Sie blickte auf das Messer. Es war kein Dolch im eigentlichen Sinne, und die dünne Klinge eignete sich kaum für mehr, als etwas damit zu zerschneiden.

Dominique fasste Marielle an den Schultern und blickte sie unverwandt an. »Er wird sich sehr verändert haben. Er ist nicht mehr der Mann, an den du dich erinnerst, genauso wie du nicht mehr das Mädchen bist, das er zuletzt gesehen hat. Erwarte nicht, dass alles so ist wie früher.«

»Das erwarte ich nicht.«

»Tu nichts, was die Aufmerksamkeit auf dich lenkt. Du musst die Rolle aufgeben, hinter der du dich hier versteckt hast. Und du musst dort so sprechen wie sie.«

»Das werde ich, obwohl ich mich nicht unter die Leute mischen will. Ich nehme denselben Weg wie meine Drucke und bekomme Hilfe von dem Buchhändler, der sie übernommen hat. Das Château kenne ich besser als die Diener, die jetzt dort leben, denn ich habe als Kind darin gespielt. Sorge dich nicht zu sehr um mich, Dominique. Niemand ist einem Mann wie Lamberte treu, und wenn er nicht dort ist, wird das Schmiergeld mir die Türen öffnen, durch die ich gehen muss.«

»Und wenn er da ist?«

Eine ganze Weile sahen sie einander an. »Dann muss ich mich wohl auf meinen Verstand verlassen. Es ist gut, dass du mir beigebracht hast, ihn zu gebrauchen, meine liebe Freundin.«

Dominique schloss sie in die Arme. Marielle ließ sich in die Weichheit der älteren Frau sinken und war wie so oft dankbar, dass diese Schwester eines Grafen bereit war, die Tochter eines Kupferstechers zu lieben und zu beschützen.

»Ich werde nicht zusehen, wenn du am Morgen fortgehst«,

sagte Dominique mit leiser, belegter Stimme. »Meine Angst um dich soll nicht das Letzte sein, was du bei deinem Aufbruch siehst.«

Marielle verstand. Wenn sie Dominique am nächsten Morgen schluchzen und besorgt die Hände ringen sähe, würde sie von ihrer eigenen Angst überwältigt werden. Die Furcht musste bleiben, wo sie war. In ihrer Magengrube, schwer und bitter.

Dankbar für den schönen Abend ritt Kendale an der Küste entlang nach Norden. Es würde eine klare Nacht werden. Mit etwas Glück würde es morgen Abend genauso sein.

Er war noch ein gutes Stück von Dover entfernt, als die Dämmerung in Dunkelheit überging. Er kannte den Weg sehr gut, und er hielt sein Pferd in leichtem Galopp, um rasch voranzukommen.

Auf halber Strecke nach Deal überquerte er eine kleine Straße, die sich eine steile Anhöhe hinaufwand. Im Licht des Halbmonds erkannte er das Cottage der Fairbournes. Ein Stück weiter führte ein anderer Weg nach Westen zu einem Dorf namens Ringswold. Gleich nachdem er die Abzweigung passiert hatte, änderte Kendale die Richtung und ritt auf die Küste zu, querfeldein bis zu dem steinigen Pfad, der auf dem Kamm der Klippe verlief und einen Ausblick auf das Meer bot.

Bald fiel der Pfad zur See hin ab. Kurz bevor das Gelände wieder eben wurde, lenkte Kendale sein Pferd nach rechts. Von ganz allein fand es den steinigen Weg, der sich an der Felswand entlang steil zum Wasser hinabschlängelte.

Hundertfünfzig Meter vor dem groben Kiesstrand dort unten hielt er an, stieg ab und band sein Pferd an einen jungen Baum. Er bewegte sich an einem Felsvorsprung entlang. Einer der tiefen Schatten klaffte weiter auf als die anderen und ließ schwaches Licht und Rauch in die Nacht entweichen.

Er betrat die Höhle. Das niedrige Feuer sagte ihm, dass man ihn erwartete, doch es war niemand zu sehen. Mit der Hand an der Pistole drang er wenige Meter weiter in die Höhle vor.

Plötzlich tauchte ein Schatten an der Wand auf der anderen Seite auf. Er bewegte sich auf ihn zu. Ein Mann trat ins Licht. Lockere Kleidung umhüllte seine schlanke Gestalt, und sein dunkler Bart und Schnurrbart hoben sich, als er lächelte.

Kendale entspannte sich. »Hast du jemand anders erwartet, Tarrington? Wenn du dich jedes Mal verstecken musst, sobald jemand kommt, kann das hier kein besonders gutes Versteck für einen Schmuggler sein.«

Tarrington half im Netzwerk der Wächter gelegentlich aus, und so hatte Kendale ihn kennengelernt. Er war so nützlich, dass sie die Augen vor den gesetzeswidrigen Geschäften verschlossen, die er in diesem Abschnitt der Küste bis fast hinunter nach Dover tätigte und dabei die ganze Gegend kontrollierte. In einer der nahe gelegenen Höhlen hielt er sich eine Flottille an Booten und kleinen Schiffen. Die Galeeren wurden für die schnelle Überquerung des Kanals eingesetzt. Die größeren Schiffe fuhren weiter, manchmal bis nach Amsterdam.

»Dass ich einen neuen Schlupfwinkel brauche, steht fest«, sagte Tarrington. »Ich glaube, jemand hat gesungen, was die Lage des Verstecks hier angeht.«

Plötzlich ließ er den Blick nach rechts gleiten. Kendale entging die Warnung nicht. Er bewegte sich in die entgegengesetzte Richtung und zog seine Pistole.

Ein weiterer Schatten erschien. Noch bevor der Mann ganz aus einer Nische in der Höhlenwand herausgetreten war, erriet Kendale, zu wem die Silhouette gehörte.

»Gut, dich kampfbereit wie immer zu wissen, Kendale, aber es wäre doch sehr peinlich, würdest du mich erschießen«, begrüßte Penthurst ihn.

Fluchend senkte Kendale seine Waffe. »Was machst du hier?«

»Ich habe beschlossen, Mr Tarrington einen Besuch abzustatten und ihm für die großen Dienste zu danken, die er seinem Land erwiesen hat.«

»Hat Southwaite dir von diesen Diensten erzählt?«

»Nein. Jemand anders. Wer, spielt keine Rolle.« Penthurst schlenderte zu einem grob gezimmerten Tisch, auf dem ein sehr feiner Dekanter stand. Er öffnete ihn und roch daran. »Französischer Rotwein.«

»Sehr alter Rotwein, Durchlaucht«, sagte Tarrington. »Gekauft von meinem Vater vor langer Zeit. Nehmen Sie sich welchen, bitte.«

Der Duke goss etwas Wein in ein Glas und kostete. »Gut zu wissen, dass er nicht erst vor Kurzem hergebracht wurde. Ich würde es hassen, das melden zu müssen.«

»Nicht nötig, Durchlaucht. Wirklich nicht, das versichere ich Ihnen.«

Penthurst stellte das Glas ab. »Würden Sie uns entschuldigen, Mr Tarrington?«

Tarrington war heilfroh, gehen zu können. Sobald er fort war, ließ Kendale seinem Unmut freien Lauf. »Mein alter Hauslehrer war weniger aufdringlich als du, Penthurst. Was zum Teufel willst du?«

»Ich bin hier, um dir zu sagen, dass du dein Vorhaben aufgeben musst. Ich habe versucht, dir auf jede mir zur Verfügung stehende Weise zu verstehen zu geben, dass man ahnt, was du vorhast. Man hat es erraten und Vorkehrungen getroffen, die dich aufhalten sollen. Ich bin heute Abend hergekommen, um dir mitzuteilen, dass deine Männer verhaftet werden, sobald du einen Versuch unternimmst überzusetzen. Die Armee erwartet dich. Und die Königliche Marine ebenso.«

»Nichts davon kann mich beeindrucken.«

»Das habe ich auch nicht erwartet. Und darum habe ich Mr Tarrington zu bedenken gegeben, dass auch er verhaftet und als der Schmuggler, der er ist, verurteilt werden wird, sollte er seine Boote dazu benutzen, dich in die Nähe der französischen Küste zu bringen. Er *war* beeindruckt.«

Am liebsten hätte Kendale ihn verprügelt. Offenbar sah Penthurst ihm das an, denn er nahm die Pistole und legte sie auf den Tisch, wo sie außer Reichweite war.

»Ich erwarte nicht, dass du mir das glaubst, aber darüber hinaus spiele ich in dieser Sache keine Rolle. Ich habe dich nur darüber informiert, dass andere Verdacht geschöpft haben, und jetzt rate ich dir dringend davon ab, deine Pläne weiterzuverfolgen. Mich hätte es nicht gestört, wenn du ungestraft davongekommen wärst und selbst für Gerechtigkeit gesorgt hättest. Wahrscheinlich hätte ich dir sogar applaudiert.«

Kendale bediente sich an dem Rotwein. Der Alkohol nahm dem Zorn die Spitze und führte dazu, dass er sich allmählich mit den Tatsachen abfinden konnte.

Penthurst ließ sich auf der Bank neben dem Tisch nieder und lehnte sich an die Felswand. »Wolltest du diese Frau wirklich töten?«

Natürlich kannte der Duke die Geschichte, genau wie Southwaite und Ambury. Die Sache war bereits vor jenem Duell geschehen, bei dem Duke einen Freund aus ihrem Kreis getötet hatte. Kendale wünschte, er wäre verschwiegener gewesen. Ausgerechnet Penthurst sollte nicht über ihn richten.

»Ich töte keine Frauen. Und du?«

»Ich hatte noch nie Grund dazu. *Wir* tun es aber, und zwar ständig. Drei Frauen sind im letzten Monat gehängt worden, glaube ich. Die Gerechtigkeit verschont sie nicht, und Gerechtigkeit war es, was du wolltest, also sollte meine Frage dich nicht kränken.«

»Du kannst mich nicht beleidigen. Mir ist völlig egal, was du denkst.«

»Natürlich. Du wolltest also nicht wegen ihr nach drüben. Das bedeutet, dass du weißt, wer dahintersteckte. Ein Vertreter der Regierung? Nein? Dann die Armee.« Er tat so, als müsste er Kendale nur ansehen, um die Antwort zu erraten. Die Arroganz, die darin zutage trat, versetzte Kendale in rasende Wut. Dass Penthurst richtig geraten hatte, machte alles noch schlimmer.

»Dass du mich zu diesem Abenteuer nicht eingeladen hast, ist nur zu verständlich«, sagte Penthurst. »Dass du es jedoch den anderen vorenthalten hast …«

Er beendete den Satz nicht. Die naheliegenden Schlüsse schwebten unausgesprochen in der Luft.

»Es war zu gefährlich.«

»Typisch für dich, dass du, ohne nachzudenken, dein Leben aufs Spiel setzt, um deinen Freunden zu helfen. Und dass du sogar nach ihrem Tod zu ihnen stehst. Aber gleichzeitig enthältst du ihnen das Privileg vor, dasselbe für dich zu tun. Das spricht für eine gewisse Selbstsucht, Kendale, und für mehr als nur etwas Überheblichkeit. Aber ich werde ihnen nicht verraten, wie rücksichtslos du warst.«

»Sehr freundlich von dir«, sagte Kendale. »Ich hoffe, du bist jetzt fertig. Ich habe nicht vor, dich den ganzen Abend zu unterhalten.«

Penthurst stand auf. »Ich werde dich jetzt deinen Plänen überlassen, worin sie auch bestehen mögen. Solange du dich nicht nach Frankreich rudern lässt, um einen französischen Offizier zu töten, bezweifle ich, dass irgendjemand dich aufhalten wird.«

Kendale wünschte, der Mann würde endlich verschwinden. Er musste darüber nachdenken, ob er seiner Warnung Bedeutung beimessen sollte oder nicht. Wenn er sich dafür entschied und die Überfahrt absagte, musste er sich überlegen, wie er mit Travis' Enttäuschung zurechtkommen sollte.

Auf halbem Weg zum Eingang der Höhle drehte Penthurst sich um. »Als Mr Tarrington gestern erfuhr, wer ich bin, hat er sich äußerst entgegenkommend gezeigt. Ich wage zu behaupten, dass er mir alles erzählt hat, was er über die Überfahrten in den letzten ein oder zwei Jahren weiß. Dann hat er irgendetwas über einen gewissen Mr Garrett gebrabbelt. Vielleicht fragst du ihn mal, was er damit gemeint hat.«

Die Nacht draußen verschluckte Penthurst. Als hätte die Dunkelheit ihn ausgespuckt, erschien Tarrington gleich darauf am Eingang der Höhle. Er kam näher, wirkte entrüstet, abwehrend und auf der Hut.

»Ich konnte nichts tun. Als er mich gestern in dem Wirtshaus in Ringswold bedrängt und mir seine Karte gegeben hat, war mir klar, dass wir morgen Nacht den Kanal nicht überqueren können. Das meiste wusste er ohnehin schon, also beschuldigen Sie mich nicht des Verrats.«

»Ich beschuldige dich nicht des Verrats.«

Tarrington schien erleichtert. »Es ist wirklich verhext. Erzähl einem Duke, was er wissen will, und schon kommt ein Viscount und quetscht dich aus. Erzähl nichts, und der Duke will dir ans Leder. Nicht gerecht, wirklich nicht. Bleibt einem kaum 'ne Wahl, will ich meinen.«

»Überhaupt keine Wahl.« Kendale goss Rotwein in ein weiteres Glas aus feinem Kristall, das auf dem Tisch stand. »Wenn du deine Haut retten willst, setz dich und erzähl mir alles, was du auch ihm erzählt hast. Wenn du schlau bist, lässt du nichts aus.«

Tarrington stürzte den Wein hinunter und fing an zu reden. Schwatzhaft, wie er war, dauerte der Bericht über das Gespräch mit Penthurst vermutlich länger als die Unterhaltung selbst. Sehr bald bestand kein Zweifel mehr daran, dass Penthurst zu viel erfahren hatte.

Als er fertig war, streckte Tarrington in erwartungsvoller Ergebenheit die Hände aus. »Ich hoffe, Sie verspüren nicht den Drang, es mir heimzuzahlen, indem Sie weitergeben, was Sie vielleicht bei unseren letzten gemeinsamen Abenteuern gesehen haben.«

»Noch habe ich mich nicht entschieden. Denn du hast etwas ausgelassen. Du hast mir nicht alles erzählt.«

Tarrington protestierte. Dann runzelte er die Stirn, und seine Miene hellte sich auf. »Meinen Sie die Geschäfte mit Garrett? Ach, das hat nichts zu bedeuten. Ist was völlig anderes, hat gar nichts mit Ihnen zu tun.«

»Wer ist dieser Garrett?«

»Ein Handelspartner.«

»Ein Schmuggler, meinst du wohl.«

Tarrington verdrehte die Augen. »Dieses Wort missfällt mir sehr. Aber wenn Sie darauf bestehen, ja. Er hatte sich weiter südlich festgesetzt, könnte man sagen. Ein Eindringling. Er und ich, wir hatten ein paar … Meinungsverschiedenheiten. Dann hat er seine Fehler eingesehen, und so ist es zu dieser Partnerschaft gekommen.«

»Also arbeitet er jetzt für dich.«

»Wir sind Partner.«

»Was hast du Penthurst über ihn erzählt?«

»Mal sehen, was hab ich denn gesagt? Ich habe erst gar nicht gemerkt, dass ich etwas gesagt hatte, aber wenn ein Duke einen ausfragt, ist es klug, immer weiterzusprechen, und vielleicht habe ich …«

Kendale hob die Pistole. Tarrington riss die Augen auf. Er fing wieder an zu reden, lange und schnell.

20

Marielle konnte nur beten, dass alles vorbereitet war. Sie hatte keinen Brief mit einer Absage oder der Bitte um Aufschub erhalten, doch das bedeutete nicht, dass sie auf den Erfolg zählen konnte.

Der Kurier konnte ihr Geld genommen, den Brief aber nie zugestellt haben. Oder der Empfänger des Briefes hatte ihn vielleicht gelesen, nur gelacht und sich über die ausführlichen Anweisungen hinweggesetzt, die darinstanden. Da er gewiss das Geld haben wollte, das nach Vertragserfüllung fließen würde, hatte er das jedoch vermutlich nicht getan. Doch auf die eine oder andere Weise würde sie die Wahrheit ohnehin bald erfahren.

Unbemerkt verließ sie das Gasthaus in Dover, in dem sie die letzten beiden Nächte verbracht hatte, und ging die schmale Straße hinunter. Weil sie einen Handkoffer trug, hatte sie das Gefühl aufzufallen, doch die Leute, an denen sie vorbeiging, schienen keine Notiz von ihr zu nehmen und sich nicht weiter um sie zu kümmern.

Die andere Hand hatte sie auf ihren Rock gelegt, auf die Wölbung in der kleinen Tasche darin. Dort befanden sich ihr Geld und das Messer. Sie hoffte, Ersteres würde ausreichen nach all den Jahren der Sparsamkeit und des Verzichts selbst auf die schlichtesten Annehmlichkeiten. Ob sie Letzteres brauchen würde, wusste sie nicht, doch sie musste zugeben, dass es ihr ein bisschen mehr Mut verlieh.

Die Luft des Maimorgens duftete süß, als sie sich auf den

Weg zu dem Haus am Stadtrand machte, das Mr Garrett benutzte. Draußen wartete eine kleine offene Kutsche. Ihr Kurier saß auf dem Kutschbock und hielt die Zügel. Als er sie sah, sprang er ab, nahm ihr den Handkoffer ab und stellte ihn in dem Einspänner auf den Boden. Er half ihr einzusteigen.

»Es dauert nicht lange, bis wir dort sind«, sagte er. »Garrett hat mich gebeten, Sie abzuholen. Er hatte noch Vorbereitungen zu treffen. Überall ist Armee, und auf dem Meer liegen zwei Fregatten der Königlichen Flotte vor Anker, also denkt er sich etwas aus, um sie abzulenken.«

In Dover und Umgebung waren ihr die vielen Armeeuniformen aufgefallen. Wenn sie die Spionin wäre, für die alle sie hielten, hätte sie gewusst, dass sie hier sein würden, und vielleicht einen anderen Zeitpunkt gewählt.

»Wie lange wird das dauern?«, fragte sie.

»Die Überfahrt? Ich weiß es nicht.« Er lachte. »Kommt drauf an, wohin Sie fahren, schätze ich. Boulogne ist nicht weit weg. Es gibt gute Boote, die es dorthin und zurück in einem Tag schaffen, wenn das Wetter mitspielt. Habe ich jedenfalls gehört. Würde ich selber nie machen. Hab nämlich Angst vorm Meer.«

Sie hatte keine Ahnung, ob sie sich vor dem Meer fürchtete. Als sie sich das letzte Mal auf See befunden hatte, war da so viel anderes gewesen, was ihr Angst gemacht hatte. Auch würde sie nicht nach Boulogne fahren. Ihre Reise würde gewiss länger als einen Tag dauern, egal, wie gut das Wetter war.

Eine Mischung aus Erregung und Angst stieg in ihr auf, als das Gig Dover hinter sich ließ und sie auf der Straße nach Norden fuhren. Zu ihrer Rechten stieg strahlend hell die Sonne über dem Klippenrand auf. Nachdem sie zwei Stunden lang schweigend gefahren waren, lenkte der Kurier die Kutsche in Richtung Meer.

Marielle erhaschte einen Blick auf ein großes Herrenhaus südlich von ihnen, als sie sich dem Scheitelpunkt eines Anstiegs näherten. Der Kutscher deutete darauf. »Das ist Crownhill Hall, der Sitz des Earl of Southwaite.«

Schockiert starrte sie auf das Dach mit den vielen Schornsteinen. Wenn das Crownhill war, fuhren sie in diesem Augenblick über Southwaites Ländereien. Sie drehte sich um und musterte aufmerksam den Mann, der sie zu ihrem Ablegehafen brachte. Es war durchaus möglich, dass er zu dem Netzwerk der Küstenwächter gehörte, und das hätte bedeutet, dass ihre Pläne verraten worden waren.

»Hält der Earl sich zurzeit dort auf?«, fragte sie.

»Nee. Um diese Jahreszeit bleibt die Sorte Leute in London, stimmt's? Gehen auf Bälle und so was, während andere sich um die Ländereien und die Aussaat kümmern. Allerdings hab ich gehört, dass einer seiner preisgekrönten Hengste 'ne Stute gedeckt hat. Also kommt er vielleicht her, wenn es nächsten Monat so weit ist, dass sie abfohlt.«

Von Southwaite zu hören fügte ihrer Furcht noch Heimweh hinzu. Sie hätte Emma gern noch einmal gesehen und auch Cassandra und Lady Sophie. Sie waren ihr bessere Freundinnen gewesen als sie ihnen. Natürlich war es unmöglich gewesen, sich ihnen anzuvertrauen, aber ein stilles Lebewohl und ein Kuss … sie schalt sich selbst für ihre Rührseligkeit. Als sie das letzte Mal etwas über Marielles Aktivitäten erfahren hatten, hatte Kendale Wind davon bekommen und war ihr bis zur Küste gefolgt.

Wenn Emma oder Cassandra einen Verdacht gehegt hätten, weil Marielle sie besucht und einen traurigen Eindruck gemacht hatte, dann hätten die beiden kaum Stillschweigen darüber bewahrt. Auch hätten sie ihre Pläne niemals gutgeheißen. Dennoch wäre es schön gewesen, noch einmal als Marielle Lyon mit ihnen zusammen zu sein, auf eine Weise, wie es nicht mehr möglich sein würde, sollte ihre Mission erfolgreich enden.

Der Einspänner hielt an. Jäh aus ihren Gedanken gerissen, sah sie sich um. Vor ihnen lag eine Anhöhe, eine, die zu steil für diese Kutsche war. Crownhill war nicht mehr zu sehen.

»Wir müssen jetzt zu Fuß weitergehen.« Ihr Begleiter sprang ab, half ihr beim Aussteigen und griff nach ihrem Koffer.

Sie erklommen den Hügel. Marielle wünschte, jemand hätte ihr geraten, flache Stiefel oder zumindest bequemere Schuhe zu tragen. Als sie auf ein paar Steinen ausrutschte, packte der Mann sie am Arm, um sie zu stützen, und ließ sie nicht mehr los. Energisch schob er sie vor sich her.

Oben angekommen blieb sie stehen und verschnaufte, während er neben ihr stand. Dann sah sie, warum sie diesen Hügel erklommen hatten.

Unter ihnen erstreckte sich eine weite Bucht, die von einem schmalen Streifen Land geschützt wurde, der kreisförmig in das Meer hineinreichte. Dahinter lag ein kleines Schiff vor Anker, dessen viereckige Segel gesetzt wurden, während sie zuschaute.

»Beeindruckend, nicht wahr?«, sagte er mit Bewunderung in der Stimme.

Sehr beeindruckend. Mr Garrett musste ein ausgesprochen erfolgreicher Schmuggler sein. Sie hatte gut gewählt. Eigentlich hatte sie mit einer Schaluppe gerechnet, die eine Woche brauchen würde, um die Vendée zu erreichen, indem sie der Küste Frankreichs erst in westlicher, dann in südlicher Richtung folgte. Sie hatte angenommen, dass sie nachts auf dem Boden oder im Heck schlafen und ihr Messer fest umklammert halten würde. Stattdessen hatte Mr Garrett etwas bereitgestellt, was wie eine private Segeljacht aussah.

»Wir müssen auf dieser Seite hinabsteigen. Ist vielleicht besser, wenn Sie sich an meiner Schulter oder am Arm festhalten. Es ist schwierig, nicht auszurutschen.«

Und so kam es. Sie gerieten ins Rutschen, und ihre Füße beförderten kleine Steinlawinen den Hang hinab. Zweimal ließ Marielle sich aufs Hinterteil fallen, um nicht zu stürzen und hinunter auf den steinigen Strand zu fallen.

Auf den letzten dreißig Metern schien der Erdboden sie niederzwingen zu wollen. Sie gab auf, ließ den Arm des Mannes los und rannte, rannte in der Hoffnung, auf beiden Füßen stehend unten anzukommen. Als ihre Beine endlich zu rennen aufhörten, beugte sie sich vor, schnappte nach Luft und war erschöpfter als nach dem Aufstieg auf der anderen Seite.

Mr Garrett tauchte hinter einem Felsen auf der Landzunge hinter ihnen auf. »Ich hätte ein Pferd geschickt, aber wie ich höre, reiten Sie nicht. Pferde kommen damit besser zurecht als Menschen.« Er deutete mit dem Daumen über die Schulter auf den steilen Abhang.

Marielle schüttelte ihren Rock aus, strich sich die Ärmel glatt und fuhr sich schließlich mit der Hand über das Gesicht. Gut, dass sie keine sonderlich eitle Frau war. »Hauptsache, ich bin heil angekommen, alles andere spielt keine Rolle. Wann brechen wir auf?«

Garrett deutete auf die Spitze der schmalen Landzunge. »Sehen Sie den Burschen da oben? Wenn er uns das Zeichen gibt, können wir auslaufen.«

»Und wann wird das sein?«

»Das hängt von der Königlichen Marine ab. Wir möchten ihren Fregatten nicht in die Quere kommen.«

»Vielleicht sollten wir bis zum Einbruch der Dunkelheit warten.«

»Das wird nicht nötig sein und wäre bei abnehmendem

Mond auch nicht klug, wurde mir gesagt. Aber wenn es nach mir ginge, würde ich das hier sowieso nicht tun.«

Und doch tat er es. Was für ein ehrenwerter Mann, der seiner Zusage treu geblieben und sogar für ein solch prächtiges Transportmittel gesorgt hatte, auch wenn er es nicht versäumt hatte, ihr mitzuteilen, dass er die Aufgabe lieber nicht übernommen hätte. Drüben auf dem Schiff machten sich noch immer Männer an den Segeln zu schaffen. Zwei weitere stiegen um in ein kleines Beiboot. Einer ruderte darin auf den schmalen Strand zu, auf dem Marielle mit Mr Garrett stand.

Die Sonne verwandelte das Boot und seine Insassen in dunkle Silhouetten. Marielle blinzelte. Irgendetwas an einem von den beiden … »Wer ist das?«

»Das ist der Schiffsführer, der, dem die Jacht gehört und der die Besatzung bezahlt.«

»Gehört das Schiff nicht Ihnen?«

Garrett lachte. Die Frage fand er offenbar höchst amüsant. Zornig blickte sie ihn an, als ihr bewusst wurde, dass er jemanden in ihre Pläne eingeweiht hatte. »Was haben Sie denen erzählt, damit sie sich bereit erklären, Ihnen das Schiff zu überlassen? Ich habe geschrieben, dass ich nach Frankreich muss, um etwas von großem Wert zurückzubringen, aber Sie haben mich missverstanden. Das hier kann ich mir nicht leisten, und ich bin nicht in der Lage, meine Absichten und Ziele zu erläutern. Diesen Schritt hätten Sie nicht unternehmen dürfen, ohne mich vorher zu benachrichtigen, damit ich …«

»Schimpft sie mit Ihnen, Mr Garrett?«, rief eine Stimme.

»Ja, in der Tat, das tut sie, Sir. Interessant allerdings, wie reizend das mit diesem Akzent klingt.«

Verblüfft wirbelte sie herum und blickte in die Sonne und auf die Männer, die den Strand überquerten. Ihr Anführer kam direkt auf sie zu und blickte auf sie herab.

Kendales grüne Augen funkelten vor Vergnügen, als er sah, wie sie ihn mit offenem Mund anstarrte.

Ihr Herz machte vor Freude einen Sprung und wurde gleich darauf schwer, als ihr klar wurde, was seine Gegenwart bedeutete. Das kleine Schiff war nicht für sie gedacht. Sie würde nirgendwohin segeln.

Wenige Augenblicke lang schien Marielle glücklich zu sein, ihn zu sehen. Dann verriet ihr Blick andere Gefühle.

Er nahm sie bei der Hand. »Komm mit.«

Er zog sich mit ihr hinter einen Felsvorsprung zurück, um ungestört zu sein. Sie ließ sich zu Boden sinken und lehnte sich mit dem Rücken an die harte, kühle Felswand. Mit ihren ausgestreckten Beinen und dem in sich zusammengesunkenen Körper erinnerte sie ihn an jenen Tag in der Gasse, als er sich nach dem Überfall auf sie gefragt hatte, ob sie überhaupt noch am Leben war.

Er setzte sich neben sie.

»Ich wusste nicht, dass du eine Jacht besitzt«, sagte sie mit tonloser Stimme.

»Ich habe sie erst kürzlich angeschafft.«

»Also begibst du dich stilgerecht hinüber und legst den ganzen Weg zu deinem Ziel auf dem Wasser zurück. Befürchtest du nicht, allzu leicht zu erkennen zu sein? Schmugglerschiffe mögen für längere Reisen nicht ideal sein, aber wenigstens verraten sie sich nicht durch ihre Segel und sind nicht vom Wind abhängig.«

»Das klingt, als hättest du alle Möglichkeiten gründlich durchdacht.«

Traurig lachte sie in sich hinein. »Ich hatte dafür sechs Jahre lang Zeit.«

»Zufällig werde ich die Reise, die ich geplant hatte, nicht

unternehmen, Marielle. Die Fregatten der königlichen Flotte halten mich davon ab. Die Soldaten in Dover und an der Küste werden mich genau im Auge behalten. Die Regierung hat erraten, was ich vorhabe, und sie ist zu dem Schluss gekommen, dass ich eine zu große Gefahr für ihre eigenen Pläne darstelle.«

»Von mir wissen sie das nicht«, sagte sie. »Penthurst wollte mich ausfragen, aber ich habe ihm nichts gesagt, obwohl ich ahnte, was du vorhattest. Ich habe behauptet, dass du deinen Grundbesitz inspizieren wolltest, den du allzu lange vernachlässigt hast.«

»Ich weiß, dass du es ihm nicht gesagt hast.«

»Dessen kannst du nicht sicher sein. Ebenso, wie du weißt, dass ich keine Spionin bin, dir aber trotzdem nicht sicher bist.«

Und doch wusste er es, und zwar ohne jeden Zweifel. Nicht nur, weil alle Anzeichen dafür sprachen. Auf seine ganz eigene Weise hatte Penthurst ihm einen Freundschaftsdienst erweisen wollen. Wenn er von Marielle irgendetwas erfahren hätte, wenn sie treuebrüchig geworden wäre, hätte er es ihn wissen lassen, und auch das auf seine eigene Weise.

»Ich bin mir sicher, und zwar in beiden Fragen. Mein Kopf sagt mir, dass es so ist. Wichtiger noch ist jedoch, dass mein Herz es mir sagt.«

Sie blickte geradeaus und reagierte nicht. Dann wischte sie sich mit der Hand über die Augen. »Du kannst es immer noch schaffen. Du kannst allein hinüberfahren, ein Mann, vielleicht zwei, die dich begleiten, in der Nacht. Wenn du dich von den Straßen fernhältst und die Städte meidest, kannst du dein Ziel über Land erreichen, genau wie du es damals gemacht hast.«

»Ich habe darüber nachgedacht.« Nachdem Penthurst die Höhle verlassen hatte, hatten solche Pläne einige Minuten lang in seinen Gedanken Gestalt angenommen. »Ich habe beschlossen, es einstweilen sein zu lassen. Vielleicht für immer.«

Tapfer kämpfte sie gegen die Tränen, die ihre Selbstbeherrschung zu besiegen drohten. »Das kann ich nicht tun. Es für immer aufgeben. Ich verlange, dass du mich nicht dazu zwingst.«

Er nahm sie in die Arme. Zwischen den bauschigen Falten ihres Rocks spürte er wie einen harten Klumpen einen Geldbeutel, der mit Münzen gefüllt war, dann eine längliche Form, womöglich ein Dolch in seiner Scheide.

»Was ist das für ein Schatz, den du unbedingt zurückbringen musst? Garrett sagt, du hättest in einem Brief etwas Wertvolles erwähnt.«

»Wenn er weitererzählt hat, was ich ihm in einem vertraulichen Brief geschrieben habe, ist Mr Garrett ein armseliges Exemplar von einem Mann.«

»Er ist ein Schmuggler. Du kannst von ihm nicht erwarten, dass er in solchen Fragen die gesellschaftlichen Feinheiten beachtet.«

Marielle blickte zu ihm auf, und ihre Augen glänzten vor ungeweinten Tränen. »Hast du ihm gedroht? Das war falsch von dir, vor allem, weil du das nur getan hast, um herumzuschnüffeln und deine Neugier wegen etwas zu befriedigen, was dich nichts angeht.«

»Hör mir jetzt genau zu, Weib. Deine Sicherheit geht mich sehr wohl etwas an. Das habe ich dir schon einmal gesagt. In dieser Sache hast du kein Mitspracherecht, Marielle. Ich habe Garrett nicht gedroht, aber wenn es notwendig wäre, um die Wahrheit herauszufinden, dann würde ich ihm eine Pistole an die Schläfe halten. Also, warum willst du unbedingt riskieren, dass alles scheitert? Sag es mir.«

Sie lehnte sich an seine Brust. Die Empörung schwand, und so verweilte sie, unglücklich und kraftlos. »Ich kann es dir ebenso gut sagen. Bisher habe ich es nicht getan, weil du mich aufgehalten hättest. Aber da du das ohnehin schon getan hast … Es ist kein Schatz in der Art, von der Garrett spricht. Ich gehe zurück, um meinen Vater zu holen. Er ist zurückgeblieben, damit ich entkommen konnte.«

»Wo ist er?«

»In der Nähe der Stadt Savenay.«

Das klang nicht besonders schwierig.

»Er befindet sich dort in einem Château«, fuhr sie fort. »Im Wehrturm vermutlich.«

»Ist er ein Gefangener?«

Sie nickte. »Kein offizieller. Es hat keinen Prozess gegeben. Lamberte hat ihn gefangen genommen, und der Herrensitz, in dem Lamberte lebt, hat einen Bergfried, also hat er ihn dort eingesperrt. Wenn er noch lebt, heißt das.«

In wenigen kurzen Sätzen war aus einem nicht sehr komplizierten Ziel ein nahezu unerreichbares geworden.

Er dachte an den Dolch in ihrer Rocktasche. »War es deine Absicht, diesen Lamberte zu töten?«

Marielle ließ sich Zeit, bevor sie antwortete, was möglicherweise auch eine Antwort war. »Dieses Château gehörte seinem Halbbruder, einem Baron. Lamberte ist ein uneheliches Kind ihres Vaters. Als ich noch sehr jung war, wurde meine Mutter die Geliebte des Barons und lebte fortan bei ihm. Ich habe sie besucht und lernte dadurch das Schloss und die Menschen darin gut kennen.«

»Wurde ihr Geliebter während der Revolution getötet?«

Sie schüttelte den Kopf. »Er hat überlebt. Die Menschen in der Vendée waren von der Revolution nicht sonderlich begeistert. Und dennoch beteiligte der Baron sich nicht an dem Aufstand gegen die neue Regierung, als diese vor sechs Jahren an die Macht kam. Er hielt sich aus allem heraus und zog sich auf seinen Herrensitz zurück. Während die Armee die Erhebung niederschlug und so viele Menschen tötete, haben mein Vater und ich bei ihm Zuflucht gesucht. An dem Tag, als Lamberte mit fünfundzwanzig Männern einmarschierte, waren wir dort. Sein Bruder ging ihm entgegen, um ihn zu begrüßen, und Lamberte erschoss ihn. Einfach so. Keine Anklage. Kein Prozess. Keine Schuld. Es war Brudermord, aus Gründen, die nicht politisch waren, wie mir später klar wurde. In der Hölle, die diese Gegend damals war, war er jedoch nur ein weiterer Toter unter vielen.« Sie nahm einen tiefen Atemzug. »Und dann hat er auch meine Mutter umgebracht. Und ihre treuesten Diener.«

»Hast du das gesehen?«

»Ja.«

Es schmerzte ihn, dass sie Zeugin solcher Gräuel hatte werden müssen. Genau wie er, vielleicht sogar noch schlimmer. Und er war ein Mann und Soldat, sie aber war ein Mädchen von vielleicht fünfzehn Jahren gewesen. Hatte ihre Jugend es ihr erschwert, über die Erinnerung hinwegzukommen, oder hatte sie es ihr leichter gemacht?

»Sie hatte mich versteckt und mir dieses kleine Buch gegeben, eine Art Tagebuch, damit ich es zu Papa bringe. Es war dem Baron insgeheim übergeben worden, und es enthielt Lambertes eigene Buchführung über das Geld, das er aus Steuern einnahm. Es bewies seine Diebereien. Er muss erfahren haben, dass sein Bruder im Besitz des Buches war, und dann hat er einfach jeden getötet, der vielleicht davon wusste. Ich habe mich versteckt, als er alle Kammern auf den Kopf stellte und danach suchte. Dann war er fort, und ich bin zu meinem Vater gelaufen, der mich aus dem Château brachte.«

»Wenn er sich selbst geopfert hat, um das zu tun, würde er nicht wollen, dass du wegen ihm zurückkommst und es rückgängig machst«

Abrupt löste Marielle sich aus seiner Umarmung und stieß ihn fort. Nur mühsam hielt sie sich auf den Füßen. »Ich wusste, dass du das sagen würdest. Es geht nicht darum, was er will. Es geht darum, was *ich* will.«

Kendale griff nach ihrem Arm und hielt sie fest. »Gedenkst du, das Schloss zu betreten, ohne dass der Mann davon erfährt? Willst du zu ihm gehen und den Dolch benutzen, den du in der Tasche trägst? Jemanden zu töten ist schwieriger, als du vielleicht glaubst, Marielle.«

»Wenn ich ihn töten würde, wäre ich im Recht. Aber wie dem auch sei, im Augenblick ist er nicht dort. Zumindest war er es vor wenigen Wochen nicht, und ich hoffe, dass er noch immer in Paris ist und sich einzuschmeicheln versucht.«

»Woher weißt du das?«

»Ich frage. Ich rede mit den Neuankömmlingen und finde so viel wie möglich über die Region und über Lamberte heraus. Was glaubst du, warum ich die Nichte eines Grafen geworden bin? So reden sie mit mir, als wäre ich eine von ihnen und hätte dieselben Verluste zu beklagen wie sie. Der Tochter eines Kupferstechers würden sie sich niemals anvertrauen. Leute wie ich haben die Höfe belagert und ihre Köpfe gefordert.«

Sie entzog ihm den Arm, stand auf und klopfte sich den Rock ab. »Jetzt haben Sie alles ruiniert, Lord Kendale. Mr Garrett fürchtet sich wahrscheinlich vor Ihnen und vor den Schwierigkeiten, in die Sie ihn bringen können. Es kann Jahre dauern, bis ich wieder jemanden wie ihn finde. Ich kann nur hoffen, dass Sie sich dann nicht mehr an mich erinnern und mir alles noch einmal verderben.«

Er erhob sich. »Wie beabsichtigst du, deinen Vater zu befreien?«

»Ich habe Geld – Schmiergeld. Seitdem ich in England bin, habe ich gespart.«

Egal, wie viel sie besaß, es würde nicht ausreichen, um einen Mann seine Angst vor jemandem wie diesem Lamberte vergessen zu lassen.

Marielle zog sich von ihm zurück und trat ins Sonnenlicht. Sie betrachtete den steilen Hügel, den sie heruntergekommen waren. Seufzend ging sie darauf zu.

»Ich werde dich hinbringen.«

Sie blieb stehen, dann drehte sie sich um. Er ging auf sie zu.

»Ich werde dich dorthin bringen, Marielle, und ich werde versuchen, ihn zu retten. Aber du musst mir gehorchen und tun, was ich dir sage, ohne Fragen zu stellen oder dich mit mir zu streiten. Wenn ich zu dem Schluss komme, dass es hoffnungslos ist, musst du das akzeptieren und dich mit mir zurückziehen, wenn ich es sage.«

Sie blickte das Segelschiff an. »Wird die königliche Flotte nicht …«

»Überlass das mir. Hast du verstanden, wie wir vorgehen müssen? Versprichst du mir, dass du meinen Befehlen gehorchen wirst?«

Ihre Miene hellte sich auf. In ihren Augen tauchte das schelmische Funkeln auf, das ihn von Anfang an in seinen Bann gezogen hatte. »Allen deinen Befehlen? Es könnte für eine Dame unschicklich sein, ihre Zustimmung zu manchen Dingen zu geben.«

Unvermittelt wurde er hart. Ohne jede Mühe fielen ihm alle möglichen Arten unschicklicher Befehle ein. »Verdammt, Marielle, hör auf. Gibst du mir dein Wort?«

Sie trat so nahe zu ihm, dass ihre Körper sich beinahe berührten. Dann lächelte sie kokett. »Selbstverständlich, *m'sieur le vicomte*.«

Oben am äußeren Rand der Bucht winkte Garretts Mann mit den Armen.

Kendale nahm Marielle bei der Hand und lief eilig mit ihr ans Wasser und zu dem Boot, das sie dort erwartete. Es war furchtbar lange her, dass sie zuletzt mit ihm geflirtet hatte, geschweige denn auf *diese* Art von Befehlen angespielt hatte.

Und so wahr Gott ihm helfe, er liebte sie dafür.

»Es ist zu groß für dich, aber es ist das Beste, was ich in letzter Minute noch auftreiben konnte.«

Marielle betrachtete ihr gelbes Kleid, von dem Kendale sprach. Es hatte auf der Jacht für sie bereitgelegen. Sie saß neben ihm unter einem Sonnensegel, und ihr gegenüber auf einem Stuhl saß ein fein gekleideter Angus. Sie hätten ebenso gut eine elegante Gesellschaft sein können, die hinaussegelte, um einen schönen Tag an der Küste zu genießen.

Mr Stanton, der Schiffsführer, rief seinen Männern, die sich hier und dort an den Segeln zu schaffen machten, Kommandos zu. Alle behielten die Fregatte im Auge, die eine Meile weiter vor der Küste lag. Vermutlich beobachtete sie die Besatzung der Fregatte ebenso. Vor und zurück segelten sie, dümpelten umher ohne Zweck und Ziel.

Kendale hielt seine Taschenuhr in der Hand. »Bald, Mr Stanton«, rief er.

Angus stand auf und spähte nach Norden, an der Fregatte vorbei. Er blinzelte und schützte seine Augen mit einer Hand vor der Sonne. »Tarrington ist unterwegs, Sir.«

»Halten Sie sich bereit, Stanton.«

»Was geht hier vor?«, fragte Marielle.

»Wir wissen aus zuverlässiger Quelle, dass ein Schmugglerboot genau jetzt aufbricht. Die Besatzung der Fregatte nimmt wahrscheinlich an, dass ich mich auf dem Boot befinde, und sie werden es aufzuhalten versuchen«, erklärte Kendale.

Mr Stanton spähte in nördliche Richtung. Marielle tat es ihm gleich. Sie konnte die flache dunkle Linie am Horizont kaum ausmachen. Die Fregatte begann in ihre Richtung zu steuern.

Mr Stanton brüllte Befehle, und die Mitglieder der Besatzung fingen an, sich emsig zu tummeln. Segel bewegten sich. Die Jacht vollführte eine entschlossene Wendung, so plötzlich, dass das Schiff sich stark zur Seite neigte.

»Während die Fregatte damit beschäftigt ist, die Galeere dort hinten zu jagen, segeln wir weiter ostwärts«, sagte Kendale.

»Werden sie die Schmuggler zu fassen bekommen?«

»Wenn sie sie eine Weile jagen, ganz sicher. Der Kapitän wird schließlich feststellen, dass er ein Boot auf verdächtiger Fahrt mit fünfzehn Mann an Bord gefasst hat, aber er wird keine Schmuggelware und auch keine ausgebildeten Soldaten antreffen.«

»Und dich auch nicht.« Die ausgebildeten Soldaten versteckten sich im Laderaum des Schiffes, außer Sicht. In den kommenden Tagen würden die Platzverhältnisse für sie recht beengt sein.

Elegant fing der Wind sich in den Segeln, und die Jacht glitt schnell über das Meer dahin. Mr Stanton ließ die Fregatte nicht aus den Augen. »Mr Tarrington sorgt für hervorragende Ablenkung, Lord Kendale. Ich glaube nicht, dass irgendjemand auf dem Schiff Seiner Majestät bisher bemerkt hat, was wir tun.«

»Können wir sie überholen, wenn das nötig sein sollte?«, fragte Marielle.

»Das ist fraglich. Fregatten sind schnell, genau wie dieses Segelschiff. Sie muss uns nicht einholen, um uns etwas anhaben zu können. Sie muss nur in Schussweite gelangen, und Mr Stanton ist gezwungen, die Segel zu streichen. Die eigentliche Gefahr steht uns bevor, wenn wir nach Süden fahren. Wenn sie uns folgt, kann die Fregatte uns diagonal den Weg abschneiden. Aber keine Sorge. Mit den Männern auf dem Schmugglerschiff werden sie noch mindestens eine halbe Stunde beschäftigt sein.«

Dennoch war Marielle besorgt. Sie konnte den Blick nicht von den Segeln der Fregatte lösen, egal, wie klein diese in der Entfernung auch wirkten.

»Du hast gestern Abend schon gewusst, dass du das Kommando übernehmen würdest«, sagte sie und hielt weiterhin Ausschau nach Norden. »Dieses Kleid verrät es mir. Warum hast du das nicht gleich gesagt, als ich dich gesehen habe?«

»Ich wusste nur, dass ich es *vielleicht* übernehmen würde. Zunächst musste ich dein Ziel erfahren und die Gründe dafür. Und ich musste dich dazu bringen, dich mit meinen Regeln einverstanden zu erklären.«

Regeln. Befehle. Gehorsam. Kendale dachte und verhielt sich wie ein Offizier. Vielleicht tat er das immer, zumindest aber diesen Männern gegenüber, die er nun anführte. Und er schien sie auf dieser Mission als einen von ihnen zu betrachten. Seitdem sie den Strand verlassen hatten, war nur wenig Wärme von ihm ausgegangen. Nicht einmal ein verstohlener Kuss oder eine heimliche Umarmung. Stattdessen hatte er ihr die Organisation und die Hierarchie auf dem Segelschiff erklärt, als hätte sie als Schiffsjunge darauf angeheuert.

Sie verloren das Festland aus den Augen und auch die Segel der Fregatte. Nichts als Wasser umgab sie. Die Jacht wendete in einem langen, langsamen Bogen nach Süden.

Kendale erhob sich und reichte ihr die Hand, um ihr beim Aufstehen zu helfen. »Komm mit.«

Er führte sie in die Kabine des Eigentümers, deren Abgeschiedenheit sie entzückte. Es war ihm schwergefallen, stundenlang so zu tun, als sähe er in ihr nur eine Dame, die in Bedrängnis geraten war und der er nun half.

Sie wartete, dass er sie umarmen würde. Stattdessen ließ er sie an einem kleinen Tisch Platz nehmen, legte ihr ein Stück Papier vor und stellte ein Tintenfass auf den Tisch. Mit einem kleinen Messer spitzte er einen Federkiel an. »Ich möchte, dass du mir den Grundriss des Schlosses aufzeichnest, soweit du dich daran erinnerst. Ich werde diese Männer nicht blind hineinlaufen und durch ein Labyrinth stolpern lassen, wenn einer von ihnen von den anderen getrennt werden sollte.«

»Sicher kannst du sie nicht alle mitnehmen. Zwanzig Engländer, die im Gänsemarsch durch die Landschaft laufen, die würde man ganz sicher bemerken. Wir müssen allein gehen, mit höchstens einem oder zwei Männern zusätzlich.«

»Ich verspreche, deinem Rat, was die militärische Strategie betrifft, das Gewicht beizumessen, das er verdient, Marielle.« Er reichte ihr den Federkiel. »Und jetzt zeichne bitte den Plan auf.«

Sie griff nach der Feder, tauchte sie in die Tinte und rief sich das Erdgeschoss des Châteaus ins Gedächtnis. Ihre Konzentration konnte den Missmut darüber nicht ganz verdrängen, dass Kendale offenbar annahm, ihr Rat verdiene keine Beachtung. Auch machte sein Verhalten sie nicht glücklich. Sie waren jetzt allein, und er hätte ihr wenigstens etwas Zuneigung zeigen können.

Sie zeichnete die Umrisse des Gebäudes und teilte es dann in die Gesellschaftsräume auf. Zeit und große Sorgfalt verwendete sie darauf, die Treppen korrekt einzuzeichnen. »Habe ich dich auf irgendeine Weise beleidigt?«, fragte sie, während sie im Geiste die Gesindetreppe hinten in dem Gebäude Gestalt annehmen ließ und die Küche und die Wirtschaftsräume, zu denen sie führte. »Oder bringt es auf ganz natürliche Weise die Kälte in dir zum Vorschein, wenn du Soldat bist?«

Kendale blickte ihr über die Schulter, um zu sehen, wie

der Plan Formen annahm. »Du bist schon Ablenkung genug. Gäbe ich jetzt noch meinen Wünschen nach, würde alles noch schlimmer werden. Oder sollte ich dich vielleicht gleich hier nehmen? Wenn ich das tue, werden die Männer an Deck es hören und auch alle, die sich unter Deck befinden.«

»Ich dachte eher an einen Kuss, damit ich weiß, dass meine Täuschungsmanöver dich nicht so sehr verärgert haben, dass ich dir gleichgültig geworden bin.«

Sie fühlte die Wärme seiner Lippen an ihrer Schläfe. »Du wirst mir niemals gleichgültig sein, Marielle. Tu nicht so, als wüsstest du nicht, dass ich mich ganz und gar in dir verfangen habe. Und was deine Schwindeleien betrifft, sowohl die, die bereits aufgedeckt sind, als auch die, die ich noch nicht kenne – dazu kommen wir ein anderes Mal. Wenn sie sich nicht unmittelbar auf unsere Erfolgschancen auswirken, sparen wir uns die Überraschungen für später auf.«

Er überließ sie ihrer Zeichnung. Sie wünschte, er hätte es nicht getan. Hätte er sie doch auf den Schlafplatz gestoßen, und wenn das ganze Schiff es gehört und verstanden hätte. Jetzt, wo er weg war, konnte sie sich dem Rest der Aufgabe nicht entziehen, die er ihr übertragen hatte.

Sie straffte die Schultern, wandte sich wieder dem Papier zu und tauchte die Feder ein. Dann zeichnete sie die Umrisse eines weiteren Stockwerks des Schlosses und trug den Raum ein, an den sie sich am besten erinnerte … das Schlafgemach des Barons, in dem ihre Mutter gestorben war.

21

Mit eingeholten Segeln zog das Schiff kaum Aufmerksamkeit auf sich. Verborgen im Schilf des Meeresarms und unter den überhängenden Ästen von Bäumen war es kaum zu erkennen. Man würde es nicht wahrnehmen, es sei denn, jemand hielt gezielt nach ihm Ausschau. Kendale verließ sich darauf, dass niemand das tun würde.

Er lief auf dem Deck hin und her und wartete. Seit der Stunde vor Tagesbeginn war er bereits hier, und mit jeder Minute, die verging, wuchs seine Besorgnis. Vielleicht war es ein Fehler gewesen, Mr Travis die Führung des Erkundungstrupps zu überlassen. Einmal auf französischem Boden angelangt, würde er die Gruppe vielleicht erneut verlassen und sich auf eigene Faust davonmachen, um selbst für Gerechtigkeit zu sorgen. Jedoch verfügte er über die größte Erfahrung, und er hatte ihm sein Ehrenwort als Gentleman gegeben, dass er seine Mission erfüllen würde. Da er noch immer die Zeichen der Fausthiebe trug, die er hatte einstecken müssen, und da er sich nicht abgesetzt hatte, nachdem er wieder zu Bewusstsein gekommen war, glaubte Kendale ihm.

Die Fensterläden der beiden Kabinen an Deck, eine vorn und eine achtern im Schiff, waren noch geschlossen. Stanton, der in einer davon schlief, würde bald auch auf den Beinen sein. Marielle schlief in der anderen.

Kendale hatte dem Wunsch widerstanden, zu ihr zu gehen. Er war mit den Männern unter Deck geblieben und hatte die Nächte in einer Hängematte verbracht, die an der Decke aufgehängt war. An der Decke, die der Fußboden von Marielles Kabine war. Er hatte also schätzungsweise nur einen knappen Meter unter ihr gelegen, und er hatte hören können, wenn sie sich im Schlaf umgedreht hatte. An zwei Abenden hatte er ihre leisen Schritte gehört, als sie in ihrer Kabine auf und ab gegangen war.

Sie hatte ihn nicht noch einmal dafür getadelt, dass er ihr seine Zuneigung nicht zeigte. Wenn sie ihm grollte, dass es nicht mehr als eine gelegentliche flüchtige Umarmung oder dann und wann einen Kuss gab, so ließ sie es sich nicht anmerken. Kendale hielt sich im Namen der Diskretion zurück und weil er sich auf die vor ihm liegende Aufgabe konzentrieren musste. Hinzu kam, dass er sich von keinem der Männer vorwerfen lassen wollte, sein Urteilsvermögen sei durch jene Art heftiger Wollust getrübt, die so viele Männer zu Narren machte.

Also ertrug er es. Und Marielle wusste, dass er litt. Sie ertappte ihn dabei, wie er sie betrachtete, als sie auf die See hinausblickte, und ihre Augen sagten ihm, dass sie wusste, woran er gedacht hatte. Er hoffte, dass auch sie darunter litt. Es wäre schlimm gewesen, hätte der Verzicht nur ihm zu schaffen gemacht.

Morgens war das Verlangen stets am schwersten auszuhalten, und auch jetzt drängte es ihn, mit großen Schritten zu Marielle zu gehen, obwohl es bereits zu spät dazu war. Ihm blieb keine andere Wahl, als vor Verlangen zu darben, während er auf die Bäume blickte, zwischen denen Travis und die anderen am Abend zuvor verschwunden waren.

Die unteren Äste schienen sich zu bewegen. Entweder das oder die ausklingende Nacht erschuf eine Illusion. Er richtete sich auf und sah genauer hin. Ein Mann kam in Sicht, gefolgt von vier Männern. Sie näherten sich im Laufschritt. Travis war der Letzte in der Reihe.

Die Musketen und Pistolen über den Kopf haltend wateten sie durch das Wasser zu dem Boot, das sie an den Strand gebracht hatte. Als sie hineinkletterten und zu rudern begannen, tauchte Mr Stanton aus seiner Kabine auf, als hätte er ihre Ankunft geahnt. Er ordnete an, eine Strickleiter hinabzulassen, und rief weitere Männer herbei, die dem Trupp halfen, an Bord zu kommen.

Travis reichte seine Pistole hinauf und erklomm dann die Leiter. Er trank etwas von dem Bier, das gereicht wurde, bevor er zu Kendale trat.

»Es ist weiter, als sie gesagt hat«, erklärte er. »Das Château liegt gute drei Meilen nördlich der Stadt, nicht eine. Auf dem Rückweg haben wir einige Bögen geschlagen, um die Gegend zu sondieren. Es sind viele Soldaten auf den Straßen. Zweimal mussten wir uns vor ihnen in einem Graben verstecken.«

»Würden Sie den Weg dorthin finden, ohne die Straße zu benutzen?«

Travis zuckte mit den Schultern. »Der junge Angus hat sich einige Orientierungspunkte in der Landschaft eingeprägt. Vielleicht schaffen wir es.«

Ein »Vielleicht« war nicht das, was Kendale hören wollte. »Und das Château selbst? Wie viele Soldaten bewachen es?«

»Es gibt zwar Wachen, aber keine Armee als solche, und es sind auch nicht viele, soweit wir gesehen haben. Zwei am Eingang. Keine auf dem Dach. Es gibt einen Wehrgang, auf dem Wachen zu sehen sein müssten, wenn die Armee sich dort eingenistet hätte. Schließlich sieht die es ja gern, wenn ihre Männer beschäftigt sind, nicht wahr? Aber es scheint ein privater Wohnsitz zu sein. Die Soldaten sind in der Stadt.«

Dieser Teil des Berichts klang besser, als Kendale gehofft hatte. Das Schloss diente als Heim eines Steuereintreibers, nicht als das eines Oberst der Armee. Soldaten bestechen zu müssen hätte schwierig sein können. Bei Bediensteten ging das sehr viel leichter.

»Esst und ruht euch ein bisschen aus. Wir brechen um fünf auf, und wir beziehen noch vor Sonnenuntergang unsere Posten.«

Travis zog sich zurück. Angus ging zur Kabine auf der anderen Seite des Decks. »Haben Sie es ihr schon gesagt?«

Kendale blickte über die Schulter. Die Läden des kleinen Fensters waren geöffnet worden, und Marielles blasses Gesicht war hinter dem Glas zu sehen. »Das wollte ich gerade tun.«

»Es wird ihr nicht gefallen.«

»Trotzdem wird sie tun, was ich ihr sage. Ich hoffe, du zweifelst nicht an meiner Fähigkeit, ein schwaches Weib dazu zu bringen, meinem Befehl zu gehorchen.«

»Nicht im Geringsten, Sir.«

Kendale überließ die Männer ihren Beschäftigungen und ging auf die Kabine zu. Beim Eintreten hörte er, wie die Fensterläden geschlossen wurden.

Eingewickelt in eine Decke stand Marielle da. Die Unruhe bei der Rückkehr des Spähtrupps hatte sie geweckt und aus dem Bett getrieben.

Er berichtete ihr von den Neuigkeiten, die die Späher mitgebracht hatten, während er versuchte, die Erinnerungen zu verdrängen, die ihr Anblick in ihm heraufbeschwor.

»Dann brechen wir also bald auf?«, fragte sie. »Heute noch?«

»Heute Abend.«

Sie setzte sich auf den Rand der schmalen Koje. »Es fällt mir schwer, zu glauben, dass endlich … es fühlt sich merkwürdig an, so unwirklich. Zu wissen, dass es geschehen wird, aber trotzdem den ganzen Tag warten zu müssen … ich werde noch verrückt dabei.«

»Den Großteil der Zeit werden wir brauchen, um uns vorzubereiten.« Vor allem würden die Vorbereitungen dafür sorgen, dass auch die Männer nicht verrückt wurden. Warten zu müssen, bis man endlich handeln konnte, zerrte an den Nerven. Am besten war es, immer beschäftigt zu sein.

»Dann wirst du also bei den Männern sein, und ich laufe in dieser Kabine auf und ab. Ich habe kein Gewehr zu reinigen. Vielleicht schleife ich mein Messer, und dann überlege ich mir, in welchem meiner Kleider ich am ehesten wie eine Frau aus der Vendée aussehe.«

»Du meinst, eine Decke reicht nicht?«

Sie blickte auf die Decke und lachte. »Vielleicht sollte ich den Tag damit verbringen, Kleider zu waschen. Ich habe nicht genug mitgebracht.«

Erleichtert, weil ihre Stimmung sich gebessert hatte, verabschiedete Kendale sich. Es gab noch mehr, was er ihr erklären musste, doch er hatte beschlossen, damit noch einige Stunden zu warten.

»Geh noch nicht.«

Ihre Worte erreichten ihn, als er den Riegel zurückschob. Er sah sich zu ihr um.

»Schließ die Tür ab.« Sie ließ die Decke fallen. Ihre Nacktheit leuchtete in dem schwachen Licht, das den Weg in die Kabine fand. »Vor dem gefährlichen Unternehmen heute Abend bleibt uns keine Zeit mehr. Schließ die Tür und komm her. Bitte. Ich werde keinen Mucks von mir geben. Obwohl es mir gleichgültig ist, wenn sie erfahren, was wir tun.«

Lockend streckte sie ihm die Hand entgegen. Er verschloss die Tür und ging zu ihr.

Sie schlang die Arme um seine Taille und legte die Wange an seinen Bauch. Schelmisch lächelnd blickte sie zu ihm hoch. »Wenn deine Leute Verdacht schöpfen, werden sie glauben, dass Mademoiselle Lyon Lord Kendale ihren Dank ausspricht. Womit sie recht haben.«

Als sie sich an den Knöpfen seiner Pantalons zu schaffen machte, lösten sich Kendales Bedenken die Diskretion betreffend in Luft auf. Der Tag war lang. Es blieb noch genug Zeit, um sich auf den Abend vorzubereiten.

Sie nahm seine Männlichkeit in die Hände und umhüllte ihn mit ihrer Wärme. Mit den Fingerspitzen strich sie darüber, und Erregung breitete sich in ihm aus wie ein Feuersturm. Er sah, wie ihre Hände sich bewegten, schloss die Augen und überließ sich ganz seinem Gefühl. Feuchte Hitze umgab ihn. Er blickte hinab und sah, wie ihr Mund ihm unerträgliche Wonnen bereitete.

»Nein.« Er wusste nicht, wie er es fertiggebracht hatte, das zu sagen, denn er spürte, dass die Erlösung schon sehr nah war.

Überrascht sah sie zu ihm auf. Er schob sie von sich weg und hob sie hoch. »Diesmal nicht. Nicht jetzt.«

Das schmale Bett bot ihr kaum ausreichend Platz, als er sie darauflegte. Ihre Schultern und ihr Kopf lehnten an der Wand. Kendale beugte ihre Beine, bis Marielle ihre Füße auf das Bett stellen konnte, und drückte ihr die Knie auseinander.

Sie war schön. Alles an ihr, aber besonders der weiche, zarte Teil, den nur er kannte. Sanft liebkoste er sie und sah, wie ihr ganzer Körper reagierte. Sie versuchte, ihre Schreie zu ersticken, und legte sich die Hand auf den Mund. Er hob ihre Hüften an, beugte sich hinab und erkundete mit der Zunge die weichen Falten, umkreiste die empfindsame Knospe. Ihre Erregung wurde fieberhaft. Sie erschauerte, zuckte, verströmte sich. Sie umklammerte das Betttuch, die Matratze, hielt sich an seinem Haar fest. Sein Bewusstsein verengte sich zu konzentrierter, heftiger Erregung, die nichts wollte, als sie zu nehmen.

Er zog sie hoch, und sie kniete sich auf den Boden. Hoch ragte ihr Po in die Luft, als sie die Schenkel spreizte. Kaum hörbares Flehen lag in ihren kurzen Atemstößen. Langsam drang er in sie ein und brachte irgendwie die Beherrschung auf, nicht sofort zu kommen.

Tiefere Gefühle als pure Lust ergriffen von ihm Besitz. Eine urwüchsige Befriedigung darüber, sie ganz und gar zu besitzen, verband sich mit vollendetem Genuss. Er brachte sie zu einem erschütternden Höhepunkt und erreichte ihn seinerseits, als er sie nahezu gewaltsam nahm.

Stimmen. Schritte. Männer bewegten sich draußen vor der Kabine. Befriedigt und benommen drehte Marielle sich auf die Seite. Kendale saß neben ihr, den Rücken an die Wand gelehnt. Er schien zu schlafen.

An Deck brach Streit aus. Er schlug die Augen auf und lauschte. Gleich darauf schwang er sich aus dem Bett, brachte seine Kleider in Ordnung und fuhr sich mit den Fingern durch das Haar. Mit einer Wärme, die ihr mehr bedeutete als Worte oder Lust, blickte er auf sie hinab. Er nahm die Decke und breitete sie über ihre Nacktheit.

»Ich muss gehen. Es gibt vieles zu erledigen.«

»Natürlich. Auch ich muss Vorbereitungen treffen.«

Er setzte sich wieder, stützte sich auf den Ellbogen und beugte sich über sie. »Du musst überhaupt nichts tun. Vielleicht ist es am besten, wenn du hierbleibst und allen aus dem Weg gehst.«

»Wenigstens angemessen kleiden muss ich mich. Wir werden ein ganzes Stück laufen. Ich habe flache Stiefel mitgebracht und einen warmen Umhang. Die Nächte sind kühl hier an der Küste, sogar jetzt noch.«

Er blickte auf seine Hand, als er ihr ein paar zerzauste Haarsträhnen aus dem Gesicht strich. »Du wirst nicht laufen müssen. Du kommst nicht mit.«

Aufmerksam musterte sie ihn. Meinte er das ernst? Ihre Blicke kreuzten sich. Ja, es war sein Ernst.

Marielle setzte sich auf. »Aber ich muss mitkommen. Ihr wisst doch gar nicht, wo ihr hingehen müsst. Was, wenn man euch aufhält? Keiner von euch spricht gut genug Französisch, um irgendjemanden täuschen zu können. Ihr klingt alle wie die Engländer, die ihr seid.«

»Zunächst wird uns das helfen, weil wir vermutlich nicht aufgehalten werden. Es ist leichter, wenn du nicht mitkommst.«

Sie kletterte aus dem Bett. »Das ist eine schlechte Entscheidung, und ich akzeptiere sie nicht. Du bist sentimental. Ich bin keine von deinen zartbesaiteten Damen. Ich habe mir allein meinen Fluchtweg gesucht, und ich werde auch den Weg zurück finden. All das habe ich jahrelang geplant und darauf gespart, und *ich werde mitkommen.*«

»Nein, Marielle, das wirst du nicht.«

Er sagte es ganz ruhig. Voller Selbstvertrauen. Er hatte es so beschlossen, und so würde es sein. Am liebsten hätte sie ihn geschlagen. Sie wandte sich ab und versuchte, Ordnung in ihre zornigen Gedanken zu bringen, ein Argument zu finden, das ihn umstimmen würde.

»Marielle, alles in dem Schloss, woran du dich erinnern kannst, findet sich in deiner Zeichnung wieder. Du wirst nicht gebraucht. Wir schaffen es ohne dich. Ich werde deinen Vater finden, und ich werde ihn herbringen. Dann setzen wir die Segel, und du musstest dich nicht unnötig in Gefahr begeben.« Er stellte sich hinter sie und legte die Arme um sie. »Du hast versprochen, mir zu gehorchen, und jetzt musst du es auch tun.«

»Und wenn nicht?«

»Dann werde ich dafür sorgen, dass du es tust.«

Zornig starrte sie ihn über die Schulter an. Gleich würde ihr vor Wut der Kopf zerspringen.

»Meine Zeichnung ist grob und unvollständig. Wenn ich dieses Château betrete, werde ich mich an noch viel mehr erinnern. Dann fällt mir alles wieder ein.«

»Die Zeichnung reicht aus.«

»Du bist unmöglich! Ohne mich, die die hiesige Sprache spricht, werden euch die Wächter töten, sobald ihr ein einziges Wort sagt. Ist mein Schutz so viel Blutvergießen wert, wenn ich es mit meiner Anwesenheit verhindern könnte?«

»Wenn jemand sterben muss, dann wird es ein Soldat sein.«

»Es gibt keine echten Soldaten hier. Es ist eine private Armee, die in einen privaten Krieg zieht. Aber du vergisst, dass es *mein* Krieg ist.« Sie drehte sich um und sah ihm ins Gesicht. »Du warst schon einmal bereit, dich von einer Frau führen zu lassen, und wenn nicht ausgerechnet ich es wäre, würdest du dich auch diesmal darauf einlassen. Du musst vergessen, dass ich deine Geliebte bin, wenn du darüber nachdenkst, welche Vorgehensweise die besseren Aussichten auf Erfolg hat.«

Kendale ließ sie los und ging zur Tür. »Ich habe bereits nachgedacht, und ich habe meine Entscheidung getroffen. Wenn wir aufbrechen, gebe ich dir Bescheid. Bis dahin bleibst du hier.«

Plötzlich kam ihr ein Gedanke, der ihre Frustration und ihren Ärger durchdrang und selbst sie überraschte. »Es geht nicht nur darum, mich zu beschützen, stimmt's? Es ist auch wegen *ihr*.«

Zornig drehte er sich um. »Deine Worte ergeben keinen Sinn.«

»Nein? Du hast dich schon einmal der Führung einer Frau anvertraut, und sie hat dich in eine Falle gelockt.« Verblüfft und gekränkt näherte sie sich ihm und sah ihm in die Augen, auf der Suche nach einem Zeichen, dass sie sich irrte. »Du bist dir nicht sicher, ob ich nicht dasselbe tun würde, stimmt's? Du bist dir meiner immer noch nicht sicher.«

Er nahm ihr Gesicht in beide Hände. »Nein, das stimmt nicht. Ich vertraue dir voll und ganz.«

»Dann lass mich euch begleiten. Es ist mein gutes Recht. Das weißt du genau. Und du weißt auch, dass ihr mich dort braucht. Gavin Norwood, der Armeeoffizier, weiß es, auch wenn Viscount Kendale, der Beschützer von Marielle Lyon, es nicht weiß.«

Seine Miene versteinerte, doch sein Blick flammte auf. Er stieß die Tür auf und verließ die Kabine. Krachend fiel sie hinter ihm wieder ins Schloss.

Marielle zog ihren Handkoffer unter der Koje hervor und nahm ihre Halbstiefel heraus.

Mr Stanton befahl der Besatzung, das kleine Beiboot erneut zu Wasser zu lassen. Einer nach dem anderen stiegen die Männer die Strickleiter hinunter. Kendale sah Travis beim Abstieg zu, dann vier weiteren Männern. Der Rest würde hierbleiben. Es war sinnlos, ein ganzes Dutzend in Schwierigkeiten geraten zu lassen, sollten diese sie erwarten.

Die Männer waren so bereit wie nie zuvor. Kendale bezweifelte, dass irgendetwas ihnen wichtiger war als die Goldmünzen, die er bei sich trug. Gold reizte die Männer mehr als alles andere. Trotz allem, was Marielle gesagt hatte, war es die einzige Sprache, die heute Nacht etwas bewirken würde.

Sie tauchte aus ihrer Kabine auf. Zu ihrem ausgeblichenen hellbraunen Kleid und einem langen Strickschal trug sie Stiefel. Das Haar hatte sie sich zu einem langen Zopf geflochten und eine weiße, mit Rüschen eingefasste Haube aufgesetzt.

Angus stand neben Kendale und sah Marielle näher kommen.

»Erklären Sie mir doch noch einmal, wie leicht es ist, einem schwachen Weib Gehorsam beizubringen, Sir. Wissen Sie, ich versuche, so viel wie möglich von Ihnen zu lernen. Sie haben ihre Kabine mit dem starken Willen betreten, ihr Anweisungen zu geben. Aber herausgekommen sind Sie in einer ganz anderen Stimmung und ohne irgendeinen Befehl erteilt zu haben.«

»Das habe ich euch doch vor einer Stunde erklärt, Angus.«

»Ja, Sir. Eine Änderung der Strategie, teilweise jedenfalls. Sogar Mr Travis ist einverstanden. Aber ich bin begierig wie ein Musterschüler, endlich zu erfahren, wie eine schwaches Weib es fertigbringt, dass Sie so schnell Ihre Haltung ändern.«

»Ihre Argumente waren einleuchtend, das ließ sich nicht leugnen.«

»Dann war es also Logik, ja? Sie beide hatten eine lange, vernünftige Unterhaltung über diese Frage?«

»Genau das. Und jetzt empfehle ich dir dringend, mit dem Grinsen aufzuhören.«

»Ja, Sir.«

Marielle trat an die Reling und blickte auf das Boot hinunter. »Es erleichtert mich zu sehen, dass sie nicht allzu englisch wirken.«

»Ich freue mich, dass sie deine Zustimmung finden.«

Kendales Stimme klang angespannt, und Marielle hob die Brauen. »Werden all diese Waffen nicht auffallen?«

»Wir laufen nicht im Trupp über die Landstraße. Wir wissen, was wir tun, Marielle.«

»Natürlich. Also dann, wollen wir uns zu ihnen in das Boot setzen?«

»Noch nicht.« Er nahm sie beiseite. »Trotz allem würde ich dich am liebsten hierlassen. Aber wenn du uns begleitest, wirst du nichts aus eigenem Entschluss unternehmen. Überhaupt nichts. Hast du mich verstanden?«

»Ja, Sir.« Sie sagte es in demselben knappen Tonfall wie Angus und die anderen Männer. Er beschloss, es nicht als Spott aufzufassen.

»Angus ist dafür verantwortlich, auf dich achtzugeben. Er wird dich mit seinem Leben verteidigen, also gib ihm keinen Anlass dazu, wenn es sich vermeiden lässt.«

»Warum Angus? Bist du nicht dabei?«

»Hin und wieder könnte ich anderweitig beschäftigt sein.«

»Gehen wir jetzt?«, fragte sie ungeduldig.

Er brachte sie zur Reling und zeigte ihr, wie sie die Strickleiter hinunterklettern sollte. Sie stellte sich nicht sehr geschickt an, denn sie tat es zum ersten Mal. Angus streckte die Hand aus und griff nach ihr, damit sie nicht ins Wasser fiel. Sie ließ sich auf einem der Sitzbretter nieder.

Nun machte auch Kendale sich an den Abstieg und wünschte verzweifelt, Marielle würde an Bord bleiben.

»Diese Straße verläuft in einem Bogen nach Westen, dann stößt sie auf eine andere und führt nach Nordosten.« Mr Travis erklärte die umständliche Route und zeichnete dabei mit einem Stock Linien in die Erde der Kreuzung. Stirnrunzelnd betrachtete Marielle das X, das ihre Stadt Savenay darstellte, und ein anderes, das das nördlich davon gelegene Château kennzeichnete. »Das ist natürlich weiter, aber so können wir die Stadt vollständig umgehen.«

»Viel weiter«, sagte Kendale. »Mehrere Stunden.«

Außer Kendale sah niemand zu. Angus und die anderen Männer behielten die vier Straßen im Auge, die sich hier vereinten, um sofort Bescheid zu geben, sollte sich jemand nähern.

»Wir können querfeldein gehen«, schlug Mr Travis vor. »Dann gibt es überhaupt keine Straßen.«

Keine Straßen, es wird bald dunkel werden, und wir kommen nur langsam voran, dachte Marielle. Sie blickte nach Nordosten auf einen Wald, der weit entfernt hinter dem Ackerland lag. Erinnerungen holten sie ein. Manche davon hatte sie sechs Jahre lang vermieden.

Sie ließ sie vor ihrem geistigen Auge vorbeiziehen, bis sie in jener scheußlichen Nacht angekommen war, in der sie an die Küste geflüchtet war, in entgegengesetzter Richtung wie der heutige Trupp. Ihr Führer hatte sich in der Gegend sehr gut ausgekannt.

»Es gibt einen kürzeren Weg.« Sie nahm Mr Travis den Stock aus der Hand. In einer Wellenlinie zeichnete sie den Weg ihrer Flucht, den sie in der Nacht, als ihre Mutter gestorben war, genommen hatte. Er führte durch den Wald, über die Straße in der Nähe des Schlosses, dann weiter über Äcker und Weideland zu jener Straße, auf der sie bis hierher gekommen waren, nur etwas weiter im Landesinnern. Sie zeigte auf den Weg, den sie gezeichnet hatte. »Als ich wegging, habe ich diesen Weg genommen. Es ist keine richtige Straße, nur ein breiter Pfad zu den Bauernhöfen, die dort liegen.«

Mit finsterem Blick betrachtete Mr Travis die Wellenlinie. »Sind Sie sich sicher?«

»So sicher, wie es nur geht.«

»Das ist mir nicht sicher genug.«

»Ich bin um mein Leben gerannt. Diese Nacht werde ich nie vergessen.«

Mr Travis bemühte sich nicht, seine Skepsis zu verbergen. »Man kann nie wissen, was sich in dem Wald dort befindet, Sir. Es könnte so sein, wie Feversham Amerika beschrieben hat, wo man von Musketen weggeblasen wird, die aus den Bäumen abgefeuert werden.«

»Es gibt keinen Grund, warum uns in diesem Wald irgendjemand mit Musketen erwarten sollte«, sagte Kendale. »Niemand kann wissen, dass wir hier sind.«

»Und wenn der Weg nicht ausreichend gut zu erkennen ist? Wenn wir dort ankommen, wird es schon dunkel sein.«

»Wenn die Bauern diesen Weg benutzen, haben ihre Karren und ihr Vieh eine so deutliche Spur angelegt, dass wir der folgen können.«

Mr Travis wollte etwas einwenden, doch ein unterdrückter Ruf aus fünf Metern Entfernung schnitt ihm das Wort ab. Der Mann, der nach Osten Ausschau hielt, hob warnend die Hand. Die Männer verbargen sich im Straßengraben und duckten sich hinter Gestrüpp. Kendale verwischte die Zeichnung mit seinem Stiefelabsatz, griff nach Marielles Arm und zog sie in das hohe Gras, das den kleinen Fluss säumte, der neben der Landstraße entlangfloss. Sie duckten sich tief in das Ufergrün.

Marielle wartete auf das verräterische Geräusch von Pferdehufen oder auf Stiefelschritte, die ankündigten, dass Soldaten der Armee näher kamen. Den Klang kannte sie ganz genau. Wieder durchzuckte sie eine Erinnerung. Sie hatte sich schon einmal in einem Gestrüpp versteckt. Damals hatte sie aus Angst vor den Hufschlägen und Stiefelschritten lautlos geweint.

Doch es näherte sich weder Hufschlag, noch waren Schritte zu hören. Marielle teilte das Gras und spähte durch die Lücke. Ein Karren kam in Sicht, der von einem Ochsen gezogen wurde. Neben dem Tier ging ein Mann. Er sah aus wie ein junger Bauer. Er schien allein zu sein.

Sie stand auf. Kendale griff nach ihrem Arm und zog sie wieder zu sich herab. »Was glaubst du, was du da tust?«, flüsterte er zornig.

»Ich werde herausfinden, ob dieser Weg so ist, wie ich ihn in Erinnerung habe. Du bleibst hier. Von dem Mann dort geht keine Gefahr aus. Er wird nur eine Frau aus der Gegend in mir sehen, denn genau das bin ich.«

Er zögerte, dann ließ er sie los, jedoch nicht, ohne leise zu fluchen. Sie stieg zu der Straße hinauf und sah sich nur noch einmal um. Kendale hatte die Pistole gezückt, für alle Fälle.

Marielle lief auf den Karren zu und grüßte den Bauern in ihrem heimatlichen Dialekt. Kendale hörte, wie der Wagen anhielt und sich dann wieder in Bewegung setzte. Als er weiterrollte, begleiteten ihn die Fetzen einer Unterhaltung.

Während sie in kaum einem Meter Entfernung an seinem Versteck vorbeikamen, sagte der Bauer etwas zu Marielle, was sie veranlasste, ihm kurz angebunden und etwas unfreundlich zu antworten. Der Bursche lachte und murmelte etwas, was Kendale sich übersetzte als »Sie können einem Mann nicht verdenken, wenn er es versucht.« Marielle ratterte ihre Antwort so schnell herunter, dass er nicht mehr folgen konnte. Er hoffte, dass sie dem Bauern den Kopf zurechtgerückt hatte, doch er machte sich auf schnelles Handeln gefasst, sollte das nötig sein.

Der Karren rollte weiter, das Gespräch hingegen stockte. Als Kendale nichts mehr hörte, riskierte er einen Blick. Das kleine Fuhrwerk war in der Ferne zu sehen, wo es Kurs auf die Küste nahm. Marielle kam die Straße hinuntergerannt.

»Er hat bestätigt, dass es genau so ist wie in meiner Erinnerung«, sagte sie.

Mr Travis, Angus und die anderen Männer gesellten sich zu ihnen auf die Straße.

»Der schmale Weg zweigt direkt hinter der nächsten Biegung von der Straße ab.« Sie zeigte nach Osten. »Dann verläuft er durch die Felder und schlängelt sich weiter durch den Wald.«

»Fand er es nicht merkwürdig, dass Sie nach dem Weg gefragt haben, obwohl Sie hier leben?«, fragte Mr Travis.

»Ich habe ihm gesagt, dass ich unterwegs zu meiner Schwester bin, die in dem Château in Diensten steht und mir von diesem kürzeren Weg berichtet hat, dass ich aber die Straße nicht finden konnte. Ich habe ihm erzählt, dass ich von einem Hof komme, der einen Tagesmarsch südlich von hier liegt.« Sie lenkte ihre Schritte nach Westen. »Vielleicht können wir den Wald vor Einbruch der Dunkelheit durchqueren.«

Die Männer sahen Kendale fragend an. Er nickte. »Gehen wir. Hoffen wir, dass wir auf diese Weise neugierigen Reisenden aus dem Weg gehen und ein paar Stunden für unsere Mission gewinnen werden.« Mit großen Schritten begab er sich zu Marielle.

Sie hatte auf ihn gewartet und ging nun neben ihm weiter. Eine Viertelmeile hinter der Biegung entdeckten sie die Abzweigung des Pfades. Er verlief zwischen den Feldern, und auf dem rauen, unebenen Erdboden waren Hufabdrücke und Spuren von Wagenrädern zu sehen.

Marielle hüllte sich in ihren Strickschal wie in einen Umhang aus Hermelin und betrat den Weg, als wäre er mit rotem Samt ausgelegt. Als sie sich zu Kendale umdrehte, leuchteten ihre Augen siegessicher. »Ich habe dir doch gesagt, dass ihr mich bei dieser Mission braucht. Oh, der Bauer hat mir noch etwas erzählt. Lamberte befindet sich tatsächlich nicht auf dem Anwesen. Das ist eine gute Nachricht, nicht wahr?«

»Ja, vorausgesetzt, die Gerüchte, die der Bauer aufgeschnappt hat, sind nicht schon zwei Monate alt.«

Ihre Miene verfinsterte sich. »Vermutlich werden wir das erst mit Sicherheit wissen, wenn wir das Tor passiert haben.«

»Das ist die unerfreuliche Schlussfolgerung. Und bis wir

es wissen werden, hoffe ich das Beste und rüste mich für das Schlimmste.«

»Merken Sie sich diese Stelle, Gentlemen.« Kendale stand in der zunehmenden Dämmerung auf einer kleinen Anhöhe mehrere hundert Meter hinter der Straße, die an dem Château vorbeiführte. Von hier oben konnte er das Herrenhaus gut sehen. Seine hohen Dächer zeugten von einer langen französischen Ahnentafel, ebenso wie die zierlichen klassischen Details, gemischt mit mittelalterlichen Mauertürmen und hohen Fenstern. Englische Landhäuser sahen anders aus.

Marielle stand in der Nähe des höchsten Punktes der Anhöhe, außer Hörweite. Sie starrte auf das Château, als wäre es ein Traumbild. Was für Gedanken und Erinnerungen mochten ihr durch den Kopf gehen? Ihrem verhangenen Blick nach zu urteilen waren es keine schönen.

Angus und die anderen erkundeten die Umgebung, suchten nach Orientierungspunkten, an die jeder Einzelne sich erinnern würde.

»Ich hab's«, sagte Angus. Die anderen nickten.

»Wenn wir getrennt werden, treffen wir uns hier wieder«, sagte Kendale. »Sollten die Dinge nicht gut laufen, kommt hierher, wenn ihr könnt. Wartet höchstens eine Stunde, dann macht ihr euch auf den Rückweg zum Schiff. Mr Stanton hat Befehl, im Morgengrauen den Anker zu lichten, ohne Rücksicht darauf, wer da ist und wer nicht. Also verspätet euch nicht.«

Mr Travis blickte auf das Herrenhaus hinab. »Wie kommen wir hinein? Ich sehe keine Möglichkeit, sich unauffällig zu nähern. Wir müssen jenen Weg dort hinaufgehen, und an seinem Ende stehen zwei Wachen. Sie werden uns kommen sehen.«

Kendale warf Marielle einen Blick zu. Er hasste es, das zugeben zu müssen, aber sie hatte recht gehabt. In der Tat, sie brauchten sie. »Die Lady wird uns helfen hineinzugelangen. Du hältst die anderen jenseits des Weges zurück, außer Sicht. Angus und ich werden Miss Lyon zur Tür geleiten.«

Mr Travis lachte und schüttelte den Kopf. »Haben Sie auch Ihre Visitenkarten dabei?«

»Passen Sie einfach nur auf, Travis. Wenn die beiden Männer dort verschwunden sind, schicken Sie die anderen los.«

Kendale entfernte sich und gesellte sich zu Marielle. »Wir werden bald losgehen. Alles wird so ablaufen, wie wir es auf dem Weg hierher geplant haben. Bist du bereit?«

Zuerst antwortete sie nicht. Dann schüttelte sie sich, um ihre finsteren Gedanken zu vertreiben. »Natürlich.«

Er legte ihr den Arm um die Schultern und zog sie an seine Seite. »Bist du sicher?«

Sie nickte. »Jetzt bin ich hier. Sehe das Gebäude. Alles ist wieder da, ganz deutlich.« Sie zögerte. »Alles.«

Er wünschte, er könnte das Schlimmste von allem aus ihrem Gedächtnis löschen. Er fragte sich, ob es ihm heute Nacht wenigstens gelingen würde, die Bilder in ihrem Kopf etwas undeutlicher werden zu lassen.

»Danke, dass ich mitkommen durfte«, sagte sie. »Danke, dass du mir erlaubst zu tun, was ich kann.«

Kendale wusste nicht, was er darauf antworten sollte. Er nahm ihre Hand. »Gehen wir.«

Mr Travis hielt die Männer im Dunkel der Nacht versteckt, außerhalb des Lichtscheins der Lampen, die den Weg beleuchteten. Kendale und Marielle machten sich auf den langen Fußmarsch zum Tor des Châteaus, und Angus folgte ihnen wie ein Diener.

Kendale blickte zu Marielle hinüber. Sie verbarg nicht die Haltung, die sie sich während der vielen Stunden angeeignet hatte, die sie als Mädchen in dem Château verbracht hatte. Sie bewegte sich mit der Eleganz, die ihr zur zweiten Natur geworden war. Sie hatte ihren Zopf gelöst und die Haube abgenommen, sodass das Haar ihr über den Rücken fiel, wie es gerade Mode war. Der Strickschal hätte ebenso gut aus Seide bestehen können, so fließend umspielte er ihre schlanke Silhouette im Rhythmus ihrer Schritte.

Die beiden Wachen sahen sie kommen. Auf der Hut, aber auch neugierig gingen sie die Treppe des Hauses hinunter und blieben auf dem Rondell stehen, in dem für gewöhnlich die Kutschen hielten. Im Schein der Lampen war auf ihren Gesichtern deutlich der Missmut darüber zu erkennen, dass drei Fremde die Kühnheit besaßen, sich dem Anwesen zu so später Abendstunde zu nähern.

Ohne Zögern ging Marielle auf sie zu. Sie musterte jeden der beiden lange und gründlich, dann lächelte sie ihr bezauberndes Lächeln. Den beiden Männern schien es sofort die Sprache zu verschlagen. Sie sprach Französisch mit ihnen. Pariser Französisch.

»Ich bin Marielle de Lyon. Ich muss Monsieur Lamberte in einer Angelegenheit sprechen, die für ihn von großer Bedeutung ist. Bringen Sie mich sofort zu ihm.«

»Er ist nicht hier. Gehen Sie, Madame.«

»Er ist hier. Er muss hier sein. Ich habe unter primitiven Bedingungen einen weiten Weg zurückgelegt. Melden Sie ihm, dass ich hier bin. Ich versichere Ihnen, er wird mich sehen wollen.«

Die Wachen blickten einander an, verwirrt ob ihrer Beharrlichkeit. Einer, vermutlich der Anführer, seufzte verärgert und erklärte noch einmal, Lamberte sei nicht zugegen.

»Dann lassen Sie mich ein, damit ich etwas für ihn abgeben kann. Es handelt sich um ein sehr wichtiges Dokument, das er ganz sicher haben will.«

»Es ist unmöglich. Wir können keine Fremde in …«

»Ich bin keine Fremde. Monsieur Lamberte kennt mich gut. Aber wie ich sehe, wollen Sie mich nicht zu ihm bringen, es sei denn …« Sie streckte die Hand aus. Kendale legte vier Goldmünzen hinein. Ihr Wert überstieg wahrscheinlich das, was die beiden Männer für ein ganzes Jahr ihrer Dienste erhielten.

Sie hielt ihnen das Geld hin. »Lassen Sie mich hinein. Höchstens eine halbe Stunde, dann bin ich wieder weg. Ich muss das Dokument an einem Ort hinterlegen, von dem ich sicher sein kann, dass nur er es findet, niemand sonst.«

Der zweite Mann hatte nur noch Augen für das Gold. Auch der Anführer warf sehnsüchtige Blicke darauf. Während die beiden Männer über die Grenzen ihrer Pflicht nachdachten, kam Angus langsam näher und blieb neben Marielle stehen.

»Nein«, sagte der Anführer der beiden Wachmänner schroff und schob Marielles Hand so heftig zur Seite, dass die Münzen beinahe zu Boden gefallen wären. »Sie müssen jetzt gehen. Gehen Sie, Madame, bevor ich mich zu gründlich frage, was Sie hier überhaupt zu suchen haben.«

»Jetzt, Sir?«, fragte Angus, an Kendale gewandt.

»Ja.«

Hatten die beiden Wächter eben noch das Gold und die liebreizende Marielle vor Augen gehabt, so blickten sie jetzt in die Läufe von Angus' Pistolen. Er achtete sorgfältig darauf, dass die Mündungen sehr nahe an dem Punkte zwischen ihren Augen waren.

»Ihr hättet das Gold nehmen sollen«, sagte Marielle, als Kendale die beiden Männer um ihre Waffen erleichterte. Angus trat einen Schritt vor. Die Wachen machten einen zurück. So ging es weiter, bis sie nicht mehr im Licht der Zufahrt standen, sondern unter dem Dachvorsprung über dem Eingang. Angus richtete die Pistole auf die Stirn des zweiten Wachmanns. »Frag ihn, wie viele von seiner Sorte sich im Haus befinden.«

Marielle übersetzte. Der Anführer fluchte, sein Kamerad solle schweigen, doch die Pistole hatte ihn bereits überzeugt. Zwei weitere Wachen besetzten den Bergfried, erklärte er ihnen.

Das Knirschen von Schritten wurde lauter auf dem Weg, als Travis und die anderen heraneilten. Sie machten sich daran, die Wachmänner zu fesseln.

»Sehr schön, Sir«, sagte Angus. »Kein Schuss und kaum ein Laut. Da oben brennt Licht, aber niemand hat herausgesehen.«

Marielle ging zu ihm. Die Aufregung ließ ihre Augen funkeln wie Sterne in der Nacht. »Und es sind nur noch zwei. Das dürfte nicht schwer werden.«

»Das sagt er. Vielleicht hat er gelogen.«

»Glaubst du das?«

»Ich glaube, dass sich mehr als nur zwei von Lambertes Männern in diesem Haus aufhalten. Vielleicht haben sie keine Waffen. Aber es könnten Diener anwesend sein oder ein Verwalter oder sogar Verwandte, und sie werden unser Eindringen nicht kampflos hinnehmen. Ich rechne nicht damit, dass wir hinein- und wieder herausmarschieren, ohne dass sich uns jemand in den Weg stellt.«

Die Wachen saßen nun auf dem Boden, gefesselt und geknebelt. Mit einer Geste forderte Kendale Angus auf, sie außer Sichtweite und vom Eingang wegzubringen.

Als das erledigt war, versammelte er die Männer um sich. »Ihr beiden bleibt hier stehen, wie die Wachen es getan haben.

Wenn irgendjemand aus dem Haus nach draußen blickt, wird er zwei Männer auf ihren Posten sehen. Mr Travis, Sie und die anderen gehen mit mir. Angus, du bringst Miss Lyon zurück zu der Anhöhe. Denkt an den Befehl. Ihr wartet eine Stunde, dann geht ihr los.«

Marielle erstarrte. Als Angus zu ihr kam, schlug sie die Hand fort, mit der er sie führen wollte. Angus drehte sich zu Kendale um, nicht im Geringsten erfreut darüber, das Objekt ihres Unmuts zu sein.

Kendale ging zu ihr. »Für so etwas haben wir jetzt keine Zeit. Du gehst mit Angus. Ich bin dir dankbar für deine Hilfe bis hierher, aber du gehst nicht mit hinein, solange wir nicht wissen, was uns dort erwartet. Jetzt wird nicht diskutiert. Kein Wort mehr. Hast du verstanden?«

Sie zögerte, dann nickte sie, doch ihr Gesicht war vor Zorn und Besorgnis wie erstarrt.

»Nach einer Stunde macht ihr euch auf den Weg zum Schiff, Angus. Trag sie, wenn sie sich widersetzt. Warte nicht auf uns, wenn wir nicht rechtzeitig zurück sind.«

»Ich hoffe, Sie vorher noch zu sehen, Sir.«

»Ich auch. Dennoch ...«

Angus nickte.

An Marielle gewandt sagte Kendale: »Du weißt, dass ich das Richtige tue. In deinem Herzen weißt du es. Lass uns nicht im Zorn auseinandergehen.«

Ihr Gesichtsausdruck wurde weicher. »Nein. Nicht im Zorn. Ich wollte nur mitgehen, damit ich weiß, dass du in Sicherheit bist, anstatt auf diesem Hügel zu warten und mir Sorgen zu machen.«

»Ich bin in Sicherheit.«

Sie blickte an ihm vorbei und auf seine Männer, die auf ihn warteten. »Darf ich dich küssen?«

»Ich glaube nicht, dass das nach heute Morgen noch irgendjemanden überraschen wird.«

Sie reckte sich auf die Zehenspitzen, um ihm einen Kuss zu geben. »Möge Gott mit dir sein. Wisse, dass auch meine Liebe dich begleitet.«

Er widerstand dem Drang, sie lange und intensiv zu küssen. Während Angus sie zur Zufahrt führte, begab Kendale sich zu seinen Männern.

Ihm fiel ein, dass er etwas vergessen hatte, und er folgte den beiden rasch. »Marielle, wie heißt er? Es darf nicht geschehen, dass ich dir den falschen Mann bringe.«

»John. Er heißt John.«

»Jean Lyon. Sehr gut.«

»Nein. *John.* Und nicht John Lyon. Sein Name ist John Neville.« Sie winkte zum Abschied und folgte Angus in die Finsternis, die den Vorplatz umgab.

John Neville.

Verdammt! Ihr Vater war Engländer.

22

In der Eingangshalle hielten sie inne und lauschten. Gedämpfte Geräusche drangen durch das große Treppenhaus zu ihnen hinab. Deutlichere waren von unten zu vernehmen.

Kendale bedeutete den anderen mit einer Geste, ihm zu folgen. Mit vorgehaltener Pistole lief er über den Gang zu den Treppen, die sie nach unten führen würden. Das Château wirkte zwar wie ein Herrenhaus, doch seine Grundmauern waren zum Zweck der Verteidigung errichtet worden. Die steinerne Treppe wand sich in einer engen Spirale zwischen dicken Mauern hindurch. Sie folgten den Windungen nach unten. Kendale ging vor, und die Krümmung der Treppe versperrte ihm die Sicht auf das, was vor ihnen lag.

Ein lauter Schrei, der von vorn kam, ließ ihn erstarren. Die Antwort war ein Lachen, und zwei männliche Stimmen begannen zu reden. Andere Geräusche, von Türen, die ins Schloss fielen, von Schritten und kratzendem Metall, deuteten darauf hin, dass sie die Unterkünfte des Gesindes gefunden hatten, genau wie Marielle es beschrieben hatte. Wenn ihre Karte stimmte, befand sich die Küche am anderen Ende dieses unteren Stockwerks, und der Eingang zum Wehrturm lag noch eines darunter.

Langsam, mit leisen Schritten folgten sie den nach unten führenden Stufen. Keine Lampen beleuchteten den Weg, doch vom Treppenfuß schimmerte ein matter Lichtschein herauf. Feuchtigkeit an den Wänden deutete darauf hin, dass sie sich nun unter der Erde befanden.

Am Ende der Treppe trat Travis neben ihn. Die anderen Männer drängten sich um sie. Kendale sah sich in dem Gewölbe um. Zwei Männer saßen in dem langen, dunklen Gang der sich nach rechts erstreckte, auf Hockern an einem roh gezimmerten Tisch. Eine Lampe hing in ihrer Nähe an der Wand. Leise sprachen sie miteinander.

»Wäre auch zu schön gewesen, wenn sie eingeschlafen wären«, murmelte Travis.

»Beten wir, dass es Feiglinge sind«, flüsterte Kendale. Er hob beide Pistolen und ging einen letzten Schritt, sodass er die Wachen genau sehen konnte. Mit einer Pistole auf jeden Mann zielend, machte er sie auf sich aufmerksam, indem er ihnen auf Französisch befahl, sich nicht zu rühren.

Der Mann, der weiter weg saß, wollte davon nichts wissen. Er warf den Tisch um und ließ sich hinter die Platte fallen. Während sein Kamerad zu ihm zu klettern versuchte, feuerte er seine Waffe ab. Mr Travis antwortete ihm in derselben Sprache. Bleikugeln flogen durch die Luft.

Kendale und Mr Travis zogen sich zur Treppe zurück, um ihre Waffen nachzuladen, während ihre beiden Gefährten vorrückten und auf die Wachposten zielten. Auch die beiden Wachposten hatten den Platz gewechselt, um die Pistolen mit neuer Munition zu bestücken.

»Sir! Von oben!« Die scharfe Warnung kam genau in dem Moment, als Kendale schoss. Er tauschte den Platz mit dem Mann, der sie ausgestoßen hatte, und lud wieder nach. Diesmal bewegte er sich nicht von der Stelle und wartete auf die Stiefelschritte, die langsam die Treppe hinunterkamen.

Ein Kopf spähte um die Ecke. Kendale sorgte dafür, dass der Mann seine Pistole sah. *»Allez«*, sagte er. Er fischte eine Goldmünze aus seiner Tasche und warf sie um die Ecke. Sie klimperte gegen die Steine und war nicht mehr zu sehen. *»Plus* *d'après.«* Er war sich nicht sicher, ob er die Worte richtig aussprach, doch er nahm an, dass die Botschaft angekommen war. Als die Stiefelschritte sich die Treppe hinauf entfernten und nicht nach unten kamen, wusste er, dass er recht gehabt hatte.

»Gerade habe ich einen erwischt«, verkündete Travis und holte sein Pulver heraus. »Der andere schafft es nicht allein und ohne Deckung, wenn er nachladen muss. Er wird sich bald ergeben.«

Was in der Tat gleich darauf geschah. Die Detonationen hörten auf, und der Wehrturm war nur mehr eine stille Höhle. Kendale trat aus dem Treppenschacht heraus und um die Steinmauer herum. Eine der Wachen stand hinter dem umgestürzten Tisch und zielte mit ihrer Waffe über den Rand. Der andere saß neben ihm und hielt sich mit blutigen Fingern die Schulter.

»Jemand soll den Verwundeten versorgen und den anderen fesseln«, sagte Kendale zu Travis. Dann griff er nach den Schlüsseln, die neben der Lampe an der Wand hingen. Er blickte der Wache, die unverletzt geblieben war, in die Augen und deutete auf die Türen. »Engländer?«

Der Mann zeigte auf die Tür, die der Treppe am nächsten lag, und dann auf den passenden Schlüssel.

Kendale steckte ihn in das Schlüsselloch und riss die Tür weit auf. Dahinter saß ein schmächtiger, weißhaariger Mann auf einem Feldbett und blickte überrascht zu ihm auf.

»John Neville?«

»Das bin ich. Sind Sie Engländer? Ich hätte schwören können, dass ich meine Muttersprache hinter dieser Tür gehört habe.«

»Sie haben Englisch gehört.«

»Was zum Teufel tun Sie hier? Ist der Krieg vorbei?«

»Wir sind wegen Ihnen hier, Mr Neville. Ich bin Viscount

Kendale, und das hier sind meine Mitstreiter. Ihre Tochter hat uns geschickt.«

»Meine Tochter?« Er stand auf, ging zur Tür und blickte Travis und die anderen an. Kopfschüttelnd lächelte er. »Nein, ist das zu glauben?«

Neben Kendale stapfte John Neville den Waldweg entlang. Außer der Bitte, ihm zu versichern, dass seine Tochter wohlauf war, hatte er kein einziges Wort gesagt, seitdem sie den Turm verlassen hatten.

Er war ein magerer Mann mittlerer Größe und mittleren Alters, und in den Jahren, die er in dem Turm verbracht hatte, waren ihm ein Bart und lange Haare gewachsen. Kendale befürchtete, dass auch sein Sehvermögen nachgelassen haben könnte, was nicht weiter verwunderlich gewesen wäre. Doch der Mann lief, als könnte er sehen, wohin er seine Schritte lenkte. Ein Bad war angebracht, möglichst bald, doch alles in allem würde Mr Nevilles Erscheinung seiner Tochter wahrscheinlich keinen allzu großen Schock versetzen.

Hoffentlich würden sie Marielle mit Mr Stanton auf dem Segelschiff antreffen. Als der erste Schuss abgegeben wurde, hatte er Gott gedankt, dass er ihr verboten hatte, dieses Haus zu betreten.

Das Abenteuer hatte länger gedauert als vorhergesehen, was der unerwarteten Hartnäckigkeit der Wächter geschuldet war. Sie hatten die beiden in Mr Nevilles Zelle eingeschlossen. Mit etwas Glück würde das Gold dafür sorgen, dass die Bediensteten ihre Gleichgültigkeit gegenüber dem Schicksal der Wachposten nicht vor Tagesanbruch ablegten, doch verlassen konnten sie sich darauf keineswegs. Jedem in Kendales Truppe leuchtete ein, dass sie so schnell wie möglich zu der Bucht zurückkehren mussten.

»Sie halten mich gewiss für einen undankbaren Menschen, weil ich so wenig gesprächig bin«, sagte Neville.

»Nun, vermutlich sind Sie zu überrascht, um viel zu reden«, entgegnete Kendale.

»Nein, das ist es nicht. Ich versuche nur, die Ironie der Situation zu verdauen.«

»Lassen Sie sich Zeit. Ich brauche keine Konversation.«

»Nein? Das ist gut, Sir. Viscount Kendale haben Sie gesagt, wenn ich mich nicht irre.« Er seufzte. »Nie im Leben hätte ich geglaubt, dass ich einmal von Ihresgleichen gerettet werden würde.«

Die letzten Worte klangen keineswegs bewundernd.

»Außer meinesgleichen war niemand aufzutreiben. Wäre es Ihnen lieber gewesen, überhaupt nicht befreit zu werden?«

»Nein, nein. Das wollte ich damit nicht sagen. Aber es ist schon paradox. Schließlich habe ich ständig mit solchen wie Ihnen zu tun gehabt. Das heißt, ich habe mein Leben der Aufgabe gewidmet, Ihresgleichen loszuwerden, wenn Sie wissen, was ich meine.«

»Tatsächlich?« Noch etwas, was Marielle zu erwähnen versäumt hatte.

»Zum Teufel, ja. Was glauben Sie, warum ich hier bin? Ich bin hergekommen, um meine Fähigkeiten für die große Sache der Gleichheit einzusetzen. Natürlich habe ich nicht damit gerechnet, dass sie losziehen und euch alle umbringen würden. Nur die Titel loswerden und solche Dinge. Den Reichtum ein bisschen besser verteilen. So was in der Art wollte ich.«

»Große Vorhaben geraten oft außer Kontrolle. Ich nehme an, als Gefangener einer der Revolutionäre zu enden gehört zu den Paradoxien, von denen Sie sprachen?«

»Eine davon, jedoch längst nicht die erste. Ich meine, wie würden Sie sich fühlen, wenn Sie ich wären, sich fleißig für die

Sache der Abschaffung der Aristokratie einsetzen, und dann fällt Ihrer eigenen Frau nichts Besseres ein, als die Geliebte des einflussreichsten Adligen vor Ort zu werden? Das war verdammt paradox, das kann ich Ihnen versichern. Es half, dass der Mann sympathisch war, aber auch das war in gewisser Weise widersinnig.«

»Sie klingen allerdings recht gelassen.«

»Mir blieb schließlich keine andere Wahl, oder? Er war auch gut zu meiner Tochter. Ließ sie in das Château kommen, wo sie mit ihrer Mutter leben durfte. Natürlich hat sie das beeinflusst, und zwar nicht zum Guten. Wenn sie nach Hause kam, redete und ging sie so merkwürdig … wie eine verdammte Adelige, das war mir bald klar. Herr im Himmel, ich sitze in meiner Werkstatt und fertige Drucke an, die den Sturz der Aristokratie fordern, und meine Tochter verwandelt sich vor meinen Augen in eine von ihnen.« Erneut seufzte er.

»Sie ist zu einer schönen jungen Frau herangewachsen, wie Sie bald feststellen werden. Aber auf diese ihre ganz eigene Art redet und geht sie immer noch.«

Neville drehte den Kopf. »Ist sie für Sie zur Hure geworden? Ist das der Grund, warum Sie das hier tun? Nein, sagen Sie nichts. Ich will es nicht wissen. Noch habe ich die Tatsache nicht verdaut, dass Sie ein Viscount sind. Ich verdanke Ihnen meine Freiheit und vielleicht sogar mein Leben, und dabei finde ich, dass es überhaupt keinen Viscount geben sollte. Das ist verdammt schwer zu verdauen.«

Auf dem restlichen Rückweg überließ Kendale ihn sich selbst und dem Brocken, an dem er so schwer zu schlucken hatte. Als sie den Waldrand und die Bucht erreichten, deutete er auf das Schiff, das auf sie wartete.

»Wir sind da, Mr Neville. Sobald Sie an Bord sind, erwartet Marielle Sie.«

Neville spähte zu der Jacht hinüber. »Wer?«

»Marielle. Ihre Tochter.«

Neville kicherte, als er in das Boot stieg. »Nennt sie sich jetzt etwa so? Nun, wenn sie damit einen Viscount dazu gebracht hat, mich aus den Fängen dieses Hurensohns Lamberte zu befreien, wäre es dumm von mir, mich darüber zu beklagen.«

Marielle sah, wie die kleine Schar zwischen den Bäumen hervortrat, und ihre Gefühle schwankten zwischen Jubel und Entsetzen. Travis und die anderen Männer tauchten zuerst auf, gestikulierten und riefen, um der Besatzung des Schiffes ihren Erfolg zu verkünden. Kendale erschien als Letzter. Er begleitete einen Mann mit langem weißem Haar und Bart.

Ihr Vater hatte nie einen Bart getragen. Und er war auch größer gewesen. Dieser Mann sah aus wie ein Fremder.

Die Ankömmlinge wateten zu dem Boot und stiegen ein, dann ruderten sie auf das Schiff zu. Mr Stanton erteilte der Mannschaft Befehle, um die Jacht zur Abfahrt bereit zu machen.

Der Reihe nach erklommen die Männer die Strickleiter. Marielle lehnte an der Reling, starrte auf den Mann mit dem weißen Haar hinab und suchte nach einem Detail, das sie wiedererkennen würde, um mit Sicherheit zu wissen, dass es ihr Vater war.

Nun war er an der Reihe hinaufzusteigen. Er lehnte jede Hilfe ab und bewegte sich sehr langsam. Kendale folgte ihm dichtauf. Endlich stand er auf dem Schiffsdeck, musterte Schiff und Segel und die restlichen Männer, die die Reise unternommen hatten. Er wirkte verwirrt, ja sogar ängstlich.

Schließlich ließ er den Blick auf Marielle ruhen. Angestrengt blinzelnd sah er ihr ins Gesicht und kam näher. »Dieser Viscount hier hat mir gesagt, das sei allein dein Werk.«

Sie nickte, zu bewegt, um zu sprechen. Kein Fremder mehr. Ganz und gar nicht. Das waren die Augen ihres Vaters, und es war seine Stimme. Sie blickte auf die Hände, die sie so oft den Grabstichel hatte führen sehen. Starke Hände. Fürsorgliche Hände.

Noch immer musterte er sie, als käme auch sie ihm fremd vor.

»Erkennst du mich denn gar nicht mehr?«, fragte sie. »Habe ich mich so sehr verändert?«

Langsam schüttelte er den Kopf. Seine Augen wurden feucht. »Ich würde dich immer und überall wiedererkennen, mein Mädchen. Ich bin nur erstaunt, wie sehr du jetzt deiner Mutter ähnelst.« Er breitete die Arme aus. Sie flog an seine Brust, und sie weinten beide vor Freude.

»Marianne«, sagte sie. »Mein Vorname ist Marianne.«

Mit dem Rücken an der Wand der Kabine, warm eingepackt in eine Decke, saßen sie an Deck. Mr Neville schlief drinnen. Das Wiedersehen war herzerwärmend gewesen, auch wenn sich beide ein wenig befangen gefühlt hatten. Jeder Mann an Bord genoss nun die Befriedigung darüber, eine gute Tat zu einem guten Ende gebracht zu haben.

»Als ich in jener Nacht aus dem Château geflüchtet bin, musste ich meinen Namen ablegen. Lamberte musste unbedingt glauben, dass ich umgekommen war. Er hätte sich niemals damit abgefunden, dass Marianne Neville, die Zeugin seiner Morde, glücklich in London lebt.«

Das ergab Sinn. Alles, was sie getan hatte, ergab Sinn. Ihre Geschichte erklärte auch viele Ungereimtheiten, zum Beispiel den kaum vorhandenen Akzent, wenn sie Englisch sprach, und die Tatsache, dass sie die Sprache sehr sicher beherrschte. *Je suis désolée. Es tut mir leid, dass ich dich enttäuscht habe.* Eine

Entschuldigung für ihre französische Mutter, eine für ihren englischen Vater.

»Marianne Neville.« Er lauschte dem Klang dieses Namens. Nicht so poetisch wie Marielle Lyon, aber wahrscheinlich würde er sich daran gewöhnen.

»Seit sechs Jahren bin ich nicht mehr Marianne Neville. Beinahe genauso lange habe ich mich auch nicht mehr so gefühlt. Ich weiß nicht, ob ich mich jemals wieder an den Namen gewöhnen kann. Ich werde es wohl versuchen müssen.«

»Du kannst jeden Namen annehmen, der dir gefällt.«

»Wenn ich Marianne Neville bin, wollen die Französinnen vermutlich nicht mehr bei mir arbeiten. Der neue Name hat dafür gesorgt, dass sie mich für eine von ihnen halten. Nicht nur eine Französin, sondern eine adlige Französin.«

»Das stimmt vermutlich. Dein Vater würde sagen, dass unsereins von Natur aus Vorurteile gegen diejenigen hegt, die nicht so sind wie wir.«

Sie sagte nichts, doch Kendale merkte, dass sie nachdachte. Und er wusste: Ihr Vater würde das sagen, weil es stimmte.

»Du musst ihm deine Drucke zeigen, Marianne. Er wird stolz auf dich sein, weil du so viel von ihm gelernt und dein Geschick in seinem Sinne eingesetzt hast.«

Sie kuschelte sich tiefer in seine Arme, legte die Stirn an seine Schulter und schloss die Augen. »Ja, natürlich. Er *wird* stolz sein, ganz bestimmt. Aber … bitte sprich mich nicht mit diesem Namen an. Nicht heute Nacht. Noch nicht. Bei dir möchte ich noch eine Weile Marielle Lyon sein. Bis wir England erreichen vielleicht, zumindest aber heute Nacht.«

Er zog sie noch fester an sich, sodass sie unter der Decke wie eine einzige Gestalt wirkten. Ihre Glieder und ihr Atem wärmten ihn unter dem Sternenhimmel, während das Meer rhythmisch an den Schiffsrumpf schlug. Er hob ihr Kinn, um sie zu küssen. »Es ist nur ein Name. Ich begehre dich, egal, wie du dich nennst.«

Sie nickte und schmiegte sich an ihn, doch er wusste, dass sie ihm nicht glaubte. Er wusste es einfach.

23

Zwei Wochen später betrat Kendale Brooks's Club. Southwaite erspähte ihn und rief ihn zu sich.

»Wo bist du gewesen? Ich weiß, dass du dir aus der Saison nichts machst, aber dennoch hast du bisher nie den Einsiedler gespielt.«

Er zuckte mit den Schultern. »Ich war in Ravenswood und auf einigen anderen Anwesen.«

Das war keine Lüge, obwohl ihm die Halbwahrheiten in letzter Zeit allzu leicht über die Lippen gingen. Er *war* in den letzten zwei Wochen in Ravenswood gewesen. Zuerst mit Marielle – sie gedachte den Namen vorerst zu behalten – und Mr Neville, um über dessen Zukunft zu beratschlagen, und dann mit ihr allein, nachdem ihr Vater in einem Haus in Newcastle untergebracht worden war. John Neville hatte jede Veröffentlichung und jede Zeitung gelesen, die Marielle zwischen der Küste und London hatte erstehen können. Und dann war er zu dem Schluss gekommen, dass er in Zukunft inmitten der Arbeiter der neuen Industrien leben würde, die im Norden Englands wie Pilze aus dem Boden schossen.

Was die anderen Anwesen betraf, die er erwähnt hatte, so war es nicht seine Schuld, wenn Southwaite annahm, er habe seine – Viscount Kendales – gemeint.

»Bleibst du nun in der Stadt?«, fragte Ambury. »Am Freitag gibt es bei Tattersalls eine hochklassige Versteigerung.«

»Vielleicht. Für ein paar Tage.« Nur widerstrebend hatte er Marielle schließlich zurück nach London gebracht und sie ihrem Leben hinter jener blauen Tür überlassen. Er stellte sie sich in dem Atelier vor, im Begriff, einer jüngst aus Frankreich emigrierten Frau beizubringen, wie sie Farbe auf eine Kupferplatte tupfen musste.

Seine Freunde setzten ihre Unterhaltung fort, die sich unglücklicherweise um einen von Mr Ryan verfassten Bericht drehte, den Southwaite mitgebracht hatte. Er las einen Absatz daraus vor, der das plötzliche Erscheinen und ebenso plötzliche Verschwinden allzu vieler Rotröcke in Dover zwei Wochen zuvor beschrieb.

»Er glaubt, dass es etwas mit Tarrington zu tun hat, der am helllichten Tag nach Frankreich zu rudern versucht hat«, erklärte Southwaite. »Eine Fregatte der königlichen Flotte ist ihm gefolgt, aber die Galeere ist ihr ausgewichen und hat eine gute Stunde auf dem Wasser herummanövriert, bevor sie endlich aufgegeben haben.«

»Merkwürdig, dass Tarrington so ein großes Risiko eingegangen ist«, sagte Ambury. »Normalerweise zieht er das Licht des Halbmonds vor.«

»Merkwürdig und unklug. Wenn man Ryan glauben kann, wurde er tagelang verhört, aber er behauptete unerschütterlich, er habe nur …« Southwaite las weiter und lachte laut. »Das ist ja allerhand, und es sieht ihm wirklich ähnlich … Er habe nur *für die jährliche Meisterschaft im Galeerenrudern geübt, die in jedem Sommer südlich von Deal stattfindet.*«

»Ich hatte keine Ahnung, dass es ein solches Rennen gibt.«

»Ich wage zu behaupten, dass es zumindest dieses Jahr stattfinden wird.« Southwaite las weiter und suchte in dem Bericht nach Dingen, die er mitteilen wollte. In der Mitte der Rückseite angekommen, stutzte er. »Zum Abschluss drückt Mr Ryan sein Bedauern aus, dass er mich bei meinem jüngsten Besuch nicht gesehen habe. Und er warnt mich, dass die ganze Küste über meine neue Jacht spricht und dass alle sich mir aufdrängen werden in der Hoffnung, darauf mitzusegeln.« Er blickte Ambury scharf an. »Sein letzter Satz lautet: *Bitte sagen Sie Lord Kendale, dass ich unser Gespräch genossen habe, als er hier war, und dass meine Dienste hoffentlich weiterhin für Sie beide nützlich sein werden.*«

Ambury bedachte Kendale mit einem Lächeln voller liebenswürdiger Neugier. »Kendale, gehörte eines der Anwesen, die du besucht hast, vielleicht Southwaite?«

»Ich komme immer daran vorbei, wenn ich zur Küste reite, um mit den Wächtern zu sprechen. Es ist schwer, Crownhills Ländereien zu umgehen.« Er rief nach einem Bediensteten und bestellte Wein.

»Er war dort«, sagte Ambury zu Southwaite. »Er wird sich damit herausreden, dass Ryan nicht klar gesagt hat, wann sie sich getroffen haben, aber er war vor Kurzem dort. Vermutlich, als Tarrington sein seltsames Spiel mit der Fregatte spielte.«

»Vielleicht hat er es auch nur genossen, einen Tag lang auf der neuen Jacht zu segeln, die mir nicht gehört.«

»Das können wir nur hoffen. Wahrscheinlicher ist es, dass er etwas mit seiner Truppe lustiger Burschen im Schilde führte. Wenn er es uns nicht gesagt hat, war es entweder gefährlich oder illegal.«

»Glaubst du, er hat es schließlich doch getan? Ist hinübergefahren und hat …« Southwaite ersetzte die restlichen Worte durch einen vielsagenden Blick auf Ambury.

Der Wein kam. Kendale trank davon, während die anderen ihn beäugten.

»Verdammt«, murmelte Ambury. »Er hat ein Abenteuer erlebt und mich nicht mitgenommen.«

Southwaite runzelte die Stirn. »Hast du jemanden umgebracht, Kendale?«

Er stellte sein Glas ab. »Nein, aber noch ist der Tag nicht zu Ende.«

Das brachte sie wieder zur Vernunft. Sie tauschten noch einen Blick aus, dann fingen sie an, angestrengt über die Versteigerung bei Tattersalls zu diskutieren.

»Ich frage mich«, unterbrach Kendale sie, »zu welchem Juwelier ihr geht, wenn ihr euren Damen Schmuck kaufen wollt.«

»Gehört das zu deiner unnützen und unerklärlichen Neugier auf Frauen? Oder hast du vor, ein solches Geschenk zu erstehen?«, fragte Ambury.

»Ich ziehe einen weiteren Kauf in Betracht.«

»Sprichst du von einer albernen Spielerei oder von einem wertvollen Schmuckstück, das ins Familienerbe eingehen wird?«

»Vermutlich Letzteres.«

»Ist es für Miss Lyon?«, fragte Southwaite.

»Ja.«

Ein feines Lächeln machte sich auf Amburys Gesicht breit. »Oh, wie sind die Helden gefallen! Hat sie dich mit Haut und Haar erobert, Kendale?«

Es war unerhört, einem Mann diese Frage zu stellen, und noch dazu im großen Salon von Brooks's. Ihm schien sogar, dass nur ein Feigling die Herausforderung überhören würde.

»Ja, das hat sie.«

Noch nie hatte er seine Freunde erstaunter gesehen.

»Hoffentlich fällst du nicht in Ohnmacht, Ambury.«

»Nein. Natürlich nicht. Nein.« Ambury gewann zuerst seine Fassung wieder und dann die Herrschaft über seine Gliedmaßen. Er stand auf. »Ich werde mit dir zu einigen angesagten Juwelieren gehen und dir bei der Auswahl helfen. Streite dich nicht mit mir. Wie bei allem anderen in dieser Sache bist du nicht ausreichend gerüstet, um ohne guten Rat zur Tat zu schreiten. Beim letzten Mal hat das Glück dich in Gestalt jenes Kolliers angelacht, aber das passiert wahrscheinlich nicht noch einmal.«

»Ich komme auch mit«, sagte Southwaite und erhob sich. »Amburys Geschmack ist zuweilen ein wenig zu dramatisch. Jemand sollte ihn zügeln.«

Es gab kein Entkommen, und Kendale schloss sich seinen Lehrmeistern an. Auf dem Weg hinaus zankten sie sich ausgiebig über Amburys Geschmack in Sachen Schmuck.

Manchmal erforderte Tapferkeit nichts weiter als Demut. Das rief Kendale sich ins Gedächtnis, als er sich dem hochfeinen Haus am Grosvenor Square näherte. Er rechnete nicht damit, dass dieser Besuch angenehm werden würde. Anders als Southwaite und Ambury war er noch nicht bereit, den Mann, der sich in diesem Haus befand, von jeglicher Schuld freizusprechen. Was es umso ärgerlicher machte, in seiner Schuld zu stehen.

Der Diener nahm Kendales Karte entgegen und kehrte sehr bald zurück, um ihn in die Bibliothek zu führen. Als Kendale eintrat, blickte Penthurst ihn fragend an.

»Ich bin froh, dich allein anzutreffen«, sagte Kendale.

»Das kann ich mir vorstellen. Setz dich zu mir, Kendale. Beuge für einige Minuten deinen starren, unnachgiebigen Rücken.«

Er setzte sich. Und beugte sich nicht besonders weit vor. »Ich bin gekommen, um dir für die Warnung zu danken.«

»Und ich bin froh, dass du ihr Beachtung geschenkt hast. Ich war mir dessen nicht sicher.«

»Es waren noch andere an der Aktion beteiligt. Ich für meinen Teil wäre mit einem Skandal aus der Sache herausgekommen. Die anderen wären möglicherweise deportiert worden.«

»Ich glaube, Whitehall hatte für sie angedacht, sie als Ruderer auf ein Gefangenenschiff zu verbringen. Vielleicht tröstet es dich, dass der Mann, den du gesucht hast, vor Kurzem an einen abgelegenen Ort in den Pyrenäen entsendet worden ist. Der neue militärische Stern in Frankreich hat Zweifel an der Eignung des Mannes. Zu viele Rückzüge, heißt es.«

»Du glaubst zu wissen, wer er ist, nicht wahr?«

»Ich glaube, ich weiß es schon länger als du.«

Ein kleines Feuer schien in Kendale aufzuflackern, und es konnte sich sehr leicht in einen Flächenbrand verwandeln. »Verdammt noch mal. Warum hast du mir das nicht gesagt? Du wusstest, dass ich …«

»Ich habe es dir nicht gesagt, weil du etwas Überstürztes, Tapferes und für die Diplomatie Verheerendes getan hättest. Denn du hast einem verbitterten sterbenden Kameraden ein Versprechen gegeben, um ihn zu trösten. Außerdem haben wir das ganze letzte Jahr nicht miteinander gesprochen. Schon vergessen?«

Mit schierer Willenskraft erstickte Kendale das Feuer in sich und übte sich erneut in Bescheidenheit. »Außerdem wollte ich dir dafür danken, dass du mir den Weg zu Garrett gewiesen hast.«

»Ich werde dich nicht fragen, was du mit diesem Wissen angefangen hast, obwohl ich Grund zu der Annahme habe, dass das eine interessante Geschichte wäre. Da du gesund und munter vor mir sitzt, hast du vermutlich Erfolg gehabt.«

»An jenem Tag, ja. Insgesamt jedoch nicht.« Er griff in seinen Gehrock und zog ein schmales, in Leder gebundenes Büchlein hervor. »Hast du irgendwelche Freunde mit diplomatischen Verbindungen in Paris? Die gleichgesinnte Männer drüben kennen, aufrichtig und mit strengen Grundsätzen?«

Erstaunt blickte Penthurst auf das kleine Buch. »Vielleicht.«

»Kannst du das hier jemandem dort drüben zukommen lassen, der es nützlich finden würde?« Er reichte ihm das Buch.

Penthurst überflog die Seiten. »Aha, Monsieur Lamberte war ein unartiger Junge. Wenigstens hat er mit seinen Freunden geteilt. Diese Seiten hier hinten, das scheinen seine Schmiergelder zu sein. Seine Mitverschwörer waren so freundlich, sie zu unterzeichnen, sodass er Beweise hatte. Eine sehr wirkungsvolle Art, Freundschaften zu stärken.« Er blätterte vor bis zum Ende, hielt inne und blickte auf. »Übrigens ist dein Oberst hier. Zurück aus Nantes, wohin er nach Toulon geschickt worden war.«

»Wirklich? Ich kann's kaum glauben.«

»Das kann dienlich für dich sein.«

Sogar sehr dienlich. Marielle hatte keine Ahnung, welches Geschenk sie ihm gemacht hatte, als sie ihm das Buch in die Hände gelegt und ihm aufgetragen hatte, damit zu tun, was er für richtig hielt.

Mit einem schwachen Lächeln wandte Penthurst sich erneut den Aufzeichnungen zu. »Weiß dieser Lamberte, dass dieses Buch sich in deinem Besitz befindet?«

»Vielleicht ist er zu dem Schluss gekommen, dass es in England sein muss. Aber er kann unmöglich wissen, dass ich es habe.«

»Es ist gefährlich, es zu besitzen. Er weiß, dass er nicht überleben wird, wenn es gegen ihn verwendet wird.«

»Lamberte ist ein Dieb und ein Mörder. Wenn ich sicher sein könnte, dass er selbst kommt, um es zu holen, würde ich ihn wissen lassen, dass es sich in meinem Besitz befindet. Ich würde ihm auf dem Feld der Ehre begegnen und mich ganz persönlich um ihn kümmern. Aber möglicherweise käme er nicht selbst, sondern würde andere schicken. Darum überlasse ich das Buch Frankreich, in der Hoffnung, bald von seiner Hinrichtung zu hören.«

»Das kann ich dir nicht versprechen.«

»Solche Männer haben stets mehr Feinde als Freunde. Auch jetzt, während er aufzusteigen versucht, schafft er sich neue Gegner. Sobald sie Gelegenheit dazu haben, werden seine Feinde seinen Kopf fordern.«

Penthurst legte das Büchlein beiseite. »Dann werden wir tun, was wir können, damit sie diese Gelegenheit bekommen. Genug über Politik und Krieg geredet. Sag mir lieber, ob du deine neue Jacht genießt.«

Wie immer erregte die Kutsche in der schmalen Gasse Aufmerksamkeit. Marielle hörte sie bereits kommen, als sie noch einen Häuserblock entfernt war.

Dominique spähte aus dem Fenster, schloss dann die Augen und legte sich eine Hand auf die Brust, um sich zu beruhigen. »Er ist da. Und ich habe befürchtet … nun, da ich alles weiß … dass er nicht kommen würde.«

Marielle hatte das nicht nur befürchtet. Sie war sich sicher gewesen. Es war der Sache nicht zuträglich gewesen, dass ihr Vater sich geweigert hatte, Kendale besonderen Respekt zu zollen. Stattdessen hatte er sich freimütig darüber ausgelassen, dass Adlige in einem modernen Zeitalter mit freien Menschen vollkommen überflüssig waren. Es war sehr schwer, Marielle Lyon zu bleiben, wenn ihr Vater allen, die ihm zuhörten, ins Gedächtnis rief, dass ihr wahrer Name Marianne Neville lautete.

Die letzten gemeinsamen Tage mit Kendale nach der Rückkehr aus Newcastle waren von schmerzlicher Leidenschaft erfüllt gewesen. Marielle hatte genommen, was sie bekommen konnte, solange sie es bekam. Sie war ihrem Herzen gefolgt und hatte sich ganz der Liebe hingegeben, so sehr, dass die Erfahrung noch immer schmerzte. Und das Ergebnis war, dass sie ihren Verlust beweinte, seitdem sie Ravenswood verlassen und in ihr Haus zurückgekehrt war.

Und nun kam Kendale zu ihr, so, wie er es ihr gesagt hatte. Sie hatte nicht geglaubt, dass er es tun würde, hätte er erst ernsthaft über ihre Liaison nachgedacht. Er war in der Prunkkutsche vorgefahren, an deren Seite das Familienwappen prangte. Vier, nicht zwei Pferde zogen das Gefährt.

Er stieg aus. Er sah prachtvoll aus, ganz und gar wie der Adlige, der er war. Sein kostspieliger Gehrock und die Kniehose aus Rehleder schmeichelten seiner Gestalt. Das modisch kurz geschnittene Haar lenkte die Aufmerksamkeit auf seine grünen Augen. Er wirkte ernst. So ernst, dass es ihre Freude dämpfte.

Es sah ihm ähnlich, dass er sich verpflichtet fühlte, ihr zu erklären, warum er ihre Verbindung beenden musste. Andere Männer hätten die Affäre einfach ausklingen lassen, aber nicht Viscount Kendale.

Er näherte sich der Tür, und sie und Dominique zogen sich vom Fenster zurück. Marielle blickte an sich hinunter, auf ihr altes Kleid. Die Farbe an ihren Händen würde sie nicht mehr rechtzeitig entfernen können.

»Ich wünschte, er hätte mir seinen Besuch angekündigt. Dann hätte ich mich darauf vorbereiten und so gut wie möglich aussehen können.« Da er nun wusste, dass sie keine verarmte Adlige war, würde sie ihm nur noch armseliger und zerlumpter scheinen.

Dominique ging zur Tür, um auf sein Klopfen hin zu öffnen. »Er hat dich schon im besten und auch im schlechtesten Zustand gesehen. Hat das je etwas geändert? Geh ins Wohnzimmer. Ich bringe ihn dorthin.«

Sie eilte an Dominique vorbei in die Wohnstube. Dort löste sie den Stoffstreifen, mit dem sie sich das Haar zusammengebunden hatte, und stopfte ihn unter einen Sessel. Vergeblich versuchte sie noch einmal, sich die blaue Farbe von den Händen zu reiben.

Das Herz schlug ihr bis zum Hals, als sie seine Schritte näher kommen hörte. Vielleicht war er doch nicht gekommen, um voller Bedauern ihr Liebesverhältnis zu beenden. Vielleicht wollte er, dass es noch eine Weile weiterging wie bisher, dass sie sich weiterhin in dem Cottage trafen. Sollte sie sich darauf einlassen? Auch das würde jetzt sicherlich anders werden. Nun konnten sie nicht einmal mehr so tun, als begegneten sie sich von Gleich zu Gleich. Das hatte ihr Vater ihr lang und breit erklärt, nur für den Fall, dass ihr noch nicht klar gewesen wäre, wie sehr sich Kendales Sichtweise habe ändern müssen.

Er betrat die Kammer, und einen Augenblick lang war sie wie geblendet und vergaß all ihre Sorgen. Ihn zu sehen machte sie viel zu glücklich.

Auch er wirkte glücklich. Das gab ihr Mut. Er lächelte, kam zu ihr, beugte sich vor und küsste sie. Dann setzte er sich neben sie. »Wird man uns allein lassen, oder bezieht Madame LaTour wieder ihren Posten am Fenster?«

»Sie ist heute nicht hier, und Dominique passt auf, dass niemand hereinplatzt.«

Er umarmte sie und küsste sie. Länger dieses Mal. »Ich habe dir etwas mitgebracht«, sagte er schließlich, griff in seinen Rock und holte eine kleine Schachtel hervor.

Marielle öffnete sie. Zwei perfekte Perlen baumelten unter zwei kostbaren Smaragden an einem Paar Ohrringe. Allein die Perlen waren unbezahlbar. Im Geiste hörte sie Madame LaTours Mahnung. *Grundstücke und Schmuck.*

»Sie sind schön.« Sie nahm einen Ohrring heraus und legte ihn an, drehte an der winzigen Schraube hinter ihrem Ohrläppchen. Als sie beide befestigt hatte, blickte sie ihn an. »Wie sehen sie aus?«

»Elegant, genau wie du.«

Wie reizend von ihm, so etwas zu sagen. Sie küsste ihn und

stellte die kleine Schachtel beiseite. Sie konnte nicht widerstehen und bewegte den Kopf, sodass sie spürte, wie die Perlen ihre Haut berührten.

»Ist das ein Abschiedsgeschenk, Gavin?«

Seine Miene verfinsterte sich. »Natürlich nicht. Wie kommst du darauf?«

Sie zuckte die Schultern. Ganz sicher würde sie sich nicht erniedrigen, indem sie es auch noch in Worte fasste.

»Wenn du dich allerdings verabschieden willst … dann muss ich das hinnehmen. Ich habe gehofft, dass wir uns nicht trennen«, sagte er. »Aber wenn wir es tun, verfluche ich mich noch mehr, weil ich zugelassen habe, dass Stolz und Zorn die zwei Wochen beeinträchtigt haben, die du mir geschenkt hast.«

»Ich kann von Glück sagen, dass du mir deine Zeit geschenkt hast. Ich stehe in deiner Schuld.«

Er nahm ihre Hand und drückte einen Kuss darauf. »Ich will nicht, dass du glaubst, in meiner Schuld zu stehen. So habe ich es nicht gemeint.«

Sie drehte sich zu ihm, sodass sie ihm in die Augen blicken konnte. So ernst sah er aus. Und vielleicht auch ein kleines bisschen verwirrt. Es wäre grausam, ihn im Unklaren zu lassen, vor allem, da ihr vor Erleichterung und Rührung das Herz zu zerspringen drohte.

Marielle fuhr ihm mit den Fingern durchs Haar und zog ihn an sich. Zu ihrer Überraschung legte er den Kopf an ihre Brust. Sie küsste ihn auf den Scheitel. »So darf es nicht sein. Immer nur Schuld um Schuld. Ich liebe dich zu sehr, um so von dir zu denken, obwohl ich immer dankbar sein werde, dass du nach all diesen Täuschungen nicht das Vertrauen in mich verloren hast. Die verbleibenden Tage dieser zwei Wochen gehören dir, und so viele Tage mehr wie du möchtest.«

Er richtete sich auf und sah sie an. Er wirkte nicht annähernd so erfreut, wie sie gehofft hatte. Tatsächlich runzelte er sogar die Stirn.

Sie hatte ihn missverstanden. Sich irgendwie getäuscht. Sie wollte weiterreden, doch er legte ihr die Finger auf die Lippen und brachte sie so zum Schweigen. »Nein, sprich nicht weiter. Erlaube mir … da ist eine Sache …« Eine kleine Ewigkeit lang zögerte er, grübelte darüber nach, wie er ihr jene *Sache* verständlich machen sollte.

Schließlich erbarmte sie sich seiner. »Du musst es nicht aussprechen wie ich. Du hast mir deine Zuneigung auf eine Weise bewiesen, wie es nur wenige Frauen erleben.«

»Doch, das muss ich. Es wäre feige, es nicht zu tun. Mir fehlt die Übung, das ist alles.« Er räusperte sich, sammelte sich, und sein Gesicht nahm wieder einen selbstsicheren, harten Ausdruck an. »Du weißt nicht, wie glücklich es mich macht, wenn du mir sagst, dass du mich liebst. Ich glaube, ich bin ein Mann, den zu lieben nicht leicht ist. Ich bin nicht gerade ein Hauptgewinn, und was die meisten Frauen an mir anzieht, ist die Tatsache, dass ich zufällig einen Titel und ein Vermögen geerbt habe. Ich kann einfach nicht um sie herumscharwenzeln, und wenn es um die Schmeicheleien und die Heuchelei geht, die die Gesellschaft erwartet, bin ich ein hoffnungsloser Fall.«

»Sie sind äußerst anziehend, Sir, und das hat nichts mit Ihrem Titel oder …«

Erneut brachten sie seine Finger auf ihrem Mund zum Schweigen. »Du musst mich ausreden lassen. Bitte.«

Sanftmütig nickte sie.

»Als wir das erste Mal miteinander sprachen, begehrte ich dich schon seit Monaten. Damit hattest du recht. Du wusstest es. Ich begehre dich noch immer. Und werde es auch immer tun. Wenn du mir so viel Zeit gibst, wie ich mir wünsche, dann reden wir von einem ganzen Leben, mein Liebling. Das sollst du wissen. Dass ich dich will, liegt nicht nur an Begierde oder Zuneigung, sondern daran, dass ich dich liebe. Ich habe lange gebraucht, um dieses Gefühl kennenzulernen. Es fällt mir nicht leicht zu lieben. Es fällt mir auch nicht leicht, damit aufzuhören. Meine Liebe zu dir wird nicht vergehen, niemals.«

Er überraschte sie. Hatte je ein Mann schönere Worte gefunden? Oder ehrlichere? Sie musste ihn nur ansehen, um zu wissen, dass er jedes einzelne Wort ernst meinte.

Er nahm ihre Hand. »Du bist für immer in meinem Herzen. Und auch in meinem Kopf. Wenn ein Mann so fühlt … die Ohrringe sind kein Abschiedsgeschenk, Marielle. Und auch keine billige Tändelei für eine Geliebte. Sie sind ein Geschenk für die Frau meines Herzens, damit sie meinen Heiratsantrag wohlwollend prüft.«

Heirat. Sie erschrak so sehr, dass die Perlen erneut ihren Hals streiften. »Ich bin nicht Marielle. Ich bin Marianne. Willst du die anderen weiterhin glauben lassen, ich sei die Nicht eines Grafen? Wenn die Wahrheit ans Licht kommt …«

»Natürlich wird es herauskommen. Es gibt keinen Grund zu lügen, und es wäre unehrenhaft, wenn ich dich als eine andere ausgäbe als die, die du bist. Und was deinen Namen betrifft: Du wirst für mich immer Marielle sein, aber du kannst jeden Namen benutzen, der dir gefällt. Das habe ich dir schon gesagt.«

Ihre Gefühle überschlugen sich. Liebe und Besorgnis und schmerzliches Bedauern. »Ich glaube nicht, dass du gründlich genug darüber nachgedacht hast. Sogar Southwaite hat es mit Emma besser getroffen. Ich werde dich immer lieben, umso mehr, als du mir diesen Antrag machst, aber …«

»Ich bin kein Mann, der die Dinge überstürzt. Und niemand, kein anderer, wird sich mehr Mühe geben als ich, wenn du einwilligst, Marielle.«

Er glaubte das wirklich. Sie konnte sehen, dass er an seine Worte glaubte. Auch unbeschreibliche Wärme sah sie in seinen Augen und Erstaunen über sich selbst und vor allem diese Liebe.

»Natürlich willige ich ein, Gavin. Es wäre mir eine Ehre, dich zu heiraten.«

Er umarmte sie innig, umfing sie in einer besitzergreifenden Geste. Voller Verlangen und Liebe küsste er sie lange und tief.

Sie schmiegte sich an ihn und lauschte seinem Herzschlag, genoss es, wie seine Arme sie beschützend und fürsorglich umhüllten. Glück durchströmte sie, so stark, dass sie am liebsten geweint hätte.

»Wird Ravenswood unser Zuhause sein, wenn wir nicht in der Stadt sind?«, fragte sie und stellte sich die Kammern dort vor und einige Verbesserungen, die sie vornehmen sollten.

»Natürlich.«

»Wird es mir gestattet sein, meine Freundinnen dort zu empfangen?«

Schweigen. Gute zehn Sekunden verstrichen. Sie unterdrückte ein Lachen. Offenbar hatte Lord Kendale nicht alles so gut durchdacht, wie er geglaubt hatte.

»Selbstverständlich«, sagte er. »Ich werde sogar im Salon Platz nehmen und den Plaudereien und dergleichen zuhören.«

»Das wird nicht nötig sein. Du kannst mit den anderen Gentlemen ausreiten und auf die Jagd gehen. Du musst dich nicht ändern. Ich wäre eine erbärmliche Ehefrau, wenn ich dich nicht akzeptieren würde, wie du bist.«

»Wenn du darauf bestehst«, murmelte er und streifte mit den Lippen ihr Haar. Er klang sehr erleichtert.

Schweigend genossen sie ihr Glück noch ein wenig länger.

»Darf ich in Ravenswood einige weibliche Bedienstete haben?«

Er erstarrte. Eine Statue aus Stein wäre beweglicher gewesen.

»Vermutlich wirst du welche brauchen.«

»Old Pete kann mir wohl kaum das Haar frisieren.«

»Natürlich nicht.« Er küsste sie auf die Schläfe. »Wie viele sind ›einige‹?«

»Ich glaube, sechs würden reichen.«

»Sechs?«

»Es würde die Verhältnisse dort etwas ausgleichen.«

Er seufzte. »Da hast du vermutlich recht.«

Sie kicherte und drehte sich um, sodass sie ihm ins Gesicht blicken konnte. »Ich habe einen Scherz gemacht, Liebster. Eine Zofe und Dominique als Gesellschafterin, mehr brauche ich wirklich nicht.«

Seine Miene hellte sich auf. »Das ist in Ordnung. Das heißt, was auch immer du willst, ist in Ordnung.«

»Ich werde dir keine Schwierigkeiten bereiten, das verspreche ich dir. Du kannst im Keller eine Kaserne betreiben und Männer zu fragwürdigen Einsätzen schicken. Ich werde dich nicht ausfragen oder mich sonst irgendwie einmischen.«

»Frag ruhig. Seit Frankreich sehen sie in dir eine von ihnen. Das ist ein weiterer Grund, warum du für mich die vollkommene Ehefrau bist.«

Niemand sonst würde sie für die perfekte Gattin für Kendale halten, doch dass er es tat, war das Einzige, was zählte. »Keine Frau wird dich jemals mehr lieben und dir so treu ergeben sein wie ich, das verspreche ich dir, Gavin.«

Er nahm ihr Gesicht in beide Hände, so liebevoll, wie sie es von ihm kannte. »Ich weiß. Dessen bin ich mir sicher. Ich bin mir deiner sicher. Und ich bin sehr glücklich, dass ich mich genötigt sah, das Geheimnis der Marielle Lyon zu lüften.«